루소의
고백록

나남
nanam

이 용 철

서울대 불어불문학과를 졸업하고 동 대학원에서 박사학위를 받았다.
현재 한국방송통신대 불어불문학과 교수로 재직 중이다.
《루소: 분열된 영혼》을 펴냈고, 역서로는 《에밀 또는 교육론》(공역),
《루소: 인간 불평등의 발견자》, 《승려와 철학자》, 《손바닥 안의 우주》 등이
있다.

나남 클래식 산책 001
루소의 고백록

2014년 2월 28일 초판 발행
2014년 2월 28일 초판 1쇄

지은이_ 이용철
발행자_ 趙相浩
발행처_ (주) 나남
주소_ 413-120 경기도 파주시 회동길 193
전화_ (031) 955-4601 (代)
FAX_ (031) 955-4555
등록_ 제 1-71호(1979.5.12)
홈페이지_ http://www.nanam.net
전자우편_ post@nanam.net

ISBN 978-89-300-8751-3
ISBN 978-89-300-8750-6(세트)
책값은 뒤표지에 있습니다.

나남 클래식 산책

1

루소의 고백록

이용철 지음

나남
nanam

머리말

괴테가 "볼테르와 더불어 하나의 세계가 끝나고 루소와 더불어 하나의 세계가 시작된다"고 말했을 정도로, 루소는 새로운 사유와 감성을 창조한 사상가이자 작가이다. 현대에 미친 그의 영향력은 너무 광범위해서 만약 그가 존재하지 않았다면 현대는 지금과 다른 모습을 갖고 있을지도 모른다. 그러나 유감스럽게도 '루소'하면 우리는 교육서 《에밀》을 썼음에도 불구하고 자신의 아이들은 모두 고아원에 버린 위선자의 모습을 떠올리는 것이 보통이다. 사실 루소 본인도 자서전인 《고백록》을 집필하게 된 결정적 동기가 자식들을 유기한 사실을 폭로한 볼테르의 〈시민들의 견해〉에 대항하여 자신을 변명하기 위해서였다고 말한다.

루소는 그의 적들이 그를 반사회적이고 인간을 혐오하는 사악한 인간으로 왜곡하는 것에 맞서 자신의 참모습을 보여줌으로써 그들의 모함을 분쇄하려 시도했다. 루소는 자신의 어린 시절을 이야기하면서 '유년기의 낙원'이라는 신화를 만들어내고, 이와 대비해서 그 이후의 시간을 '실락원'으로 규정하면서 이기심만으로 움직이는 사회의 냉혹한 현실을 비판한다. 그는 자신의 잘못을 숨김없이 드러내면서도 그것이 자신의 의도에서 생겨난 것은 아니라고 변명한다. 그는 자신의 잘못이 타인의 시선을 의식한 수치심으로 인해 생겨난 것이며 그 잘못으로 인해 씻을 수 없는 양심의 가책을 받아 그 결과 미덕을 추구하게 되었다고 주장한다. 그는 자신이 저지른 잘못이야말로 타락한 사회가 순수한 인간의 본성을 얼마나 타락시킬 수 있는가를 보여주는 증거라고 말한다.

루소에 따르면 인간은 원래 자유롭고 행복한 존재, 즉 완벽한 존재로 태어났다. 인간이 불완전하게 된 원인은 신에게 지은 죄 때문이 아니라 다른 사람들과의 관계에서 자신이 더욱 우월하다고 잘못 생각했기 때문이다. 따라서 인간은 악에서 벗어나기 위해 스스로를 처벌할 필요 없이 올바로 생각해 오류를 교정하기만 하면 된다. 그러나 사회 속에서 인간은 자신의 진정한 모습을 보지 못한다. 권력을 소유한 자들은 사람들에게 진정한 행복과는 무관한 권력의 욕망을 불어넣고, 교묘한 방법으로 우월감을 부추기고 열등감을 불어넣어 그 자체로 목적이어야 할 인간을 도구로 사용한다. 인간은 사회라는 거대한 사막 속에서 내면의 갈증을 해소시킬 수 있는 물을 찾아 방황하지만, 자신의 본성을 잃어버린 그가 도달하는 곳은 오아시스가 아니라 신기루이다. 루소는 모든 문제의 해결은 사람들이 원래의 진정한 모습을 회복하는 데서 시작한다고 믿는다. 그러나 이미 왜곡된 자신의 모습이나 다른 사람들의 모습을 보면서 원래의 본성을 찾기란 불가능한 일이다. 루소는 〈고백록 초안〉에서 이러한 어려움에 대해 다음과 같이 말하고 있다.

> 나는 인간들을 잘 알고 있다고 가장 뽐내는 사람들조차도, 어떤 사람이 진실로 자신을 안다고 해도 누구나 자신 이외에 다른 사람들은 거의 알지 못한다는 사실을 자주 보아왔다. 왜냐하면 어떤 존재를 어떤 것에도 비교하지 않고 그 존재 안에 있는 유일한 관계들로서 완전히 규정할 수는 없기 때문이다. 그러나 자신에 대해 가지고 있는 이 불완전한 지식이 다른 사람들을 아는 데 사용하는 유일한 수단이다. 사람들은 자기 자신을 모든 것의 척도로 삼는데, 여기서 우리는 이기심의 이중적 환상에 걸려든다. 이 이중적 환상은 우리가 판단하는 사람들에 있어서 우리가 그들이었다면 그들처럼 행동하게 만들었을 동기들을 그들의 동기로 잘못 간주하거나, 지금의 상황과는 다른 상황에 있는 우리를 충분히 상상할 수

없어서, 바로 이러한 가정 안에서 우리 자신의 동기에 대해서도 잘못 생각하는 데서 생겨난다.

사람들은 자기 자신을 명확히 인식할 정도로 자기 자신이지도 못하며 타인에 대해 정확히 이해할 수 있을 정도로 충분히 타인의 내면으로 들어가지 못한다. 사람들은 타인을 관찰하면서 자신의 성향이나 상황에 의해 결정된 무의식적인 선입관을 타인에게 투사한다. 이때 극단적인 경우 관찰의 대상이 되는 타인의 자아는 관찰하는 주체가 만들어낸 허구적 존재에 지나지 않을 수 있다. 따라서 타인에 대해 어떤 관찰이 유효하기 위해서는 자신에 대한 정확한 인식이 전제되어야 한다. 그렇다면 어떻게 자신에 대한 정확한 인식을 가질 수 있는가? 루소는 이러한 문제에 대해 자신을 정확히 인식하기 위해서는 타인에 대한 정확한 인식이 선행되어야 한다고 말한다.

이러한 것들을 보고 나는 자신의 마음을 갖고 다른 사람들의 마음을 판단하는 유일하지만 잘못된 규칙으로부터 독자들을 가능한 한 떼어놓으면서 독자들이 인간에 대한 지식에서 한

> 걸음 더 나아가게 만들려고 결심했다. 반대로 자신의 마음을 알기 위해서는 많은 경우 다른 사람의 마음을 읽는 것으로부터 시작해야 할 것이다. (〈고백록 초안〉)

루소는 자신의 마음을 읽기 위해서 타인의 마음을 읽는 것으로부터 시작해야 한다고 말한다. 해석학적인 관점에서 인간에 대한 진정한 지식은 해석하는 주체와 해석의 대상이 되는 또 다른 주체 사이의 상호 해석 과정에서 생겨난다. 이러한 과정은 끊임없는 순환의 과정으로, 이 순환이 완전히 멈추기 위해서는 특권적인 해석의 기준이 있어야 한다. 즉 무엇이 참인지 거짓인지를 확인하기 위해서는 그것을 비교해 볼 수 있는 진실한 잣대가 존재해야 한다. 그런데 루소는 모든 사람들이 사용할 수 있는 준거로 자신의 자아를 제시한다.

> 나는 사람들이 자신을 평가하는 것을 배우기 위해 적어도 비교 단위를 가져 각자가 자신과 다른 사람을 알 수 있도록 노력하고 있다. 그런데 이 사람은 바로 내가 될 것이다. (〈고백록 초안〉)

루소는 자신이야말로 참과 거짓의 기준이 될 수 있다고 말하는데, 독자들은 그의 견해를 어떻게 참으로 받아들일 수 있는가? 바로 이 부분에서 그의 철학적 담론과 자서전적 담론이 만난다. 루소는 자서전에 그려진 자신의 모습이야말로 '자연인'(*homme de la nature*)에 가장 가까운 모습이며, 그렇기 때문에 다른 사람들은 그를 기준으로 삼을 때만 자신이 얼마나 자연에서 벗어나 있는지를 알게 될 것이라고 주장하는 것이다.

> 오늘날 인간의 본성은 너무나 왜곡되고 날조되어 비방받고 있습니다. 본성을 그리고 본성을 옹호하는 그(장 자크)가 자신의 마음에서가 아니라면 어디서 그의 모델을 끌어낼 수 있었겠습니까? 그는 자기 자신을 느끼듯이 본성을 묘사했습니다. 편견에 얽매이지 않고 거짓 열정에 사로잡혀 있지 않았던 그의 눈에는, 다른 사람들이 대개 잊어버리거나 모르게 된 이 최초의 특징들이 드러나지 않을 수 없었습니다. (…) 은거하여 고독한 삶, 몽상과 관조에 대한 강렬한 취미, 자기 자신을 깊이 돌아보고 정념이 가라앉은 조용한 상태로 자신 안에서 많은 사람들에게서 이미 사라져버린 이 최초의 특징

> 들을 탐색하는 습성으로 인해 그는 그 특징들을 찾아낼 수 있었습니다. 요컨대 우리에게 이처럼 본래의 인간을 보여주기 위해 한 인간이 자기 자신을 묘사해야만 했습니다. 그리고 만약 저자가 그의 책들만큼 특이한 사람이 아니었더라면 그는 결코 그것들을 쓰지 못했을 것입니다. (《루소가 장 자크를 심판하다: 대화》)

"내 마음을 느끼고 다른 사람을 알고" 있는 루소는 바로 이 직접적인 감정을 통해 사람들이 잊어버린 자연에 대해 말할 것이다. 그는 모든 언어를 동원해서 자신이 자연의 중심에, 혹은 진리의 특권적인 지위에 놓여 있다는 사실을 사람들에게 설득시키려고 시도한다. 그러나 그 매체인 언어 자체가 불투명한 것이기 때문에 자신의 직접적인 감정을 사람들에게 직접적으로 전달하는 것, 다른 말로 하면 자신의 투명한 영혼을 다른 사람들에게 투명하게 보이는 것은 불가능하다. 《고백록》의 마지막 부분에서 자신의 글을 낭독하던 루소가 마주쳐야만 했던 청중들의 침묵은 루소의 자서전적 담론이 카산드라의 예언처럼 실패하는 것을 보여주는 듯하다.

그러나 《고백록》이 단지 자기변명이나 철학적 성찰을 보충하는 부록에 그쳤다면 결코 고전의 반열에 올라서지 못했을 것이다. 《고백록》에는 어두운 무의식의 심연에서부터 신성에까지 고양되는 변화무쌍한 한 영혼의 스펙트럼이 고스란히 펼쳐져 있다. 무엇보다 중요한 것은 《고백록》이 시간의 흐름에 따라 한 인간의 내면이 형성되고 변화하는 전체 과정을 그리고자 했다는 사실이다. 18세기의 총결산인 《백과전서》가 이 세상의 모든 사물들에 대해 알고자 하는 욕망을 표현한다면 《고백록》은 한 개인에 대해 모든 것을 말하고자 하는 욕망을 표출한다. 그래서 우리는 때로 우리 자신보다 루소를 더 잘 알고 있다는 환상을 갖게 되며, 그는 이제 3인칭의 존재가 아니라 2인칭의 존재로 변형된다. 우리는 이 책을 읽으면서 그에게 애정이나 미움을 품을 수 있지만 결코 무관심해질 수는 없게 되고, 싫든 좋든 '나'와 '그대'를 포함한 '우리들' 인간에 대해 성찰하지 않을 수 없게 된다.

루소에게 글쓰기란 자아 혹은 진리의 탐구를 넘어 가장 의미 있는 경험들을 다시 사는 방법이었다. 필립 르쥔은 《고백록》에 대해 "그것은 과거에 대해 말하는 현재가 아니라 현재 안에서 말하는 과거이다"라고 말했다. 루소는 상세한 기억력과 풍부한 상상력을 동원하여 그리고 삶의 모든 미묘한 색조들을 표현하는 다채로운 문체를 구사하면서 과거를 영원한 현재로 창조한다. 우리는 그의 글을 읽으며 마치 루소가 그랬던 것처럼 "우리는 정말 세상 속에서 자유롭고 행복한 것인가? 그렇지 않다면 그 이유는 무엇인가?"라는 질문을 던지게 된다. 영혼의 불길로 쓴 그의 글은 독자들로 하여금 잃어버린 혹은 잊어버린 자유와 행복에 대한 열망을 다시 불러일으키기 때문이다.

덧붙여 말하면, 이 책의 집필을 부탁받은 후 조금 망설였던 것도 사실이다. 그 이유는 이미 루소 입문서로 《루소: 분열된 영혼》을 태학사에서 펴냈기 때문이다. 그러나 다행히 나남의 제안은 그 책과는 다른 기획 의도를 갖고 있어서 그때 지면의 제약 때문에 쓰지 못했던 글들을 보완하고, 또 이전의 내용을 수정할 수 있는 기회를 갖게 되었다. 이 자리를 빌려서 감사드리고, 모쪼록 이 책과의 만남으로 여러분들이 루소와 좀더 친하게 지낼 수 있게 되기를 바란다.

2014년 2월

이용철

루소의 고백록

머리말 5

1장 제네바에서의 어린 시절 17
2장 3년간의 방랑 시절 67
3장 엄마의 품 안에서 161
4장 더 넓은 세상 밖으로 219
5장 천재적 이단아 273
6장 망명 생활 451

부록
연보 503
참고문헌 511

1장

제네바에서의
어린 시절

서 문

《고백록》은 그 서문부터 도발적이다. 루소는 스스로를 다른 사람과는 다르다고 주장한다. 자연은 "자신의 마음을 느끼는" 특권을 가진 사람에게서만 아무런 왜곡 없이 온전하게 드러난다. 그는 "오늘날 이렇게 왜곡되고 조롱받는 자연을 묘사하고 옹호하는 사람이 자기 자신의 마음에서가 아니라면 어디서 그 모델을 끌어올 수 있었을까요?"(《대화》, 세 번째 대화) 라고 말하면서, 자신의 이론의 기본개념을 이루는 자연과 그 자신의 자아는 분리될 수 없음을 강조한다. 루소에게 자기 인식의 문제에서 가장 중요한 것은 심리학적 분석이 아니라 바로 이 자연에서 나오는 직접적인 감정, 즉 본성이다.

또한 어떤 사람보다도 자연과 가장 가깝다고 느끼는 그는 자신에게 과오가 없는 것은 아니지만 자신보다 더 선량한 사람은 없을 것이라고 주장한다. 아무도 그에게 잘못을 비난할 권리는 없다고 생각하는 것이다. 이러한 태도는 《고백록》이라는 동일한 제목의 자서전을 쓴 아우구스티누스의 기독교적인 겸손함과는 전혀 관련이 없다. 아우구스티누스는 자신을 타락으로부터 구원한 하느님의 자비를 찬양하기 위해 자신의 삶을 이야기하지만, 루소는 때때로 신을 증인으로 삼는 제스처를 취함에도 불구하고 자신의 고백을 순전히 인간적인 차원에서 풀어나가기 때문이다. 기독교적인 관점에서 볼 때 이렇게 오만한 자아는 자기중심주의로 흐를 수 있기 때문에 가증스러운 것이지만, 루소 이후 낭만주의가 시작되면서 다른 사람들과는 다른 독특한 자아의 개념이 보편적인 자아의 개념보다 우월한 가치를 갖기 시작했다. 속물과 대립되는 천재의 개념이 그 대표적인 예다.

루소는 자신의 독특함으로 인해 다른 사람들로부터 이해받지 못하고 나쁜 사람으로 몰려 박해를 받았다고 생각한다. 그는 자신의 본모습을 왜곡시키려는 음모에 맞서 자서전을 씀으로써 자신의 순수성을 입증하려고 시도한다. 따라서 그에게 자신의 삶을 말하고자 하는 욕망은 자신을 정당화하고자 하는 의도와 분리되지 않는다. 그에게 자신의 삶을 솔직하게 털어놓는 것은 그 자체가 심리적 해방을 넘어 구원의 의미를 갖는다.

내면을 속속들이 Intus et in cute [1]

나는 전에도 결코 예가 없었고 앞으로도 그 성취를 모방할 사람이 전혀 없을 기획을 구상하고 있다. 나와 같은 인간들에게 한 인간을 완전히 자연 그대로의 모습으로 보여주려고 하는데, 그 인간은 바로 내가 될 것이다.

오직 나뿐이다. 나는 내 마음을 느끼고 인간들을 알고 있다. 나는 내가 보아온 어느 누구와도 같게 생기지 않았다. 현존하는 어느 누구와도 같게 만들어져 있지 않다고 감히 생각한다. 내가 더 낫지는 않다 하더라도 적어도 나는 다르다. 자연은 나를 주조했던 거푸집을 깨뜨려버렸는데, 그것이 잘한 일인지 못한 일이었는지는 내 글을 다 읽은 후에야 판단할 수 있는 문제이다.

최후 심판의 나팔이 언제 울려도 좋다. 나는 이 책을 손에 들고 지고하신 심판관 앞에 나아가 큰 소리로 외칠 것이다.

"이것이 바로 제가 행했던 것이고 제가 생각했던 것이며 지나온 날의 저입니다. 저는 선과 악을 똑같이 솔직하게 말했습니다. 나쁜 것이라 해서 무엇 하나 숨기지 않았고 좋은 것이라고 해서 무엇 하나 덧붙이지 않았습니다. 어쩌다 사소하게 수식을 가했더라도 그것은 오로지 내 기억력의 부족으로 인해

1 로마 시인 페르시우스의 시구에서 따온 제사(題辭).

야기된 공백을 채우기 위한 것에 지나지 않았습니다. 나는 내가 알기로 진실일 수도 있었던 것을 진실이라고 여길 수는 있었겠지만 결코 내가 알기로 거짓인 것을 진실이라고 여길 수는 없었습니다. 제가 비열하고 비천했을 때는 비열하고 비천하게, 제가 선량하고 관대하고 고상했을 때는 선량하고 관대하고 고상하게, 과거 제 모습 그대로 저를 보여주었습니다. 저는 저의 내면을 바로 당신께서 보셨던 그대로 드러내 보였습니다. 영원한 존재이신 신이시여, 저의 주변에 저와 동류인 인간들을 수없이 모아주소서. 그리고 그들이 저의 고백을 듣고 저의 수치스러운 행동에 탄식케 하고 저의 불행에 낯을 붉히게 하여 주소서. 그들이 각자 차례대로 당신 옥좌의 발치에서 똑같이 진실하게 자기 마음을 털어놓게 하소서. 그러고 나서 단 한 사람이라도 '나는 그 사람보다 더 선량했습니다'라고 감히 말할 수 있다면 당신께 말하게 하소서."(《고백록 · 1》, 11~13쪽[2])

---

2 이하 모두 같은 책의 쪽수를 표시한다.

가족사

장자크 루소는 1712년 6월 28일 제네바에서 아버지 이자크 루소와 어머니 쉬잔 베르나르의 차남으로 태어났다. 1705년 장남이 태어난 직후 모험을 좋아하던 아버지는 콘스탄티노플로 가서 시계공을 하다가 1711년에야 돌아왔다. 루소는 이 귀국의 결실이었다. 아버지는 제네바에서 최고 계층인 시민 계급의 일원이었지만 공화국의 권력층에는 끼지 못했다. 그러나 당시 유럽의 몇 안 되는 공화국에서 시민 계급의 일원으로 태어났다는 사실은 루소에게 자긍심이 되어, 그는 항상 스스로 '공화국의 시민'으로 태어났다고 자처했다. 시민이라는 명칭에 얽힌 이상과 현실은 이후 루소의 정치사상과 정치적 행보에 깊은 영향을 미치게 된다.

어머니가 출산 후 9일 만에 숨을 거두어 루소는 아버지와 고모의 손에 키워졌다. 루소는 주변 사람들의 지극한 보살핌 덕분에 행복한 어린 시절을 보냈다고 회상하지만 자신의 정체성에 대해 심각한 불안감을 느꼈던 것으로 보인다. 어린 시절 루소를 지배한 가장 중요한 심리적 요인들 중의 하나는 부재하는 어머니, 사랑하는 부인의 죽음으로 인해 고통스러워하는 아버지와 자신의 관계를 어떻게 정립하느냐는 문제였던 것으로 보인다. 왜냐하면 아버지는 어린 장자크에게 어머니와의 연애담을 들려주면서 자신이 그렇게나 사랑했던 부인의 죽음이 아들로 인한 것임을 암시하고 그로 하여금 부인의 자리를 채워줄 것을 요구했기 때문이다. 부인을 잃은 슬픔을 달래기 위해 아버지는 아들에게 "네 엄마 이야기를 하자꾸나" 라고 요청한다. "네가 단지 내 아들이기만 하다면 이렇게 너를 사랑하겠느냐?"는 아버지의 말을 통해서 대여섯 살밖에 안 되는 아들은 어머니가 자기 때문에 돌아가셨고 또 어머니의 빈자리 때문에 자기가 아버지의 각별한 사랑을 받는다고 여기면서 불안감을 느낀다. 그는 아버지에게 아들이면서도 아들 이상의 존재, 즉 아버지의 연인 역할을 대신 맡는 애매한 상황에 놓이기 때문이다.

오이디푸스 콤플렉스의 관점에서 볼 때 어머니의 애정에 대한 욕망은 이 욕망을 방해하는 경쟁자인 아버지에 대한 증오를 낳지만, 정상적인 경우 이러한 증오는 경쟁자인 아버지를 모방하려는 시도를 통해 극복된다. 즉, 어린아이는 아버지와의 동일시 과정에서 어머니와의 합일을 금지하는 아버지의 권위를 인정하고 어머니를 다른 여인으로 대체하게 된다. 그러나 루소는 어머니의 역할을 맡은 고모를 독점하고 있기 때문에 애초부터 어머니의 애정을 아버지와 다툴 필요가 없었다. 오히려 그는 자신의 독점적인 지위를 유지하기 위해 아버지의 마음에 드는 착한 아이이기만 하면 되었다. 또한 고모는 매우 정숙한 처녀로서 아이가 엄마에게 할 수 있는 육체적 접촉을 엄격히 금지한 것으로 보인다.

그는 이러한 상황에서 아버지와 고모의 마음에 들기 위해서 남성으로서의 성적 정체성을 스스로 억압하게 된다. 그리고 이러한 억압은 이후 루소에게서 사랑과 성적 욕망의 분리로 나타나게 된다. 그는 진심으로 사랑하는 여인에게서 성적 욕망을 충족시키지 못하고 반대로 성적 욕망을 충족시켜 주는 여인은 사랑하지 못하게 될 것이다.

나는 1712년 제네바에서 시민 이자크 루소와 시민 쉬잔 베르나르의 자식으로 태어났다. 얼마 되지도 않는 재산을 15명의 자식들이 나누어 가져야 했기 때문에 아버지의 몫은 거의 없어서 아버지는 오직 시계공이라는 직업으로 생계를 꾸려나갔는데, 사실 시계공으로서는 대단히 솜씨가 좋았다. 목사 베르나르[3]의 딸인 어머니는 아버지보다 더 부유했다. 그분은 정숙하고 아름다웠다. 아버지가 어머니를 얻는 데에는 고생

---

3 어머니는 목사 베르나르의 딸이 아니라 조카였다.

도 없지 않았다. 그분들의 사랑은 거의 그분들이 나면서부터 시작되었다. 8, 9세 때부터 매일 저녁 성벽의 산책로 라 트레유에서 함께 산책하곤 했다. 10살이 되자 그들은 이제 서로 떨어질 수 없게 되었다. 습관으로부터 생겨났던 애정은 두 영혼이 교감하고 일치함으로써 그들의 마음속에서 더욱 확고해졌다. 천성이 다정다감한 두 사람은 상대방에게서 똑같은 감정을 찾아낼 때만을 기다리고 있었다. 아니 더 정확히 말하면 그 순간이 바로 그들을 기다리고 있었다. 그래서 그들은 어느 편이 먼저랄 것도 없이 상대방의 마음을 받아들이기 위해 자신의 마음을 열고 상대방에게 자신의 마음을 바쳤다. 운명은 그들의 열정을 방해하는 것처럼 보였지만 단지 그 열정에 부채질을 했을 뿐이다. 결혼하고 싶어 하는 그 젊은이는 자기 연인을 손에 넣을 수 없어서 고통으로 쇠약해졌다. 그녀는 그에게 자기를 잊도록 여행이라도 하기를 권했다. 그는 여행을 했지만 소용이 없었고 그 어느 때보다도 더욱 사랑이 깊어져 돌아왔다. 그는 사랑하는 여인과 재회했을 때 그녀가 다정하고 마음이 변하지 않았다는 것을 알았다. 이러한 시련을 겪은 후 남은 일이라고는 한평생 서로 사랑하는 것밖에 없었다. 그들은 그러기로 맹세했고 하늘은 그들의 서약을 축복했다.

어머니의 남동생인 가브리엘 베르나르는 내 아버지의 누이들 중 한 여인을 사랑하게 되었다. 그러나 그녀는 자기 오빠도 그의 누이와 결혼한다는 조건에서만 그 동생과 결혼할 것에 동의했다. 사랑으로 만사가 해결되어 두 쌍의 결혼식이 같은 날 이루어졌다. 그래서 외삼촌은 고모의 남편이고 그 자식들은 이중으로 내 사촌이 되었다. 1년이 지난 후에는 양쪽 집에서 아이가 태어났다. 그 다음에 우리 부모님은 또 떨어져 살지 않으면 안 되었다.

외삼촌 베르나르는 축성 공병 장교였다. 그는 신성로마제국과 외젠 대공이 지배하던 헝가리로 가서 군인으로 복무했고, 베오그라드 포위와 전투에서 두각을 나타냈다. 아버지는 하나밖에 없는 내 형이 태어난 후 콘스탄티노플로 떠났다. 그곳에 불려가서 터키 궁전의 시계공이 된 것이다. 그분이 없는 동안 어머니는 미모와 재기와 재능으로 남자들의 사모를 받았다. 프랑스 변리공사인 라 클로쥐르 씨는 가장 열렬히 그녀에게 사모의 감정을 바쳤던 사람들 중 한 사람이었다. 그의 열정이 강렬했음은 틀림없었다. 30년이 지난 후에도 내게 어머니에 대한 이야기를 들려주면서 그가 감개무량해 하는 것을 보았기 때문이다. 어머니에게는 그런 것들로부터 자신을 지키기 위해서 정절 이상의 것이 있었는데, 그분은 남편을 진심으로 사랑하고 있었던 것이다. 그래서 남편에게 빨리 돌아오라고 재촉했다. 남편은 만사를 제쳐놓고 돌아왔다. 나는 이러한 귀환에서 생긴 비극적인 결실이었다. 열 달 후에 나는 허약하고 병든 상태로 태어났다. 어머니는 나로 인해 생명을 잃었고, 그래서 나의 출생은 내가 겪게 될 불행들 중 최초의 불행이 되었다.

나는 아버지가 어머니의 죽음을 어떻게 견뎌냈는지 모르겠지만, 아버지가 결코 그 죽음을 잊지 못한 것은 알고 있다. 아버지는 내가 당신에게서 그분을 빼앗아 갔다는 사실을 잊지 못하고 내게서 그분의 모습을 다시 본다고 믿었다. 아버지가 나를 껴안을 때마다 당신의 깊은 탄식과 발작적인 포옹에서 애정의 표시에 뒤섞인 사무치는 아쉬움이 깃들어 있음을 느꼈다. 그러나 그 때문에 애정의 표시는 더욱 다정했다. 당신이 내게 "장자크야, 네 엄마 이야기를 하자꾸나"라고 하면 나는 "좋아요, 아버지, 그럼 또 같이 울겠네요"라고 대답했는데, 이 한마디만으로도 당신은 벌써 눈물이 글썽거렸다. 그리고 "아, 그녀를 돌려다오. 나를 위로해다오. 그녀가 내 영혼에 남겨 놓고 간 이 빈자리를 채워다오. 네가 단지 내 아들이기만 하다면 이렇게 너를 사랑하겠느냐?"라고 한탄하셨다. 어머니를 잃고 40년 후에 그분은 두 번째 부인의 팔에 안겨 돌아가셨지만, 입으로는 전처의 이름을 부르고 마음속에는 그분의 영상을 담고 돌아가셨다.

나를 낳아 주신 분들은 바로 이러한 분들이었다. 하늘이 그분들에게 내린 재능들 중 다감한 마음만이 그분들이 내게 남긴 유일한 것이다. 그런데 그 다감한 마음은 그분들을 행복하게 만들었지만 나에게는 삶의 온갖 불행들을 만들어냈다.

나는 거의 죽어 가는 상태로 태어나서 사람들은 내가 살 가망이 거의 없다고들 생각했다. 날 때부터 어떤 병[4]의 싹을 지니고 있었는데 해가 갈수록 심해졌다. 지금은 가끔 누그러지기도 하지만 나는 그로 인해 단지 또 다른 방식으로 더욱 혹독한 고통을 겪게 될 뿐이었다. 상냥하고 현숙한 처녀였던 고모 한 분이 내게 지극한 정성을 들여 나를 살려냈다. 내가 이 글을 쓰고 있는 지금도 그분은 아직 살아 계신다. 여든의 연세에 당신보다 나이가 적지만 술에 곯은 남편을 돌보면서 말이다. 사랑하는 고모님, 저는 당신이 제 생명을 구해주셨던 것을 탓하지 않겠습니다. 제 생애가 시작할 때 당신이 제게 아낌없이 베풀어주셨던 애정에 찬 보살핌을 당신의 생애가 끝나갈 때 갚을 수 없어서 몹시 서글플 따름입니다. 나에게는 또한 자크린이라는 유모가 있는데, 아직 살아 있으며 건강하고 튼튼하다. 내가 태어났을 때 내 눈을 뜨게 해준 그 손이 내가 죽을 때도 내 눈을 감겨줄 수 있을 것이다. (13~18쪽)

---

4 그는 요폐증으로 한평생 시달렸는데, 대부분의 정신과 의사들은 그의 요폐증이 육체적 병이 아니라 심리적 문제라고 보고 있다.

루소의 아버지는 아들을 아들로서 인정하기보다 부인의 대체물로 간주하는 경향을 보인다. 따라서 루소는 아들로서 아버지를 모방하는 데 상당한 어려움을 느낀다. 그러나 루소의 독서 체험은 이러한 곤란함을 부분적으로 해소시켜주는 역할을 하고 있다. 일반적으로 비평가들은 루소가 어린 시절 읽은 17세기의 연애 소설들이 그의 여성적인 연애 감정을 조장한 반면 플루타르코스의 위인전이 대표하는 고전 작품들은 영웅적인 도덕심을 부추겨, 그의 이중적인 성격이 형성되었다고 말한다. 그런데 우리가 주목할 것은 루소의 독서 체험에서 연애 소설보다 고대 영웅들의 전기가 그에게 더욱 강력한 영향력을 발휘했다는 사실이다.

우리는 루소의 독서 체험에서 어머니를 대신하는 존재가 아니라 아버지의 아들로 자리 잡으려는 장자크의 기도를 엿볼 수 있다. 위인전을 읽는 과정에서 아버지는 사랑하는 여인을 잃은 고통에 사로잡혀 있는 연인이 아니라 애국심에 불타오르는 인물로 변모된다. 이렇게 모습이 변한 아버지를 보는 아들은 자신이 아버지로부터 가장 소중한 존재를 앗아간 죄인이라는 죄책감을 덜게 된다. 아들과 아버지가 나누는 연애담은 영웅담으로 대체되고 장자크는 부재하는 어머니를 연기하면서 느꼈던 "속박과 굴종"의 고통스런 감정에서 어느 정도 해방된다. 그는 영웅들을 모방하고 자신을 그들에 동화시키면서 아버지와의 동일시를 간접적으로 충족시키고, 아버지의 아들 이상 가는 모호한 자리로부터 벗어나 아버지의 아들이라는 정당한 위치를 차지한다. 루소가 로마의 용사 스카에볼라를 흉내 낸 일화는 독서에서 확보한 자기 정체성을 확인하기 위한 시도의 극단적인 표현으로 보인다. 이렇듯 자의식의 형성이 현실과의 접촉보다는 허구라는 매개에 의존한 것은 이후 작가로서의 루소의 운명을 예비한다.

루소는 《에밀》에서 어린아이에게 실제 사물에 대한 이해도 없이 상상력을 통해 그것에 대한 관념이나 정념만을 갖게 만드는 독서에 대해 그 위험성을 지적하며 단호하게 반대한다. 그는 "독서란 어린 시절의 재앙"(《에밀》, 2권)이라고 말하면서 청년이 될 때까지는 혼자 사는 데 필요한 실제적인 지식을 주는 《로빈슨 크루소》만을 읽힐 것을 권고한다. 특히 주인공과 자신을 동일시하는 독서 체험의 위험에 대해 언급하면서 "자기 이외의 다른 존재가 되기를 더 원한다면" 교육의 모든 것은 끝장이라고 말하는데, 이러한 위험은 루소 자신의 경우에 비추어 의미심장하다.

나는 생각하기 전에 먼저 느꼈다. 이것은 인간의 공통 조건이다. 다만 나는 이것을 남보다 더 체험했다. 대여섯 살 때까지 무엇을 했는지 모르겠고 어떻게 읽기를 배웠는지도 모른다. 단지 초기의 독서와 그것이 내게 미친 효과만 기억날 뿐이다. 자의식이 중단 없이 나타나는 것은 바로 이 무렵부터라고 추정된다. 어머니는 몇 권의 소설들을 남겨주었다. 아버지와 나는 저녁식사 후에 그것들을 읽기 시작했다. 처음에는 그저 재미있는 책들로 내게 읽기 공부를 시키려는 것이었는데, 얼마 되지 않아 매우 흥미진진해져서 우리들은 쉴 새 없이 책을 돌려가며 읽고 이 일로 밤을 새우곤 했다. 우리들은 끝까지 읽지 않으면 도저히 책을 덮을 수가 없었다. 때때로 아버지는 아침에 제비가 짹짹거리는 소리를 들으면서 몹시 부끄러워하며 이렇게 말씀하셨다. "그만 자러 가자. 난 너보다도 더 어리구나."

이러한 위험한 방법으로 나는 얼마 되지 않아 책을 줄줄 읽고 그것을 술술 이해하는 비상한 재능뿐만 아니라 열정에 대해 내 나이에 유례없는 이해력도 얻게 되었다. 나는 실제 사물들에 대해서는 전혀 몰랐지만, 그것들에 대한 모든 감정들은 이미 알고 있었다. 나는 아무것도 이해하지 못했지만 모든 것을 느끼고 있었다. 잇달아 경험한 이러한 혼란스러운 흥분은 내가 아직 갖지 못한 이성理性을 전혀 손상시키지 않았지만 그 때문에 나에게는 남들과는 다른 성격의 이성이 형성되었고 인생에 대해 기묘하고 소설처럼 비현실적인 개념을 갖게 되었는데 경험과 성찰도 끝내 그것을 제대로 고쳐줄 수 없었다.

소설 읽기는 1719년 여름과 더불어 끝났다. 그해 겨울에는 다른 것을 읽었다. 어머니의 장서는 바닥이 나서 우리들에게 귀속되었던 외할아버지의 일부 장서를 이용했다. 다행히도 거기에는 좋은 책들이 있었다. 그럴 수밖에 없었던 것이 그 장서는 실제로 목사이자 학자이기까지 하면서도 — 당시에는 그것이 유행이었다 — 취미가 고상하고 지성적인 분이 갖추어 놓은 것이었기 때문이다. 르 슈외르의 《로마 교회와 제국의 역사》, 보쉬에의 《세계사 강론》, 플루타르코스의 《위인전》, 나니의 《베네치아의 역사》, 오비디우스의 《변신》, 라브뤼예르, 퐁트넬의 《우주의 다양성에 대한 대화》와 《죽은 사람들과의 대화》, 몰리에르 몇 권이 아버지의 작업실로 옮겨졌고 나는 아버지가 일하는 동안 그것들을 읽어드렸다. 나는 여기에 취미를 붙였는데, 내 나이에 비추어 이러한 취미를 갖는 것은 드물거나 어쩌면 유례없는 일일 것이다. 특히 플루타르코스는 내 애독서가 되었다. 그것을 즐겨 거듭해서 다시 읽었는데 여기서 얻은 즐거움으로 나의 소설병小說病은 어느 정도 고쳐졌다. 나는 곧 오롱다트, 아르타멘느, 쥐바보다 아게실라오스, 브루투스, 아리스테이데스를 더 좋아하게 되었다.

이런 재미있는 독서와 또 이것이 계기가 되어 아버지와 나누던 대화를 통해서 자유스럽고 공화주의적인 기질과 자존심이 강해 굴할 줄 모르고 속박과 굴종을 참지 못하는 성격이 형성되었는데, 이러한 기질과 성격은 그것을 마음껏 발휘하기에 가장 부적절한 처지에 놓여 있는 나를 평생 동안 내내 괴롭혔다. 줄곧 로마와 아테네에 정신이 팔려서, 말하자면 그 나라들의 위인들과 함께 살고 내 자신이 공화국의 시민으로 태어난 데다 또 가장 열렬히 조국을 사랑하는 아버지의 아들로 태어나기도 해서 나는 아버지를 본받아 애국심으로 불타올랐다. 나는 스스로를 그리스나 로마 사람으로 여겼으며 내가 읽은 전기의 인물이 되었다. 내게 강한 인상을 주었던 의연한 기개와 용맹성을 드러내는 행동들을 이야기할 때면 내 눈은 빛나고 목소리는 높아졌다. 어느 날 식탁에서 스카에볼라[5]의 모험담을 이야기하면서 그의 행위를 그대로 연기하기 위하여 화로 위에 손을 내밀고 올려놓고 있어서 그것을 본 사람들이 깜짝 놀란 적도 있었다. (18~23쪽)

---

5 스카에볼라(Scaevola) : BC 6세기 말의 전설적인 로마 영웅. 에트루리아인들과의 전투에서 적장을 죽이러 적의 진영 속에 침투하다 붙잡혀 포로가 되었다. 그는 공모자들을 알려주기보다는 차라리 자기 오른손을 불태우도록 했다. '왼손잡이'라는 그의 별명은 이로부터 기인한다.

루소에게는 7살 위인 형이 하나 있었는데, 불량아로 아버지의 미움을 받다가 아버지가 제네바를 떠난 후 그 역시 사라져버렸다. 반면 루소는 형과는 달리 아버지와 고모와 자크린으로부터 사랑을 받으며 행복한 어린 시절을 보냈다고 회상한다.

전원에서의 기숙생활

1722년 루소의 아버지 이자크는 퇴역 프랑스 대위와 싸움을 벌이고 처벌을 피하기 위해 제네바를 떠나게 된다. 그런데 아버지가 루소를 돌보아주던 고모까지 데리고 가는 바람에 루소는 말은 하지 않지만 커다란 충격을 받았던 것으로 보인다. 외삼촌이자 고모부인 가브리엘 베르나르의 손에 맡겨진 루소는 외사촌인 아브라암 베르나르와 함께 제네바에서 5, 6킬로미터 떨어진 보세에 있는 랑베르시에 목사의 기숙학교로 보내졌다. 그 2년간의 기숙생활은 대체로 행복했으며, 그곳에서 체험한 전원생활의 매력은 평생 그의 뇌리에서 사라지지 않았다. 거기서 최초로 접한 학교라는 세계에 그는 쉽게 적응했다. 그러나 그가 발견한 또 다른 세계, 즉 관능의 세계는 그를 무한한 혼란에 빠뜨렸다. 목사에게는 마흔 살가량

되는 노처녀 여동생이 있었다. 루소는 이 여성에게 경애심을 품었고, 그녀로부터 볼기를 맞으면서 뜻하지 않게 관능의 매력을 맛보게 된 것이다. 그런데 두 번째로 볼기를 맞을 때 나타난 어떤 낌새 — 이 낌새는 발기로 추정된다 — 로 인해 그의 관능적 욕망이 랑베르시에 양의 시선에 드러나는 순간 그 욕망의 충족은 불가능해지고(볼기 때리기를 포기함), 더 나아가 내밀한 애정마저도 불가능해진다(랑베르시에 양의 방에서 쫓겨남). 장자크는 이에 대해 내면적 반응을 드러내고 있지 않지만 이러한 처벌이 그의 마음에 상당한 외상을 주었음은 분명하다. 그는 볼기를 맞으려고 의도적으로 잘못을 저지른 것이 아니며, 볼기를 맞으면서 나타난 어떤 낌새 역시 그가 통제할 수 없는 육체적 반응이라는 점에서 전적으로 그의 책임이 아니다. 그럼에도 불구하고 랑베르시에 양이 잠자리를 따로 쓰게 하는 것에 대해 그는 납득할 만한 이유를 찾을 수 없었을 것이다. 볼기를 맞아서 생기는 쾌락에 대한 처벌은 볼기를 때리지 않는 것으로 그쳐야지 순수한 애정마저 금지하는 것은 너무나 가혹한 처벌이다. 이렇게 억압된 욕망은 이후 간접적인 방식을 통해 그 불만을 표출하게 된다.

루소는 랑베르시에 양이 사용하는 빗의 빗살을 부러뜨렸다는 혐의를 받고 이를 부인하다가 가혹한 처벌을 받게 된다.

이 사건에서 그는 자신의 잘못이 아닌데도 자신에게 죄를 뒤집어씌우는 랑베르시에 남매의 불의를 맹렬히 비난하는데, 그 비난은 '볼기 맞기의 일화'와 긴밀한 관계를 맺고 있는 것으로 보인다. 그를 처벌하는 랑베르시에 남매는 그가 저지르지도 않은 일을 갖고 단죄를 내리기 때문에 부당할 뿐만 아니라 루소의 의도에 대해 오해했다는 점에서 더욱 비난받아 마땅하다. 장자크가 두 번째 볼기를 맞게 될 때 그 원인이 되었던 빗의 주인이 랑베르시에 양이라는 사실에 비추어보면, 충분히 그녀는 그가 일부러 체벌을 받기 위해 그런 일을 했던 것이 아닐까라는 의혹을 가질 수 있다. 그에게 가장 견디기 힘든 것은 이러한 오해의 가능성이다. 왜냐하면 이러한 의심은 내밀한 애정을 최상의 가치로 삼는 장자크의 내면적 순진성 자체를 문제로 삼기 때문이다. 그가 그 일을 저지른 장본인이 아니라고 강력히 부인하는 데는 자신이 그 일을 저지르지 않았다는 외적인 사실도 물론 중요하지만, 그가 또 다시 볼기를 맞으려고, 즉 관능적 욕망을 충족시키기 위하여 고의로 빗살을 부러뜨린 것으로 보이지 않을까 하는 두려움이 더욱 강력한 동기로 작용한 것으로 보인다. 장자크는 의도적이지 않은 과실을 고의적인 소행으로 오해받아 그와 같이 처벌을 받는 사촌 베르나르의 경우를 아무런 잘못도 없으면서 오해로 인해 처벌받는 자신과 동일한 경우로 간주하는데, 이는 '부러진 빗살의 일화'에서 실제로 중요한 것은 외적인 사실에 대한 오해가 아니라 의도에 대한 의심이라는 점을 분명히 보여준다. 또한 "이번에는 처벌을 가하는 사람이 랑베르시에 양이 아니었다"라는 장자크의 유감 어린 말투는 만약 체벌을 가하는 사람이 그녀였다면 체벌 자체가 그리 문제가 되지 않았으리라는 암시를 담고 있다는 점도 우리의 추측을 뒷받침한다. 랑베르시에 양이 그를 체벌한다면, 그것은 그녀가 그 사건 자체를 관능적 욕망에 결부되지 않은 단순한 잘못으로 받아들였다는 것을 의미하기 때문이다. '부러진 빗살의 일화'는 자신의 내면에서 관능적 욕망을 억압하려고 노력하는 장자크와 그의 의도를 오해하는 타인들 사이의 갈등을 보여준다.

빗살이 부러진 데에 자신의 의도나 행위가 전혀 개입되어 있지 않기 때문에 그가 책임질 일이 전혀 없는 것처럼, 사실 그의 육체에서 나타난 욕망의 기호도 실상 전혀 그의 의도와는 상관이 없다. 단지 그 욕망의 기호가 자신의 육체에 속한다는 이유만으로 그가 의도적으로 성적 욕망의 충족을 지향하고 있다고 추측하는 것은 부당한 일이다. 그의 소극적인 욕망은 단지 상상 속에서 혹은 우연하게 충족되는 것으로 만족하여 미덕의 법칙을 위배하지 않기 때문이다. 그렇지만 사람의 '참존재'(*être*)가 아니라 '겉모습'(*paraître*)을 갖고 판단하는 타락한 세상사람들은 장자크의 순수한 의도를 왜곡한다. 반면 자신의 성적 욕망을 스스로 억압하는 장자크는 자신의 진정성을 의심하는 사회에 대해 격렬한 비난을 던짐으로써 간접적으로 자신의 욕망을 정당화한다. 어쨌든 이제 내면의 의도란 말과 행위 등 외적 기호를 통해 투명하게 드러나는 것이 아니라 타인들의 해석과 투쟁을 벌이면서 그 진실성이 입증되어야 할 어떤 것이 된다.

> 내가 태어나면서 갖게 된 최초의 성향들은 이러했다. 자존심이 강한 동시에 다정다감한 그 마음과 여성처럼 나약하지만 불굴의 그 성격은 이렇게 내 마음속에서 형성되어 나타나기 시작했다. 그리고 이러한 마음과 성격은 항상 나약함과 용기 사이에서 또 나태함과 미덕 사이에서 흔들려 끝까지 나를 나 자신과 모순된 상태에 놓이게 했고, 금욕과 향락 또는 쾌락과 덕행이 똑같이 내게서 멀어지게 만들었다.
>
> 이러한 교육의 진행은 한 사건에 의해 중단되었고, 그 결과는 그 후의 내 생애에 영향을 끼치게 되었다. 아버지가 프랑스 육군 대위로 제네바의 위원회와 연줄이 있는 고티에 씨와 다툰 것이다. 무례하고 비겁한 사람인 그 못난 고티에는 코피가

났고, 복수를 하기 위해서 아버지가 시내에서 칼을 뽑았다고 고발했다. 감옥에 끌려가게 된 아버지는 법률에 따라 원고도 아버지와 같이 수감되기를 완강히 요구했다. 그러나 그렇게 하겠다는 약속을 받을 수 없었기 때문에 명예와 자유가 위태롭게 보이는 문제에서 굴복하는 쪽보다는 차라리 제네바를 떠나 여생을 나라 밖에서 지내기를 더 원했다.

나는 남아서 그 무렵 제네바의 축성 공사에 종사하던 베르나르 외삼촌의 보호를 받았다. 외삼촌의 큰딸은 이미 죽고 없었으며 나와 동갑인 아들이 하나 있었다. 우리들은 보세에 있는 목사 랑베르시에의 집에 기숙생으로 들어가 교육이란 명목 아래 라틴어와 그에 부수되는 자질구레한 잡동사니 같은 것들을 배웠다.

이 시골 마을에서 2년을 지내면서 내가 갖고 있던 로마인 같은 격한 성격이 약간 누그러지고 나는 다시 어린애다운 아이가 되었다. 아무것도 강요받지 않았던 제네바에서는 실습과 책 읽기를 좋아했다. 그것이 거의 유일한 즐거움이었다. 보세에서는 공부 때문에 공부에 휴식 역할을 하는 놀이를 좋아하게 되었다. 시골이 내게는 여간 신기한 것이 아니어서 그 즐거움에 싫증이 날 수 없었다. 시골을 매우 좋아하게 되어서 그 애착은 결코 식을 줄 몰랐다. 내가 시골에서 보낸 행복한 나날을 회상할 때면 어떤 나이가 되어도 그곳에서의 생활과 즐거움을 그리워하지 않을 수 없었고, 그 그리움은 시골을 다시 찾을 때까지 변치 않고 계속되었다. 랑베르시에 씨는 매우 분별이 있는 분이어서 우리들의 교육을 등한시하지 않으면서도 과도한 숙제를 전혀 부과하지 않았다. 내가 속박을 싫어함에도 불구하고 수업 시간을 회상할 때 결코 혐오감을 느끼지 않았다는 것과 또 그로부터 많은 것을 배우지 못했지만 배운 것은 어렵지 않게 배웠고 하나도 잊어버리지 않았다는 것은 그가 교육을 잘했다는 증거이다.

이러한 전원생활의 소박함은 나의 마음을 우정을 향해 열어주어 말할 수 없이 소중한 도움을 주었다. 그때까지 나는 고상하지만 공상적인 감정밖에 몰랐다. 평화로운 상태에서 같이 사는 습관 덕분에 내 마음은 사촌 베르나르와 정답게 결합되었다. 얼마 되지 않아 나는 형에게 가졌던 애정보다 더욱 깊은 애정을 그에게 품게 되었고, 그것은 결코 사라지지 않았다.

(…)

보세에서의 생활 방식은 내 취향에 매우 잘 맞아서, 더도 말고 그 생활방식이 더 오랫동안 지속되기만 했더라도 내 성격은 완전히 고정되었을 것이다. 부드럽고 다정하고 평화로운 감정이 그 바탕이 되어 있었다. 천성적으로 나보다 허영심이 더 적은 사람은 결코 없었다고 생각한다. 나는 숭고한 충동으로 기세 좋게 고양되지만 곧 내 평소의 무기력한 상태로 다시 떨어진다. 내게 접근하는 모든 사람들에게 사랑 받는 것이 내 욕망들 중 가장 강렬한 것이었다. 나도 온순했고 외사촌도 그리고 우리들을 지도하는 사람들조차 그러했다. 꼬박 2년을 지내는 동안 격한 감정을 목격한 적도 그 희생물이 된 일도 없었다. 모든 것이 자연에서 받은 내 마음의 성향들을 키워나갔다. 나는 사람들이 나와 또 모든 것에 대해 만족스러워하는 것을 보는 것만큼 기분 좋은 일은 알지 못했다.

교회에서 교리문답을 하다가 답변에 막혀 우물거리는 일이 생길 때 랑베르시에 양의 얼굴에서 안절부절못하며 속을 끓이는 표정을 보는 것보다 더 나를 당황하게 만드는 일은 없었음을 영원히 잊지 못할 것이다. 그것만이 사람들이 모인 앞에서 답변을 잘하지 못하는 수치보다 더욱 내 마음을 아프게 했다. 그렇지만 그런 수치가 대단히 내 마음을 아프게 했던 것도 사실이다. 왜냐하면 나는 칭찬에는 그리 민감하지 않았지만 수치에는 언제나 매우 민감했기 때문이다. 그리고 랑베르시에 양이 나무랄 것이라고 예상했을 때 그것은 내게 불안감보다는 그녀를 슬프게 만들지 모른다는 두려움을 주었다고 여기서 말할 수 있다.

그러나 그녀도 필요할 때는 자기 오빠처럼 엄했다. 그러나 이러한 엄격함은 거의 언제나 정당한 것이었고 결코 도를 넘어서지 않아서 그 때문에 마음은 상했지만 조금도 반항심이 생기지는 않았다. 나는 벌을 받는 것보다 다른 사람의 기분을 상하게 하는 것이 더 유감스러웠고, 불만스러운 기색이 체벌보다 더 끔찍스러웠다. 더욱 명확히 속마음을 털어놓기란 난처한 일이지만 그럴 필요가 있다. 언제나 무차별적으로 그리고 흔히 무분별하게 사용되는 처벌 방법이 가져오는 훗날의 결과를 더 잘 알 수 있다면 어린아이를 다루는 방법도 얼마나 바뀔 것인가! 흔한 만큼 그 정도로 해로운 한 가지 실례로부터 사람들이 커다란 교훈을 이끌어낼 수 있다는 생각에서 그 실례를 제시할 결심을 하게 되었다.

랑베르시에 양은 우리들에게 어머니 같은 애정을 갖고 있었지만 또한 어머니 같은 권위도 갖고 있어서 가끔 그 같은 권위를 행사하여 우리들이 벌 받을 만한 짓을 했을 때는 자식에게 벌을 주는 것처럼 볼기를 때리기까지 했다. 꽤 오랫동안 으르는 것에 그쳤으나 완전히 새로운 벌을 주겠다고 위협하는 것이 내게는 아주 무서워 보였다. 그러나 처벌을 받은 후에는 실제 당하고 보니 예상했던 것보다 덜 무섭다는 생각이 들었다. 그리고 무엇보다도 묘한 것은 이 벌이 그것을 가한 여인에 대해 훨씬 더 애정을 느끼게 만들었다는 것이다. 일부러 벌을 받을 만한 짓을 해서 똑같은 처벌을 다시 받으려고 애쓰는 것을 자제하기 위해서는, 심지어 그녀에 대한 그 진실한 애정과 내 선천적인 온순함을 남김없이 발휘해야 했다. 그도 그럴 것이 나는 고통 속에 심지어 부끄러움 속에도 일종의 관능이 섞여 있는 것을 느꼈고, 그로 인하여 같은 손에 의해 다시 한 번 벌을 받기를 두려워하기보다는 오히려 더 바라게 되었기 때문이다. 아마 거기에는 어떤 조숙한 성적 본능이 섞여 있어서, 그녀의 오빠에게서 같은 벌을 받았다면 그것은 내게 전혀 즐겁게 여겨지지 않았을 것이다. 하기는 그의 성미로 보아 그가 대신 벌한다고 해도 무서울 것은 거의 없었다. 그러니까 내가 체벌을 받을 만한 짓을 삼간 것은 오로지 랑베르시에 양의 마음을 아프게 만들까 두려워서 그랬던 것이다. 왜냐하면 내게서는 호의 — 그것이 심지어 관능에서 생겨난 호의라 해도 — 가 너무 강한 영향력을 발휘하고 있어서 마음속에서 항상 관능을 지배했기 때문이다.

그런데 내가 두려워하지는 않았지만 멀리했던 이러한 체벌을 받게 되는 일이 생겼다. 내 잘못은 없었다. 다시 말하면 내게 그럴 의도는 없었던 것이다. 어쨌든 나는 그 체벌을 이용했는데, 감히 말하자면 거기서 양심의 가책은 없었다. 그러나 두 번째가 또한 마지막이었다. 왜냐하면 랑베르시에 양은 벌을 주기가 너무 피곤해서 그것을 그만두겠다고 선언했기 때문이다. 아마 그녀는 어떤 낌새를 보고 이러한 처벌이 그 목적을 달성할 수 없다는 것을 알아차렸던 것 같다. 우리들은 그때까지 그녀의 방에서 잤고 심지어 겨울에는 가끔 그녀의 침대에서 자기도 했다. 그런데 이틀 후에 사람들은 우리들을 다른 방에서 자게 해서 나는 그 후 그녀로부터 다 큰 아이로 대접받는 정말 달갑지 않은 명예를 얻었다.

8살의 나이로 30세의 처녀[6]에게서 받았던 이러한 어린아이에 대한 처벌로 인해 내 취향과 욕망과 정념이 그리고 그 후의 인생에서 나라는 인간이 결정되었는데, 그것도 자연적인 결과로 예상되는 바와는 정반대되는 방향으로 결정되었다는 것을 누가 믿겠는가? 관능이 불붙은 동시에 욕망은 완전히 다른 곳으로 방향을 바꾸어서, 내가 맛보았던 것에만 국한되어 다른 것을 찾아 나설 생각을 못했다. 나는 거의 태어날 때부터 관능에 불타오르는 피를 지녔으면서도, 아무리 정열이 없고 발육이 더딘 기질의 아이들이라도 물이 오를 한창 나이에 이르기까지 어떠한 오점도 없이 몸을 간수했다. 알지도 못하는 것에 오랫동안 마음을 시달리면서 불타는 눈길로 아름다운 여인들을 탐욕스럽게 바라보았다. 그리고 끊임없이 그 여인들을 상상 속에서 불러냈는데, 그것은 단지 그녀들을 내 방식대로 이용하여 모두 다 랑베르시에 양으로 만들기 위해서였다.

이 괴상한 취향은 다 큰 후까지도 여전히 사라지지 않고 변태와 광기로까지 이르게 되어, 내가 그로 인하여 방정한 품행을 잃어버렸을 것처럼 보일지 모르겠지만 오히려 그것을 유지할 수 있었다. 일찍이 정숙하고 순결한 교육이 있었다면, 내

---

6 실제로 장자크는 11살 정도였고 랑베르시에 양은 약 40세였다.

가 받은 교육이 바로 그것이다. 고모 셋은 타의 모범이 될 정도로 정숙했을 뿐만 아니라 다른 여성들이 이미 오래 전부터 잊어버린 조심성을 갖고 있었다. 아버지는 관능적인 쾌락을 추구하는 사람이었지만 여성에 대해서는 고풍古風의 정중함을 갖추고 있어서 당신이 가장 사랑하는 여성들 옆에서도 처녀가 얼굴을 붉힐지도 모를 이야기들은 결코 입에 담지 않았다. 그래서 사람들은 다른 어디서보다도 우리집 안에서는 그리고 내 앞에서는 어린아이들에 대해 의당 기울여야 할 배려를 잊지 않았다. 바로 이 점에 대해서는 랑베르시에 양 집에서도 조심성이 더했으면 더했지 덜하지는 않아서, 아주 사람 좋은 하녀가 우리들 앞에서 지껄인 약간 외설적인 말 한마디 때문에 그 집에서 쫓겨났을 정도였다. 나는 사춘기까지도 남녀의 성적 결합에 대해서는 전혀 명확히 몰랐을 뿐 아니라 그에 대한 막연한 생각마저도 추하고 혐오스러운 이미지로밖에는 떠오르지 않았다. 창녀들에 대해서는 결코 사라지지 않는 혐오감을 가졌다. 방탕한 사람을 볼 때면 경멸감과 심지어 두려움을 느끼지 않을 수 없었다. 어느 날 둔덕 사이에 난 길을 따라 프티 사코넥스라는 동네에 갔을 때 그 길 양쪽에서 토굴—사람들이 내게 그 녀석들이 거기서 흘레붙는다는 말을 해주었다—을 보았던 이래로 방탕에 대한 혐오감이 그 정도까지 심해졌기 때문이다. 인간들의 그 짓을 생각할 때면 전에 암캐들이 흘레붙을 때 본 것 역시 언제나 머릿속에서 떠올라 그 기억만으로도 속이 메스꺼웠다.

내가 받은 교육에서 생겨난 이러한 선입견들은 불붙기 쉬운 기질의 첫 폭발을 그 자체의 힘으로 지연시키는 데 적합했을 뿐 아니라, 내가 말한 바 있듯이 처음으로 나타나기 시작한 관능이 내 관심의 방향을 돌리는 바람에 그 덕을 보기도 했다. 매우 불편할 정도로 피가 들끓었음에도 불구하고 자신이 느꼈던 것만을 상상하는 나는 내가 알고 있는 종류의 관능에만 욕망을 품을 줄 알아서, 사람들이 내게 혐오스럽게 만들었던 관능에까지는 결코 나가지 않았다. 그런데 내가 전혀 예상하지는 못했지만 그 두 가지 관능은 퍽 인접해 있었다. 어리석은 공상이나 관능의 광란에 빠졌을 때 또 때로는 이런 공상과 광란에 이끌려 엉뚱한 행위를 벌이면서 나는 상상을 통해 이성異姓의 도움을 빌렸지만, 이성이라는 것이 내가 쓰고 싶어 안달하는 용도 이외에 또 다른 용도에 쓰일 수 있다는 것은 생각도 하지 못했다.

그러므로 나는 매우 격렬하고 관능적이고 조숙한 기질을 갖고 있음에도 불구하고 랑베르시에 양이 그리 별다른 뜻 없이 나로 하여금 상상하게 만들었던 관능의 쾌락 이외에 다른 쾌락들은 원하지도 또 알지도 못한 채 이런 식으로 사춘기를 보냈다. 그뿐만 아니라 마침내 세월이 흘러 내가 어른이 되었을 때도 나를 타락시키게 되어 있는 것이 도리어 역시 이런 식으로 나를 지켜주었다. 내가 예전부터 갖고 있는 어린아이 같은 취향은 사라지기는커녕 또 다른 취향과 너무나 밀접히 결부되어서 그것을 관능에 의해 불타는 욕망으로부터 결코 떼어놓을 수 없었다. 그리고 내 천성적인 수줍음에 결부된 이러한 어리석은 정념으로 인해 여성들 옆에서는 항상 매우 소심해져서 감히 마음속에 있는 말을 모두 털어놓거나 하고 싶은 것을 다 할 수 없었다. 그런데 그런 종류의 향락 — 내게 또 다른 향락은 맨 마지막 단계에 불과하다 — 은 그것을 원하는 남자가 강제로 빼앗아 가질 수도 없고 그것을 제공하는 여자가 알아차릴 수도 없는 것이었다. 나는 내가 가장 사랑하는 여성들 곁에서 갈망을 품고 있으면서도 아무 말도 하지 못하면서 이런 식으로 인생을 보냈다. 나는 감히 내 취향을 결코 떳떳하게 말하지 못하더라도 내게 그런 생각을 품게 하는 교제를 통해 어쨌든 이러한 취향을 달랬다. 오만한 애인에게 무릎을 꿇고 그녀의 명령에 복종하고 그녀에게 용서를 빌어야만 하는 것이 내게는 매우 달콤한 즐거움이었다. 그래서 강렬한 상상력이 내 피를 타오르게 하면 할수록 나는 주눅이 든 애인처럼 보였다. 누구나 알고 있듯이 이러한 연애법은 그렇게 신속한 진척을 보이지 않으며 그 상대가 된 여성들의 정조에 대단한 위협이 되지 않는다. 그래서 여인을 소유한 적은 정말 거의 없지만 그래도 내 나름대로 다시 말하면 상상을 통해 많은 즐거움을 누렸다. 바로 이와 같이 내 관능은 소심한 기질과 공상적인 정신과 조화를 이루면서, 내가 좀더 뻔뻔스러웠다면 아마 나를 다시없이 격렬한 육욕에 빠뜨렸을 바로 그 취향으로 내게서 순결한 감정과 방정한 품행을 지켜주었다.

나는 내 고백의 어둡고 질척한 미궁 속으로 가장 힘든 첫 발을 내딛었다. 말하기에 가장 괴로운 것은 죄가 되는 일이 아니라 우스꽝스럽고 부끄러운 일이다. 이제부터는 자신이 있다. 내가 방금 그런 짓을 대담하게 말한 이상 더 이상 어떤 것도 나를 막을 수 없다. 여러분들은 내가 그러한 고백을 하는 데 얼마나 괴로울 수 있었는지를 다음과 같은 점에 비추어 판단할 수 있을 것이다. 나는 온 생애를 통해 사랑하는 여인들 옆에서 눈과 귀를 멀게 만드는 격렬한 정열에 휩쓸려 분별력을 잃고 온몸에서 일어나는 발작적인 경련에 사로잡힌 적도 가끔 있지만, 내 어리석은 정념을 그녀들에게 떳떳이 말하고 다시없이 친밀한 사이면서도 그녀들로부터 다른 사람들에게 허용되지 않는 그 단 하나의 호의를 애걸하는 짓은 차마 할 수 없었다는 것이다. 그런 일은 내 어린 시절 나와 동갑인 여자아이를 상대로 단 한 번 있었는데, 더구나 처음 그런 제안을 했던 것은 그 아이였다.

내 존재 중 감각적인 부분을 형성했던 최초의 흔적들을 이렇게 거슬러 올라가면, 가끔은 양립할 수 없는 것처럼 보이지만 그래도 서로 결합하여 통일적이고 단일한 효과를 강력하게 발휘하는 요소들이 보이기도 하고, 겉으로 보기에는 같지만 몇몇 상황들의 일치에 의해 매우 다른 배합을 이루어 그것들 사이에 어떤 관계가 있다고 전혀 생각할 수 없는 요소들이 보이기도 한다. 예를 들면 내 피에 흘러 들어왔던 음란함과 나약함의 원천이 영혼의 가장 힘찬 원동력들 중의 하나가 뿌리를 박고 있는 원천과 동일하다는 것을 누가 믿겠는가? 내가 방금 말한 주제를 계속 염두에 둔다면 여러분들은 그로부터 아주 다른 인상이 나타나는 것을 보게 될 것이다.

어느 날 나는 부엌에 붙어 있는 방에서 공부하고 있었다. 그 전에 하녀가 랑베르시에 양의 빗들을 말리려고 벽난로 뒤 벽감 위에 올려놓은 터였다. 그녀가 그것들을 가지러 돌아왔을 때, 빗 하나가 한쪽 빗살들이 몽땅 부러진 채로 발견되었다. 이러한 손상에 대한 책임을 누구에게 돌릴 것인가? 나 이외의 다른 사람은 아무도 그 방에 들어간 적이 없었다. 사람들은 내게 묻고 나는 그 빗에 손을 댄 적이 없다고 부인한다. 랑베르시에 남매는 한패가 되어 나를 설득하고 다그치고 위협한다. 나는 끝끝내 버틴다. 그러나 사람들의 확신이 너무 강해서, 내가 아무리 항의해도 그 확신을 꺾을 수 없었다. 내가 그처럼 뻔뻔스럽게 거짓말을 하는 것을 처음 보았음에도 불구하고 말이다. 사태는 심각하게 받아들여졌으며, 또 그럴 만도 했다. 그 악의와 거짓말과 고집이 죄다 처벌을 받을 만하게 보였다. 그런데 이번에는 내게 벌을 주는 사람이 랑베르시에 양이 아니었다. 베르나르 외삼촌에게 편지를 써서, 외삼촌이 왔다. 내 가련한 외사촌에게도 나 못지않은 중죄가 씌워져 있었다. 그래서 우리들은 같은 벌을 받게 되었다. 그 벌은 끔찍했다. 사람들이 병病 자체에서 약을 구하여 영원히 나의 비정상적인 관능을 완화시키길 원했다면, 이보다 더 잘할 수는 없었을 것이다. 그래서 나는 오랫동안 그 관능으로 시달리지 않게 되었다.

사람들은 내게서 그들이 요구하는 자백을 끌어낼 수 없었다. 몇 차례나 혼이 나고 가장 가혹한 상태에 몰렸으나 나는 흔들리지 않았다. 나는 죽음도 견뎠을 것이고, 죽을 각오도 했다. 심지어 폭력도 어린아이의 악마 같은 고집 — 사실 사람들은 나의 끈질김을 바로 그렇게 불렀다 — 에 굴복해야 했다. 드디어 나는 그 잔인한 시련에서 만신창이가 되어 빠져나왔지만 승리를 거두었다.

(…)

평소에는 소심하고 온순하지만 감정이 격할 때는 불같고 자부심이 강하고 굴하지 않는 성격을 상상해 보시라. 언제나 이성理性의 소리에 따라 지도를 받고 언제나 부드럽고 공정하고 친절하게 대우받아 불의란 관념조차 없었는데, 최초로 그와 같이 끔찍한 불의를 자신이 가장 사랑하고 존경하는 바로 그 사람들로부터 경험하는 아이를 상상해 보라. 생각과 감정에 얼마나 커다란 혼란이 생길 것인가! 그의 마음과 머리, 그 어린 지적이고 도덕적인 존재 전체에 얼마나 격심한 충격이 일어날 것인가! 가능하면 여러분들이 이 모든 것을 상상해보라고 말하련다. 왜냐하면 나로서는 당시 내 마음속에 일어났던 일의 흔적을 조금이라도 규명하고 추적할 수 있다고 느끼지 않기 때문이다.

나는 그 무렵 충분히 철이 들지 않아서 겉으로는 내가 얼마나 죄가 있는 것처럼 보였는지도 몰랐고 다른 사람들과 입장을 바꾸어 생각할 줄도 몰랐다. 내 입장만을 고수했고, 내가 느낀 것이라고는 자신이 저지르지도 않은 죄에 대한 무서운 형벌의 가혹함이 전부였다. 육체의 고통은 혹심했지만 거의 느껴지지 않았다. 나는 그저 분개, 격분, 절망을 느꼈을 뿐이다. 내 사촌도 거의 비슷한 경우로 본의 아닌 과실이 계획적인 소행으로 오해받아 처벌을 받자, 나를 따라 분노에 사로잡혔다. 말하자면 나와 동조하여 격분한 것이다. 우리 둘은 모두 한 침대 안에서 발작적인 흥분에 싸여 서로를 얼싸안았다. 숨이 막힐 정도였다. 우리의 어린 마음이 어느 정도 진정되어 분노를 터뜨릴 수 있었을 때, 둘은 일어나 앉아서 있는 힘을 다해 수백 번이나 울부짖기 시작했다. "카르니펙스, 카르니펙스, 카르니펙스.[7]"

지금 이 글을 쓰면서도 아직도 심장의 고동이 높아지는 것을 느낀다. 이러한 순간들은 내가 천만 년을 살더라도 여전히 내 마음에 생생히 남을 것이다. 폭력과 불의에 대한 이 최초의 감정은 내 영혼에 매우 깊이 새겨져서 여기에 관련되는 모든 생각들은 내가 받은 최초의 충격을 다시 불러일으킨다. 그리고 이 감정은 원래 내게 관계된 것이지만 그 자체로 너무나 견고해지고 또 모든 개인적 이해관계와 너무나 분리되어서, 어떤 부당한 행위를 보거나 들을 때면 그 대상이 어떠한 것이든 그리고 그것이 어디서 저질러졌든지 간에 그 결과가 내게 돌아오는 것처럼 마음이 끓어오른다. 무자비한 폭군의 잔인한 행위와 음흉한 사제의 간교한 사악함을 책에서 읽을 때는 백 번 죽더라도 그 비열한 놈들을 찔러 죽이고자 기꺼이 나설 것 같다. 닭, 소, 개 따위 짐승도 단지 자기가 제일 힘이 세다고 다른 놈들을 괴롭히는 것을 보면 냅다 그놈 뒤를 쫓아가거나 그놈에게 돌을 던지느라 종종 진땀을 뺐다. 이러한 감정의 움직임은 내게 천성일 수 있고, 또 나는 그렇다고 생각한다. 그러나 내가 겪은 최초의 불의에 대한 뿌리 깊은 추억은 너무나 오랫동안 그리고 너무나 강력하게 이러한 천성과 결부되어서

7 라틴어로 사형 집행인, 살인자.

이를 상당히 강화시켰다.

이로써 내 어린 시절 인생의 평온함은 끝나고 말았다. 그 후부터 나는 더 이상 순수한 행복을 누리지 못하게 되었다. 지금까지도 행복한 어린 시절의 매력에 대한 추억은 여기서 막을 내렸다는 느낌이 든다. 우리들은 그 후 몇 달을 더 보세에서 지냈다. 보세에서 우리들은, 사람들이 묘사하듯, 마치 지상의 낙원을 더 이상 즐기지 못하면서도 아직 그곳에 있는 최초의 인간과 같았다. 겉으로는 동일한 상황이었지만 실제로는 완전히 다른 존재 양식이었다. 더 이상 애착과 존경, 친밀감과 신뢰가 학생들을 선생님들에게 매어 두지 못했다. 우리들은 이제 더 이상 그들을 우리들의 마음을 읽는 신처럼 여기지 않게 되었다. 나쁜 짓을 하는 것은 보다 덜 부끄럽게 여겼지만 꾸지람 듣는 것은 더 무서워했다. 숨어서 투덜거리고 거짓말하기 시작했다. 우리들 나이의 온갖 악덕들이 우리들의 순진성을 타락시키고 우리들의 놀이를 더럽혔다. 우리들의 눈에는 전원마저도 가슴에 와 닿는 그 감미롭고 소박한 매력을 잃어버려서, 삭막하고 우울하게 보였다. 그 위에 베일이 덮여 그 아름다움이 우리들에게 숨겨진 것 같았다. (28~41쪽)

루소는 보세에서의 즐거운 추억들을 회상하는데, 그중 테라스의 호두나무에 대한 이야기가 유명하다. 랑베르시에 목사는 테라스에 호두나무를 심었는데, 장자크와 아브라암은 그 옆에 버드나무 가지를 심고 작은 수로를 만들어 호두나무에 물을 주기 위해 만든 못에서 물을 빼돌렸다. 그러나 목사는 이 사실을 알고 "수로다, 수로!"라고 길길이 외치면서 곡괭이로 수로를 뭉개버렸다. 그러나 이번에 소년들은 처벌을 받지 않았고 얼마 후 목사가 누이동생에게 수로 이야기를 하면서 큰 소리로 웃는 것을 들었다. 이 일화는 장자크의 로마인적 공상을 부추겼다. "우리 손으로 수로를 만들 수 있었다는 것 그리고 꺾꽂이 가지를 큰 나무와 경쟁시켰다는 것이 나에게는 최고의 영광으로 보였다. 10살 먹은 내가 30세의 카이사르보다 영광에 대해 더 잘 판단했던 것이다." 루소는 테라스의 호두나무 이야기를 통해 아버지와 같은 랑베르시에 목사가 아이들이 자신과 경쟁하면서 남자로 성장하는 것을 즐겁게 여기고 있음을 확인하고 고무되었던 것이다.

2년 후 루소는 사촌과 함께 제네바에 돌아와 외삼촌 집에서 반년 동안 살았는데, 그는 이때부터 여인들에게 풋사랑을 느끼기 시작했다. 22세의 뷜송 양은 루소의 마음을 설레게 만드는 반면 동갑내기 고통 양은 그의 관능을 자극했다. 이러한 순수한 열정과 관능적인 희열의 분리는 이후 루소의 여성관계에서 되풀이되는 패턴이 된다.

이제 직업의 세계로 첫발을 디딜 때가 되었다. 루소는 법무사 밑에서 도제생활을 시작했지만 곧 그 일은 적성에 맞지 않는다고 판명났고, 이어 1725년 조각공의 견습공으로 들어간다. 그는 주인의 집에서 세상살이의 쓰라림을 직접 체험한다.

도제생활

루소는 횡포를 부리는 주인 밑에서 도제생활을 하면서 사회적인 부자유와 불평등을 체험한다. 주변의 모든 사람들로부터 사랑을 받기를 갈구하던 루소는 누구로부터도 애정을 받지 못하고 그 결핍감을 충족하기 위해 탐식에 빠지고 도둑질을 하는 등 악덕에 물들게 된다. 사실 루소의 도둑질이 시작된 것도 선배 직공 한 사람이 어머니 몰래 자기 집 정원의 아스파라거스를 훔쳐 팔 생각을 하고 그 일을 루소에게 해달라고 부탁했기 때문이다. 그리고 거기서 생긴 돈은 군것질에 충당되었다. 루소는 애정을 얻기 위해 도둑질을 하고 음식물로 결핍된 애정을 채운 것이다. 루소는 범죄적인 도벽은 돈,

더 나아가 사회적 권력을 목표로 하는 반면 자신의 도벽은 애정의 추구에서 생겨나고 순수한 향락만을 목표로 한다고 주장하면서 자신의 도벽을 변호한다.

그는 이미 '볼기 맞기 사건'에서 욕망이 투명하게 타인의 시선에 드러나는 것은 위험하다는 사실을 명백히 체험한 바 있는데, 견습공 루소는 주머니 속에 돈이 있으면서도 자신의 욕망을 훔볼 타인의 시선을 의식하면서 결국 군것질거리를 사지 못한다. 그에게 돈이 있다는 의미는 생계를 위해 하기 싫은 노동을 하지 않아도 된다는 소극적인 것으로, 이때 돈은 "자유의 도구"가 된다. 그러나 돈이 곧 쾌락을 획득할 수 있는 수단이 되는 것은 아니다. 오히려 향락의 차원에서 보면 돈은 욕망과 그 대상 사이에 타인들을 개입시키는 계기가 되면서 사물에서 얻을 수 있는 순수한 즐거움을 오염시킨다. 그에게 욕망은 항상 부끄러움, 혹은 죄의식이 동반된다. 따라서 저명한 루소 전문가인 스타로뱅스키의 지적처럼 루소는 은밀한 도둑질로 타인의 시선을 피하면서 욕망을 충족하든지, 혹은 상상의 세계에 빠져 외적인 욕망의 대상을 제거하든지(이를테면 자위행위도 이에 포함된다), 아니면 욕망을 미덕으로 승화시켜 욕망 자체를 없애버리고자 시도하게 될 것이다.

이렇게 나의 적성이 결정되자 나는 도제생활에 들어가게 되었는데, 시계공이 아니라 조각공의 밑에 들어갔다. 법무사로부터 받은 멸시로 인하여 극도로 기가 죽어 있던 터라 투덜거리지 않고 시키는 대로 했다. 뒤코맹 씨라고 불리는 내 주인은 천박하고 거친 젊은이였는데, 그는 매우 짧은 기간에 내 어린 시절의 광채를 모두 없애버리고 내 정답고 활발한 성격을 무디게 만들었으며, 나를 신분만이 아니라 정신적인 면에서도 진짜 견습공의 처지로 떨어뜨리는 데 완전히 성공했다. 내가 배운 라틴어며 고대에 대한 지식이며 역사며 모든 것이 오래도록 잊혀졌다. 세상에 로마 사람들이 있었는지도 생각나지 않았다. 내가 아버지를 보러 가곤 했을 때 그분은 이제 내게서 자신의 우상을 찾아볼 수 없었고, 나는 부인들에게도 더 이상 예전의 우아한 장자크가 아니었다. 나 자신도 랑베르시에 남매가 더 이상 내게서 그들의 학생을 알아보지 못하리라는 것을 잘 알고 있어서 그들에게 다시 모습을 나타내기 부끄러워 그 후로는 그들을 두 번 다시 보지 않았다. 이를 데 없이 천박한 취미와 저속한 장난이 내 사랑스러운 놀이를 대체했는데, 예전의 그런 놀이에 대한 생각조차 전혀 하지 못했다. 더할 나위 없이 올바른 교육을 받았음에도 불구하고 나에게는 타락의 성향이 상당히 농후했던 것이 틀림없다. 왜냐하면 이런 일이 대단히 빠르게 또 전혀 어렵지 않게 이루어졌으

며, 그토록 발육이 빠른 카이사르도 결코 그렇게 신속히 라리동이 되지는 않았기 때문이다.[8]

그 직업 자체가 내 마음에 들지 않은 것은 아니다. 나는 제도를 몹시 좋아했고, 조각용 끌을 갖고 하는 일도 꽤 재미있었다. 그리고 시계용 조각이 요구하는 재주는 매우 한정된 것이기 때문에 그것을 완벽하게 해낼 가망이 있었다. 주인의 난폭함과 지나친 구속으로 그 일에 싫증이 나지 않았더라면 아마 완벽함에 이르렀을 것이다.

(…)

주인의 횡포로 인하여 내가 좋아했을 일이 마침내 참을 수 없는 것이 되어버렸고, 거짓말과 게으름과 도둑질같이 내가 싫어했을 악덕들에 물들게 되었다. 이 시기에 내 안에서 일어났던 변화들을 회상하는 것만큼 내게 자식으로서 의존하는 것과 노예로서 예속당하는 것과의 차이를 더 잘 가르쳐주었던 것은 없다. 나는 원래 소심하고 수줍음이 많아서 그 어떤 결점보다도 뻔뻔스러움에 대해 혐오감을 갖고 있었다. 나는 절도 있는 자유를 누려왔고 그 자유는 그때까지 다만 점차적으로 축소되고 있었을 뿐인데, 이제는 마침내 완전히 사라졌

8 카이사르와 라리동은 라 퐁텐의 우화 〈교육〉에 나오는 개들의 이름이다. 이 둘은 훌륭한 혈통을 이어받은 형제인데 카이사르는 숲에서 자라 용감해졌고 라리동은 부엌에서 자라 나약해졌다. 이 우화는 교육의 중요성을 강조한다.

다. 나는 아버지 슬하에서는 눈치 보지 않고 마음대로 살았고 랑베르시에 씨 집에서는 자유로웠으며 외삼촌 집에서는 얌전했다. 그런데 주인의 집에서는 겁이 많아지고 그때부터 불량아가 되었다. 나는 생활 방식에서 손윗사람들과 완전히 평등하여 내게 금지된 즐거움은 알지 못했고 내 몫으로 돌아오지 않는 음식은 보지 못했고 내가 겉으로 드러내지 않는 욕망이라고는 하나도 없었다. 요컨대 내 마음속에서 일어나는 모든 움직임을 입 밖으로 드러낸 것이다. 이런 데 익숙했던 내가 이 집에서는 어떻게 되어야만 했는지 판단해보시라. 여기서 나는 감히 입을 열지 못했고, 식사는 3분의 1만 먹고 식탁을 떠나야 했고, 볼일이 없으면 곧 방을 나가야 했다. 노상 일에 매어서 다른 사람들에게는 즐거운 일들만 있고 나 혼자만 즐거움을 박탈당한 듯 보였고, 주인이나 직공들이 누리는 자유의 모습이 내게 가해지는 구속의 무게를 가중시켰으며, 내가 가장 잘 알고 있는 것에 대해 논쟁을 벌일 때도 감히 입을 열 수가 없었다. 요컨대 나 혼자만 모든 것을 박탈당했다는 이유 하나로도 내 눈에 보이는 모든 것은 내 마음에 선망의 대상이 되었다. 자유로움, 명랑함, 전에는 잘못을 저지르고도 종종 징벌을 피할 수 있게 해주었던 재치 있는 말과도 작별했다. 생각할 때마다 절로 웃음이 나오는 일이 있다. 어느 날 저녁 아버지 집에서 어떤 장난 때문에 저녁을 굶고 자러 가는 벌을 받고는 한심스럽게 빵 한 조각을 들고 부엌을 지나다가 꼬챙이에 꿰어 돌아가는 구운 고기를 보고 냄새를 맡았다. 모두들 불 주위에 앉아 있었다. 지나가면서 사람들 모두에게 인사를 해야 했다. 한 바퀴 돌고 났을 때, 무척 먹음직스러워 보이고 냄새가 좋은 구운 고기를 곁눈질하면서 그것에도 역시 인사를 드리지 않을 수 없어서 처량한 목소리로 "구운 고기야, 안녕"하고 말하고 말았다. 순진함에서 나온 이러한 기발한 재치가 사람들에게 재미있게 보였던지 남아서 저녁을 먹게 되었다. 아마 주인집에서도 이러한 재치는 똑같은 성공을 거두었을지 모른다. 그러나 그런 재치가 내게 떠오르지 않았을 것이고 또 떠올랐다 하더라도 결코 감히 입 밖에 내지 못했을 것이 확실하다.

바로 이렇게 나는 내색하지 않고 탐을 내고 사람들의 눈을 피하며 속이고 거짓말하며 마침내는 훔치는 짓까지 배우게 되었다. 훔친다는 것은 이때까지만 해도 없었던 갑작스런 욕망인데, 그 이후부터는 그 버릇을 완전히 고칠 수 없었다. 가지려고 탐을 내면서도 가질 방도가 없을 때 항상 그런 결과가 생기기 마련이다. 바로 이러한 이유로 하인들은 죄다 사기꾼이고 견습공들도 모두 그렇게 되지 않을 수 없다. 그러나 견습공들이 평등하고 평온한 상태에서 눈에 보이는 것을 쉽게 가질 수 있다면 자라면서 그 부끄러운 성향은 사라지게 된다. 나는 바로 그런 좋은 조건을 갖지 못해서 그와 같은 이득도 얻을 수 없었다.

(…)

나는 먹는 것을 좋아하지만 게걸스럽지는 않다. 감각적 쾌락을 찾기는 하지만 미식가는 아니다. 다른 취미들이 너무 많아서 먹는 취미에 관심을 두지 못한다. 마음이 한가로울 때를 제외하고는 결코 입을 즐겁게 하는 데 정신을 판 적이 없었다. 게다가 그런 일은 내 생애에서 극히 드물어서 맛있는 음식을 생각할 시간도 거의 없었다. 바로 이러한 이유로 내 좀도둑질은 먹는 것에 국한되지 않고 오래지 않아 곧 나를 유혹하는 모든 것으로 확장되었다. 그런데 내가 진짜 도둑놈이 되지 않았던 것은 내가 결코 그다지 돈에 끌리지 않았기 때문이다.

(…)

덧붙여 말하면 내 주된 취향들은 그 어느 것도 돈으로 살 수 있는 것들에 있지 않다는 사실이다. 내게 필요한 것은 오직 순수한 즐거움뿐이며 돈은 그 모든 순수한 즐거움을 망쳐버린다. 예를 들면 나는 식사의 즐거움을 좋아한다. 그러나 나는 상류 사교모임의 거북함이나 선술집의 방탕함을 견딜 수 없어서 오직 친구 한 사람과 식사를 할 때야 그 즐거움을 맛볼 수 있다. 친구가 한 사람 필요한 이유는 나 혼자서는 그 즐거움을 맛보는 것이 불가능하기 때문이다. 혼자 있으면 상상력이 다른 것에 쏠려서 먹는 즐거움을 갖지 못한다. 내 불타는 피는 여인들을 요구하지만, 내 감격한 마음은 그보다 훨씬 더 사랑을 요구한다. 돈으로 살 수 있는 여인들은 내게서 그녀들이 가진 모든 매력을 잃어버릴 것이다. 내가 그녀들을 이용할 수 있을지 그것조차 의심스럽다. 내가 손에 넣을 수 있는 즐거움이란 모두 마찬가지여서, 나는 그 즐거움이 공짜가 아니라면 매력이 없다고 생각한다. 나는 그것을 맛볼 줄 아는 최초의 사람을 제외하고는 누구에게도 속하지 않는 재화만을 사랑한다.

(…)

견습공으로 있는 동안이나 그 후에도 무언가 달콤한 것을 사려고 얼마나 여러 번 나갔는지 모른다. 제과점에 가까이 가면 계산대에 여점원들이 언뜻 보인다. 그러면 벌써 저희들끼리 이 맛있는 것을 밝히는 아이를 비웃고 조롱하는 것이 보인다는 생각이 든다. 과일가게 앞을 지나가면서 먹음직스러운 배를 곁눈질한다. 그 좋은 냄새가 나를 유혹한다. 그 바로 옆에서 두세 명의 젊은이가 나를 바라본다. 나를 아는 한 남자가 그 가게 앞에 있다. 멀리서 처녀 하나가 오고 있는 것이 보인다. 저게 우리집 하녀는 아닐까? 나는 근시라서 이러한 착각을 수없이 일으킨다. 지나가는 사람들 모두가 아는 사람들로 보인다. 가는 곳마다 겁을 먹고 어떤 장애에 가로막힌다. 부끄러움과 함께 욕망은 더해 가지만, 결국 나는 바보처럼 주머니에는 갈망을 충족시킬 것을 가지고 있으면서도 감히 아무것도 사지 못하고 갈망에 고통스러워하면서 되돌아온다.

(…)

이것을 이해하고 나면, 이른바 나의 자기 모순적 성격들 중의 하나를 어렵지 않게 이해할 것인데, 그것은 돈을 더할 바 없이 경멸하면서도 그와 더불어 거의 치사스러울 정도로 인색하다는 것이다. 돈은 내게 있어 무척 불편한 동산動產이어서 내게 없는 돈을 바랄 생각조차 하지 않으며, 돈이 있을 때는 내 멋대로 돈을 쓸 줄 몰라서 쓰지 않고 오랫동안 간수한다. 그러나 돈을 쓰기에 적합하고 유쾌한 기회가 오면 그것을 잘 이용해서 나 자신도 모르는 사이에 지갑이 비어버린다. 그러나 내게서 뽐내려고 돈을 쓰는 구두쇠들의 나쁜 버릇을 찾으려고 하면 곤란하다. 정반대로 나는 은밀히 그리고 즐거움을 위해서 돈을 쓴다. 돈을 쓰는 것을 자랑하기는커녕 숨긴다. 돈은 내게 무용지물이고 돈을 가지고 있다는 것이 거의 부끄러울 정도이고 그것을 사용한다는 것은 훨씬 더 부끄러운 일이라고 절실히 느끼고 있다. 일찍이 편안하게 살 수 있을 정도로 충분한 수입이 있었다면 구두쇠가 될 마음은 조금도 생기지 않았을 것이다. 그것은 정말 진심이다. 나는 내 수입을 늘리려고 하지 않고 전부 써버릴 것이다. 그러나 재정적으로 불안정한 내 처지 때문에 걱정이 끊이지 않는다. 나는 자유를 사랑하고 불편함과 수고와 예속을 싫어한다. 내가 지갑에 돈을 갖고 있는 동안 돈은 내게 독립을 보장한다. 그리고 그 덕분에 돈을 더 벌려고 동분서주하지 않아도 되는데, 돈을 버는 일은 꼭 필요하기는 하지만 내가 늘 싫어하는 것이었다. 그래서 돈이 떨어지는 것이 무서워서 돈을 애지중지한다. 가지고 있을 때 돈은 자유의 도구이지만, 쫓아다닐 때 돈은 예속의 도구이다. 바로 이러한 이유에서 나는 돈을 꼭 움켜쥐고 있지만 아무것도 탐내지 않는다.

그러므로 나의 무사무욕은 게으름에 지나지 않는다. 소유하는 즐거움은 획득하는 데 들이는 노고를 보상하지 못한다. 그리고 나의 낭비 또한 게으름에 지나지 않는다. 기분 좋게 돈을 쓸 기회만 생기면 누구보다도 더 그것을 십분 활용하기 때문이다. 내가 돈보다 더 물건에 끌리는 것은 돈과 원하는 소유물 사이에는 언제나 매개물이 있는 반면 물건 자체와 그것의 향유 사이에는 매개물이 전혀 없기 때문이다. 물건을 보면 그 물건은 내 마음을 끈다. 그러나 그것을 획득하는 방법만을 보면 그 방법은 내 마음을 끌지 않는다. 그래서 나는 좀도둑이 되었고 지금도 내 마음을 끄는 하찮은 것들을 가끔 슬쩍하는데 그것들을 달라고 부탁하느니 훔치는 것을 더 좋아하기 때문이다. (56~68쪽)

장자크는 나약함에도 불구하고 그의 견습공 동료들이 보이는 부도덕한 행실에 완전히 물들지는 않았다. 일이나 동료들의 오락에 모두 싫증이 난 그는 다시 독서에 몰두하였다. 이 때문에 일을 등한시하여 주인으로부터 혼나고 매를 맞았지만 1년도 채 안 되어 동네 도서대여점의 책들을 모두 읽은 다음 몽상의 매력에 빠져들게 된다. 1728년 봄이 되었을 무렵 루소는 본격적인 사춘기로 접어든다. "이리하여 나는 열다섯 살을 넘어섰다. 불안해하고, 모든 것과 나 자신에 불만을 느끼며, 내 신분에 맞는 취미도 내 나이에 어울리는 즐거움도 없이, 그 대상도 모르는 욕망에 괴로워하며, 눈물을 흘릴 이유도 없는데 울고, 까닭도 모를 탄식을 하면서 말이다." 마침내 우울한 현실로부터 도피할 수 있는 기회가 생겼다. 장자크는 일요일이 되면 종종 제네바 성벽을 벗어나 소풍을 가곤 했는데 성문이 닫히기 전에 돌아오는 것을 잊어버려 다음날 주인으로부터 엄벌을 받은 적이 두 번이나 되었다. 3월 14일 산책 후 돌아오다 또 성문이 닫힌 것을 보자 그는 자유를 찾아 제네바에서 도망친다.

2장

3년간의 방랑 시절

자유와 사랑을 찾아 고향을 떠나다

루소는 고향을 떠나면서 일탈로 인한 불안감보다는 해방감과 미래에 대한 희망으로 마음이 부푼다. 사실 그에게는 한군데 붙어서 사는 삶이 체질에 맞지 않았다. 길을 따라 터벅터벅 걸으면서 느껴지는 신체의 리듬에서 일종의 해방감을 느끼고 자연 속에서 존재의 충일감을 향유하기도 한다. 현실의 구속과 제약은 사라져버리고, 미래의 낙원을 향해 도약하는 자유분방한 상상력은 주변 세계를 이상적으로 변형시켜 소유한다. 그는 그 이상적인 세계 속에서 사랑과 영광에 대한 갈구를 충족시킨다. 그는 이후 줄곧 도보 여행의 행복을 노래하면서 역사상 가장 행복한 도보 여행자들 중 한 사람으로 기록될 것이다.

루소는 자신의 참다운 가치가 사회가 그에게 부가하는 역할을 수행하는 데 있는 것이 아니라 그 자신의 내부에 있다고 믿는다. 외부의 억압이 없이 자유로운 상태에서 자기 내면의 가치를 드러낸다면 사람들은 그에게 애정을 갖지 않을 수 없을 것이다. 제네바에서 도망치면서 그가 꿈꾼 세계는 단 한 채의 성이었다. 그는 그곳에서 성주 내외의 귀염둥이가 되어 자식 같이 사랑을 받고 그 딸의 애인으로서 애정을 속삭이고 그 아들의 친구가 되어 우정을 나누고 이웃사람들의 보호자가 되어 인류애를 베풀면서 행복한 삶을 살 수 있을 것이다. 그는 성 안에서 인간관계의 중심이 되어서 모든 종류의 사랑이 자신에게 집중되고 또 자신을 통해 확산되기를 바란다. 그는 이후 문학을 통해 이러한 소망을 이루려고 할 것이다.

사르트르는 《문학이란 무엇인가?》에서 18세기의 작가는 자신을 어떤 계급에도 속하지 않는 보편적 인간으로 제시하면서 서로 적대적인 귀족 계급과 부르주아 계급을 심판하고 중재한다고 말하는데, 이러한 작가의 삶이야말로 언어를 통해 자신의 정체성을 획득하고 독립과 자유를 누리면서 동시에 모든 사람들의 관계를 조화롭게 조정하면서 애정을 획득하려는 루소의 소망에 가장 부합되는 것으로 보인다.

무서운 마음에서 도망치겠다는 계획을 떠올린 순간이 처량해 보였던 만큼이나, 그 계획을 실행한 순간은 매력적으로 보였다. 아직 어린 나이에 조국과 친척과 후원자들과 의지할 수 있는 사람들과 헤어지는 것, 먹고 살 정도로 내 직업을 익히지 못한 채 도제수업을 중도에 그만두는 것, 처참한 불행에서 빠져나올 어떤 수단도 알지 못한 채 그 불행에 빠져드는 것,

연약하고 철모르는 나이에 악덕과 절망에서 생기는 갖가지 유혹들에 스스로를 노출시키는 것, 견딜 수 없는 가혹한 멍에를 지고 악행과 과오와 함정과 속박과 죽음을 멀리 찾아 나서는 것, 바로 이런 짓들이야말로 내가 하려는 것이었으며 내가 예상했어야 하는 앞날이었다. 그런데 내가 마음속에서 그리던 앞날은 그와는 얼마나 다른 것이었던가! 내가 얻어냈다고 생각한 독립이 나를 움직이는 유일한 감정이었다. 자유롭고 내 자신의 뜻대로 할 수 있었던 나는 무엇이든 할 수 있고 무엇이든 손에 넣을 수 있다고 생각했다. 하늘에 올라 날기 위해서는 뛰어오르기만 하면 되었다. 나는 태연자약하게 광대한 세계로 들어섰다. 내 재능은 곧 그 세계를 가득 채울 것이다. 매순간 향연과 보물과 모험, 내게 봉사할 준비가 되어 있는 친구들, 나의 환심을 사려고 애쓰는 애인들이 발에 채일 것이다. 나를 드러내기만 하면 세계가 내게 관심을 집중하게 될 것이다. 그렇지만 전 세계가 아니라도 좋았다. 나는 이를테면 전 세계가 그렇게 되지 않아도 상관이 없고, 내게 그 정도까지 필요하지는 않았다. 나는 매력적인 사교계 하나로 족해서 그 외의 것에 신경을 쓰지 않았다. 나는 겸손하게도 내가 군림할 수 있으리라고 확신하는, 범위는 좁아도 정선精選된 사교계에 들어갈 것이다. 오직 성城 하나가 내 야망의 한계였다. 성주 내외분의 귀염둥이가 되고 그 따님의 공인된 애인이며 그 아들의 친구가 되고 이웃사람들의 보호자가 되면 나는 만족이다. 그 이상 아무것도 내게 더 필요하지 않았다. (77~78쪽)

루소는 이틀간 정처 없이 걷다가 제네바 서쪽에서 몇 킬로미터 떨어진 콩피뇽에 도착해 퐁베르라는 노사제를 방문한다. 그는 신교도들을 가톨릭으로 개종시키는 임무를 맡고 있어서 루소에게 안시에 사는 바랑 부인을 보호자로 추천했다. 루소는 1728년 3월 21일 성지주일(聖枝主日)에 그의 생애에 가장 중요한 여성이 될 바랑 부인을 만나게 된다.

바랑 부인과의 첫 만남

바랑 부인은 1699년 스위스 브베에서 태어났고 부모로부터 받은 이름은 프랑수아즈 루이즈 드 라 투르다. 그녀의 어머니는 둘째 딸을 낳은 후 얼마 되지 않아 죽었고 둘째 딸도 곧 엄마의 뒤를 따랐다. 그래서 프랑수아즈 루이즈는 두 고모에 의해 양육되었다. 1704년 1살 위인 오빠가 죽어 그녀는 외동

딸이 되었고, 아버지는 1705년 재혼하여 4년 후 죽었다. 1708년 고모 한 분이 죽자 그녀는 아버지 집에 들어가 살다가 1711년 말 로잔의 기숙학교에 들어갔다. 1714년 장교 출신인 세바스티앵 이자크 드 루아와 로잔에서 결혼했다. 그녀는 남편이 브베 근처에 소유하고 있는 토지의 이름을 따서 바랑 부인으로 불리게 되었다. 야심만만하고 활동적이었던 바랑 부인은 브베에 견직과 모직 양말 공장을 세웠으나 파산했고, 1726년 7월 야밤을 틈타 모든 값나가는 물건들과 회사의 금고를 들고 에비앙으로 도망쳤다. 며칠 후 사르데냐의 왕 빅토르 아메데우스 2세가 미사를 드리러 왔을 때 가톨릭으로 개종시켜 달라고 애원했다. 왕은 그녀를 자신의 마차에 태워 안시에 데려다 주었고, 그녀는 그해 9월 안시 주교의 지도 아래 개종했다. 개종 후 빅토르 아메데우스 2세는 새로운 개종자들을 받을 수 있는 시설을 운영하도록 그녀에게 연금을 주었다. 바랑 부인은 자기 남편에게도 개종할 것을 권유했으나 소용이 없었고, 1727년 이혼했다.

16살의 루소는 1728년 3월 21일 성지주일에 그녀를 처음 만나 첫눈에 매혹되었고, 1729년부터 1742년까지 그녀의 곁에 머물렀다. 특히 1735년부터 1737년 봄까지 레샤르메트에서 그녀와 함께 살면서 가장 완벽한 행복을 체험했다. 그녀와 만난 지 50년이 되는 1778년 4월 12일 그는 자신의 마지막 글이 될 《고독한 산책자의 몽상》의 〈열 번째 산책〉에서 운명적 존재인 바랑 부인과의 추억을 다음과 같이 회상한다.

> 오늘은 성지주일로 내가 처음으로 바랑 부인을 만난 지 꼭 50년이 된다. 그녀는 이 세기와 더불어 태어났기 때문에 그때 28살이었다. 나는 아직 17살도 채 안 되었는데, 그때까지 모르고 있었지만 막 나타나기 시작한 내 관능적인 욕구는 원래 활기에 넘치는 내 마음에 새로운 열기를 불어넣고 있었다. 그녀가 활발하지만 온화하고 겸손하며 용모도 꽤 매력적인 젊은이에게 호의를 갖는다 해도 이상할 것이 없었다면, 재치와 우아함으로 가득 찬 매력적인 여인이 내게 감사의 마음과 더불어 그것과 구별될 수는 없지만 더욱 사랑스러운 감정을 불어넣었다는 것은 더더욱 이상할 것이 없었다. 그러나 이 최초의 순간이 내 일생동안 나라는 존재를 결정했고 불가피한 연쇄에 의하여 내 남은 삶의 운명을 만들어냈다는 것은 보통 일이 아니다.

이렇게 삶에서 가장 아름다운 시절을 회상하는 것으로 끝나는 《고독한 산책자의 몽상》은 미완성된 작품임에도 불구하고 내적인 완결성을 갖는다고 말할 수 있다. 왜냐하면 루소의 삶 전체는 불가능하지만 포기할 수 없는 영원한 행복을 향한 열망이었기 때문이다.

마침내 도착해서 바랑 부인을 만난다. 내 생애의 이 시기가 내 성격을 결정지었다. 나는 이 시기를 가볍게 건너뛸 결심을 할 수 없다. 그때 나는 15살에서 16살로 넘어가는 나이었다. 이른바 미소년은 아니었지만 작은 체격에 호리호리했다. 귀여운 발, 날씬한 다리, 자연스러운 태도, 활기찬 용모, 매력적인 입, 검은 눈썹과 머리카락에 눈은 작고 움푹 들어가기까지 했지만 피를 이글거리게 하는 정열을 힘차게 내뿜고 있었다. 유감스럽게도 나는 이 모든 것에 대해 전혀 모르고 있었고 평생토록 내 용모를 생각해 본 적이 없었는데 용모에 대해 생각했을 때는 이미 그것을 이용할 시기를 넘었을 때다. 이런 식으로 내게는 내 나이의 수줍음과 더불어 매우 정이 많지만 다른 사람의 기분을 상하게 할까 두려워하는 감정으로 언제나 불안한 천성에서 나오는 수줍음이 있었다. 게다가 교양도 꽤 풍부하지만 전혀 사교계를 몰랐기 때문에 사교계의 예의범절에는 완전히 문외한이었고, 나의 지식은 이 점을 보충하기는커녕 내가 얼마나 예의범절이 없는가를 느끼게 함으로써 한층 더 나를 주눅 들게 했다.

그래서 초면에 호감을 사지 못할까 두려워 내게 유리한 다른 방법을 찾았다. 그래서 웅변조로 된 한 통의 아름다운 편지를 만들었는데, 거기서 나는 바랑 부인의 호의를 얻기 위해 책에서 따온 미사여구들을 견습공의 어법에 섞어가면서 내 온갖 말솜씨를 발휘했다. 나는 편지 안에 퐁베르 씨의 편지를 끼워 놓고 이 끔찍한 접견에 나섰다. 그런데 바랑 부인을 보지 못했다. 그녀가 성당에 가기 위하여 막 나갔다는 말을 들었다. 그 날은 1728년 성지주일이었다. 나는 그녀를 뒤쫓아 달려간다. 그녀를 보고 그녀를 붙잡고 그녀에게 말을 건다… 나는 그 장소를 기억하지 않으면 안 된다. 나는 이후 종종 그곳을 눈물로 적시고 입맞춤으로 뒤덮었다. 왜 나는 이 행복한 장소를 황금 울타리로 둘러쌀 수 없는가? 왜 온 지상의 찬사를 이곳으로 끌어올 수 없는가? 인간 구원의 기념물들에 존경을 표하고 싶은 사람이라면 누구나 무릎을 꿇지 않고서는 거기에 가까이 가면 안 될 것이다.

그곳은 그녀의 집 뒤에 있는 작은 길로, 오른쪽에는 집과 정원 사이를 흐르는 시내를 왼쪽에는 안뜰의 담을 끼고 사람들의 눈에 잘 띄지 않는 문을 통하여 성 프란체스코 교단의 성당으로 이어졌다. 바랑 부인은 막 이 문으로 들어서다가 내 목소리를 듣고 몸을 돌렸다. 그 시선 앞에서 나는 어떻게 되었던가! 나는 심술로 얼굴을 잔뜩 찡그린 완고한 신앙을 가진 노파를 상상했었다. 나로서는 퐁베르 씨가 말하는 훌륭한 부인을 다르게 생각할 수가 없었다. 그러나 나는 우아함으로 빚어진 얼굴, 다정함으로 가득 찬 아름다운 푸른 눈, 눈부시게 빛나는 얼굴빛, 매혹적인 젖가슴의 윤곽을 본다. 젊은 개종자는 재빠르게 힐끗 한번 쳐다보면서 하나도 놓치지 않았다. 왜냐하면 나는 이러한 전도사들이 전도하는 종교라면 반드시 천국으로 인도할 것이라고 확신하면서 당장 그녀의 편이 되었기 때문이다. 그녀는 내가 떨리는 손으로 내놓는 편지를 웃으면서 집어 들어 열고서 퐁베르 씨의 편지를 힐끗 보고 다시 내 편지로 시선을 돌려 그것을 전부 읽는다. 만약 하인이 들어가야 할 시간이라고 알려주지 않았다면 그녀는 다시 한 번 읽었을 것이다. "저런, 어린것이." 그녀가 말하는 어조에 내 몸은 떨렸다. "나이도 어린데 고장을 여기저기 떠돌아다니는군요. 정말 안 된 일입니다." 그러고 나서 내 대답도 기다리지 않고 덧붙여 말했다. "우리 집에 가서 기다려요. 아침도 달라고 하세요. 미사 후 당신과 이야기하러 가겠습니다."(82~84쪽)

루소는 바랑 부인이 결혼한 후 어떻게 해서 안시에 살게 되었는지를 이야기한다. 그는 그녀의 아름다움과 아울러 그녀의 용모에서 드러나는 다정스러운 영혼을 강조한다. 그러나 그녀는 일관성 없이 되는 대로 교육을 받아 자신의 천부적 재능을 개발하지 못했으며, 지나친 사업욕 때문에 마침내는 파산에 이르게 된다. 루소는 "다정하고 온화한 성격, 불행한 사람들에 대한 동정심, 한없는 호의, 쾌활하고 개방적이고 솔직한 기질"을 갖고 있던 그녀를 "훌륭한 가톨릭 신자로 죽었을 뿐만 아니라 진실하게 훌륭한 가톨릭 신자로 살았다"고 평가한다. 그리고 그녀를 처음 본 순간부터 아주 오래 전부터 친숙한 사람처럼 느껴지는 신비스러운 영혼의 공감을 느꼈다고 말한다.

점심식사를 하면서 루소는 바랑 부인에게 자신의 신세에 대해 구구절절 이야기를 했는데, 식탁에서 그 이야기를 듣던 한 사람이 예비 교리자 교육을 위해 설립된 수도원 보호시설에 보내라는 제안을 꺼냈다. 부인은 주저하고 루소는 거의 관심이 없었음에도 불구하고 일은 일사천리로 진행되었고 마침내 그는 이에 동의하고 떠나게 된다. 루소의 아버지는 그가 떠난 다음 날 안시에 도착하지만 아들을 계속 뒤따라가지 않고 중도에 발걸음을 돌렸다.

미덕의 실천에 대한 도덕적 성찰

루소가 제네바에서 도망친 후, 그 소식을 들은 아버지는 루소의 뒤를 쫓다가 중도에서 포기하고 만다. 나중에 이러한 사실을 안 루소는 아버지가 좀더 적극적으로 자신을 찾아 나서지 않았다는 사실에 대해 섭섭함을 느끼면서 최초로 아버지에 대한 배신감을 어렴풋하게나마 표시한다. 그는 아버지가 자신을 버린 이유가 아들에게 돌아가야 할, 죽은 아내의 유산에서 나오는 수입을 계속 받고 싶은 유혹을 뿌리칠 수 없었던 것이 아닌가라는 의혹이 들었기 때문이다.

끊임없이 돈에 시달리던 아버지는 이미 1717년 아내가 남긴 집을 거액을 받고 팔아 두 아들이 성년이 될 때까지 신탁에 맡기고 그동안 그 이자로 살 생각을 갖고 있었다. 그런데 제네바에서 도망친 큰아들이 행방불명된 후 둘째아들마저 사라져버린다면 아내가 자식들에게 남긴 유산을 자기가 고스란히 받을 수 있었다. 루소는 당시 재혼을 하고 살림을 새로 차린 아버지가 계모에게 딸린 군식구들까지 부양해야 했기 때문에 돈이 필요한 상태여서, 개인적인 이해관계로 자식을 끝까지 찾지 않았다고 판단했다.

그런데 아버지에 대한 원망은 사실 이자크가 제네바를 떠났을 때부터 시작되었다고 보아야 옳을 것이다. 왜냐하면 아버지는 루소를 키워주던 막내 고모는 데리고 가면서 정작 아들은 별 다른 이유 없이 남겨 두었기 때문이다. 아버지의 후계자가 될 것이라고 믿었던 루소는 아버지가 떠난 이후 자신이 속해 있던 시민 계급에서 점차 열등한 계급으로 떨어지고 있다는 사실을 날카롭게 의식한다. 그는 권력의 비호를 받지 못해 망명을 선택할 수밖에 없었던 아버지의 상황을 이해하지만 자신을 일종의 고아처럼 만들어버린 아버지의 무책임마저 용서할 수는 없었을 것이다. 루소는 이러한 분노를 대놓고 표출할 수 없었다. 왜냐하면 그는 아버지가 자신을 낳다가 죽은 어머니에 대한 상실감으로 매우 고통스러워했다고 생각했기 때문이다. 그러나 제네바를 떠난 아버지가 사회적 차별의 피해자였다면 유산을 가로채려고 아들을 버린 아버지는 미덕을 배반하고 불의를 자행한 사람이기도 하다.

루소는 아버지를 닮지 않기로 결심하고, 아버지가 저지른 비도덕적 행위에 대한 성찰을 통해 "우리의 의무와 이익을 대립시키는 상황, 우리가 다른 사람의 불행에서 우리의 행복을 보는 상황을 피하라"는 보편적인 도덕 원칙을 정립한다. 그리고 그는 아버지처럼 여기던 원수경 조지 키스[1]가 자신의 이름을 유언장에 넣어 재산의 일부를 물려주려 했을 때 그의 호의를 거절한 것을 그 미덕의 교훈을 실천한 예로 들고 있다.

안시에서 아버지가 루소를 버린 사건과 루소가 원수경 조지 키스의 유산 상속을 거절한 일에서는 남을 해쳐서라도 자

---

1 조지 키스(George Keith, Milord Maréchal은 별칭, 1686~1778) : 스코틀랜드의 귀족으로 1688년 오렌지 공 윌리엄에 의해 영국 왕위에서 축출되어 프랑스로 망명한 제임스 2세를 지지하다가 뇌샤텔에 망명하여 지사가 되었다.

신의 이익만을 챙기려고 하는 이기심과 자신이 손해를 보더라도 타인에 대한 의무를 완수하려는 미덕이 첨예한 대립을 보인다. 아버지는 이기심에 따라 자식을 버리는 나쁜 짓을 했지만 루소는 유산을 거부하면서 아버지의 행위를 비난하는 동시에 유산 때문에 아버지의 죽음을 바라게 될지도 모른다는 두려움에서 벗어난다.

루소는 자신을 사랑하던 아버지가 어머니의 유산을 갖고 다른 여자와 살기 위해 자식을 버렸다는 사실을 받아들이기 어려웠지만, 어머니가 자신으로 인해 죽었다는 죄책감으로 인해 아버지에 대한 분노를 제대로 표출하기는 더욱 힘들었다. 어린 시절부터 현실이 아니라 책이 제공하는 상상의 세계 속에서 자신의 정체성을 찾아나갔던 것처럼 그는 앞으로 현실에서 다루기 껄끄러운 부자관계의 문제들에 대해 글쓰기를 통해 해답을 찾으려 시도하면서 무의식의 세계로 향하는 길을 열게 된다.

> 안시를 떠난 다음 날 아버지는 친구인 리발 씨라는 사람과 함께 나를 뒤쫓아 이곳까지 왔다.
>
> (…)

이분들은 말을 타고 있었고 나는 걷고 있었으므로 나를 따라와 붙잡으려면 쉽게 그럴 수도 있었을 텐데 그렇게 하는 대신 바랑 부인을 만나고 그녀와 함께 내 운명을 한탄하는 것으로 그쳤다. 베르나르 외삼촌에게도 똑같은 일이 있었다. 그는 콩피뇽에 와서 내가 안시에 있다는 것을 알자 거기서 제네바로 발걸음을 돌렸다. 내 가까운 일가친척들이 내 운명의 별과 공모하여 나를 기다리고 있는 운명에 나를 넘긴 것처럼 여겨졌다. 내 형도 이와 비슷하게 관심을 기울이지 않아서 행방불명이 되었는데, 어떻게 되었는지 전혀 아는 사람이 없을 정도로 행방이 묘연한 것이다. 아버지는 신의가 있는 사람일 뿐 아니라 실로 성실한 사람이었으며 위대한 미덕들을 만들어내는 그런 강한 영혼의 소유자들 중 한 사람이었다. 게다가 좋은 아버지였는데 특히 내게는 그러했다. 나를 매우 자애롭게 사랑했지만 당신의 쾌락 또한 사랑해서 내가 당신과 떨어져 살게 된 이후로 다른 취미들로 인하여 부성애가 약간 식었다. 그분은 니옹에서 재혼했고 아버지의 후처는 더 이상 내 동생들을 낳을 만한 나이가 아니었지만 혈육들이 있었다. 그래서 딴 가족, 다른 대상들, 새로운 세대가 이루어졌고, 더 이상 내가 그렇게 자주 생각나지 않은 것이다. 아버지는 늙어 가는데 노후를 지탱할 재산이 전혀 없었다. 우리 형제에게는 어머니가 남겨준 재산이 얼마 있었는데 거기서 나오는 수입은 우리들이 나가 있는 동안은 아버지에게 돌아가게 되어 있었다. 이러한 생각이 직접 아버지의 머릿속에 떠올랐던 것은 아니었고 그 때문에 당신의 의무를 소홀히 하지도 않았다. 그러나 이 생각은 당신께서도 알아차리지 못하신 채 암암리에 작용해서, 그렇지 않았다면 더욱 정도가 강했을 아버지의 열의를 때때로 억제했다. 처음에는 나를 뒤따라 안시에 와놓고는 이치로 보아 확실히 나를 따라잡을 수 있는 상베리까지 오지 않으신 것도 바로 그러한 이유 때문이었다고 생각한다. 또 내가 도망친 이후 아버지를 보러 갔을 때 그분으로부터 항상 아버지로서 보이는 애정의 표시를 받았지만 나를 붙잡기 위해 그리 대단한 노력을 보이지 않은 것도 바로 그러한 이유였다.

아버지의 애정과 미덕을 너무나 잘 알고 있음에도 불구하고 그분이 이렇게 행동하시는 것을 보고 나는 내 자신에 대해 곰곰이 생각하지 않을 수 없었는데, 이러한 생각은 나의 마음을 건전하게 유지해 가는 데 적잖은 도움이 되었다. 나는 그로부터 다음과 같이 위대한 도덕적 원칙을 이끌어냈는데, 아마 일상생활에서 사용할 수 있는 유일한 것이리라 생각한다. 그것은 우리의 의무와 이익을 대립시키는 상황, 우리가 다른 사람의 불행에서 우리의 행복을 찾는 상황을 피하라는 것이다. 이러한 상황에서라면 아무리 미덕에 대한 진실한 사랑을 품고 있다고 해도 사람은 자기도 모르는 사이에 조만간 약해져서

마음속으로는 여전히 정의롭고 선량하지만 실제 행동에서는 부당하고 사악해지는 것이 확실하다. (93~95쪽)

루소는 바랑 부인에 대한 감미로운 추억과 그녀가 보장해줄 것이라고 믿었던 미래에 대한 희망을 품고 토리노로 향했다. 이 여정을 통해 그는 산과 도보 여행이 주는 즐거움을 만끽했다. 토리노에 도착해서 수도원 보호시설에 들어간 그는 곧 가톨릭으로 개종한다. 그는 개종의 대가로 3, 4주를 버틸 정도의 약소한 돈을 받았지만 실망은커녕 자유를 되찾은 것에 대해 기뻐하며 토리노의 거리에서 방랑생활을 즐겼다. 이윽고 돈이 떨어진 후 조각공 일을 찾던 그는 상점주인인 젊은 바질 부인을 만나 그 집에서 잡일을 하게 된다. 그런데 어느 날 그녀가 방으로 들어가는 것을 보고 몰래 그 방으로 따라 들어가 황홀한 침묵 속의 사랑을 체험한다.

황홀한 침묵

방 외부에서 들려오는 소음은 몰래 방으로 들어오는 루소의 기척을 지워버린다. 외부의 소음으로 인해 방안의 침묵은 점점 짙어진다. 바질 부인의 등 뒤에 있는 그는 자신이 그녀에게 보이지 않는다고 생각하면서 욕망이 터질 것처럼 부풀어 오르는 것을 느낀다. 앞에서도 말했지만 루소의 욕망은 타인의 시선이 부재할 때만 마음껏 표출될 수 있다. 평소에는 감추어져 있지만 방심한 상태에서 언뜻언뜻 반짝이는 육체의 매력에 도취되어 그는 자신도 모르게 팔을 내밀면서 무릎을 꿇는다. 비가시적인 존재가 되어 바질 부인의 영상을 훔친 그는 그녀에게 스스로를 드러낼 용기가 없음을 너무 잘 알고 있기 때문에 그녀의 영상을 향유하는 것으로 만족한다.

그러나 순간적으로 루소와 바질 부인의 입장이 뒤바뀐다. 거울이 루소의 의도를 "배반하면서"(trahir) 동시에 그의 의도를 바질 부인에게 "드러내기"(trahir) 때문이다. 거울에 비친 루소는 보는 사람에서 보이는 사람이 된다. 이때 그는 자신의 영상을 비추는 거울이 현존을 박탈하고 그것을 상대방의 해석을 기다리는 기호로 만든다고 믿는다. 그의 현존이 갖는 의미는 거울을 통해 바질 부인에게로 넘어간 것이다.

보세에서 랑베르시에 양으로부터 두 번째 체벌을 받은 이유가 우연하게 잘못이 드러났기 때문이라면 여기서도 마찬가지 상황이 발생한다. 우연적인 것은 루소가 자신의 존재 의미를 상대방에게 미룰 수 있는 구실이 된다. 다행스럽게도 바질 부인은 그의 욕망에 침묵의 기호인 손짓으로 화답한다. 루소는 이 떨리는 손짓에서 자신과 바질 부인의 동질성을 확인한다. 그러나 그는 자신의 의도를 결정지을 수 있는 행동을 계속 지연시키고 상대방의 결정적 행동을 기다리면서, 그 유예된 순간에 관능적인 전율을 맛본다. 그에게 가장 강렬한 관능적 쾌락은 그것이 이루어지는 순간이 아니라 그 순간을 기다리는 시간에 존재하기 때문이다.

어느 날 그녀는 점원과 나누는 어리석은 대화에 싫증이 나서 자기 방으로 올라갔다. 가게 뒷방에 있던 나는 급히 별것 아닌 일을 마치고 뒤를 따라갔다. 그녀의 방은 반쯤 열려 있었다. 나는 남들의 눈에 띄지 않고 거기로 들어갔다. 그녀는 방문을 등지고 창가에서 수를 놓고 있었다. 그녀는 내가 들어오는 것을 볼 수도 없었고 길가에서 나는 마차들의 소음 때문에 내가 들어오는 기척을 들을 수도 없었다. 그녀는 항상 옷을 잘 입었지만 그날따라 그녀의 모습은 교태에 가까웠다. 그녀의 자세는 우아했고 약간 숙여진 머리는 하얀 목덜미를 드러내고 있었으며 멋지게 틀어 올린 머리는 꽃으로 장식되어 있었다. 그녀의 모습 전체에 매력이 넘쳐흘렀는데, 그것을 바라볼 시간이 있었던 나는 그 모습에 정신이 혼미해졌다. 나는 흥분된 동작으로 두 팔을 그녀에게 내밀면서 방 어귀에서 무릎을 꿇었다. 그녀가 나의 기척을 들을 수 없으리라 정말로 확신하고 설마 그녀가 나를 볼 수 있으리라고는 생각지도 못했다. 그러나 벽난로 위에는 내 모습을 드러내는 거울이 있었다. 이러한 흥분이 그녀에게 어떤 효과를 냈는지 나는 모른다. 그녀는 나를 전혀 쳐다보지도 내게 말을 걸지도 않았다. 그러나 고개를 반쯤 돌려 그저 손가락을 들어 그녀 발치에 있는 돗자리를 가리켰다. 몸을 떨고 외마디 소리를 지르며 그녀가 내게 가리킨 자리에 몸을 던진 것은 나에게는 완전히 동시적으로 일어난 일이었다. 그러나 거의 믿지 못할 일이겠지만 이러한 상태에서 나는 감히 그 이상 어떠한 것도 시도하지 못했다. 나는 단 한마디의 말도, 그녀를 쳐다보지도 못하고, 이렇게 답답한 자세에서도 단 한순간이나마 그녀의 무릎에 기대려고 그녀의 몸에 손을 대지도 못했다. 나는 말 한마디 못하고 꼼짝 않고 있었는데 마음이 평온하지 못했음은 물론이다. 모든 것은 내 마음이 온통 떨림, 환희, 감사, 그 대상이 불명확하고 상대방의 기분을 상하게 할까 두려워 — 내 젊은 마음은 이런 두려움으로부터 벗어날 수 없었다 — 억제된 달뜬 욕망에 차 있음을 나타내고 있었다.

그녀도 나 못지않게 평정을 잃고 수줍어하는 것처럼 보였다. 거기 있는 나를 보고 혼란스러워하고 거기에 나를 불러들인 것에 당황하며 또 아마 깊이 생각하기도 전에 나왔을 몸짓이 가져올 결과를 고스란히 느끼기 시작하면서 나를 받아들이지도 거절하지도 못했다. 그녀는 자기가 하는 일에서 눈을 떼지 않고 발치에 있는 나를 보지 않은 척하려고 했다. 그러나 내가 아무리 어리석어도 그녀가 나와 똑같이 당황하고 있으며 어쩌면 나와 똑같은 욕망을 갖고 있으리라는 것과 나와 비슷한 수치심이 그녀를 억제하고 있다는 생각을 하지 않을 수 없었다. 그러나 그런 생각이 내 수치심을 극복할 힘을 주지는 않았다. 내 생각으로는 그녀가 나보다 대여섯 살 많으니 대담한 행동은 전부 그녀가 맡아야 했다. 그리고 내가 대담한 행동을 하도록 부추기기 위하여 아무것도 하지 않는 것으로 보아 내가 대담하게 나가는 것을 원치 않는다고 생각했다.

오늘날까지도 여전히 내가 옳게 생각했다고 본다. 그리고 그녀는 매우 눈치가 빨라서 나와 같은 풋내기에게는 격려만이 아니라 교육을 받을 필요가 있다는 것을 알고 있었다는 것이 확실하다.

만약 우리가 방해를 받지 않았다면, 이 강렬한 침묵의 장면이 어떻게 끝났을지 그리고 우스꽝스러우면서도 감미로운 이러한 상태에서 내가 얼마동안 꼼짝 않고 있었을지 모르겠다. 내 흥분이 절정에 달했을 때 우리들이 있던 방 옆의 부엌문이 열리는 소리가 들렸다. 그러자 바질 부인은 깜짝 놀라 목소리와 몸짓으로 다급하게 말했다. "일어나세요. 로시나예요." 급히 일어나면서 나는 그녀가 내게 내민 손을 잡고 거기에 두 번 불타는 입맞춤을 퍼부었는데, 두 번째 입 맞출 때 그 매혹적인 손이 내 입술을 지그시 누르는 것을 느꼈다. 내 생전 그토록 달콤한 순간을 가진 일은 없었다. 그러나 내가 잃어버린 기회는 두 번 다시 돌아오지 않았고 우리의 풋사랑은 거기서 끝났다. (124~126쪽)

여행에서 돌아온 바질 부인의 남편이 질투를 하는 통에, 루소는 그녀의 집을 나와 베르첼리스 백작부인의 집에 시종의 신분으로 들어간다. 백작부인은 곧 죽음을 맞는데, 루소는 여주인의 죽음으로 혼란스러운 집안에서 낡은 리본을 훔치고 그 좀도둑질이 발각되자 하녀 마리용이 그것을 자기에게 주었다고 무고한다.

리본을 훔치고 소녀를 무고하다

루소는 《고백록》을 쓰게 된 주요한 동기들 중의 하나가 마리용에 대한 죄책감을 덜기 위해서라고 말할 정도로 이 사건을 심각하게 간주하고 있다. 이른바 '마리용의 일화'는 정신분석학적 비평가들에 의해 흔히 사디즘의 사례로 간주되어 왔다. 그 근거가 되는 것은 "그녀에 대한 나의 우정이 그 원인"이라는 루소 자신의 진술이다. 비평가인 필립 르죈은 "마리용의 이야기는 단지 부차적으로만 죄에 대한 이야기다. 그 기원에 있어서 그것은 실패한 고백, 즉 사랑의 고백에 대한 이야기다"라고 말한다.

그러나 루소의 고백을 액면 그대로 받아들이기는 어렵다. 우선 루소가 마리용에게 주려고 리본을 훔쳤다는 진술이 매우 의심스럽기 때문이다. 애정 문제에서 드러나는 그의 수동적인 성격에 비추어 볼 때 그가 마리용을 사랑했다 하더라도 부끄러움으로 인해 감히 리본을 선사할 엄두도 내지 못했을 것이다. 또한 그가 리본을 마리용에게 주려고 했다면 그것을 "별로 감추어두지 않을" 정도로 무관심하지는 않았을 것이다. 그렇기 때문에 마리용의 애처로운 시선도 그의 마음에 커다란 영향력을 발휘하지 못했던 것이다.

《고독한 산책자의 몽상》의 〈네 번째 산책〉에서 루소는 '마리용의 일화'와 결부하여 또 다른 거짓말을 이야기하던 중 이를 "곤경에서 나온 기계적인 결과"라고 설명하는 것을 보면 마리용이라는 이름의 발설이 루소의 애정에서 나왔다기보다는 오히려 우연적인 것임을 암시하고 있다.

그렇다면 그는 왜 리본을 훔쳤을까? 루소는 토리노로 오면서 바랑 부인으로부터 작은 은(銀) 리본을 받았는데, 루소의 보호자 역할로 동행하던 부부가 노자가 부족하다는 핑계를 대고 그것을 빼앗았다. 백작부인이 죽고 난 후 루소는 그 집의 집사인 로렌치 부부와 그들의 조카딸인 퐁탈 양의 간계로 유산을 제대로 받지 못했다는 의심을 품었다. 그의 생각에 그들은 임종이 가까웠던 백작부인의 곁에서 시중을 드는 루소의 일을 막고 나서서 그녀가 유언장을 작성할 때 그를 고려하지 못하게 했기 때문이다. 루소는 이에 대한 앙갚음으로 전에 빼앗겼던 리본 대신 "숨겨진 이해관계가 벌이는 그 간악한 장난"에 끼어들었던 퐁탈 양의 리본을 훔쳐 갖기를 원했던 것 같다.

그런데 막상 리본이 발각되고 그것이 어디서 났느냐는 사실 확인의 질문을 받은 루소는 그 질문을 곧 그 리본을 어디에 쓰려고, 다시 말하자면 누구에게 주려고 훔쳤느냐는 내면적 동기에 대한 질문으로 받아들인다. 사실 루소는 견습생 시절부터 좀도둑질을 하는 버릇이 있었고 도둑질을 하다가 들켜 혼이 난 적도 여러 번 있었다. 이런 그에게 진정 참을 수 없는 것은 도둑질에 대해 비난받는 것이 아니라, 그가 어떤 여인에 대해 욕망을 품고 있지 않았느냐는 타인들의 의혹이다.

루소는 '부러진 빗살의 일화'에서 빗살을 부러뜨린 것이 랑베르시에 양에게 처벌을 받고 싶다는 욕망으로 오해되었듯이 리본을 훔친 사실이 어떤 여인에 대한 욕망으로 해석될 가능성이 있음을 두려워한 것이다. 루소는 마리용이 젊은 총각을 유혹하기 위해 리본을 훔쳤다는 것이 마리용의 평판에 치명적일 것이라고 생각하는데, 이는 루소의 경우에도 그대로 적용될 수 있는 두려움이다. 이러한 상황에서 중요한 것은 그가 리본을 훔친 것이 사실인지 아닌지가 아니라, 그 리본에 여성에 대한 욕망이 결부되어 있지 않음을 입증하는 것이다. 리본을 도둑질한 루소는 사람들이 그 리본에 대해 멋대로 해석하는 것을, 즉 의미를 도둑질하는 것을 막으려고 마리용을 끌어댄다. 그렇기 때문에 루소는 "악마 같은 고집"으로 빗살을 부러뜨린 사람이 아니라고 부인했던 것처럼 이번에는 "악마와 같은 대담성"으로 리본을 훔친 사람은 자신이 아니라 마리용이라고 거짓말을 했던 것이다.

마리용이라는 이름의 발설은 우연적인 것이다. 그는 그 이전에 마리용을 사랑하고 있었던 것이라기보다 오히려 사후에 왜 자신이 마리용을 지적했는지를 자문하면서 “내가 하고 싶어 하던 것을 그녀가 했다고, 즉 내가 그녀에게 리본을 줄 생각이 있었기 때문에 그녀가 내게 그것을 주었다고 그녀를 고발했던 것”이라는 결론을 이끌어낸 것 같다. 그녀가 루소의 거짓말을 그의 생각처럼 간접적인 사랑의 고백으로 이해하고 그가 자신에게 떠넘긴 욕망의 의혹을 기꺼이 받아들였다면, 루소는 이후 그 보답으로 그녀에게 애정을 주면서 죄책감에서 해방될 수 있었을 것이다. 그러나 이러한 희망은 마리용에 의해 거부되고, 그는 도덕적인 비난을 벗어날 길이 없게 된다. 그리고 이렇게 해소되지 않은 죄책감은 외적으로는 자신이 거짓말을 하지 않을 수 없게 만든 불평등하고 사악한 사회에 대한 비난으로 또 내적으로는 고백의 욕망으로 전환되어 나타난다.

베르첼리스 부인 댁에 머물러 있던 동안에 대해 내가 해야 할 이야기가 이것으로 전부 끝났다면 오죽이나 좋겠는가. 그러나 겉으로 보기에는 같은 상태였지만, 그 댁에 들어갔을 때와 같은 상태로 그곳에서 나온 것은 아니었다. 나는 그 죄에 대한 오랜 기억과 감당할 수 없이 무거운 후회를 안고 그곳에서 나왔던 것이다. 40년이 지난 지금에도 여전히 그 때문에 양심의 가책을 받고 있으며 그에 대한 쓰라린 감정은 누그러지기는커녕 나이가 들수록 심해지고 있다. 한 어린아이의 잘못이 이렇게 끔찍한 결과를 가져올 줄이야 누가 상상이나 했겠는가? 거의 틀림없을 그 결과에 대해 내 마음은 위로받을 수 없을 것이다. 어쩌면 나는 사랑스럽고 정숙하고 존중받을 만한, 분명 나보다도 훨씬 더 가치가 있는 한 소녀를 치욕과 불행 속에서 죽도록 만들었을지 모른다. 어떤 집안이 무너질 때 집에 약간의 혼란이 야기되고 많은 물건들이 분실되는 것은 극히 자연스러운 일이다. 그러나 하인들의 충성심과 로렌치 부부의 감시가 너무나 대단해서 재고 조사에서 없어진 것은 아무것도 없었다. 다만 퐁탈 양이 장미색과 은색의 작은 리본을 잃어버렸는데, 이미 낡은 것이었다. 내가 수중에 넣을 수 있는 다른 더 좋은 것들도 많았지만, 오직 그 리본만이 탐이 나서 그것을 훔쳤다. 그리고 그것을 별로 감추어두지 않아서, 사람들은 곧 내가 그것을 갖고 있는 것을 발견했다. 사람들은 그것이 어디에서 났는지 알고 싶어 했다. 나는 당황하여 우물거리다가 마침내 얼굴을 붉히면서 그것을 내게 준 사람은 마리용이라고 말했다. 마리용은 사부아 남쪽의 모리엔 출신으로, 베르첼리스 부인이 집에서 손님에게 식사를 대접하는 일을 그만두고 고급 스튜보다 맛있는 수프가 필요해서 자기 집의 요리사를 내보낸 다음 요리사로 썼던 아가씨였다. 마리용은 예뻤을 뿐만 아니라 산중에서가 아니면 볼 수 없는 생기 있는 얼굴빛을 지니고 있었고, 특히 겸손하고 부드러운 태도로 인하여 그녀를 본 사람이면 사랑하지 않고는 배길 수 없었다. 게다가 착하고 얌전하며 더없이 충직한 아가씨였다. 그렇기 때문에 내가 그녀의 이름을 대니 사람들은 깜짝 놀랐다. 하지만 나도 거의 그녀 못지않게 신용이 있었으므로 사람들은 둘 중의 누가 도둑놈인지 확인하는 것이 중요하다고 판단했다. 그녀가 불려왔다. 많은 사람들이 모였는데, 라 로크 백작도 거기에 있었다. 그녀가 오자 사람들은 그녀에게 리본을 보인다. 나는 뻔뻔스럽게 그녀에게 죄를 뒤집어씌운다. 그녀는 어안이 벙벙하여 말을 못하고 내게 악마라도 누그러뜨릴 수 있었을 시선을 보내는데, 내 잔인한 마음은 그에 굴복하지 않는다. 그녀는 마침내 단호하게 그러나 노여워하지 않고 부인한다. 그리고 나를 불러 다시 잘 생각하라고, 내게 결코 나쁜 짓을 하지 않았던 한 죄 없는 처녀를 욕보이지 말라고 타일렀다. 그런데 나는 흉악무도하게도 내가 한 진술을 확언하고 그녀의 면전에서 그녀가 내게 그 리본을 주었다고 우긴다. 그 가련한 처녀는 울기 시작하면서 내게 겨우 이렇게 말할 뿐이었다. "오, 루소, 나는 당신이 신사라고 생각했는데, 당신은 나를 정말 불행하게 만드는군요. 그렇지만 나는 당신과 같은 처지에 있고 싶지는 않습니다." 그게 전부였다. 그녀는 계속 담담하고 꿋꿋하게 자신을 변호했지만, 예의를 지켜 내게 욕 한마디 입에 담지 않았다. 나의 단호한 태도에 비하여 이렇게 온건하게 나가는 것은 그녀에게 불리했다. 한편에는 그 정도로 악마와 같은 대담성이 있고 또 한편에서는 그 정도로 천사와 같은 유순함이 있다고 생각하는 것은 무리한 일로 보였다. 사람들이 완전히 마음을 정한 것처럼 보이지는 않았지만, 내 말이 맞을 것이라고 추측했다. 사람들은 소란스러운 통에 그 문제를 더 깊이 파고들 짬을 내지 못했다. 그래서 라 로크 백작은 우리 둘을 모두 해고하면서 죄를 저지른 사람의 양심이 죄 없는 사람을 위해 충분히 복수를 할 것이라는 말만 던지고는 말았다. 그의 예언은 헛된 것이 아니었으니, 단 하루도 그 예언이 이루어지지 않는 날이 없기 때문이다.

나로 인해 누명을 쓰고 희생된 그 사람이 어떻게 되었는지는 모르지만, 그 후 그녀가 쉽사리 좋은 취직자리를 찾았을 것 같지는 않다. 그녀는 어쨌든 그녀의 명예에 치명적인 혐의를 받고 나갔다. 훔친 물건이 아무리 하찮은 것이라도, 어쨌든 도둑질은 도둑질이고 그것은 설상가상으로 젊은 총각을 유혹하는 데 사용되었던 것이다. 요컨대 그렇게나 많은 악덕들을 겸비하고 있는데다가 그녀에게 거짓말과 고집까지 추가되어 그녀에게 남은 희망은 전혀 없었다. 게다가 나로 인해 그녀가 처한 최대의 위험이 가난하게 살고 세상에서 버림받는 것에 그치지 않는다고 본다. 그 나이에 결백이 더렵혀졌다는 낙심으로 인하여 그녀가 어디까지 전락할 수 있었는지 누가 아는가? 아! 그녀를 불행하게 만들었을지 모른다는 양심의 가책으로도 견딜 수 없는 판에, 그녀를 나보다 더 나쁜 사람으로 만들었을지 모른다는 양심의 가책은 어떨지 그것은 여러분들이 판단하시라.

이 고통스러운 기억은 이따금 내 마음을 어지럽히고 뒤집어놓아, 잠 못 이루는 밤이면 그 가엾은 처녀가 나타나 내가 저지른 죄를 겨우 어제 일인 것처럼 나무라는 것이 보일 정도이다. 평온하게 지내는 동안은 그 기억으로 마음이 그다지 어지럽지 않았다. 그러나 파란만장한 삶의 한가운데서 시달릴 때 나는 그 기억으로 인하여 죄 없이 박해받는 사람들이 갖는 무엇보다도 기분 좋은 위안을 받지 못한다. 내가 어느 책에서 이미 말한 것으로 생각되는데, 잘나갈 때는 양심의 가책이 잘 느껴지지 않지만 역경에서는 양심의 가책이 심하게 느껴진다는 것을 그 기억은 절감케 한다. 그러나 나는 결코 내가 먼저 나서 친구의 가슴속에 이러한 고백을 털어놓아 내 마음의 짐을 덜 수 없었다. 아무리 가까운 사이라도 영 그렇게 되지 않았는데, 바랑 부인에게까지도 그랬다. 내가 할 수 있었던 것이라고는 기껏해야 내가 어떤 잔혹한 행위에 대해 자책하지 않으면 안 된다고 고백한 것이 전부다. 그러나 나는 그 행위가 어떤 것인지 결코 말하지 않았다. 그러므로 그 가책은 이날까지 경감되지 않고 내 양심에 무거운 짐으로 남아 있어, 어떤 의미로는 그것으로부터 벗어나고 싶은 소망이 내가 고백록을 쓰고자 하는 결심에 큰 몫을 했다고 말할 수 있다.

나는 내가 방금했던 결심에 따라 솔직하게 행동했고, 사람들은 아마도 내가 저지른 엄청난 죄의 악랄함을 여기서 변명했다고 생각지는 않을 것이다. 그러나 이와 동시에 내가 내 속마음을 털어놓고, 또 진실에 부합되는 점에서 나 자신을 변호하기를 두려워한다면, 나는 이 책의 목적을 완수하지 못하게 될 것이다. 그 가혹한 순간보다도 더 내가 악의와 거리가 먼 적은 결코 없었다. 그리고 내가 그 가련한 처녀를 고발했을 때, 그녀에 대한 나의 우정이 그 원인이라는 말은 이상할지 모르겠지만 사실이다. 그녀가 내 생각 속에 항상 있었고, 나는 처음으로 생각에 떠오르는 상대를 빌미로 삼아 자신을 변명했다. 내가 하고 싶어 하던 것을 그녀가 했다고, 즉 내가 그녀에게 리본을 줄 생각이 있었기 때문에 그녀가 내게 그것을 주었다고 그녀를 고발했던 것이다. 이윽고 그녀가 등장한 것을 보았을 때, 나의 마음은 찢어지는 듯했다. 그러나 사람들이 너무 많아 그 앞에서 나의 후회는 힘을 잃었다. 처벌은 별로 두렵지 않았다. 오직 수치만이 두려웠다. 그리고 나는 죽음보다도 죄보다도 세상의 그 무엇보다도 수치를 더 두려워했다. 나는 쥐구멍이라도 있으면 들어가 죽고 싶었다. 견딜 수 없는 수치가 무엇보다 앞섰고, 수치 하나만으로 뻔뻔스럽게 되었다. 그리고 내가 죄를 지으면 지을수록 그것을 시인해야 하는 무서움 때문에 점점 더 대담해졌다. 내가 있는 그 자리에서 공개적으로 도둑놈, 거짓말쟁이, 중상모략자라고 인정되고 선고받는 공포밖에 눈에 보이지 않았다. 온 세상이 빙빙 도는 것과 같은 혼란이 내게서 다른 모든 감정을 앗아갔다. 만약 사람들이 내게 반성할 여유를 주었다면, 틀림없이 모든 것을 자백했을 것이다. 만약 라 로크 씨가 나를 가만히 따로 불러, "이 가엾은 소녀를 망치지 말게나. 죄가 있다면, 내게 털어놓게나" 하고 말했다면, 즉시 그의 발치에 꿇어 엎드렸을 것이다. 나는 그랬을 것이라고 정말 확신한다. 그러나 내게 용기를 북돋아 주어야만 할 때, 사람들은 나를 주눅 들게 했을 뿐이다. 나이 역시 당연히 배려해야 할 사정들 중 하나이다. 나는 겨우 유년기를 벗어났다. 아니 보다 정확히 말해 아직도 어린애에 지나지 않았다. 어렸을 때 저지르는 악랄한 짓들은 성인이 되어 저지르는 죄악보다 한층 죄가 무겁다. 그러나 단지 나약함에 불과한 것은 그 죄가 훨씬 가볍다. 그리고 나의 잘못도 사실 그리 다른 것이 아니었다. 따라서 그 기억은 나쁜 짓 그 자체보다 그것이 틀림없이 불러일으켰을 해악 때문에 더 나를 괴롭힌다. 그러나 이러한 기억은 심지어 내게 도움이 되기까지 했다. 내게는 일찍이 저질렀던 단 한 가지 범죄에 대한 무서운 인상이 남아 있었는데, 그 기억은 이후 죽을 때까지 그 무서운 인상을 통하여 범죄로 이르는 모든 행위에서 나를 보호했으니 말이다. 또 거짓말에 대한 나의 혐오감은 대부분 내가 그렇게도 흉악한 거짓말을 할 수 있었다는 것에 대한 뉘우침에서 오는 것 같다고 생각한다. 그 죄가 내가 감히 그렇게 믿는 것처럼 속죄할 수 있는 죄라면, 나의 말년을 괴롭히는 그렇게나 많은 불행들로, 또 어려운 상황 속에서도 40년 동안 지켜온 정직함과 명예로 속죄될 것이다. 그리고 가엾은 마리용에게는 그녀를 위해 복수를 해주는 사람들이 얼마든지 많기 때문에, 내가 그녀에게 가한 모욕이 아무리 크다 하더라도 그 죄과를 몸에 짊어지고 저세상까지 갈 것이라고 그리 걱정하지 않는다. 이것이 이 일에 대해 내가 말해야만 했던 것이다. 두 번 다시 여기에 대해 언급하지 않아도 되었으면 한다. (137~142쪽)

노출증 혹은 유혹

'마리용의 일화'에 바로 뒤이어 나오는 '노출증의 일화'는 좀 이상해 보인다. 한평생 루소를 따라다니며 괴롭혔다는 마리용에 대한 양심의 가책은 여기서 전혀 그 어두운 그림자를 드리우고 있지 않기 때문이다. 오히려 루소는 관능적 욕망에 몸이 달아올라 사람들이 잘 보지 못하는 어두운 구석에서 엉덩이를 드러내고 누군가 어떤 여인이 체벌을 가하기를 기다리고 있다.

스타로뱅스키는 루소가 마리용-랑베르시에 짝이 자신의 볼기를 때리면서 관능적으로 복수하기를 바라고 있다는 점에서, '노출증의 일화'가 가학적 사랑의 고백(마리용에 대한 무고)을 보상하려는 피가학적 욕망과 은밀히 결부되어 있다고 말한다. 사실 루소가 도덕적 죄책감을 벗어나기 위해서는 직접 마리용을 찾아가 용서를 빌어야 했다. 그러나 부끄러움을 잘 타는 소극적인 성격의 루소에게 직접 그녀를 찾아가 사과하는 일은 불가능했다. 그는 오히려 그녀가 자신을 찾아와 징벌하기를 원한다. 이때의 징벌은 양심의 가책을 말끔히 덜어주는 동시에 그의 욕망을 충족시켜주는 이중의 시혜가 될 것이다. 루소가 바라는 만족은 노출 행위 자체가 아니라 그에게 닥쳐올 징벌에 있다.

우리가 눈여겨보아야 할 것은 마리옹과 대질심문을 당하는 공간에서는 그의 현존과 타인들의 시선이 정면으로 부딪쳐 첨예한 갈등관계를 보였다면, 여기서는 그것들이 교묘하게 양립하고 있다는 사실이다. 루소는 자신은 사람들을 잘 볼 수 있지만 사람들은 자신을 잘 보지 못하는 곳에서 자신을 노출(고백)한다. 그는 어둠 속에서 타인들의 오해에 찬 시선으로부터 해방되었다고 느낀다. 그는 자신만이 있는 곳에서 감추어진 모든 욕망을 표출한다.

그러나 그는 타인들의 시선 앞에서 완전히 사라진 존재가 아니다. 그가 숨어 있는 어둠으로 인해 그의 의도와 욕망을 이해하지 못하는 사람은 그를 애매한 존재로 보면서 그에게 가까이 다가오지 않을 것이다. 그러나 그를 주목하고 그의 의도를 완전히 이해하는 사람은 얼마든지 그 애매한 존재에 충만한 현존을 부여할 수 있을 것이다. 그가 숨어서 자신을 노출하는 공간은 타인의 해석을 완전히 거부하는 공간이 아니라 그의 의도를 완전히 이해한 사람들만을 불러들이는 유혹의 장소이다. 그의 수동성이 만들어내는 애매함은 그 몸짓에 대한 해석을 상대방에게 전가한다. 그는 자신을 벗어나지 않는다. "단 한 걸음만 더 나아가면" 될 사람, 즉 해석에 대한 책임을 질 사람은 내가 아니라 상대방이다.

우리가 앞으로 보게 되겠지만 작가의 길로 들어선 루소는 자신의 진정한 가치를 드러내기 위해서는 "숨어서 글을 써야 한다"는 결심을 한다. 마치 이전에 바질 부인이 거울을 통해 루소를 유혹했듯이, 그는 타인의 시선을 의식하지 않을 수 있는 고독의 공간에서 자신의 몽상에 탐닉하면서 동시에 그 몽상을 언어적 기호로 재현하여 독자들을 끌어들인다. 그는 자신의 밖으로 나가지 않으면서 그의 영혼에 공감하는 독자들로 하여금 자신의 내면으로 들어오게끔 유혹하는 것이다. 가시적인 그러나 오해를 불러일으킬 수 있는 겉모습을 감추면서, 동시에 비가시적인 그러나 타자와의 공감이 이루어진다. 결코 오류가 있을 수 없는 내면을 드러내고자 하는 욕망이야말로 루소가 글을 쓰는 강렬한 동기를 이루게 될 것이다.

나는 베르첼리스 부인의 집에 들어갈 때와 거의 같은 상태로 거기서 나와서 다시 예전의 하숙집 여주인에게로 돌아갔다. 거기서 5, 6주 머무르는 동안, 건강하기도 하고 젊기도 하고 할 일도 없어서 종종 내 관능적 감각을 견딜 수 없게 되었다. 마음이 조마조마하고 정신이 딴 데 팔리고 몽상에 잠겼다. 눈물을 흘리고, 한숨을 짓고, 내가 알지는 못하지만 결여되어 있다는 것은 느끼는 어떤 행복을 원했다. 이러한 상태는 표현될 수도 없거니와 또 이것을 상상할 수 있는 사람들조차 별로 없다. 왜냐하면 대부분의 사람들은 괴로우면서 동시에 즐거운, 또 욕망의 도취 가운데서 그 쾌락을 예감케 하는 이러한 삶의 충만함을 미리 충족시켜버렸기 때문이다. 내 끓는 피는 처녀와 부인들로 내 머릿속을 쉴 새 없이 가득 채우고 있었다. 그러나 그 여성들의 진정한 용도를 깨닫지 못했기 때문에, 그녀들을 더 이상 어찌해야 할지를 모르고 상상 속에서 내 마음대로 이상야릇하게 써먹었다. 이러한 상상은 내 관능적 욕망에 매우 거북스러운 자극을 주었는데, 다행히 내게 그로부터 벗어나는 방법을 가르쳐주지는 않았다.[2] 고통 양과 같은 소녀를 잠깐이라도 다시 만날 수가 있다면 기꺼이 내 생명을 바쳤을 것이다. 그러나 이제는 어린 시절의 장난으로 마치 자연스러운 양 그런 짓을 할 나이가 아니었다. 악에 대한 의식과 함께 생겨나는 수치심이 나이와 더불어 생겨났고, 그 수치감이 나의 천성적인 소심함을 주체할 수 없을 정도로 키워놓았다. 그래서 그 당시나 그 후나 여자가 먼저 수작을 걸어서 말하자면 내가 음란한 제의를 하지 않을 수 없었던 경우

---

2 아직 루소는 자위행위를 몰랐다. 당시 자위행위는 건강에 위험하고 광기에 이를 수 있다고 생각되었다. 그렇기 때문에 루소는 "다행히"라는 말을 쓰고 있다.

가 아니라면, 여자가 조신하지 않다는 것을 알고 내 제의가 받아들여질 것이라고 거의 확신하고 있을 때라도 내가 먼저 음란한 제안을 꺼내는 데는 영 성공할 수 없었다.

내 욕망을 채울 수 없으면서 그것을 더할 나위 없이 엉뚱한 수단으로 부채질할 정도로 내 흥분은 고조되었다. 나는 어두컴컴한 골목길이나 눈에 잘 안 띄는 구석진 곳을 찾아가곤 했는데, 그곳에서는 여자들에게 내가 그녀들 곁에서 그럴 수 있기를 원한 상태로 멀리서 나를 노출할 수 있었다. 그녀들이 보았던 것은 외설적인 것이 아니었다. 나는 그런 것은 생각하지도 않았다. 그것은 우스꽝스러운 것이었다. 그녀들의 눈에 그것을 과시하면서 내가 느낀 어리석은 쾌락은 표현할 수 없다. 내가 바라던 대접을 맛보기 위해서는 거기서 단 한 걸음만 더 나아가면 되었다. 그리고 내게 기다리고 있을 만한 뻔뻔스러움이 있었더라면 누군가 과감한 여자가 길을 지나가다가 그 즐거움을 내게 베풀어 주었으리라고 의심치 않는다. (143~144쪽)

그러나 루소는 "우스꽝스러운 것"을 보여주다 사람들에게 쫓긴 후 결국 "커다란 군도를 찬 커다란 남자"에게 잡힌다. 그는 이 위기의 순간에 자신이 명문 출신의 타국 젊은이인데 머리가 돌아서 아버지의 집을 나왔다는 소설적인 거짓말을 꾸며 그 남자의 손아귀에서 벗어난다. 그는 약 한 달 반 동안 토리노에서 빈둥거리며 지내는데, 이때 《에밀》의 등장인물인 사부아 보좌신부의 모델이 될 사부아의 갬 신부를 만난다. 그는 갬 신부로부터 "숭고한 미덕에 대한 열광은 사회에서 별반 도움이 되지 않았다는 것, 지나치게 높이 날아오르는 사람은 추락하기 쉽다는 것, 사소한 의무들을 지속적으로 행하고 그것을 항상 제대로 완수하는 데에는 영웅적인 행위에 못지않은 힘이 필요하다는 것, 명예와 행복을 얻는 데도 그렇게 하는 것이 더 유리하다는 것, 이따금 사람들의 감탄을 사기보다는 늘 사람들의 존경을 받는 편이 비할 바 없이 더 낫다는 것 등"을 배우면서 진정한 현명함에 대한 교육을 받는다. 루소에 따르면 그에게서 "자존심과 자기 존중"을 일깨워 준 사람이 바로 갬 신부이다. 이후 그는 라 로크 백작의 주선으로 저명한 구봉 백작 댁에 하인이자 서기로 들어가고, 그의 손녀인 브레이유 양에게 매혹당한다.

지식의 승리

구봉 백작의 하인으로 들어간 루소는 손녀인 브레이유 양에게 희망 없는 연정을 품는다. 그러던 어느 날 그녀의 오빠가 던진 모멸적인 질문에 "매우 재치 있고 멋진 대답"을 해 그녀의 시선을 끈다. 이는 루소에게 이중의 승리이다. 그는 언어를 통해 그녀의 오빠에게서 받은 신분적 멸시를 되갚고 동시에 사랑하는 여인의 관심을 받을 수 있었기 때문이다.

이러한 작은 승리는 이튿날의 오찬회에서 더욱 커다란 승리로 이어진다. 참석한 손님들 중 한 사람이 프랑스 고어로 쓰인 솔라로 가문의 가훈을 잘못 이해하는 일이 벌어진다. 나이 많은 구봉 백작은 대답을 하려다가 루소가 빙긋이 웃고 있는 것을 눈여겨보고, 그에게 말해보라고 한다. 구봉 백작은 똑똑한 하인을 두고 있다는 사실을 손님들에게 자랑하고 싶었던 것이다. 아마도 조각공 견습공이었던 때 문장이 들어간 메달을 위조하면서 얻었을 지식을 토대로 루소는 손님의 잘못된 해석을 교정하면서 백작의 기대에 부응한다. 언어 혹은 지식은 그의 참다운 가치를 객관적으로 증명하는 수단이 된다. 그 지식은 신분상 주변에 머무를 수밖에 없었던, 그래서 다른 사람들의 주목을 끌지 못하던 그를 단번에 모임의 중심으로 끌어올린다. 하인의 신분이라는 외적 조건은 변하지 않았지만 그의 존재양식은 완전히 달라진 것이다.

루소는 이러한 찬란한 승리를 통해 불평등한 사회질서가 자연적 질서로 환원되는 즐거움을 느꼈다고 말한다. 루소에게 바람직한 사회는 신분이 아니라 재능에 기초를 둔 사회, 물리적인 힘보다는 정신적인 힘에 가치를 부여하는 사회이다. 기사도적 무훈과 명예에 근거한 귀족 계급은 절대군주제가 정착됨에 따라 백성들에게는 교만한 권력을 행사하지만 군주에게는 아첨만 떠는 기생(寄生) 계급으로 전락하였다. 부르주아 계급 출신의 계몽주의 철학자들은 바로 이 점을 들추어 귀족 계급을 비판하곤 했는데 루소도 예외는 아니었다. 대부분의 귀족들은 솔라르 가문의 가훈을 오독하듯이 자신의 고귀한 정신을 망각하고 있다. 루소는 이러한 귀족들에게 그들이 잊어버린 정체성을 각성시키는 선생이 된 것이다.

그의 언어는 오찬회에 모인 사람들의 말을 완벽하게 지배하면서 순간적인 침묵을 빚어낸다. 이 침묵 속에서 말하는 것은 입이 아니라 시선이며, 이 가운데 가장 빛나는 것은 브레이유 양의 눈빛이다. 루소는 그녀가 건네는 시선이 그의 가치를 알아보고 던지는 사랑의 표시라고 믿는다. 또한 그녀는 할아버지에게 침묵이 내포한 의미를 공포할 것을 조르는 시선을 보낸다. 마침내 구봉 백작이 침묵을 깨고 루소에게 극찬을 보내자 모든 사람들은 일제히 루소에게 찬사를 보낸다. 이 순간 연인을 포함하여 모든 사람들로부터 사랑을 받고 싶어 하는 루소의 욕망은 완벽하게 충족된다. 제네바를 떠나면서 꾸었던 꿈이 잠깐이나마 실현된 것이다. 그리고 이러한 행복감의 절정은 잔에서 넘치는 물로 상징된다.

주인으로서 하인에게 마실 것을 달라고 명령하는 브레이유 양의 말은 중세의 기사도 소설에서 그런 것처럼 루소에게는 귀부인이 사랑하는 기사에게 내리는 사랑의 명령처럼 들린다. 숨겨진 의미로 넘쳐흐르는 그녀의 명령에 대해 잔에서 넘쳐흐르는 물은 그에 가장 적절한 응답이다. 이 물은 관능적인 의미로 가득 차 있다. 그러나 사람들의 시선에 공개된 장소는 그 숨겨진 욕망이 실현되는 것을 금지하면서 동시에 사랑의 순진성을 보장한다. 극심한 동요 상태에서 루소가 발신하는 사랑의 기호(물이 넘치는 잔)는 브레이유 양에게 정확하게 수신되어 그녀의 얼굴은 발갛게 달아오른다. 루소는 비록 찰나이지만, 지식의 힘을 발휘하여 사랑과 사회적 인정을 획득하는 행복한 순간을 경험한다. 그리고 이러한 체험을 통해 루소는 미래의 문학적 성공을 꿈꾸게 될 것이다.

덧붙여 말하면, 겉으로는 열등해 보이는 존재가 개인적 능력, 특히 뛰어난 지식으로 신분적으로는 우월한 주변 사람들을 압도하는 광경은 이후 낭만주의 문학에서 되풀이되어 등장하는데, 그중 가장 유명한 것은 《적과 흑》의 주인공인 쥘리앵 소렐이 라틴어 성경을 암송하고 또 라틴어 구절을 즉석에서 번역하는 놀라운 실력을 보이는 장면이다. 스탕달은 이 장면을 다음과 같이 마무리한다.

> 모두들 그를 찬양했다. … 쥘리앵은 벌써 일어서 있었다. 예절을 잊고 모두들 그를 따라 일어섰다. 이것이 천재의 지배력이라는 것이다.

루소는 《고백록》의 한 삽화를 통해서 비단 한 개인의 진정한 가치를 왜곡하는 불평등한 사회를 비판했을 뿐 아니라, 사람들의 상상력을 강렬히 자극하면서 낭만주의의 위대한 주제 중 하나인 '미운 오리 새끼'의 신화를 창조한 것이다.

> 브레이유 양은 나와 거의 나이가 같은 젊은 여성으로, 몸매도 좋고 상당히 아름다우며 살결이 매우 희고 머리카락은 무척 까만 편이었다. 까만 머리인데도 얼굴에는 금발 여인들이 갖는 그 부드러운 표정을 짓고 있었는데, 나는 그런 표정에 마

음이 끌리지 않은 적이 없었다.

(…)

그날은 성대한 오찬회가 열렸는데, 거기서 나는 급사장이 옆구리에 칼을 차고 머리에 모자를 쓴 채 식사시중을 드는 것을 처음으로 보고 깜짝 놀랐다. 우연히 솔라르 가문의 가훈이 사람들의 화제에 올랐는데, 그것은 문장紋章이 들어있는 벽에 거는 장식융단에 'Tel fiert qui ne tue pas'라고 쓰여 있었다. 피에몬테 사람들은 보통 프랑스어에 능숙하지 않기 때문에, 어떤 사람이 이 가훈에서 오자를 발견하고 'fiert'라는 낱말에서 't'는 전혀 필요하지 않다고 말했다.

연로한 구봉 백작은 막 대답을 하려다가, 내게 눈길을 던진 다음 내가 감히 아무 말도 못하고 있지만 빙긋이 웃고 있는 것을 보고 내게 말하라고 분부했다. 그래서 나는 't'가 쓸데없는 것이라고 생각하지 않으며, 'fiert'는 'fier사나운'나 'menaçant위협적인'의 뜻을 갖는 'ferus'라는 명사가 아니라 'il frappe때리다'나 'il blesse상처를 입히다'의 뜻을 갖는 'férit'라는 동사에서 나온 프랑스 고어이며, 그래서 가훈은 'Tel menace… …하는 사람이 위협한다'가 아니라 'Tel frappe qui ne tue pas죽이지 않는 사람이 때린다'라는 뜻으로 보인다고 말했다.

모든 사람들이 아무 말도 하지 못하고 나를 바라보고 서로들 쳐다보았다. 이러한 놀라움은 생전 보지 못한 것이다. 그러나 나를 더욱 흐뭇하게 만든 것은 브레이유 양의 얼굴에서 만족한 기색을 분명히 본 것이었다. 그렇게나 거만한 그 여인이 적어도 첫 번째 시선에 못지않은 두 번째 시선을 내게 던져 주었던 것이다. 그리고 할아버지에게 시선을 돌리면서 내가 그에게 의당 받아야 하는 칭찬을 일종의 초조함을 갖고 기다리는 것 같았다. 그러자 과연 그는 매우 만족한 듯이 내게 극찬을 아끼지 않았고 식탁의 모든 사람들은 기다렸다는 듯이 입을 모아 찬사를 보냈다.

그 순간은 짧았지만 모든 점에서 즐거웠다. 그것은 상황을 그 자연적 질서로 되돌리고 운명의 모욕으로 훼손된 재능의 진가를 회복하는 너무나 희귀한 순간들 중의 하나였다. 몇 분 후에 브레이유 양은 또 다시 나를 올려보면서 상냥하고 수줍은 어조로 내게 마실 것을 달라고 부탁했다. 내가 그녀를 기다리게 하지 않았으리라는 것은 가히 짐작이 갈 것이다. 그러나 가까이 가면서 너무나 부들부들 떨려서 컵에 물을 넘치게 채워, 그 일부가 접시 위로 심지어 그녀에게까지 쏟아졌다. 그녀의 오빠는 주책없이 왜 그토록 심하게 몸을 떠느냐고 물었다. 그런 질문은 나를 진정시키는 데 도움이 되지 않았고, 브레이유 양은 눈의 흰자위까지 빨개졌다.

여기서 소설은 끝나는데, 여기서 보더라도 바질 부인과의 경우와 마찬가지로 그리고 그 후 내 인생에 있어서도 내 연애

의 결말이 행복하지 않다는 것을 독자들은 주목하게 되리라. (153~155쪽)

이후 브레이유 양의 관심을 전혀 끌지 못한 루소는 백작의 아들인 구봉 신부의 서기로 들어갔는데, 구봉 신부는 그에게 약간의 라틴어를 가르치고 문학적 소양을 키워주는 등 선생 역할을 맡는다. 그의 보호자들은 점점 더 루소에게 관심을 갖고 그에게 훌륭한 자리를 마련해 줄 계획을 품고 있었지만, 그는 옛날의 동료 견습공이었던 바클이라는 친구를 우연히 만나게 된다. 루소는 모험을 즐기는 방탕한 친구와 놀다가 직무를 태만히 하게 되었고, 이 때문에 꾸중을 듣게 되자 결국 보호자들과 싸움을 하다시피 해서 집에서 쫓겨났다.

1729년 여름 루소는 바클과 함께 토리노를 떠나 바랑 부인이 있는 안시로 향한다. 바랑 부인은 그를 따뜻이 맞고 집에 받아들인다. 이 둘은 서로를 "'프티'[3]와 '마망'[4]으로 부를 정도로, 비할 데 없이 달콤하고 친밀한 관계"를 맺는다.

—

3 '프티'(Petit)는 프랑스어로 '아이'를 부르는 애칭.

4 '마망'(Maman)은 프랑스어로 '어머니'를 부르는 애칭인데, 사부아 지방에서는 '주부'를 부를 때도 일상적으로 사용되었다. 그러나 루소가 바랑 부인을 '어머니'로 생각한 것은 의심할 여지가 없다.

꿈과 같은 행복

루소가 안시에서 바랑 부인을 다시 만난 것은 첫 만남으로부터 1년 이상 세월이 지난 후였다. 그녀에게는 충실한 집사이자 애인인 클로드 아네가 있었지만 그는 어쨌든 바랑 부인의 곁에 자리를 잡게 되었다. 바랑 부인은 그에게 모성을 대표하는 여성이었다. 그러나 그녀는 "다정한 엄마이자 친애하는 누이이며 매력적인 여자친구"로 "이 세상에 존재하는 유일한 여성"이었지만 애인은 아니었다. 루소는 자신에게 내재한 성적 욕망에 두려움을 갖고 그것을 부인한다. 육체적인 사랑보다는 사랑의 몽상을 더 소중히 생각하고, 욕망의 충족보다는 욕망의 부재를 욕망한다고 확신하는 그는 어머니와 같은 바랑 부인의 옆에서 가장 완벽히 순수한 상태에서 산다고 믿는다.

그러나 그는 이때 자위행위 덕분에 성적 충동을 쉽게 억누를 수 있었다는 사실을 인정한다. 사랑하는 여인의 옆에서 억압된 성적 욕망은 상상의 세계 속에서만 충족될 수 있기 때문에 루소는 사랑하는 여인을 떠나 고독을 찾는다. 사랑하는 여인이 부재한 상태에서 그녀가 만졌던 물건들에서 그녀의 현존을 다시 찾으며 루소는 현기증 나는 여인의 빈자리에 매혹당한다. "나는 그녀를 소유하기를 그렇게 욕망하지 않았을 때보다 더 그녀를 정답게 사랑한 적은 없었다."

이렇게 기묘하게 순수한 애정과 육체적 욕망이 "단 한 걸음의 거리"를 두고 위태롭게 공존하는 상태에서 루소는 행복에 도취된다. 루소는 대축제 날 미래의 어느 날 바랑 부인 곁에서 맛볼 행복한 삶을 예언적인 환각 속에서 얼핏 보게 되는데, 이는 사실 대축제 날만이 아니라 사랑의 최초 시기 전체에 해당될 것이다. 또한 이와는 반대로 이후 그가 사랑하는 여인의 육체를 소유하게 될 때 그는 이 소중한 시절을 영원히 잃어버린 낙원으로 회상할 것이다. 그에게 가장 강렬한 사랑의 행복은 순수한 감정과 육체적 욕망이 가장 가까이 접근하지만 아직은 하나로 결합되지 않은 순간에 있기 때문이다.

첫날부터 우리 사이에는 비할 데 없이 달콤하고 친밀한 관계가 맺어졌다. 이러한 친밀도는 그녀의 남은 생애 동안 변치 않고 지속되었다. '프티'가 내 이름이고, '마망'이 그녀의 이름이었다. 그리고 우리는 언제까지나 '프티'와 '마망'으로 남았다. 심지어 세월이 흘러 우리 둘 사이의 나이 차이가 거의 드러나 보이지 않을 때도 그랬다. 나는 이 두 호칭이 우리들의 말투의 본질과 소박한 우리의 태도, 특히 우리의 심적 관계를 놀랍도록 잘 나타내고 있다고 생각한다. 그녀는 내게 세상에서 가장 다정한 엄마였으며, 결코 자신의 즐거움을 구하지 않고 언제나 나의 행복만을 찾고 있었다. 그리고 그녀를 향한 나의 애착에 관능이 포함되어 있었다 해도 그 때문에 애착의 본질이 변한 것이 아니라 단지 더욱 그윽하게 되었을 뿐이며, 나는 애무하면서 달콤함을 맛볼 수 있는 젊고 예쁜 엄마를 두었다는 매혹에 취해버렸다. 나는 글자 그대로 '애무한다'고 말하련다. 왜냐하면 결코 그녀는 내게 입맞춤이나 어머니로서의 더할 나위 없이 다정한 애무를 아낄 생각을 하지 않았고, 나도 그것을 남용할 마음이 전혀 없었다. 그렇지만 우리가 결국에는 다른 종류의 관계를 갖지 않았냐고 할지 모르겠는데, 그것은 인정한다. 그러나 기다리시라. 한꺼번에 전부 말할 수는 없으니 말이다.

우리가 처음 만났을 때 그녀를 언뜻 본 것이야말로 일찍이 그녀가 내게 느끼게 해준 참으로 정열적인 단 한 번의 순간이었다. 하지만 그 순간은 뜻밖의 놀라움이 만들어낸 것이었다. 나의 시선은 조심성이 없지만 결코 그녀의 가슴을 덮은 숄 밑을 뒤지는 데까지는 나가지 않았다. 비록 그 자리에 제대로 감추어져 있지 않은 통통한 살집이 절로 내 시선을 그리로 끌 수 있었지만 말이다. 나는 그녀 옆에 있을 때면 흥분도 욕망도 느끼지 않았다. 나는 황홀한 평온 상태에 잠겨 있으면서, 알지 못하는 무엇인가를 향유하고 있었기 때문이다. 나는 이렇게 일생을 아니 심지어 영원한 시간을 보낸다 하더라도 잠시도 지루하지 않았을 것이다. 대화가 무미건조할 때면 대화를 지속하는 의무가 고역이었는데, 그녀는 함께 있을 때 내가 결코 그러한 무미건조함을 느끼지 않은 유일한 사람이었다. 단둘이서 나누는 대화는 대화라기보다 그칠 줄 모르는 수다였는데, 그것이 끝나기 위해서는 말을 가로막을 필요가 있었다. 내게는 말을 해야 한다는 규칙이 아니라 차라리 입을 다물고 있어야 한다는 규칙을 부여해야 했다. 그녀는 자기 계획을 하도 궁리한 나머지 종종 몽상에 잠기곤 했다. 그래도 그만이다. 그녀를 몽상에 잠기도록 내버려두고, 입을 다물고 그녀를 응시했다. 이러면 나는 가장 행복한 사람이 된다. 나는 게다가 매우 묘한 버릇을 갖고 있었다. 단둘이서 대화를 나누는 호의를 베풀어 달라고 요구하지는 않으면서도 끊임없이 그 기회를 찾았고 둘만의 대화를 열광적으로 즐겼는데, 귀찮은 사람들이 와서 그것을 방해할 때는 그 열광이 분노로 바뀌었다. 남자든 여자든 상관없이 찾아오는 사람이 있으면, 나는 투덜거리면서 나가버렸다. 그녀 곁에서 제 3자로 남아 있는 것을 참을 수 없었기 때문이다. 나는 대기실에 가서 이제나저제나 하고 시간을 재면서 한없이 시간을 끄는 그 방문객들을 저주했다. 그들이 무슨 할 말이 그렇게 많은지 이해할 수 없었다. 왜냐하면 내가 훨씬 더 할 말이 많았기 때문이다.

그녀가 보이지 않을 때야 비로소 내가 그녀에 대해 갖는 애착이 얼마나 강한가를 느꼈다. 그녀가 보이면 나는 그저 만족이었다. 그러나 그녀가 없을 때 나의 불안감은 고통스러울 정도까지 커졌다. 그녀와 더불어 살고 싶다는 욕구는 폭발적인 감격을 불러일으켰고, 그러한 감격은 종종 눈물을 자아내기까지 했다.

대축제의 어느 날에 대한 추억은 영원히 잊지 못할 것이다. 그녀가 오후 미사에 간 동안 나는 시외로 산책을 나갔다. 그때 내 가슴은 그녀의 모습과 내게 주어진 나날들을 그녀 곁에서 보내고 싶다는 열렬한 욕망으로 가득 차 있었다. 그러나 현재로서는 그것이 불가능하고 내가 한껏 누리고 있는 행복이 오래 가지 못할 것이라는 사실을 알 정도로 지각은 있었다. 그런 생각으로 내 몽상은 서글퍼졌지만, 이러한 서글픔에는 어두운 것이라고는 전혀 없었고 어떤 낙관적인 희망이 그 서글픔을 덜어 주었다. 언제나 내게 묘한 감동을 불러일으키는 종소리, 새들의 노래, 화창한 햇살, 다정한 풍경, 여기저기 흩어진 전원의 집들 — 나는 그 집들 중에 우리가 함께 살 집이 있을 것이라고 상상했다 —, 이 모든 것이 너무나 생생하고 다정하고 서글프고 가슴 뭉클한 인상으로 강렬하게 나의 심금을 울려, 황홀경 속에 빠진 것처럼 그 행복한 시간과 그 행복한 거주지 안에 옮겨져 있는 내 모습이 보였다. 거기서 나는 내 마음이 바랄 수 있는 모든 극진한 행복을 소유하고 말로 표현할 수 없는 환희 속에서 심지어 관능적인 쾌락조차 생각하지 않은 채 그 행복을 맛보았다. 내 기억으로는 일찍이 그때보다 꿈에 부풀어 힘차게 미래를 향해 돌진한 적이 없다. 그리고 훗날 그 몽상이 실현되었을 때 그 기억에서 내게 가장 인상 깊었던 것은 그때 내가 마음속에 그렸던 것과 너무나 똑같은 것들을 다시 보았다는 것이다. 일찍이 사람이 잠에 들지 않고 꾸는 백일몽이 예언적인 환각을 닮은 적이 있다면, 이것이야말로 확실히 그런 것이었다. 다만 내 예상에서 어긋난 것은 상상이 지속되는 기간이었다. 왜냐하면 몽상 속에서는 하루하루가 한 해 한 해가 그리고 내 인생 전부가 변함없는 평온함 속에서 흘러간 반면, 실제로는 이 모든 것이 한순간밖에는 지속되지 않았기 때문이다. 슬프도다! 가장 영속적인 나의 행복은 꿈속에 있었다. 그리고 그 행복이 거의 이루어지려는 그 순간 꿈에서 깨어났다.

내가 이탈리아에서 돌아왔을 때는 거기에 갔을 때와 완전히 같은 상태로 돌아온 것은 아니었다. 그러나 내 나이에 다른 사람이었다면 아마 결코 나 같은 상태로 돌아오지는 않았을 것이다. 나는 거기서 정신적인 순결은 아니지만 육체적인 동정童貞은 잃지 않고 돌아왔다. 나이가 들어 성숙해지는 것이 느껴졌다. 나의 충족되지 않는 관능적 욕구가 마침내 나타났고, 극히 무의식적인 그 최초의 사정射精으로 인하여 나는 건강에 대해 두려움을 갖게 되었다. 그런데 그것이야말로 내가 그때까지 순진하게 살았다는 사실을 다른 어떤 것보다도 더욱 잘 보여준다. 나는 곧 두려움에서 벗어나, 자연에는 어긋나지만 건강과 활력과 때로는 생명까지 희생해 가면서 나 같은 기질의 젊은이들을 여러 가지 방탕한 행위들로부터 구해주는 그 위험한 보완책을 배웠다. 부끄러움과 수줍음을 타는 사람들이 매우 편리하다고 생각하는 이러한 나쁜 버릇은 게다가 강렬한 상상력을 가진 사람들에게 커다란 매력을 갖는데, 그것은 말하자면 모든 여성들을 자기 마음 내키는 대로 할 수 있으며, 자신을 유혹하는 미녀를 그녀의 동의를 얻을 필요 없이 자신의 쾌락에 봉사하도록 만드는 것이다. 나는 해악을 초래하는 이러한 이점에 유혹되어 자연이 내 안에서 회복시켜 놓았던 그리고 내가 잘 만들어지도록 시간적 여유를 주었던 건강한 체질을 애써 망가트렸다. 이러한 경향에 덧붙여 내 현재 처지를 생각해 보시라. 한 어여쁜 여인의 집에 살면서 내 마음속에서 그녀의 모습을 애무하고 낮에는 줄곧 그녀를 보고 저녁에는 그녀를 생각나게 하는 물건들에 둘러싸여 있으며 그녀가 누웠던 것을 아는 침대에 누워 있는 것이다. 얼마나 많은 자극들인가. 그것들을 상상하는 독자라면 이미 나를 반쯤 죽은 사람으로 간주하리라.

그런데 반대로 나를 파멸시키기로 되어 있던 것이 적어도 한동안은 바로 나를 지켜주는 것이 되었다. 그녀 옆에서 사는 매력과 그녀가 있든 없든 그 곁에서 나날들을 보내고 싶은 불타는 욕구에 도취되어, 나는 언제나 그녀를 다정한 어머니이자 사랑스러운 누이 그리고 매력적인 여자친구로 보았지만 그 이상은 아니었다. 내게 그녀는 언제나 이렇게, 언제나 같은 사람으로 보였다. 그리고 오로지 그녀만이 보였다. 언제나 내 마음에 떠오르는 그녀의 모습으로 인하여 거기에는 어떤 다른 모습도 들어올 여지가 없었다. 그녀는 내게 이 세상에 존재하는 유일한 여성이었다. 그리고 그녀가 내게 불러일으키는 더할 나위 없이 감미로운 감정은 내 관능이 다른 여성들에게 눈뜰 시간을 주지 않음으로써 나를 그녀와 모든 여성들로부터 보호했다. 요컨대 나는 그녀를 사랑하기 때문에 정숙함을 잃지 않았다. 잘 표현은 안 되지만 이러한 결과에 비추어 그녀에 대한 나의 애착이 어떤 종류에 속하는지를 판단할 수 있는 사람은 판단해 보시라. 나로서 이에 관하여 말할 수 있는 모든 것은, 나의 애착이 벌써 매우 괴상하게 보인다면 뒤에서는 훨씬 더 그렇게 보이리라는 것뿐이다. (170~175쪽)

루소는 바랑 부인과 유치한 장난들을 벌이고 그녀의 장난 같은 일을 도와주는 것에 재미를 붙였지만 그것이 다는 아니었다. 갬 신부와 구봉 신부는 이미 그에게 좋은 책들을 소개해 주었고 이제는 자기가 흠모하는 여인의 인도를 받으며 진지한 독서에 몰두하였다. 볼테르의 역사 서사시 《라 앙리아드》, 생테브르몽의 문학 에세이, 자연법 이론가인 푸펜도르프의 저서들, 애디슨의 시사평론 잡지 〈스펙테이터〉의 프랑스어 번역본 등은 그의 지적 성장에 도움을 주었다. 라브뤼예르와 벨 등 모럴리스트와 철학자들을 좋아했던 바랑 부인은 그에게 판단력과 취향을 길러주었고 아울러 그녀의 세상 경험을 들려주었다. 그녀는 그에게 직업을 찾아주려고 그를 신학교에 보낼 생각을 하게 된다.

오해와 글쓰기

루소는 자신의 내면에서 이성보다는 감성이 훨씬 강하게 작용하고 있다고 말한다. 사람과 사물들에 대한 이해보다 먼저 감성이 온다. 그는 아주 어린 시절부터 "아무것도 이해하지 못했지만 모든 것을 느끼고 있었다"고 말할 정도이다. 그가 제대로 냉철히 생각하기 위해서는 감성의 열기가 식을 시간이 필요하다. 그렇지만 사유가 숭고해지기 위해서 감성은 더욱 오랫동안 힘차게 분출되어야 한다. 그의 내면에서 일어나는 감성과 사유 사이의 지체 현상은 다시 내면적인 사유와 감성 그리고 외면적인 언어 사이의 시차로 나타난다. 그는 자신의 내면을 언어로 표현하는 데 남다른 시간과 노력을 필요로 한다. 이 때문에 그는 주변 사람들로부터 종종 우둔하다는 평가를 받는다.

타인들과의 의사소통에서 자신의 의도를 제대로 전달하는 데 어려움을 겪어온 루소는 《신(新) 엘로이즈》에서 여주인공 쥘리(Julie)의 입을 빌어 감각을 넘어선 영혼의 직접적인 소통에 대한 꿈을 다음과 같이 말한다.

> 그러나 그토록 긴밀하게 결합된 두 영혼이 육체와 감각기관으로부터 해방된 직접적인 소통을 그들 사이에 가질 수 없는 것일까요? 한 영혼이 다른 영혼으로 받아들이는 직접적인 인상이 그 소통을 뇌로 전달하고, 그 반작용으로 그것이 뇌로 보낸 감각들을 뇌를 통해 받아들일 수는 없을까요?

쥘리는 인간의 소통 과정이 감각에서 영혼으로 진행되는 것이 아니라 영혼에서 감각으로 진행되기를 소망한다. 이러한 직접적인 소통에서 오해는 존재할 수 없다. 그러나 이는 유감스럽게도 현실의 세계에서는 실현되기 힘든 꿈에 불과하다. 상대방이 루소를 절대적인 애정을 갖고 받아들이지 않을 때 그리고 그에게 외부 세계에 제대로 반응할 충분한 시간이 없을 때 그와 타인들 사이에는 오해가 발생한다. 자기도 모르게 튀어나온 말은 그의 의도를 배반하고 그를 바보로 보이게 한다.

이러한 반응은 파리의 사교계에서 더욱 심각해져 루소는 말을 더듬을 정도가 된다. 파리의 살롱에서 겪는 루소의 심리적 거북함을 이해하기 위해서는 우선 그곳의 분위기를 먼저 이해해야 한다. 전통적으로 파리의 사교계는 섬세한 정신을 도야하고 자유분방한 재치를 사랑하는 사람들의 모임이다. 사교계 인사들은 어떤 정해진 주제 없이 순간순간 전개되는 대화 속에서 기발한 상상력을 발휘한다. 적당한 기회를 포착하여 말을 하고 별것 아닌 것을 색다른 관점에서 제시하여 그것에 화려한 색채를 부여하는 재주가 바로 재치이다. 즉흥적인 대화를 통해 섬세한 정신은 일종의 유희처럼 해석의 가능성을 가장 자유롭게 풀어놓으면서 가장 성공적으로 자신을 표현한다. 이러한 살롱의 분위기는 곧잘 격렬한 열정에 사로잡히고 깊은 성찰에 빠지는 루소에게 자신을 드러낼 기회를 주지 않는다.

더욱 나쁜 것은 시골뜨기로 사교계 사정에 어두운 루소가 내뱉는 어떤 말들이 생각지도 않게 무례한 언행이 되어 모임의 분위기를 썰렁하게 만든다는 사실이다. 겉으로 보이는 사교계의 자유분방함도 넘어서는 안 될 어떤 선 안에서만 허용되는데, 사교계의 언어를 지배하는 규칙을 잘 알지 못하고 그것에 적응하지 못한 그는 말을 함으로써 말을 하지 않는 것보다 더 소외를 당한다.

루소는 자신의 진정한 내면을 보여주기 위해서 "숨어서 글을 쓰겠다"고 결심한다. 숨는다는 것은 타인과 관계를 끊는 것이지만 그것은 말을 글로 써서 타인 앞에 나타내기 위해서이다. 또한 그는 "진리를 위해 목숨을 바칠 것"을 자신의 모토로 삼는다. 그의 내면에서 진리에 대한 사랑과 인간에 대한 사랑은 하나가 될 것이다. 그는 이렇게 타인들의 시선이 부재한 공간에서 자신을 벗어나지 않은 채 외적 상황을 마음대로 통제하면서 마음 놓고 자신의 내면적 가치를 유혹적으로 드러낸다. 루소가 작가가 된 후에도 반성적 성찰과 그것이 추구하는 진리는 직접적인 소통, 즉 절대적인 애정을 획득하기 위한 일종의 방법에 불과하게 될 것이다.

나 혼자만 있을 때도 거의 내 정신을 뜻대로 사용할 수 없는데 대화에서는 어떨 것인지 판단하기 바란다. 대화를 할 때는 적절하게 말하려면 즉석에서 동시에 온갖 것들을 생각해야만 한다. 그렇게나 많은 예법들을 생각만 해도 주눅이 들기에 충분한데, 적어도 예법들 중의 하나는 깜빡 잊어버릴 것이 틀림없기 때문이다. 어떻게 사람들이 그런 사교 모임에서 감히 말할 수 있는지 나로서는 이해할 수조차 없다. 왜냐하면 말을 할 때마다 거기 있는 사람들을 모두 훑어보아야만 하며, 어떤 사람의 비위를 상하게 할 수 있는 말은 한 마디도 꺼내지 않을 자신을 갖기 위해서는 그들의 성격을 식별하고 그들의 내력을 알아야만 하기 때문이다. 이런 점에서는 사교계에서 사는 사람들이 대단히 유리하다. 그들은 어떤 말을 하지 말아야 하는가를 더욱 잘 알고 있기 때문에 자기들이 하는 말에는 더욱 확신이 있다. 그런데도 그들의 입에서 실언이 새어나오기 일쑤이다. 하물며 하늘에서 그리로 뚝 떨어져 어리둥절해하고 있는 사람은 어떨지 판단해보시라. 단 1분이라도 탈 없이 말을 한다는 것은 거의 불가능한 일이다. 단둘이서 대화할 때는 내게 더 괴롭게 여겨지는 또 다른 불편이 있는데, 그것은 어쩔 수 없이 계속 말을 해야 한다는 것이다. 상대가 말을 할 때는 응답을 해야 하고, 상대가 말이 없을 때에는 이쪽에서 다시 대화의 흥을 돋워야 한다. 이러한 견딜 수 없는 구속만으로도 나는 사교에 혐오감이 들었을 것이다. 즉석에서 계속 말을 지껄여야만 한다는 의무보다 더 끔찍한 곤란은 없다. 예속이라면 어떤 것이든 죽기보다 싫어하는 내 성격과 이러한 것이 관련이 있는지 없는지는 잘 모르겠다. 하지만 내가 꼭 말을 해야만 한다는 것만으로도 반드시 어리석은 말을 하기에 충분하다.

더욱 치명적인 것은 할 말이 아무것도 없을 때는 입을 다물고 있을 줄 알면 좋을 텐데, 그러기는커녕 그럴 때일수록 더욱 빨리 빚을 갚을 양으로 말을 하고 싶어 어쩔 줄을 모른다는 것이다. 나는 마음이 급해져 생각 없는 말을 재빨리 지껄여댄다. 그 말이 전혀 아무것도 뜻한 것이 아니라면 그나마 무척 다행이다. 자신의 어리석음을 극복하거나 숨기려고 하다가 도리어 십중팔구 그 어리석음을 드러낸다. 그런 예를 들자면 수도 없겠지만 그중 한 가지만 들어보겠는데, 그것은 내가 젊었을 때의 일이 아니라 이미 몇 해나 사교계에서 살았기 때문에 그것이 가능했더라면 사교계에 대해 여유를 갖고 적응할 만한 시절의 일이었다.

나는 어느 날 저녁 두 명의 귀부인 그리고 누구라고 이름을 댈 수 있는 남자 한 분 — 그는 공토 공작님이었다 — 과 자리를 같이하고 있었다. 방안에 다른 사람은 아무도 없었고, 나는 우리 네 사람 사이에서 이루어지는 대화에 몇 마디 — 어떤 끔찍스러운 말인지 아무도 짐작하지 못하리라 — 보태려고 기를 썼는데, 이들 세 사람은 내가 말참견하는 것을 분명히 원치 않았다. 이 집 안주인은 매일 두 차례씩 위장을 위해 복용하고 있는 아편제를 가져오게 했다. 그녀가 상을 찡그리는 것을 보고, 다른 부인이 웃으며 말했다. "트롱솅 선생의 아편제[5]예요?" 안주인은 똑같은 어조로 대답했다. "제 생각엔 아닌 것 같은데요." 재치 있는 루소가 정중하게 덧붙여 말했다. "제 생각엔 그 약이 그다지 더 잘 듣지 않는 것 같은데요." 모든 사람이 당황한 채 있었다. 일언반구의 말도 없었고 미소도 전혀 없었다. 그래서 화제는 곧 다른 데로 옮겨갔다.

(…)

바보도 아니면서 심지어 올바른 판단을 할 수 있는 사람들 사이에서까지 종종 그런 바보 취급을 당하는 까닭은 이것으로 상당 정도 이해가 될 것이라고 생각한다. 내 얼굴이나 눈이 더욱 유망한 전도를 보여줄수록, 그리고 이러한 기대가 어그러져 내 어리석음이 다른 사람들의 눈에 더욱 거스를수록 그만큼 더 결과는 나빴다. 이러한 사소한 이야기는 어떤 특수한 경우에 일어난 것이지만 이후 일어나는 일들을 이해하는 데

---

5 테오도르 트롱솅(Théodore Tronchin, 1709~1781) : 당대의 명의로 볼테르, 루소 등과도 친분 관계가 있었다. 트롱솅의 아편제는 하제로서의 효과를 가졌고 여러 가지 병들, 특히 성병에 처방되었다. 데피네 부인도 남편 때문에 성병이 걸린 후 이 약을 먹었다.

소용이 없지는 않다. 사람들은 내가 엉뚱한 짓들을 많이 저지르는 것을 보고 이것들을 내게 전혀 없는 비사교적인 성격의 탓으로 돌리는데, 이런 많은 엉뚱한 짓들을 해명하는 열쇠가 거기에 있다. 내가 사교계에서 자신을 불리하게 내보일 뿐만 아니라 나와는 전혀 다른 사람으로 내보이고 있다고 확신하지 않는다면 나도 다른 사람처럼 사교계를 좋아할 것이다. 내가 숨어서 글을 쓰겠다고 결심한 것이야말로 내게 알맞은 것이었다. 내가 앞에 있었더라면 사람들은 결코 나의 가치를 알 수 없었을 것이며 그것을 짐작조차 하지 못했을 것이다. (183~186쪽)

바랑 부인은 루소를 사제로 키우려고 신학교에 보냈지만 그는 자질이 부족하다는 평가를 받고 집으로 돌려보내졌다. 바랑 부인은 루소의 음악적 재능에 기대를 걸고 성당의 악장인 르메트르에게 그를 맡겼다. 학업이 시작된 지 6개월 후 르메트르가 성당 참사회와 틀어져 성당 소유의 악보들을 훔쳐 안시를 몰래 떠날 때, 바랑 부인은 루소에게 리옹까지 르메트르와 동행해 달라고 부탁한다. 그러나 리옹에서 르메트르가 간질 발작을 일으키자 루소는 겁을 먹고는 그의 곁을 지키지 않고 안시로 돌아갔다. 그러나 부인은 이미 어떤 사업상의 이유로 파리로 떠난 후였고 루소는 갑작스러운 헤어짐에 놀라움과 고통을 느낀다. 그는 부인의 소식을 기다리면서 부인의 몸종 메르스레와 그녀의 여자친구들과 어울렸지만 그녀들에게는 흥미를 느낄 수 없었다. 그러나 전혀 예기치 않은 곳에서 풋풋한 로맨스의 기회가 생겨난다.

툰의 전원시

루소는 젊은 시절 감미로운 연애 감정으로 취해 있던 어떤 하루를 시처럼 아름답게 묘사한다. 갈레 양과 그라펜리드 양은 어린 시절의 연애 대상이었던 뷜송 양과 고통 양을 상기시킨다. 갈레 양이 애인이라면 그라펜리드 양은 이들의 사랑을 지켜보고 루소의 속내를 들어줄 여자친구 역할을 한다. 루소는 이렇게 위험한 관능적 욕망을 최대한 피하고 애정을 순수한 감정으로 유지할 수 있게 해주는 삼각관계를 선호한다. 그런데 주의할 것은 이 관계에서 관능적 욕망이 완전히 부재하지는 않는다는 사실이다. 그것은 아직은 오지 않았지만 곧 닥쳐올 미래로, 밝고 순수한 애정에 두려우면서 기대에 찬 두근거림을 부여하고 있다.

루소는 여성이 먼저 도발하고 자신은 수동적인 역할을 맡기를 원하는데, 이 두 여인은 자신들을 위해 봉사한 루소를 "전쟁 포로"로 부르며 소풍에 동행할 것을 명령한다. 이러한 명령을 빙자한 간청을 받은 사랑의 포로 루소는 명령에 복종만 하기 때문에 모든 죄의식으로부터 해방된다. 그를 전쟁 포로로 만드는 마술적인 언어 앞에서 그 자신의 의지는 사라지기 때문이다. 루소 자신이 "이 몇 마디 말이 정전기보다도 더 빨리 내게 효과를 냈다"고 말하는 것으로 보아, 사실 번개와 같이 강렬한 감정을 유발시킨 것은 그녀들이라기보다는 바로 그 명령적인 언어로 보인다. 그에게 여선생처럼 강압적으로 굴면서 볼기를 때려준 고통 양에게서 그는 지고의 행복을 느낀 적이 있지 않은가. 또한 갈레 양의 손에 퍼부은 달콤한 입맞춤은 바질 부인의 손에 한 아련한 입맞춤을 환기한다. 그는 자기 스스로 관능적 쾌락을 추구하기를 두려워한다. 그에게는 순수한 애정이 성적 욕망을 최대한 지연시켜야 하며, 관능적 쾌락은 여성이 먼저 적극적으로 나설 때야 비로소 가능해진다. 그가 툰에서 맛본 '순수한 관능'은 이러한 조건이 완벽히 구비되어 가능해진 현실 속의 환상이었다. 이후 보들레르는 이러한 '순수한 관능'을 〈슬프게 헤매며〉(*Moesta et errabunda*)에서 비가조로 노래한다.

향기로운 낙원이여, 그대는 얼마나 멀리 있는가?
맑은 창공 아래 모든 게 사랑과 기쁨뿐인 그곳
우리가 사랑하는 건 모두 사랑받은 가치가 있는 그곳
순수한 관능 속에 마음이 녹아드는 그곳
향기로운 낙원이여, 그대는 얼마나 멀리 있는가?

그런데 아이의 사랑 같은 초록빛 낙원,
달리기, 노래, 입맞춤, 꽃다발,
언덕 뒤에서 아른아른 들려오는 바이올린들 소리,
저녁이면 숲속에서 마시는 포도주 병들도 함께,
그런데 아이의 사랑 같은 초록빛 낙원,

덧없는 즐거움으로 가득한 순진무구한 낙원은
이미 인도보다 중국보다 멀리 있는가?
하소연하고 외친다고 다시 불러올 수 있을까?
은방울 같은 목소린들 되살려낼 수 있을까?
덧없는 즐거움으로 가득한 순진무구한 낙원을?

정말이지 나는 이따금 청춘의 즐거운 시기들에 대한 이야기로 돌아가기를 좋아한다! 그것들은 내게 매우 감미로웠지만 매우 짧고 드물었다. 그리고 나는 그것들을 매우 쉽게 맛보았다 아! 그것들을 추억만 해도 내 가슴에는 아직도 순수한 관능이 되살아나는데, 용기를 북돋고 여생의 고통을 견디어내기 위해서 내게는 이러한 쾌감이 필요하다.

어느 날 아침 동틀 무렵의 햇살이 매우 아름답게 보여서 부랴부랴 옷을 챙겨 입고 해 뜨는 것을 보려고 서둘러 들판으로 나갔다. 나는 이러한 즐거움의 모든 매력을 맛보았다. 그때는 성 요한 축일[6] 다음 주였다. 한껏 성장盛裝을 한 대지는 풀과 꽃으로 덮여 있었다. 나이팅게일들은 지저귐을 마칠 무렵 더욱 기세 좋게 지저귀며 즐거워하는 것 같았다. 모든 새들은 봄에 작별을 고하는 합창을 하면서 아름다운 여름의 하루, 지금 내 나이에는 볼 수가 없고 더욱이 내가 오늘날 살고 있는 이 음울한 땅[7]에서는 사람들이 결코 본 적이 없던 그 아름다운 나날들 중의 하루가 탄생하는 것을 노래로 찬양했다.

나는 어느새 시내에서 멀리 떨어져 있었다. 더위는 더욱 심해졌고, 나는 시냇물을 따라 계곡의 나무 그늘 아래서 산책하고 있었다. 그런데 뒤에서 말발굽 소리와 젊은 여자들의 목소

---

6 성 요한 탄생 축일로 6월 24일이다.

7 루소는 영국 망명 당시 잉글랜드 중부의 우튼(Wooton)에서 이 글을 썼다.

리가 들려온다. 그녀들은 난처해하는 듯 보였지만 그런데도 유쾌하게 웃고 있었다. 나는 뒤를 돌아보고 그녀들은 내 이름을 부른다. 가까이 가보니 내가 아는 두 명의 젊은 여성들이다. 그라펜리드 양과 갈레 양으로, 그녀들은 말을 잘 타지 못해서 어떻게 말을 몰아 시냇물을 건너는지 몰랐던 것이다. 그라펜리드 양은 매우 귀여운 스위스의 베른 태생 처녀로, 그 나이에 벌임직한 어떤 철없는 짓으로 인해 자기 고향에서 쫓겨나 바랑 부인의 전철을 밟았는데 나는 그녀를 바랑 부인의 집에서 가끔 보았다. 그러나 부인처럼 연금을 받지 못했기 때문에 그녀는 갈레 양 곁에 붙어 있는 것을 너무나 만족해했다. 갈레 양은 그녀를 좋아하게 되어 자기 어머니에게 그녀가 어떻게든 자리를 잡을 때까지는 동무로 삼게 해달라고 부탁했던 것이다. 갈레 양은 그녀보다 한 살 아래로 훨씬 더 예뻤다. 그리고 어딘지 모르게 더 우아하고 섬세했다. 게다가 대단히 귀엽기도 하거니와 매우 성숙했는데, 처녀로서는 가장 아름다운 시기였다. 이 처녀들은 둘 다 서로를 다정하게 사랑하고 있었고, 애인이 나타나서 그 사이를 방해하지 않는 한 서로의 착한 성격으로 인하여 그 결합은 오랫동안 유지되지 않을 수 없었다. 그녀들은 갈레 양의 어머니 소유인 옛 성이 있는 툰으로 가는 길이라고 했다. 자기네들만으로는 말들이 냇물을 건너가게 할 수가 없으니 나보고 도와달라고 사정했다. 내가 말에

채찍을 가하려고 하자, 그녀들은 내가 말의 뒷발질에 차일까 봐 또 자기들로서는 말이 껑충 뛸까봐 걱정했다. 그래서 나는 다른 방법을 사용했다. 갈레 양이 탄 말의 고삐를 잡고 내 뒤로 잡아끌면서 물에 무릎까지 잠기며 시내를 건넜다. 그러자 다른 말도 순순히 따라왔다. 그리고서 이 아가씨들에게 인사를 한 다음 미련한 사람처럼 가버리려고 했다. 둘은 몇 마디 서로 소곤거리더니, 그라펜리드 양이 내게 말을 건넸다.

"안 돼요, 안 됩니다. 그렇게 도망치지 마세요. 우리 때문에 옷이 젖었잖아요. 우리는 양심상 당신의 옷을 말려드려야 합니다. 제발 우리와 같이 가주세요. 당신은 우리의 포로가 된 거예요." 나는 가슴이 뛰었다. 갈레 양을 바라보았다. 갈레 양은 질겁한 내 안색을 보고 웃으면서 덧붙여 말했다. "맞아요, 맞아. 전쟁 포로여, 저기 뒤에 타시지요. 우리가 당신을 맡을 것입니다." "하지만 아가씨, 나는 당신 어머님을 뵙는 영광을 갖지 못했습니다. 내가 가면 나를 보고 뭐라고 하실까요?" 그라펜리드 양이 말을 받았다. "갈레 양의 어머님은 툰에 계신 게 아니에요. 우리들뿐이에요. 그리고 우리는 오늘 저녁때 돌아오니 당신도 우리와 함께 돌아오면 되잖아요."

이 몇 마디 말이 전기보다도 더 빨리 내게 효과를 냈다. 그라펜리드 양의 말 위에 뛰어오를 때 기쁨으로 몸이 떨렸다. 그리고 몸을 지탱하기 위해 그녀를 껴안지 않을 수 없었을 때 심장이 몹시 세게 뛰는 바람에 그녀가 그것을 알아차렸을 정도였다. 그녀는 내게 말에서 떨어질까 무서워 자기 심장도 뛴다고 했다. 그것은 나의 자세로 보아 거의 사실을 확인해 보라고 유혹하는 것과 같았지만 내게는 결코 그럴 용기가 없었다. 길을 가는 내내 내 두 팔은 실상 그녀를 꽉 죄고 잠시도 움직이지 않는 허리띠의 구실을 한 셈이다. 이것을 읽게 될 여성들 중 내 따귀를 기꺼이 갈길 분이 있다 해도 그분 잘못이 아닐 것이다.

나들이하는 것이 즐겁기도 하고 또 그 처녀들이 수다를 늘어놓는 바람에 나도 자극을 받아 말이 많아져 우리는 저녁때까지 그리고 함께 있는 동안 잠시도 입을 다물지 않았다. 그녀들이 나를 매우 편안하게 만들어 주어서 내 혀는 내 눈만큼이나 말을 많이 했다. 비록 혀와 눈이 같은 것을 말하지는 않았지만 말이다. 내가 그녀들 중 하나와 단둘이만 있게 되었을 때 오직 몇몇 순간만 대화가 좀 막혔지만, 다른 쪽이 곧 자리로 돌아와 우리에게 이러한 곤경을 해소할 시간적 여유도 주지 않았다.

툰에 도착하고 내 옷이 잘 마른 후 우리는 아침을 먹었다. 그리고서 점심 준비라는 중요한 일을 수행해야 했다. 두 아가씨는 요리를 하면서도 소작인 여자의 아이들에게 가끔 입을 맞추어 주었고 그 가련한 요리사의 조수는 이를 악물고 간신히 참으면서 그것을 바라보고 있었다. 식료품은 시내에서 미리 보내온 것이 있어서, 매우 훌륭한 점심, 특히 달콤한 과자가 곁들여져 있다는 점에서 매우 훌륭한 점심을 만들 재료는 있었다. 그러나 유감스럽게도 포도주를 잊어버렸다. 포도주를 거의 마시지 않는 처녀들이니 그것을 잊어버렸다고 해도 놀랄 것이 없다. 그러나 그것을 유감으로 생각했다. 왜냐하면 대담해지기 위해 포도주의 힘을 빌리려고 다소 기대했기 때문이다. 그녀들도 그것을 유감으로 생각했는데, 어쩌면 그것은 같은 이유에서인지 모르겠지만, 내가 그렇게 믿는 것은 전혀 아니다. 그녀들이 보이는 활기차고 매력적인 명랑함은 천진난만함 자체였다. 게다가 그녀들이 나를 자기네 둘 사이에 놓고 어떻게 할 수 있었겠는가? 그녀들은 포도주를 구하러 근방의 여기저기에 사람을 보냈다. 그러나 포도주는 없었다. 그만큼 이 고장 농부들은 술을 절제하기도 했고 가난하기도 했다. 그녀들이 내게 포도주가 없어 침울한 표정을 드러내서, 그것을 가지고 그렇게 걱정할 것은 없으며 그녀들이 나를 취하게 만들기 위해서라면 포도주가 필요하지 않다고 말했다. 이것이 그날 하루 동안 내가 감히 입 밖에 꺼낸 유일한 달콤한 말이었다. 그러나 이 장난꾸러기 아가씨들은 이러한 달콤한 말이 진실이었음을 알고도 남았다고 생각한다.

우리들은 소작인 여자의 부엌에서 점심식사를 했다. 두 여자친구들은 긴 식탁 양쪽에 의자를 놓고 앉았고, 그녀들의 손님인 나는 두 여자들 사이에 껴 삼각의자에 앉았다. 참으로 멋진 식사였다. 실로 매력에 가득 찬 추억이 아닐 수 없다! 이렇게 적은 비용으로 이렇듯 순수하고 참된 즐거움을 맛볼 수 있는데 어떻게 다른 즐거움들을 구하려 들겠는가? 암만 파리의 비밀 요정의 저녁식사라 해도 이 식사에는 결코 미치지 못한다. 단지 유쾌함이라든가 달콤한 즐거움에 대해서만 하는 말이 아니라 미각의 즐거움에 대해서도 하는 말이다.

점심식사 후에는 절약을 했다. 아침식사 때 남았던 커피를 마시지 않고, 그녀들이 가져온 크림과 과자와 함께 간식으로 먹으려고 남겨두었다. 그리고 식욕을 돋우기 위해 과수원으로 가서 버찌로 디저트까지 끝냈다. 내가 나무 위에 올라가 버찌 송이를 따서 그녀들에게 던지면 그녀들은 내게 그 씨를 가지 사이로 되던졌다. 한 번은 갈레 양이 앞치마를 앞으로 내밀고 고개를 뒤로 젖힌 상태에서 몸을 잘 드러내놓고 있었고 나도 겨냥을 잘 해서 그녀의 가슴속으로 버찌 한 송이를 떨어뜨렸다. 그러자 웃음이 터졌다. 나는 속으로 중얼거렸다. "내 입술이 버찌라면 얼마나 좋을까! 정말 기꺼이 내 입술을 그녀들에게 던져주련만."

더할 나위 없이 자유롭지만 다시없이 조심하면서 장난을 치는 사이에 이런 식으로 하루가 지나갔다. 야릇한 말 한마디 야한 농담 한마디도 없었다. 그러나 우리가 이러한 예의를 스스로에게 강요한 것이 전혀 아니라 저절로 그렇게 된 것이다. 우리는 그저 기분에 따랐던 것이다. 요컨대 내가 얼마나 얌전했는가 하면 — 다른 사람들은 나를 멍청이라고 하겠지만 — 어쩌다가 나도 모르게 저지른 가장 무람없는 태도라고 해야 갈레 양의 손에 꼭 한 번 입맞춤을 했던 정도였다. 사실 이 사소한 호의에 중요성을 부여한 것은 그 상황이었다. 갈레 양과 단둘이 있었는데 나는 숨쉬기가 곤란했고 그녀도 눈을 내리깔고 있었다. 내 입은 무엇인가 할 말을 찾는 대신에 그녀의 손에 입을 맞출 생각을 했다. 그녀는 손에 입맞춤을 받고 나서 화난 기색은 조금도 없이 나를 쳐다보면서 살그머니 손을 빼냈다. 그때 내가 그녀에게 무슨 말을 할 수 있었을지 지금도 모르겠다. 나는 그녀에게 무슨 말을 해야 할지 몰랐다. 바로 이때 그녀의 친구가 들어왔는데, 그 순간 그녀가 밉게 보였다.

(…)

나는 아까 그녀들에게 붙들렸던 거의 같은 장소에서 그녀들과 헤어졌다. 얼마나 서운해하면서 헤어졌던가! 그리고 얼마나 기쁘게 다시 만나기로 했던가! 함께 보냈던 12시간이 우리에게는 몇 백 년 동안 맺은 친교와 같았다. 이날의 달콤한 추억은 이 사랑스러운 처녀들의 마음에 어떠한 고통도 주지 않았다. 우리 세 사람 사이를 지배하는 정다운 결합은 더욱 강렬한 쾌락에 못지않았으며, 그러한 쾌락과는 함께 존속할 수 없었을 것이었다. 우리는 비밀도 수치도 없이 서로 사랑했으며, 언제까지나 이렇게 서로 사랑하고 싶었다. 순결한 품행에는 다른 관능적 쾌락에 못지않은 나름의 관능적 쾌락이 있었다. 왜냐하면 그것은 결코 중단되지 않고 계속해서 작용하기 때문이다. 나로서는 이렇듯 아름다운 날의 추억이야말로 내 평생에 맛본 어떤 즐거움의 추억보다도 한결 나를 감동시키고 매혹시키며 더욱 마음에 되살아난다는 사실을 알고 있다. 내가 이 매력적인 두 처녀들에게 무엇을 바랐는지 그것은 그리 잘 몰랐지만, 이 양쪽에게 다 마음이 끌렸다. 그러나 내 멋대로 조정할 수가 있었다면 내 마음이 양쪽으로 나뉘어졌을 것이라고 말하려는 것은 아니다. 나는 내 마음에서 누군가에게 약간 더 애정이 기울어지는 것을 느꼈다. 나는 그라펜리드 양을 애인으로 삼는다면 행복했을 것이다. 그러나 의향대로 한다면 그녀를 흉허물 없는 이야기상대로 삼는 편이 더 좋았으리라고 생각한다. 어쨌든 그녀들과 헤어지면서 나는 그 둘 중 어느 하나고 없다면 더는 살 수 없을 것만 같았다. 내 생전에 그녀들을 다시 만나지 못하게 되어 우리의 덧없는 사랑이 여기서 끝이 나리라고 누가 내게 말할 수 있었으랴? (213~219쪽)

루소는 생활비도 떨어지고 여전히 바랑 부인으로부터 소식도 받지 못한 상태로 안시에 머물고 있었는데, 바랑 부인의 하녀인 메르스레가 고향인 프리부르로 돌아갈 결심을 한다. 루소는 동행해 달라는 부탁을 받고 이를 수락하는데, 아마도 그는 이 길에 아버지가 있는 니옹에 들러 돈을 얻을 생각이었던 것으로 보인다. 그러나 아버지와의 만남은 아무런 소득이 없었다. 프리부르에 도착한 루소는 메르스레와 헤어져 레만 호를 보기 위해 로잔으로 발길을 돌린다. 로잔에서 돈이 떨어지자 안시에서 사귀었던 건달 방튀르처럼 음악을 가르쳐 생활비를 벌고자 한다.

마법적 변신

앞에서 보았듯이 어린 시절 루소는 종종 자신이 읽은 책의 주인공에 완전히 빠져 그와 하나가 되는 경험을 하곤 했다. 그는 플루타르코스의 위인전을 읽으면서 자기가 로마인이 되기라도 하는 양 착각해서, 스카에볼라의 모험담을 이야기하면서 그의 행위를 그대로 모방하여 화로 위에 손을 내밀고 올려놓았을 정도였다. 그가 허구적 존재나 타인을 모방하는 것은 다른 사람을 속이기 위해서가 아니라 스스로를 속여 자신의 삶을 변화시키기 위해서이다. 루소는 매력적인 허구와 과거의 자신 사이의 거리가 없어질 정도로 스스로가 만든 허구에 푹 빠져든다.

루소는 파국적으로 끝날 음악회를 아무런 두려움 없이 준비한다. 그가 방랑 음악가 방튀르의 힘을 흡수할 수만 있다면 그에게서 음악은 저절로 흘러나올 것이다. 그래서 아직은 음악적 재능을 완전히 개발하지 못한 그는 파리 출신의 음악가 보소르 드 빌뇌브로 변신한다. 정상적인 경우라면 목표를 달성하기 위해서 수고스러운 노력이 필요하지만, 일단 마법적인 힘이 작동하면 행동과 그 행동이 추구하는 목표 사이의 거리는 사라져버릴 것이다. 그는 향락의 차원에서 돈이라는 수단 혹은 매개를 거부하면서 사물에서 순수한 욕망을 획득하기를 원하는 것처럼, 행동의 차원에서도 아무런 노력 없이 영광을 획득하기를 원하는 것이다.

이러한 마법적 변신은 그가 문단에 등단한 이후 미덕을 연기하면서 절정에 이른다. 그는 진정 자신의 역할에 도취되어 진정한 자기를 희생시킨다. 그러나 이때의 미덕은 매혹적인 흥분 상태에 불과하고, 격정이 가라앉는 순간 그는 자신이 미덕에 미쳤다고 고백한다. 그는 존재 혹은 자연 자체로부터 저절로 행복이 우러나오기를 원하는 만큼, 존재가 즉각적으로 도덕적 당위로 변화되기를 꿈꾼다.

그러나 다른 한편 루소는 현실에서 이러한 꿈이 불가능할 뿐만 아니라 도덕적으로 의지력을 발휘하여 미덕을 실천하는 것이 아무런 노력 없이 미덕을 실천하는 것보다 더욱 우월한 가치를 갖는다고 생각한다. 루소의 사유가 보이는 모순의 상당 부분은 이러한 꿈과 반성적 사유 사이의 갈등으로부터 기인한다.

로잔에서 아버지에게 편지를 드렸더니, 아버지는 내 짐을 부쳐 보내고 훌륭한 말씀을 해주셨는데 나는 그런 말씀을 더욱 잘 받아들여야만 했을 것이다. 이미 말한 바 있지만 내게는 나 자신도 내가 아닌 것처럼 이해하지 못할 착란의 순간들이 있다. 이것 또한 그 가장 뚜렷한 경우들 중 하나이다. 이때 내가 어느 정도로 머리가 돌았고, 말하자면 어느 정도로 방튀르가 되었는지를 알기 위해서는 내가 한꺼번에 얼마나 많은 엉뚱한 짓을 거듭했는지를 보기만 하면 된다. 나는 악보를 읽을 줄도 모르는 주제에 노래 선생이 된 것이다. 여섯 달 동안 르메트르와 같이 지낸 것이 내게 도움이 되었다고 해도 결코 그것으로 충분할 리는 없을 것이다. 뿐만 아니라 나는 한 선생에게서 배웠는데, 그것으로 잘못 배우기에 충분했다. 제네바 태생의 파리 사람이며 개신교 국가에서 가톨릭이었던 나는 종교와 조국과 함께 이름도 바꾸지 않으면 안 되겠다고 생각했다. 나는 언제나 가능한 한 내 위대한 모델에 나를 맞추어 나갔다. 그의 이름이 '방튀르 드 빌뇌브'였기 때문에 나는 루소라는 이름의 철자를 바꾸어 '보소르Vaussaure'란 이름으로 만들어 내 이름은 '보소르 드 빌뇌브'가 되었다. 방튀르는 작곡에 대해 아무 말도 하지 않았지만 작곡을 할 줄 알았다. 그런데 나는 작곡도 할 줄 모르는 주제에 할 줄 아는 것처럼 모두에게 자랑했다. 그리고 아주 간단한 유행가도 악보에 옮길 줄 모르면서 작곡가로 자처했다. 그뿐만이 아니었다. 법학 교수로 음악을 좋아해서 자기 집에서 음악회를 갖기도 하는 트레토랑 씨에게 소개되었던 터라 나는 그에게 내 재능의 일면을 보여주고 싶었다. 그래서 작곡을 어떻게 하는지 알고 있는 듯이 뻔뻔스럽게 그의 음악회에 쓸 곡을 작곡하기 시작했다. 이 기막힌 작품에 끈질기게 두 주일간이나 매달려 그것을 정서하고 그 각각의 파트를 베끼고 마치 그 작품이 화음의 걸작이라도 되는 양 대단한 자신을 갖고 그것들을 나누어 주었다. 그리고 마지막으로, 여러분들은 믿기 힘들겠지만 사실인데, 이 숭고한 작품의 대미를 훌륭하게 장식하기 위하여 끝에 멋진 미뉴에트를 붙였다. 이것은 예전에 널리 알려진 다음과 같은 가사로 시중에서 유행했던 미뉴에트인데 아마 누구나 아직도 기억하고 있을 것이다.

이 무슨 변덕이냐!
이 무슨 부정이냐!
뭐! 너의 클라리스가
네 불같은 사랑을 배반하다니!

방튀르는 내게 이 노래에 다른 추악한 가사를 붙여 저음부로 가르쳐주었는데, 나는 그 가사 덕분에 이 노래를 잊지 않고 있었다. 그래서 나는 내가 지은 곡에 이 미뉴에트와 그 저음부를 붙이고 가사는 삭제해버렸다. 그리고 달나라 사람들을 상대하듯이 대담하게 그것을 내 자신의 작품이랍시고 내놓았다.

내 곡을 연주하려고 사람들이 모여든다. 나는 그들 각자에게 연주 속도의 양태와 연주 스타일을 설명하고 파트들의 반복기호들을 설명한다. 나는 몹시 분주했다. 사람들이 악기를 조율하는 동안의 5, 6분이 내 생각에는 5, 6백 년이 되는 것 같았다. 마침내 준비가 다 되었으므로 나는 연주자들의 주의를 환기시키기 위하여 고운 종이 두루마리로 지휘자의 보면대를 대여섯 번 두드린다. 사람들은 조용해졌다. 나는 엄숙하게 박자를 맞추기 시작한다. 시작이다 … 정말이지 프랑스 오페라가 존재한 이래 결코 이와 비슷한 야단법석은 아무도 들은 적이 없으리라. 내가 말하던 소위 재능이라는 것에 대해 사람들이 어떻게 생각할 수 있었는지 몰라도 아무튼 그 성과는 그들이 예상한 듯했던 것보다 한층 더 나빴다. 연주자들은 너무 웃겨 숨이 막힐 지경이었고, 청중들은 눈이 휘둥그레졌고 정말 귀를 틀어막고 싶을 지경이었지만 그럴 수 없었다. 나를 괴롭히려는 연주자들은 장난을 치고 싶어서 장님의 고막이라도 찢을 듯이 현을 거칠게 긁어댔다. 나는 끈질기게 계속해 나갔지만 정말 구슬 같은 땀방울을 흘렸다. 그러나 수치심에 붙잡혀 감히 모든 것을 버리고 도망갈 수도 없었다. 설상가상으로 내 주위에서 청중들이 귓속말로 서로 소곤대는 소리가 들려왔다. 더욱 정확히 말하면 나더러 들으라고 하는 소리 같았다. 어떤 사람은 "이거 정말 못 참겠군", 또 한 사람은 "정말 지독한 음악이군", 그리고 또 다른 사람은 "무슨 놈의 소란이냐!" 고 했다. 가련한 장자크여. 너는 그 잔인한 순간에 훗날 네 음악이 프랑스 국왕과 그 만조백관 앞에서 경탄과 칭찬의 속삭임을 불러일으키고, 네 주위의 모든 칸막이 좌석들 속에서 가장 사랑스러운 여인들이 "아! 정말 매력적인 음이에요. 정말 황홀한 음악이에요. 그 노래들 모두가 가슴에 와 닿지요?"하면서 서로 소곤대리라고는 거의 기대하지 못했다.

그러나 모든 사람들을 기분 좋게 한 것은 미뉴에트였다. 몇 소절을 연주하자마자 여기저기서 큰 웃음소리가 들려왔다.

저마다 내 노래의 취향이 멋지다고 칭찬했다. 그리고 내가 이 미뉴에트로 사람들의 입에 오르내릴 것이며 어디서든 찬양받을 만하다고 내게 단언했다. 내 불안감이 어땠는지 말할 필요도 없고 또 내가 당연히 그럴 만했다는 것을 고백할 필요도 없을 것이다. (232~234쪽)

음악회를 망친 루소는 학생들이 거의 없어 궁색한 생활을 한다. 바랑 부인의 추억에서 좀처럼 빠져나오지 못하는 루소는 그녀의 고향인 브베를 방문하기도 한다. 이후 로잔을 떠나 뇌샤텔로 가는데, 거기서는 다행스럽게도 돈을 내는 학생들을 받게 되었다. 루소는 우연히 한 여인숙에서 그리스정교회의 수도원장으로 예수의 성묘 재건을 위한 모금을 위해 각지를 떠돌아다닌다는 사람을 만나 그의 이탈리아어 통역사가 되어 함께 길을 떠난다. 프리부르에서 베른을 거쳐 솔뢰르에 도착한 이들은 프랑스 대사를 방문했는데, 전에 콘스탄티노플에 근무했던 대사는 수도원장이 사기꾼임을 폭로하고 루소에게 그와 접촉하지 말라고 명령하고 도움을 주겠다고 약속했다.

대사는 루소에게 파리에 사는 젊은 귀족의 가정교사 자리를 소개하고 루소는 이 제안을 받아들여 최초로 세계의 수도 파리에 입성한다. 파리의 첫인상은 실망스러운 것이었다. 게다가 고용주는 까다롭고 인색했으며 그가 정말로 원했던 것은 가정교사라기보다는 무급의 시종이었다. 루소는 바랑 부인이 파리를 떠났다는 소식을 듣고 그녀를 찾아 다시 길을 떠난다. 그는 그 여행길에서 사회적 불의를 자신의 눈으로 직접 보고 깊은 인상을 받는다.

사회적 불의와 마주치다

공자가 제자들과 함께 태산 부근을 지나갈 때 어떤 아녀자가 무덤 앞에서 애절하게 곡하는 것을 보고 제자 자로(子路)에게 연유를 묻게 하니, 여인은 "예전에 시아버지께서 호랑이에게 물려 죽었고 또 남편까지 호랑이에게 희생을 당해서입니다" 라고 말했다. 이에 공자가 "어찌해서 다른 곳으로 옮겨가지 않습니까?" 물으니 여인은 "마을로 내려가 탐관오리들의 가렴주구를 당하기보다는 차라리 이곳이 편합니다"라고 대답했다. 이에 공자는 "제자들아 잘 기억해 두어라. 가혹한 정치는 호랑이보다도 무서운 것이로구나!"라고 탄식했다 한다.

루소 역시 이와 유사한 경험을 한다. 길을 잃어 헤매던 그가 외진 곳에 있는 한 농가에서 돈을 줄 테니 먹을 것을 달라고 부탁하니 주인은 거친 빵과 탈지우유만을 내어 놓는다. 그러나 루소가 염탐꾼이 아닌 것을 알고 난 후 그는 숨겨 놓은 맛있는 빵과 햄과 포도주 한 병에다 인심 좋게 오믈렛까지 얹어주었다. 그는 정부의 염탐꾼들이 세금을 덜 내는 사람들을 찾고 있어서 그들에게 실제 사는 형편을 들키면 자신은 끝장이 날 것이라고 해명한다.

루소는 이미 수많은 사회적 불평등을 경험한 바 있지만, 이제는 그 불평등이 개인들 간의 문제가 아니라 사회가 작동하는 근본적인 방식에서 나온다는 사실을 보기 시작한다. 사실 루소의 아버지가 조국을 떠나 가정이 해체된 것도 그가 제네바의 유력자와 싸움을 벌인 때문이 아니었던가. 그는 사회의 밑바닥을 체험하면서 사회적 불의에 분노하고 사람들이 자유롭고 평등한 관계를 맺고 행복하게 살 수 있는 사회를 꿈꾸기 시작한다.

그런 어느 날 경치가 기막혀 보이는 곳이 있기에 가까이 가서 보려고 일부러 옆길로 돌았는데, 거기 있는 것에 마음을 빼앗겨 마구 돌아다니는 바람에 마침내는 완전히 길을 잃어버리고 말았다. 몇 시간 헛걸음을 친 뒤 몸도 지치고 목이 마르고 배가 고파 죽겠기에 어느 농가에 들어갔다. 그 집은 볼품없었지만 그 근처에는 이 집 한 채밖에 눈에 띄지 않았다. 나는 이곳도 제네바나 스위스처럼 생활이 넉넉한 주민들이라면 누구나 손님들에게 무료로 숙식을 제공할 수 있다고 생각했다. 나는 그 집에 사는 사람에게 돈을 낼 테니까 점심식사를 달라고 요청했다. 차려 내온 것이라고는 멀건 탈지우유와 큰 보리빵뿐이었는데, 그것이 자기에게 있는 전부라고 말했다. 나는 그 우유도 맛있게 마시고 그 빵도 남김없이 먹어치웠다. 그러나 이것 갖고는 피곤해 녹초가 된 사람의 원기를 회복시키기에는 부족했다. 나를 유심히 살펴보던 농부는 내 식욕이 거짓이 아닌 것으로 미루어 내 신상 이야기가 진실이라고 판단했다. 그는 지체 없이 내가 선량하고 정직한 청년으로 자기를 밀고하러 온 사람은 아니라는 것을 잘 알겠다고 말한 후에 부엌 옆 마룻바닥에 낸 조그마한 뚜껑을 열고 내려가더니 잠시 후에 맛있는 순밀 흑빵과 잘라먹던 것이긴 하지만 매우 먹음직스러운 햄과 포도주 한 병을 들고 왔다. 다른 어느 것보다도 이 포도주 병을 보니 내 마음이 즐거워졌다. 여기에다가 또 꽤 두툼한 오믈렛까지 곁들여 나왔는데, 도보 여행자가 아닌 사람은 절대로 경험하지 못할 그런 점심식사를 했다. 그런데 막상 돈을 지불할 시간이 왔을 때 그는 다시 불안과 공포에 사로잡히는 것이었다. 그는 내 돈을 받으려 들지 않으면서, 이상할 정도로 동요를 보이며 그것을 사양했다. 그런데 웃기는 것은 그가 무엇을 겁내고 있었는지를 내가 상상하지 못했다는 점이다. 결국 그는 부들부들 떨면서 세리니, 주세酒稅 징수 관리니 하는 무시무시한 말들을 입 밖에 꺼냈다. 그는 왕실 경비 충당용 주세가 무서워서 포도주를 감추었고, 빵은 인두세 때문에 감추었으며 자신이 굶어죽지 않으리라는 것을 남들이 눈치 채기라도 하면 자기는 끝장나고 말 것이라는 이야기를 들려주었다. 이 점에 대해 그가 내게 들려준 모든 말은 나로서는 조금도 몰랐던 것으로, 내게 결코 지워지지 않을 인상을 주었다. 바로 이것이 불행한 백성들이 겪는, 혹정에 반대하는 또 그 압제자들에 반대하는 그 꺼지지 않는 증오감의 불씨가 되었고, 그것은 그 후 내 마음속에서 더욱 크게 타올랐다. 그 사람은 유복하면서도 이마에 땀을 흘려 벌어놓은 빵도 감히 먹을 수 없었으며, 자기 주위에 만연한 빈곤한 생활을 똑같이 가장함으로써 겨우 자신의 파멸을 모면할 수 있었던 것이다. 나는 연민과 동시에 분노를 품고, 또 이런 아름다운 고장들의 운명을 한탄하며 그 집을 나섰다. 자연은 이런 고장들에 아낌없이 그 혜택을 내려주건만 고작 가혹한 세리들의 밥이 될 뿐이니 말이다. (255~257쪽)

리옹에 도착한 루소는 바랑 부인의 친구 샤틀레 양을 찾아가 그녀의 소식을 물었지만 만족할 만한 정보를 얻지 못했다. 그는 계속 궁핍한 생활을 하면서 동성연애자들의 추근거림을 당하기도 한다.

행복한 노숙

루소는 리옹에서 돈이 없어 여러 번 노숙을 해야 했는데 그는 그것을 행복하게 추억한다. 노을은 하늘을 붉게 물들이고도 모자라 강물에까지 장밋빛으로 번져든다. 바람 한 점 불지 않지만 대기는 점차 선선해지고, 한낮의 더위로 지친 풀과 나무들은 저녁 이슬로 다시 초록의 윤기를 회복한다. 주변은 고요해지고 그 정적을 깨는 것은 오직 집으로 돌아와 하루의 평화를 찬미하는 새들의 노랫소리뿐이다. 루소는 강을 따라 난 길을 걸으며 흔들리는 육체의 리듬에 따라 점차 감미로운 몽상 속으로 빠져든다. 그에게 산책이 육체의 몽상이라면 몽상은 정신의 산책이다. 단지 모자란 것이 있다면 행복을 함께 나눌 수 있는 여자친구뿐이다. 나뭇가지들이 그 위를 둘러싸고 있는 움푹 들어간 벽감 같은 곳에 산책으로 적당히 지친 몸을 눕힌다. 그곳은 어머니의 자궁과 같이 아늑한 곳이다. 게다가 밤꾀꼬리 한 마리가 자장가까지 불러주어 평화롭게 꿈나라로 빠져든다. 잠에서 깨어날 때는 더욱 축복이다. 죽음과도 같이 깊은 잠에서 깨어난 원초적인 의식은 태초의 맨살을 드러낸 완전히 새로운 세계 속에서 다시 태어난 느낌을 받기 때문이다. 말년의 루소는 산책 중에 마구 돌진하는 개와 충돌한 후 기절했다가 깨어난 후 다음과 같이 말한다.

> 밤이 깊어오고 있었다. 나는 하늘과 별 몇 개와 약간의 초록색만을 보았다. 이 최초의 감각은 감미로운 순간이었다. 나는 아직 이를 통해서만 내 존재를 느낄 수 있었다. 나는 이 순간 삶을 향해 태어나고 있었다. 내 가벼운 존재로 내가 얼핏 알아본 모든 대상들을 가득 채우고 있는 것처럼 보였다. 현재의 순간에 빠져 아무것도 기억이 나지 않았다. 나는 개체로서의 나 자신에 대한 명확한 관념이 전혀 없었으며 막 일어난 사건에 대해서 조금도 생각이 나지 않았다. 나는 내가 누구인지 내가 어디에 있는지 알지 못했다. (…) 나는 내 전존재 속에서 황홀한 고요함을 느꼈다.
>
> — 《고독한 산책자의 몽상》

가사 상태에서 막 깨어난 루소는 거의 감각으로만 존재한다. 주체와 외부 자연은 서로 섞여 하나가 되고 시간은 사라져버린다. 자의식이 소멸되고 '존재의 느낌'만 남은 이 기적과 같은 순간 루소는 자신이 이론적으로 묘사한 자연 상태를 자신의 체험으로 살아낸다. 모든 것이 시간의 때를 벗어버리고 순수한 원점에서 생생하게 다시 시작되기를 간절히 바라는 루소의 꿈은 바로 이러한 느낌에서 생겨나는 것이다.

거리에서 밤을 보낼 수밖에 없다는 것은 분명 고생스러운 일이었는데, 리옹에서는 이런 일이 여러 번 있었다. 주머니에 남은 몇 푼 안 되는 돈을 숙박비보다는 밥값으로 지불하는 편이 더 나았다. 왜냐하면 뭐니 뭐니 해도 잠을 못 자서 죽을 위험이 배고파 죽을 위험보다는 더 적기 때문이다. 그런데 놀라운 사실은 이와 같이 비참한 처지에 있으면서도 불안하지도 슬프지도 않았다는 것이다. 나는 앞날에 대해 조금도 걱정을 하지 않았다. 별이 총총한 밤하늘을 이불삼아 노숙하고, 땅바닥이나 벤치 위에 드러누워서도 장미 침대 위에서처럼 편안히 잠을 자면서 샤틀레 양에게 오기로 되어 있는 바랑 부인의 답장을 기다리고 있었다. 시외의 어느 길 — 론 강인지 손 강인지 기억나지는 않지만 그 강을 따라 난 길이다 — 위에서 즐거운 하룻밤을 보낸 기억까지 난다. 건너편 길 가장자리에는 높은 정원들이 완만한 비탈을 이루며 쭉 뻗어 있었다. 그날은 매우 더웠지만 저녁에는 쾌적했다. 이슬이 내려 시들은 풀잎을 촉촉이 적셨다. 바람 한 점 없는 조용한 밤이었다. 대기는 선선했으나 차갑지는 않았다. 해는 져서 하늘에 붉은 노을을 남겨두었고, 그것이 물 위에 반사되어 물은 장밋빛으로 물들었다. 비탈의 나무들에는 밤꾀꼬리들이 가득 깃들어 서로 노래로 화답하고 있었다. 나는 일종의 황홀경에 빠져 산책하면서 이 모든 즐거움에 감각과 마음을 내맡기고, 이런 것을 홀로 즐기는 아쉬움만을 약간 탄식할 정도였다. 나는 달콤한 몽상에 잠겨 밤이 아주 깊을 때까지 피로한 것도 모르고 산책을 계속했다. 마침내 피로감이 느껴졌다. 비탈 벽에 움푹 들어간 일종의 벽감壁龕 같기도 하고 비밀문 같기도 한 석판 위에 기분 좋게 누워버렸다. 내 침대 위의 둥근 지붕은 나무들의 꼭대기로 이루어졌고, 밤꾀꼬리 한 마리가 바로 내 위에 있었다. 나는 그 노랫소리에 잠이 들었다. 자는 것도 달콤했지만 일어나는 것은 더욱 달콤했다. 날이 환히 밝았다. 눈을 뜨니 물과 초록빛과 황홀한 경치가 시야에 들어왔다. 자리에서 일어나 몸을 움직이니 시장기가 느껴졌다. 아직 내 주머니에 남아 있는 6블랑짜리 동전 두 닢을 털어 맛있는 아침을 먹을 결심을 하고 시가를 향해 즐겁게 걸어 나갔다. 하도 기분이 좋아서 걷는 동안 쭉 노래를 불렀다. (262~264쪽)

우연히 지나다 루소의 노래를 듣던 한 신부는 그에게 악보를 베끼는 일을 제안하고 그는 며칠간 그 일을 했지만 결과는 완전히 엉망이었다. 얼마 후 그는 바랑 부인이 일자리까지 구해놓았으니 샹베리로 오라는 소식을 듣는다.

현실과 상상력

루소는 대부분의 경우 현실을 결핍과 훼손으로 체험한다. 《신엘로이즈》의 여주인공 쥘리는 세상의 공허함에 대해 다음과 같이 탄식한다.

> 상상의 세계는 이 세상에서 거주할 만한 가치가 있는 유일한 세계입니다. 그리고 인간적 현실의 공허는 너무나 심대해서 스스로 존재하는 신을 제외하면 존재하지 않는 것보다 더 아름다운 것은 없습니다.

쥘리는 신의 존재를 실재로 받아들이지만 18세기부터 신은 점차 넓은 의미의 상상적 산물로 인식되기 시작한다. 그러나 낭만주의적 흐름 속에서 상상은 점차 현실보다 우월한 가치를 갖게 된다. 또한 인간을 구원하는 것은 외부에 존재하는 초월적인 존재가 아니라 인간에게 내재하는 상상력일 수도 있다는 생각이 나타난다. 인간은 상상력을 통해서만 이 세계의 결핍을 채울 수 있으며 이 세계의 공허함에 질리지 않고 살 수 있다. 인간에게는 이제 종교적 구원이 아니라 어떻게 하면 현실을 충만하게 살아갈 수 있느냐는 것이 가장 절실한 문제가 된다. 루소의 상상적 세계를 연구하는 아이겔딩어를 굳이 인용하지 않더라도, 루소는 상상적인 것의 실재성이 세계의 실재성보다 우월하며 상상력의 정신적 삶이 물질적인 우연성에 의해 제한되는 일상적 삶보다 더욱 풍성하다는 사실을 최초로 느낀 프랑스 작가 중 한 사람이다.

정말 이상한 일은 내 상상력이 가장 유쾌하게 용솟음칠 때는 내 처지가 가장 유쾌하지 못할 때이며 반대로 내 주위의 모든 것이 즐거울 때는 내 상상력이 덜 즐거워한다는 것이다. 내 고집스러운 성격은 상황에 따르려고 하지 않는다. 그것은 아름답게 꾸밀 줄 모르고 새롭게 창조하기를 원한다. 실제 대상들은 내 머리에서 기껏해야 있는 그대로 그려질 뿐이다. 내 머리는 오직 상상의 대상들밖에는 장식할 줄 모른다. 내가 봄을 그리고 싶다면 겨울이어야 한다. 아름다운 경치를 묘사하고 싶다면 나는 벽에 둘러싸여 있어야 한다. 내가 이미 수없이 말한 바이지만 내가 바스티유 감옥에 갇히게 되면 나는 거기서 자유의 그림을 그릴 것이다.

리옹을 떠나면서 오직 즐거운 미래만이 보였다. 내가 파리를 떠날 때 불만족스러웠던 꼭 그 정도로 이번 리옹을 떠날 때는 만족감을 느꼈고 또 충분히 그럴 이유가 있었다. 그러나 이번 여행을 하는 동안에는 저번 여행을 하는 동안 나를 따라다녔던 그 달콤한 공상에 빠지지 못했다. 내 마음은 차분했지만 그것이 전부였다. 나는 다시 만나보게 될 그 훌륭한 여자친구에게 벅찬 가슴을 안고 다가가고 있었다. 나는 그녀 옆에서 사는 즐거움을 미리 맛보았지만 그것에 도취되지는 않았다. 나는 그 즐거움을 항상 고대했기 때문에 마치 내게 새로운 일은 아무것도 일어나지 않았던 것과 같았다. 나는 앞으로 거기서 무엇을 해야 할지 마치 그것이 매우 염려스러운 일인 것처럼 불안했다. 내 생각은 평화스럽고 온화했지만 천상을 날거나 황홀하지는 않았다. 내가 지나치는 모든 대상들이 내 시선에 강렬한 인상을 주었다. 나는 경치에 주의를 기울였다. 나무들, 집들, 시냇물들을 눈여겨보았다. 십자로를 만날 때면 곰곰이 생각에 잠겼다. 길을 잃을까 겁이 났기 때문이다. 그래서 조금도 길을 잃지 않았다. 한마디로 나는 이제 천상에 있지 않았다. 나는 때로는 지금 있는 곳에, 또 때로는 가는 곳에 있었지 결코 더 먼 곳에 있지는 않았다. (268~269쪽)

바랑 부인은 샹베리에 도착한 루소를 사부아의 경리국장에게 소개시키고, 그는 루소에게 토지대장과의 서기 자리를 제공한다. 마침내 그는 방랑생활을 끝내고 생활비를 벌 수 있는 직업을 갖고 바랑 부인 곁에서 살게 된 것이다.

3장

엄마의 품 안에서

삼각관계

1731년 10월부터 루소는 사부와의 토지대장과에서 일을 시작한다. 그는 바랑 부인과 함께 살게 되었지만 "어둡고 칙칙한 방"은 전혀 마음에 들지 않았다. 집안의 집사는 여전히 클로드 아네였는데, 당시 25살이었던 그 젊은이는 여주인과 은밀한 관계를 맺고 있었다.

루소는 바랑 부인에게서 어머니의 모습을 찾았다면 그녀의 정부인 아네에게서 아버지의 모습을 본다. 그가 처음에 바랑 부인과 아네의 관계를 전혀 눈치 채지 못한 것은 그가 그 둘의 아들이 되고 싶다는 욕망 때문이었을 것이다. 반면 아네에게 루소는 눈엣가시일 수밖에 없었다. 루소는 모르는 척 시치미를 떼고 있지만, 아네가 음독자살을 시도한 것도 루소에 대한 질투가 주요한 원인이었던 것으로 보인다.

루소 자신은 아네에 대해 질투심은 전혀 느끼지 않았다고 주장하는데, 반은 진실이고 반은 거짓이다. 그가 아네에 대해 느끼는 악감정은 그가 바랑 부인의 육체를 소유하고 있다는 사실에서 생긴 것이 아니다. 그가 이후 친구 생랑베르의 애인인 두드토 백작부인에게 열광적인 사랑을 느꼈을 때 그는 그녀의 육체보다도 영혼을 사로잡기를 원했다. 그가 참을 수 없었던 것은 둘의 사이에 끼어든 자신을 비난하는 아내의 시선이다.

루소가 아내와의 관계가 좋았다고 강변함에도 불구하고 연구자들은 아내의 죽음이 사실 늑막염 때문이 아니라 질투심에 의한 자살이라고 추정하고 있는데, 만약 이것이 사실이라면 이들의 삼각관계는 루소가 묘사한 것처럼 행복했던 것은 아니었을 것이다. 그는 아네를 싫어했지만 그 사실을 감히 인정할 수 없었고 아버지의 경우에 그랬던 것처럼 그 관계를 아주 이상화된 모습으로 그려냈다고 하는 편이 맞을 것이다. 《신엘로이즈》에 나오는 한 에피소드는 이러한 복수의 충동을 확실히 암시하고 있다. 이 소설에 등장하는 동명이인 클로드 아네는 결혼 전에는 《고백록》에 등장하는 클로드 아네처럼 충직한 연인이었지만 결혼 후에는 "편안한 생활에 빠져서 자신의 직업을 소홀히 하더니 완전히 일손을 놓고 나서는 부인과 아이를 남겨놓은 채 그 지방에서 도망쳐" 그 결과 부인은 아이를 잃게 된다. 그는 이러한 소설적 허구를 통해 자신에게 비난의 눈길을 던진 아네에게 복수하며, 아울러 엄마와 형을 남겨놓고 콘스탄티노플로 떠났으며 자신을 제네바에 버려두고 떠난 아버지에게 분노를 표출한다.

나는 거기서도 그녀의 세간이 거의 예전과 같이 마련되어 있고 충직한 클로드 아네가 그녀와 함께 있는 것을 보았다. 내가 이미 말한 것처럼 그는 몽트뢰의 농민으로 어렸을 때에는 쥐라 산에서 스위스 차를 만들기 위한 약초 채집을 했다. 바랑 부인은 자기가 약을 만드는 데 쓸 작정으로 그를 고용했는데, 하인들 중에 약초 캐는 사람이 하나 있는 것이 편리하다고 생각한 것이다. 그는 식물연구에 아주 열심이었고 부인도 그의 이런 취미에 각별한 호의를 베풀어 그는 어엿한 식물학자가 되었다. 그는 성실한 사람으로서 명성을 얻을 만했는데, 그가 그렇게 요절하지만 않았다면 식물학에서도 그 정도의 명성을 얻었을 것이다. 그는 이렇듯 착실하고 무게가 있었으며 나보다도 연장이어서 내게는 일종의 선생이 되었고, 그 덕분에 어리석은 짓을 많이 피할 수 있었다. 왜냐하면 그는 나를 압도해서 그의 앞에서는 감히 멋대로 굴 수 없었기 때문이다. 그는 심지어 자신의 여주인인 바랑 부인도 압도했는데, 그녀는 그의 훌륭한 판단력과 정직함과 자기에 대한 변함없는 애착을 잘 알고 있었고, 그에게 충분한 애정으로 보답했다. 클로드 아네는 두말할 것도 없이 보기 드문 사람이며 심지어 그와 같은 사람은 내 일찍이 결코 본 일이 없다. 행동할 때는 느리고 침착하고 사려가 깊고 조심스럽고, 말할 때는 냉정하며 간단명료하지만, 정열은 격렬했다. 그는 결코 그러한 열정을 겉으로 드러내는 일은 없었지만, 그로 인하여 속이 타들어 갔으며 일생에 꼭 한 번이지만 끔찍한 실수를 저지른 일이 있었다. 스스로 독약을 마신 것이다. 이 비극적 사건은 내가 온 지 얼마 안 되어 일어났는데, 나로서는 이 하인과 여주인 사이의 깊은 관계를 그 사건을 통해 겨우 알게 되었다. 그도 그럴 것이 만약 그녀가 자기 입으로 그런 관계를 말해주지 않았다면 나는 그것을 전혀 눈치 채지 못했을 것이기 때문이다. 만일 애착과 열의와 충실성이 그 같은 보상을 받을 만한 가치가 있다면, 정녕 그 보상은 그에게로 돌아가야 했다. 그리고 그가 그 보상을 받을 가치가 있다는 것을 증명하는 것은 그가 그것을 결코 남용하지 않았다는 것이다.

그들은 거의 다투는 일이 없었고 다툼은 항상 좋게 끝났다. 그렇지만 좋게 끝나지 않은 적이 단 한 번 있었는데, 여주인이 화가 난 나머지 그가 참고 견딜 수 없는 모욕적인 말을 던진 것이다. 그는 자신의 절망만을 생각하고 알코올에 용해된 아편 추출물을 담은 약병이 손에 닿는 데 있는 것을 보고, 그것을 꿀꺽 삼키고, 영원히 잠에서 깨어나지 않을 생각으로 조용히 잠을 자러 갔다. 바랑 부인 자신은 불안하고 심란하여 집안을 이리저리 돌아다니다가 다행히 빈 병을 발견하고 그 나머지 일을 알아챘다. 그를 구하려고 달려가면서 그녀는 소리를 질렀고, 그 소리에 나도 가보았다. 그녀는 내게 모든 것을 털어놓고 내게 도와달라고 애원했고 무진 애를 써서 아편을 토하게 만드는 데 성공했다. 이 현장을 목격한 나는 그녀가 내게 알려준 그들의 관계를 전에는 조금도 예상하지 못했던 내 자신의 우둔함에 놀랐다. 그러나 클로드 아네는 매우 신중해서 나보다 더 통찰력이 있는 사람이라도 그 점에 대해 잘못 생각할 수 있었을 것이다. 두 사람의 화해는 나까지도 깊이 감동했을 정도였다. 그리고 나는 이때부터 그에 대한 존경심이 점점 깊어져 말하자면 그의 제자가 되었는데, 그렇다고 해서 더 기분이 상할 것도 없었다.

하지만 어떤 사람이 나보다도 더 그녀와 친밀하게 지낼 수 있다는 것을 알았을 때는 고통스러웠다. 나로서는 그런 자리를 탐내려는 생각조차 하지 않았지만, 남이 그 자리를 차지한 것을 보기란 힘들었으며. 그것은 매우 당연한 일이었다. 그러나 나는 그 자리를 내게서 가로챈 사람을 미워하는 대신에, 그녀에 대해 내가 갖는 애착이 실제로 그 사람에게까지도 확장되는 것을 느꼈다. 나는 무엇보다도 그녀가 행복하기를 바랐다. 그리고 그녀는 행복하기 위해서 그가 필요하기에 나로서는 그도 또한 행복한 것이 기뻤다. 그는 자기대로 완전히 여주인과 생각을 같이하여, 그녀가 자신을 위해 택한 친구에게 진실한 우정을 품었다. 그는 직분상 당연히 갖는 권위를 내게 뻐기지 않고, 그의 판단력이 그에게 부여하는 권위를 내 판단력에 대해 자연스럽게 행사했다. 나는 그가 반대할 만한 일은 감히 아무것도 하지 못했고, 그는 나쁜 짓 이외에는 반대하지 않았다. 이렇게 우리는 우리 모두를 행복하게 만드는 결합 속에서 살았고, 오로지 죽음만이 이 결합을 파괴할 수 있었다. 이 사랑스런 여인의 성격이 훌륭하다는 것을 보여주는 증거의 하나는 그녀를 사랑하는 사람들이 모두 서로를 사랑하게 된다는 것이다. 질투나 경쟁심까지도 그녀가 불어넣은 그 지배적인 감정에는 굴복하고 말았다. 그리고 나는 그녀를 둘러싸고 있는 사람들 중에 아무도 서로 잘못되기를 바라는 것을 결코 본 일이 없다. 이 글을 읽는 분들은 이 찬사에 즈음하여 잠시 책을 놓아주기 바란다. 그리고 이러한 찬사를 생각하면서 만일 그 정도 찬사를 보낼 수 있는 어느 다른 여인이 떠오르거든, 그 여인이 비록 천하의 창녀일지라도 여러분의 삶의 안식을 위하여 그 여인에게 애착을 갖기를 바란다. (276~279쪽)

루소는 토지대장과에서 근무하면서 독학으로 산수를 익히고 그림에 흥미를 갖기 시작한다. 그리고 다시 음악에도 열정을 느껴 샹베리의 지인들과 더불어 바랑 부인의 집에서 한 달에 한 번 작은 음악회를 열 정도가 된다. 그는 마침내 음악가가 될 생각을 갖게 되고, 바랑 부인도 이러한 생각에 마지못해 동의를 해서 8개월 만에 지겨운 직장 생활을 벗어나 음악가가 되는 길로 접어든다. 성공의 여신은 그에게 미소를 지어주는 것처럼 보였다. 그에게는 적지 않은 여제자들이 생겼고 그는 그녀들 덕분에 유쾌한 사교계에 들어갈 수 있었다. 그러나 여제자들의 어머니들 중 몇몇이 루소에게 관심을 보이게 되고 이에 불안감을 느낀 바랑 부인은 그를 남자로 대접할 결심을 하게 된다.

근친상간

루소에게 바랑 부인이 내린 결정은 정말 놀라운 것이었다. 그때까지 루소는 바랑 부인이 결코 자신의 애인이 될 것이라고 생각해 본 적이 없었기 때문이다. 바랑 부인으로서는 루소가 동네의 다른 여자들과 관계를 맺게 되면 그녀의 사생활을 낱낱이 누설할 수 있고 그러면 교회와 관련된 그녀의 입지가 위태로워질 수 있으리라 생각했던 것으로 보인다. 그리고 루소 자신도 인정했듯이 바랑 부인은 루소를 자기 곁에 붙잡아 두고 싶어 했다.

앞에서도 여러 번 말했지만 루소에게는 순수한 사랑과 육체적 쾌락은 엄격히 분리되어 있다. 그는 여성에게 상반되는 두 모습을 발견하는데, 그 하나는 욕망 없이 사랑하는 순수한 여성의 모습이며 또 다른 하나는 오직 욕망만을 갖고 있는 관능적 여성의 모습이다. 그가 진실로 사랑하기 위해서는 여성을 관능성과는 전혀 관계가 없는 이상적인 존재로 변형시켜야 하며, 이러한 존재 앞에서 육체적인 소유를 시도하는 것은 일종의 신성모독이 된다.

루소는 어머니의 이미지가 투영된 바랑 부인과 최초로 관계를 맺는 순간부터 근친상간의 죄를 범하고 있다는 고통을 맛보았다고 말한다. 그들이 얼마나 자주 잠자리를 했는지는 모르지만 루소는 몇 년이 지난 후에도 "엄마 옆에서 내 즐거움은 일종의 비애감, 극복하기 쉽지 않은 남모르는 마음의 비통함에 의하여 방해를 받았다. 그녀를 내 것으로 삼아 기쁨을 느끼기는커녕 그녀를 천하게 만든다는 자책감이 들었다"고 말할 정도로 힘들어 했다. 이 점에서 바랑 부인이 보였던 냉정한 모습은 상황을 더욱 악화시켰던 것으로 보인다. 루소는 성에 대해 불안을 떨쳐버리지 못했는데, 만약 바랑 부인이 열정적으로 행동해서 그의 수줍음을 압도해버렸다면 사정은 좀 나아졌을 것이다. 그러나 그녀는 스스로 먼저 잠자리를 제안했음에도 불구하고 자신의 몸을 차갑게 허락함으로써, 루소에게서는 순결한 마돈나를 욕보이고 있다는 느낌이 강화되었다. 루소는 그를 포함하여 모든 남자들에 대해 에로틱한 감정을 품지 않았던 바랑 부인이 그와 잔 것은 단지 그가 다른 여자들과 관계를 맺는 것을 막기 위해서였다고 주장한다. 이러한 진술은 그녀를 변명하기 위한 것이기도 하지만 잠자리에서 보인 그녀의 냉정함을 보고 루소가 실제로 생각했던 것이기도 하다. 어쨌든 그는 예전에는 부인이 잤던 침대에 입맞춤하는 것으로 상상 속에서 그녀를 즐길 수 있었지만, 이제는 그녀로부터 탈출하기를 열망하는 모호한 상황에 빠지게 된 것이다.

> 아무튼 엄마는 내가 젊기 때문에 빠지기 쉬운 위험에서 나를 건져내기 위해 나를 남자로 취급할 때가 되었다고 생각했다. 그리고 그것을 실행했는데, 그 방법은 이러한 경우에 일찍이 여자가 생각해 낼 수 있는 가장 기묘한 것이었다. 엄마가 평소보다도 더 근엄한 태도를 짓고 더 교훈적인 말을 한다고 생각되었다. 평소 그녀의 교훈에 섞여 있었던 그 경쾌한 농담은 갑자기 한결같이 점잖은 어조로 바뀌었는데, 그것은 친근하지도 엄격하지도 않은 어조였고 어떤 설명을 준비하는 것처럼 보였다. 이 변화의 까닭을 내 자신에게서 찾아보았지만 알

길이 없어서 엄마에게 그것을 물었다. 그런데 그것이 그녀가 기다리던 것이었다. 엄마는 나보고 내일 작은 정원으로 산책 가자고 했다. 우리는 아침부터 그곳에 갔다. 하루 종일 우리 둘이서만 있을 수 있도록 엄마가 조치를 취해 놓았던 것이다. 엄마는 내게 베풀고 싶어 하는 그 친절한 행위에 대하여 내게 마음의 준비를 시키려고 하루를 할애한 것이다. 그런데 그 준비는 다른 여자들처럼 잔꾀나 교태를 통해서가 아니라 감정과 이성이 넘쳐흐르는 대화를 통해 이루어졌는데, 그 대화는 나를 유혹하기 위해서라기보다 나를 가르치기에 더욱 알맞았고 내 관능보다는 나의 마음에 더 호소했다. 그러나 그녀가 내게 늘어놓는 연설이 아무리 훌륭하고 유익했다 하더라도, 또 그것이 조금도 냉정하거나 음울하지 않았다 하더라도, 나는 거기에 합당한 모든 관심을 기울이지는 않았고 다른 때처럼 그것을 내 기억에 깊이 새겨두지도 않았다. 엄마의 서두와 무엇인가를 준비하는 그 태도가 나를 좀 불안하게 했다. 엄마가 말하는 동안 나는 자신도 모르게 생각에 잠기고 딴 데 정신이 팔려 그녀가 말하는 내용보다도 그녀가 그로부터 어떤 결론을 내리려고 하는 것인지를 탐색하는 데 더욱 관심이 쓰였다. 그래서 그 결론을 이해하자마자—그것은 내게 쉽지 않았다—지금까지 엄마 곁에 살면서 단 한 번도 내 머리에 떠오른 적이 없었던 그 새로운 착상이 그 당시 내 마음을 완전히 사로잡아 그녀가 내게 한 말의 내용을 더 이상 내 뜻대로 생각할 겨를이 없었다. 나는 오로지 엄마만을 생각했을 뿐 그녀의 말에는 귀를 기울이지 않았다.

(…)

여러분들은 이 일주일이 내게는 팔백 년처럼 길었다고 생각할 것이다. 그러나 정반대이다. 나는 실제로 이 기간이 팔백 년쯤 지속되었으면 하고 바랐다. 당시 내가 처해 있던 상태를 어떻게 묘사해야 좋을지 모르겠다. 나는 초조함이 섞인 어떤 두려움에 가득 차서 내가 원하던 것을 두려워하면서 행복해지는 것을 피할 어떤 정당한 수단을 찾아내기 위해 가끔 진심으로 모색할 정도였다. 내 열정적이며 관능적인 기질, 내 끓어오르는 피, 내 사랑에 도취된 마음, 내 정력, 내 건강, 내 연령을 상상해 보라. 그리고 이런 상태에서 여성들을 갈망하면서도 아직 한 사람의 여성도 가까이 하지 못했다는 것을 생각해 보라. 상상, 욕구, 허영심, 호기심이 합세하여, 남자가 되고 싶고 또 남자처럼 보이고 싶다는 열망으로 나를 괴롭혔다는 것을 생각해 보라. 무엇보다도 — 왜냐하면 이것이야말로 여러분들이 잊어서는 안 되는 것이기 때문이다 — 다음과 같은 사실들을 아울러 생각하시라. 그녀를 향한 나의 강렬하고 다정스러운 애착은 식어가기는커녕 날이 갈수록 더해갔으며, 나는 오직 엄마의 곁에 있어야만 좋았고, 내가 엄마 곁에서 떨어져 있을 때는 오직 엄마를 생각하기 위해서만 그런 것이라는 사실을. 또 내 마음은 그녀의 친절함과 그녀의 사랑스러운 성격만이 아니라 그녀의 성, 그녀의 용모, 그녀의 몸, 그녀 자체, 한마디로 말해서 그녀가 내게 소중할 수 있었던 모든 것들과의 관련에 의해서 가득 차 있었다는 사실을 말이다. 그러니 내가 그녀보다 열두어 살쯤 아래라고 해서 그녀가 늙었다거나 또 내가 그렇게 생각한다고 상상하지 말라. 내가 그녀를 처음 보고 그렇게나 달콤한 열정을 느낀 지 이미 5, 6년이 지났건만, 그녀는 실제 거의 변하지 않았으며 내게는 전혀 변한 것처럼 보이지 않았다. 내게는 그녀가 변함없이 매력적이었으며, 세상 사람들에게는 더욱 그렇게 보였다. 다만 그녀의 몸매가 좀더 통통해졌을 뿐이다. 그러나 눈, 안색, 젖가슴, 얼굴 모습, 아름다운 금발, 쾌활함, 목소리에 이르기까지 예전 그대로였다. 특히 은방울같이 맑고 생기에 찬 젊은 목소리는 언제나 내게 강렬한 인상을 주어 오늘날까지도 소녀의 예쁜 목소리를 들을 때면 감개무량하다.

이렇듯 사랑하는 한 여인을 소유하기를 기다리면서 응당 내가 두려워해야 했던 것은 소유를 미리 맛보지 않을까, 자제력을 유지할 정도로 욕망과 상상을 충분히 제어할 수 없게 되지 않을까 하는 것이었다. 여러분이 앞으로 보겠지만, 나는 나이가 들어서도 사랑하는 여인에게서 약간의 가벼운 애정 표시를 받게 될 것이라는 생각만 해도 그녀와 나 사이에 놓인 멀지 않은 거리를 무사히 지나갈 수 없을 정도로 피가 끓었다.[1] 그런 내가 꽃다운 청춘 시절에 처음으로 향락을 대하고도 그렇게 덤비지 않았다는 것은 어찌된 일인가? 정말 놀랄 만하지 않은가? 또 어떻게 그 시간이 다가오는 것을 보면서 기쁨보다 고통을 느낄 수 있었을까? 그리고 나를 도취시켜야 했을 환희 대신에 거의 혐오감과 두려움을 느낀 것은 무슨 까닭인가? 만약 내가 예의에 어긋나지 않게 이 행복으로부터 도망칠 수 있었다면 진정 그렇게 했으리라는 것은 조금도 의심할 여지가 없다. 나는 그녀에 대해 갖는 나의 애착을 이야기하면서 거기에 기묘한 점들이 있다고 예고한 바 있는데, 분명 이것은 여러분들이 예상치 못했던 그 기묘한 점들 중 하나이다.

독자들은 벌써 분개하면서 다음과 같이 판단할지 모른다. 이미 다른 남자의 소유가 되어 있으면서도 자신의 사랑을 나누어주는 그녀가 내 눈에는 타락한 것으로 보였고, 일종의 경멸감으로 인해 그녀가 내게 불어넣었던 애정이 식었다고 말이다. 그러나 그것은 잘못된 생각이다. 이렇게 그녀를 나누어 갖는 것이 나를 잔인하게 괴롭혔던 것은 사실이다. 그것은 매우 자연스러운 민감함 때문에도 그러했고 또 실제로 나는 그

---

1 루소는 두드토 부인을 보러 레르미타주에서 오본으로 다니곤 했는데, 그때의 일을 이야기하는 것이다(《고백록·2》 9권 참조).

공유라는 것이 그녀나 내게 그리 어울리지 않는다고 생각했기 때문에도 그러했다. 그러나 그녀에 대한 내 애정으로 말하면 그것은 그 공유로 인하여 조금도 변질되지 않았고, 내가 그녀를 소유하기를 그렇게 별로 원하지 않았던 이때보다 그녀를 더욱 다정스럽게 사랑한 적은 없었다는 것을 다짐할 수 있다. 나는 그녀의 정숙한 마음과 냉담한 기질을 너무도 잘 알고 있어서 그녀가 이렇게 자기 몸을 내어주는 데 관능적 쾌락이 조금이라도 개입되었다고는 한순간이라도 생각지 않았다. 나는 그녀가 이런 방법이 아니고는 거의 피할 수 없는 위험들로부터 나를 구해내고 또 나와 내 의무에 나를 전적으로 붙잡아두려는 정성 하나로 자신의 의무까지 어기게 되었다는 전적인 확신을 갖고 있었다. 그런데 뒤에 이야기할 것처럼, 그녀는 이 의무를 다른 여자들과 같은 시각으로 바라본 것은 아니다. 나는 그녀를 불쌍히 여기고 나 자신을 불쌍히 여겼다. 나는 그녀에게 이렇게 말하고 싶었다. "아녜요, 엄마, 그럴 필요는 없어요. 그렇게 하지 않아도 나는 괜찮아요." 그러나 나는 감히 그런 말을 하지 못했다. 첫째로 그것은 할 말이 아니었다. 다음으로 나는 내심으로 그것은 진실이 아니며 또 실상 나를 다른 여자들로부터 보호해줄 수 있고 유혹에 견디게끔 해줄 수 있는 여성은 단 한 사람밖에 없다고 느꼈기 때문이다. 나는 그녀를 소유하고 싶은 생각은 없이, 그녀가 내게서 다른 여자들을 소유하고 싶은 욕망을 없애줄 것이 대단히 기뻤다. 그 정도로 나는 내 관심을 그녀로부터 딴 데로 돌리게 할 수 있는 것이라면 모두 불행으로 간주하고 있었다.

순진무구하게 함께 살아온 오랜 습관은 그녀에 대한 나의 애정을 약화시키기는커녕 도리어 강화시켰고 동시에 애정에 다른 성질을 부여했는데, 이로 인해 애정은 더욱 정답고 어쩌면 더욱 다정하지만 덜 관능적인 것이 되었다. 그녀를 엄마로 부르고 마치 아들인 양 그녀를 친숙하게 대한 나머지 나는 스스로를 아들처럼 생각하는 데 익숙해져버렸던 것이다. 그녀가 내게 그렇게 사랑스러웠음에도 불구하고 내가 그녀를 소유하려고 별로 덤비지 않았던 그 참된 이유는 바로 거기에 있었다고 생각한다. 내가 처음에 품은 애정은 지금보다 더 열렬한 것이 아니라 더 육감적이었음을 나는 생생히 기억한다. 안시에서 나는 도취되어 있었지만, 샹베리에서는 더 이상 그렇지 않았다. 나는 그녀를 있는 열정을 다해 사랑했지만 나보다는 그녀를 위해서 사랑했다. 적어도 나는 그녀에게서 내 쾌락보다는 내 행복을 구했던 것이다. 그녀는 내게 누이 이상이었고, 어머니 이상이었으며, 여자친구 이상이었고, 심지어 애인 이상이었다. 그런데 바로 이러한 이유로 그녀는 한낱 애인이 아니었다. 요컨대 나는 그녀를 탐내기에는 너무나 그녀를 사랑하고 있었다. 바로 이것이 내 생각들에서 가장 확실한 것이다.

마침내 기다렸다기보다는 오히려 두려워했던 그날이 왔다. 나는 모든 것을 약속했고, 그 약속대로 행동했다. 내 마음은 그 대가를 바라지 않고 내가 맺은 계약을 지킬 것을 확인했다. 그렇지만 나는 그 대가를 얻었다. 나는 처음으로 한 여인, 그것도 내가 사랑하는 한 여인의 품에 안긴 나 자신을 보았다. 과연 나는 행복했던가? 아니다. 나는 쾌락을 맛보았을 뿐이다. 어떤 것인지 모르겠지만 억누를 수 없는 슬픔이 그 쾌락의 매력에 독약처럼 스며들었다. 나는 마치 근친상간이라도 범한 것 같았다. 두세 번 격정적으로 그녀를 팔로 껴안고 눈물로 그녀의 가슴을 흠뻑 적시었다. 그러나 그녀 쪽에서는 슬퍼하지도 흥분하지도 않았다. 그녀는 다정하고 조용했다. 그녀는 별로 관능적이지도 않았고 조금도 관능적 쾌락을 구하지도 않았으므로 거기서 오는 환희도 없었고 그에 대한 후회도 결코 없었던 것이다. (302~308쪽)

아내는 겉으로 내색은 안 했지만 이 둘의 관계를 눈치 챘고, 루소는 이 세 사람의 관계를 "지상에서 달리 그 유례를 찾아볼 수 없을 만한 모임"으로 미화하면서 "우리 세 사람의 소원과 관심과 애정이 모두 공통적이어서, 그중의 무엇 하나도 이 조그만 모임을 벗어나지 않았다"고 말한다. 어쨌든 이 두 젊은이는 바랑 부인의 허황된 사업 계획을 돕기 위해 동분서주했지만 재정 상황은 점차 어려워질 뿐이었다. 그리고 1734년 3월 아네가 죽음을 맞는다. 루소는 그가 늑막염에 걸려 죽은 것으로 알고 있었지만 연구자들은 정황에 비추어 그의 죽음이 자살이었을 것이라고 추측하고 있다. 그런데 루소는 아네가 종종 입었던 훌륭한 검은색 예복을 자기에게 달라고 해서 바랑 부인의 눈물을 흘리게 할 정도로 뻔뻔스러운 모습을 보이기도 했다.

아네의 죽음 이후 가세는 더욱 기울었고 아네의 후계자가 된 루소는 심각한 재정 적자에 불안을 느꼈지만 전임자와는 달리 바랑 부인의 철없는 시도를 저지할 정도의 규율과 권위가 없었다. 그는 여전히 음악에 매달렸지만 콩지에 씨를 통해 문학과 철학에 대한 소양을 키워 나가고 있었다. 그는 바랑 부인의 사업이 기울어져 가는데도 그것을 바라볼 수밖에 없는 자신의 무능력에 고통스러워하면서 니옹, 제네바, 리옹으로 여행을 다니며 2, 3년을 보낸다. 이렇게 어영부영 세월을 보내던 중 화학실험을 하다가 사고를 당해 실명의 위기를 겪는데, 이 사고를 계기로 그의 건강은 급격하게 악화되기 시작한다.

죽음의 예감 속에서 행복을 맛보다

바랑 부인과의 관계에서 루소가 느끼는 죄의식은 아내의 갑작스러운 죽음으로 더욱 강화된다. 아버지에게서 어머니를 빼앗은 것처럼 아내로부터 바랑 부인을 빼앗은 셈이기 때문이다. 게다가 루소는 삼각관계에서 그나마 책임감이 적은 2인자의 역할을 맞아 그녀와의 성적 관계를 겨우 견디고 있었는데 어쩔 수 없이 아네의 자리를 대신하면서 엄청난 감정적 부담을 느끼지 않을 수 없었다. 아네가 없어진 마당에 여성의 소유라는 문제는 회피할 수 없는 것이 되었기 때문이다. 그에게 진정한 성적 욕망은 오직 상대와의 거리가 확보되거나 상대가 부재할 때 가능하다. 잦은 여행, 음악에 대한 정열, 공부에 대한 열의는 루소가 이러한 죄의식에서 벗어나기 위한 시도였던 것으로 보인다.

그런데 아네의 공백은 감정적인 문제로 끝나는 것이 아니었다. 루소는 아네가 수행했던 집사 역할도 맡아야 했지만 이 일을 제대로 해낼 수 없었다. 그는 바랑 부인이 그의 소극적인 성적 욕망과 더불어 무능한 생활력에 분통 터져 하는 것을 잘 알고 있었기에 병에서 도피처를 찾았다. 그런데 이로 인해 상황이 반전되어 연인관계는 다시 모자관계로 돌아가게 된다. 루소는 어린아이 같은 환자의 역할을 택함으로써 자신의 수동성을 정당화하면서 바랑 부인으로 하여금 다시 엄마가 되도록 부추긴 것이다. 그의 전략은 성공을 거둔다. 바랑 부인의 정성 어린 간호를 받으며 루소는 성적인 불안감 없이 정신적인 친밀감을 마음껏 향유할 수 있었다. 바랑 부인과 루소가 함께 지내는 밤은 사랑의 밤이 아니라 이야기와 눈물의 밤으로 바뀐다. 그는 바랑 부인과 이야기를 하면서 함께 흘린 눈물이 "내가 먹는 음식이며 약"이라도 되는 것 같았다고 말한다. 아버지와 장자크가 나누던 어머니에 대한 이야기가 눈물로 끝나면서 아들의 불안감이 경감되었다면 바랑 부인과 병든 루소 사이에 오가는 이야기와 눈물은 성적 욕망을 억제하면서 루소의 죄의식을 해소한다. 그는 자신이 죽는다면 어머니의 자궁 속에 들어있는 태아처럼 바랑 부인의 내면에서 살 것이라고 믿는다. 루소는 죽음의 문턱을 벗어나면서 자신에게 새로운 삶을 부여한 바랑 부인을 진짜 어머니 이상의 존재가 되었다고 생각한다. 이러한 과정에서 루소는 둘 사이에서 다른 어떤 외적인 것도 필요로 하지 않는, 어떠한 분리도 없는 완벽한 관계가 이루어졌다고 느낀다. 죽음을 앞두고 느끼는 이러한 행복 속에서 루소는 점차 건강을 회복하기 시작한다.

건강의 악화는 기분에도 영향을 주어 내 공상의 열기도 식어 버렸다. 몸이 쇠약해지는 것을 느끼면서 더욱 조용해졌고 여행에 대한 정열도 다소 잃었다. 한층 더 집에 틀어박혀 지내면서 지루함이 아니라 우울증에 사로잡혔다. 우울함이 정열을 대체했고 무기력함은 슬픔이 되었기 때문이다. 나는 까닭 없이 눈물을 흘리고 한숨을 쉬었다. 삶을 맛보지도 못했는데 삶이 내게서 빠져나가는 것을 느꼈다. 나로 인해 내 가엾은 엄마가 처한 상태와 내가 보는 앞에서 그녀가 막 빠져들고 있는 상황을 한탄했다. 나로서는 그녀의 곁을 떠나 그녀를 불쌍히 남겨둔다는 것이 내 유일한 애석함이었다고 말할 수 있다. 마침내 나는 완전히 병이 들었다. 그녀는 나를 보살폈는데 어떤 어머니도 자기 아들을 그렇게 정성껏 돌보았을 것 같지 않다. 그리고 엄마는 그로 인하여 사업 계획들을 잠시 잊고 사업을 기획하는 사람들을 멀리해서, 그것은 그녀 자신에게도 도움이 되었다. 그때 죽음이 찾아왔다면 얼마나 감미로운 죽음이었을 것인가! 내가 삶의 행복을 그리 맛본 적이 없었다면, 그때까지 나는 삶의 불행도 그리 맛본 적이 없었다. 내 평화로운 영혼은 인간들의 불의에 대한 쓰라린 감정 없이 떠날 수 있었는데, 그러한 감정은 삶과 죽음에 독을 집어넣는 법이다. 내게는 죽음 이후에도 더 나은 나의 반신半身인 바랑 부인 속에서 살아남을 것이라는 위안이 있었다. 그렇다면 그것은 거의 죽는 것이 아니었다. 내가 그녀의 운명에 대해 갖는 근심이 없었더라면 나는 잠이 드는 것처럼 죽었을 것이다. 그리고 그러한 근심마저도 그 쓰라림을 완화시키는 다정다감한 대상을 갖고 있었다.

나는 그녀에게 이렇게 말하곤 했다. "내 모든 존재를 맡으신 분은 바로 당신이십니다. 부디 그것이 행복해지도록 해주십시오." 병이 가장 나빠졌을 때 두세 번 밤중에 일어나 간신히 그녀의 방으로 기어가 그녀의 처신에 대해서 몇 가지 충고를 했다. 감히 말하건대 그 충고는 너무나 적절하고 도리에 맞는 것으로서, 거기서는 무엇보다도 내가 그녀의 운명에 대해 갖는 관심이 두드러지게 나타났다. 눈물이 내가 먹는 음식이며 약이나 되는 것처럼, 나는 엄마의 침대 위에 앉아 그녀의 손을 잡고 그녀와 함께 그녀 옆에서 흘리는 눈물로 기운을 차렸다. 밤에 이렇게 이야기를 나누는 가운데 시간이 흘러갔고, 나는 들어왔을 때보다 상태가 더 좋아져 돌아가곤 했다. 그녀가 내게 했던 약속과 그녀가 내게 주었던 희망에 만족과 안도감을 느끼고, 신의 섭리를 묵묵히 받아들이면서 평화로운 마음으로 곧 잠이 들었다.

신이시여. 이미 저는 삶을 증오할 너무나 많은 이유들을 갖고 있으며, 너무나 많은 인생의 파란곡절을 겪어 삶이 저에게는 단지 무거운 짐이 되었습니다. 그런 저에게 삶을 끝내기로 되어 있는 죽음이 그때 그랬던 만큼 그리 가혹하지 않도록 하여주소서.

극진한 보살핌과 세심한 주의와 엄청난 노고 끝에 그녀는 나를 살렸다. 그리고 오직 그녀만이 나를 살릴 수 있었다는 것은 분명하다. 나는 의사들의 의술은 그리 신뢰하지 않지만 진짜 친구들의 의술은 상당히 신뢰하는데, 우리는 우리의 행복이 달려있는 일들을 다른 모든 일들보다 항상 훨씬 더 잘하기 때문이다. 인생에 감미로운 감정이 하나 있다고 한다면, 그것은 우리가 느꼈던 서로가 서로에게 받아들여진다는 감정이다. 우리들이 서로에게 갖는 애착이 그 때문에 더 커진 것은 아니다. 그것은 불가능했다. 그러나 그 애착에는 그 대단한 단순함 속에서 무언지 모를 더욱 내밀하고 더욱 감동적인 어떤 것이 깃들게 되었다. 나는 완전히 그녀가 만든 사람 완전히 그녀의 아이가 되어서, 그녀가 나의 친어머니인 것 이상이었다. 우리는 어느덧 더 이상 서로 떨어지지 않고, 말하자면 우리의 존재를 공유하기 시작했다. 그리고 우리가 우리 서로에게 필요할 뿐만 아니라 충분하다는 것을 느끼면서, 우리와 관계가 없는 것은 더 이상 아무것도 생각하지 않고 우리의 행복과 우리의 모든 욕망을 이러한 상호간의 소유에 완전히 국한시키는 데 익숙해졌다. 이러한 소유는 아마 인간들 사이에서 유례가 없는 것으로서 이미 말한 바와 같이 사랑의 소유가 아니라 더욱 본질적인 소유로서, 관능이나 성이나 나이나 용모와는 관계없이 인간이 그로 인해 자신이 되는 모든 것, 인간이 존재하기를 그칠 때만 상실할 수 있는 모든 것과 관계가 있다. (344~346쪽)

루소의 건강이 좋아지기 시작하자 부인은 그가 전에 해본 적이 있는 우유 치료법을 처방했다. 그들은 시골에서 요양하기 위해 다른 곳을 찾다가 샹베리의 성문 가에 있지만 외지고 고적한 레샤르메트에 집을 세냈다.

전원의 행복

루소는 문명과 역사의 억압적인 힘에 대해 본격적인 항의를 시작한 사상가이다. 그에게 그 대척점은 자연이다. 그는 문명과 자연의 변증법적 종합이 논리적으로 불가능하다고 생각하지는 않았지만 그것이 실현될 수 있으리라고 확신하지는 않았다. 그에게 자연이란 원초적인 순진무구함이며 사회의 제약에서 벗어난 행복한 공간이다. 앞으로도 계속 보겠지만 사회로부터 박해를 받는 루소는 고독한 자연 속에서 안식처를 찾는다. 루소는 그 속에서 외부와 내부, 객관과 주관의 경계가 허물어지고 서로가 소통하는 신비주의적 체험을 갖는다. 독일의 낭만파 시인 노발리스는 "이런 환각적 상태 속에서는 주체가 객체를 지각하는 것이 아니라 객체가 저 스스로를 지각하기 위해 주체 속에 들어온다"고 말한다.

루소는 향수에 젖어 글을 쓰면서 레샤르메트에서 보냈던 시간을 더할 나위 없이 평온한 전원생활로 이상화한다. 여기서 행복이란 추구해야 할 대상이 아니라 자연적으로 존재에 따라오는 어떤 것이며 연속적인 순간들로 이루어지는 것이 아니라 시간을 벗어난 일종의 존재 양식이다.

마르셀 프루스트는 우리가 총체적 현실의 의식 속으로 자신도 모르게 갑작스럽게 빠져드는 것은 기억의 우회를 통해서라고 말한다. 우리에게 신비스러운 행복감을 부여하는 이 비물질적인 현실은 우리의 기억 속에 압축된 상태로 갇혀 있다. 그러나 한순간 현재의 감각에서 촉발된 어떤 충격이 과거와 현재를 이어주면 이 압축된 기억은 활짝 펼쳐지고 이때 의식은 이 충만한 존재와 하나가 된다. 우연히 다시 맛본 마들렌 과자로 인해 잊어버린 과거가 된 캉브레의 시절 모두가 되찾아지고 동시에 숨겨진 삶의 깊이가 드러나게 되는 것이다. 루소는 빙카를 통해 프루스트와 유사한 체험을 한다. 30년 전의 행복은 그의 가슴 속에 지워지지 않고 남아 있었다. 그것은 어두운 지하 창고에 보관된 포도주처럼 세월의 우여곡절과 함께 진하게 숙성되어갔다. 그리고 "무엇인가 푸른 것", 즉 빙카는 30여 년의 긴 시간을 순식간에 넘어 과거의 행복을 고스란히, 아니 더욱 깊이 있고 생생한 맛을 더해 전달한다.

> 여기서 내 생애의 짧은 행복이 시작된다. 여기서 내게 "나는 진정 살아보았다"고 말할 자격을 주었던 평화롭지만 빨리 지나가 버리는 순간들이 찾아든다. 소중하고도 너무나 아쉬운 순간들이여. 아! 나를 위해서 그 사랑스러운 순간들이 다시 시작되도록 하라. 현실에서는 그 순간들이 덧없이 연속되어 흘러가버렸지만, 할 수 있다면 내 기억 속에서는 그보다 더욱 천천히 흘러가도록 하라. 이렇게도 감동적이고 소박한 이야기를 내 멋대로 늘리려면, 항상 같은 이야기를 반복하려면, 끊임없이 같은 이야기를 다시 시작하면서도 나 자신은 지루하지 않았던 것만큼 같은 이야기를 되풀이하면서도 독자들을 지루하지 않게 만들려면 어떻게 해야 할까? 이 모든 것이 사실과 행위와 말로 되어 있기만 하다면, 나는 어떻게든 그것을

묘사하고 표현할 수 있을 것이다. 그러나 말한 것도 행한 것도 심지어 생각한 것도 아니고 그저 맛보고 느낀 것을 어떻게 말할 것인가? 나는 그 감정 자체 이외에 내 행복의 다른 대상을 명확히 표현할 수 없는데 말이다.

해가 뜨면 일어나니 행복했다. 산책을 하니 행복했다. 엄마를 보니 행복했고 그녀 곁에서 물러나니 행복했다. 숲과 언덕을 두루 돌아다녔고, 골짜기를 떠돌아다녔고, 책을 읽었고, 빈둥거렸고, 정원 일을 했고, 과일을 땄고, 살림을 도왔는데 행복은 어디서나 나를 따라다녔다. 행복은 무엇이라 꼬집어 말할 수 있는 어떤 것에 있는 것이 아니라, 완전히 내 자신 안에 있어서 단 한순간도 나를 떠날 수 없었다.

이 그리운 시절 동안 내게 일어났던 모든 일, 이 시절이 지속되는 동안 늘 내가 행하고 말하고 생각했던 무엇 하나 내 기억에서 사라지지 않았다. 그 이전 시기와 그 이후 시기는 때때로 기억에 떠오르고, 불규칙하고 희미하게 기억날 뿐이다. 그러나 그 시기는 아직도 계속되고 있는 것처럼 고스란히 기억난다. 젊을 때는 늘 미래를 향해 앞서 갔던 내 상상력은 지금은 과거로 되돌아가서 영원히 잃어버린 희망을 이 감미로운 추억들로 보상한다. 미래에서는 내 마음을 끄는 아무것도 보이지 않는다. 나는 오직 과거로 돌아갈 때만 마음이 흐뭇해질 수 있고, 내가 지금 이야기하는 시절로 이처럼 생생하고 진실하게 돌아갈 때 불행에도 불구하고 종종 행복하게 살게 된다.

나는 이러한 추억들 가운데 추억의 힘과 진실을 판단할 수 있게 해 줄 예를 단 하나만 들어보겠다. 레샤르메트에 자러 간 첫날, 엄마는 가마꾼들이 맨 가마를 타고 나는 걸어서 그녀를 따라가고 있었다. 오르막길이다. 그녀는 꽤 무거워서 가마꾼들이 너무 힘들까 걱정되어 길 중간쯤에 내려 나머지 길을 걷기를 원했다. 그녀는 걷다가 울타리에서 무언가 푸른 것을 보고 내게 말했다. "빙카가 아직도 피어 있는 것 좀 봐." 나는 전에 빙카를 본 적이 전혀 없었고, 몸을 구부려 그것을 살펴보지 않았다. 그리고 나는 지독한 근시라서 선 채로는 땅바닥의 식물들을 식별하지 못했다. 그저 지나가면서 그것을 힐끗 보았을 뿐, 그 뒤 30년 가까이 빙카라는 것을 다시 보거나 거기에 주의를 기울이지도 않았다.

1764년 친구 뒤 페루 씨와 크레시에에 있을 때 우리는 작은 산을 오르곤 했는데, 그 정상에는 그가 '아름다운 전망대'라고 그럴 듯하게 이름을 붙인 멋진 정자가 있었다. 나는 그 당시 식물 채집을 좀 시작한 참이었다. 산에 오르는 길에 수풀 사이를 바라보다가 환호성을 질렀다. "아, 빙카 좀 봐!" 과연 그것은 빙카였다. 뒤 페루는 내가 흥분한 것은 눈치 챘지만 무슨 영문인지는 몰랐다. 언제가 그가 이 글을 읽고 그 이유를 알기를 바란다. 이렇게 사소한 것에 대한 인상에 비추어 독자들은

바로 그 시절과 관계된 모든 것들이 내게 준 인상에 대해 판단할 수 있을 것이다. (351~353쪽)

한동안 시골 공기 덕분에 루소는 건강을 회복하는 듯했지만 샘물을 마시다가 위에 탈이 났다. 어느 날 아침 동맥의 고동이 너무나 격렬히 느껴지고 이명증이 겹쳐 그는 거의 죽을 지경에 이르게 된다. 루소는 이런 심각한 증상이 나타난 것을 성적 욕망으로부터 완전히 해방될 전조로 생각했다. "내 육신을 죽여야 했을 이 증상은 내 정열만을 죽였다. 그래서 나는 그것이 내 영혼에 초래한 다행스러운 결과에 매일 하늘에 감사하고 있다. 나는 나 자신을 죽은 사람으로 여겼을 때 비로소 살기 시작했다고 분명히 말할 수 있다." 완전히 마음이 안정된 그는 농사일을 하기도 하고 본격적으로 학문에 취미를 붙이기도 했다. 그는 아침마다 해뜨기 전에 일어나 샹베리로 나 있는 언덕에서 기도를 드리며 산책했다. 집으로 돌아와 바랑 부인의 집 덧문이 열리는 순간을 지켜보다 덧문이 열리면 그녀에게 인사를 하러 달려가곤 했다. 둘은 보통 밀크커피로 아침식사를 하면서 한두 시간 잡담을 즐겼다. 그리고 루소는 점심식사 때까지 책을 읽었다. 정오 전에는 책을 덮고 점심을 기다리면서 비둘기들을 돌보거나 정원 일을 하곤 했다. 점심을 먹고 나서는 채소나 꽃, 꿀벌들을 둘러보고 다시 독서로 오후를 보냈다. 일에 지치면 공부하고 공부에 지치면 다시 일하는 이러한 평온하고 단조로운 생활 속에서 루소는 이른바 '천사의 쾌락'을 맛본다.

때때로 둘은 부근을 소풍삼아 산책하기도 했는데, 바랑 부인의 수호성인인 생 루이의 축제날인 8월 25일에 갔던 소풍이 특히 인상적이었다. 둘은 한 농부의 집에서 점심을 먹고 식사 후에는 야외에서 잔가지로 불을 피워 커피를 만들어 마셨다. 루소는 이때 7, 8년 전 안시에서의 백일몽을 상기하면서 그 순간의 상황과 마음의 상태가 그 꿈과 너무나 유사하다는 사실에 깜짝 놀라며 감격하면서 다음과 같이 말한다.

"엄마, 엄마, 이날이야말로 오래 전부터 나에게 약속된 날입니다. 나는 더 바랄 것이 없습니다. 내 행복은 당신 덕분에 절정에 이르렀습니다. 이 행복이 이후 내리막길로 들어서지 않았으면 좋겠습니다! 내가 이 행복에 대한 취향을 간직하는 한 그것이 언제까지나 계속되기를 바랍니다! 이 행복은 오로지 내 생명이 끝날 때 같이 끝날 것입니다."

지옥에 대한 공포와 자기기만

겨울이 다가와 레샤르메트를 떠나 샹베리로 다시 돌아온 루소는 학문에 신앙심을 곁들인 책들을 읽다가 매우 엄격한 신학인 장세니슴(Jansénisme)에 기울어진다. 장세니슴은 인간의 자유의지를 부인하고 신이 미리 예정한 사람만이 구원받을 수 있다고 주장한다. 지옥은 없다고 믿는 바랑 부인 덕분에 루소는 지옥에 대한 공포로부터 어느 정도 벗어날 수 있었지만 불안이 완전히 가신 것은 아니었다. 그는 어느 날 이러한 불안을 달래기 위해 정면에 있는 나무에 돌을 던져 점을 칠 생각을 하게 된다. 돌이 나무 몸통을 맞히면 구원을 받고 못 맞히면 지옥에 가는 것이다. 루소는 이러한 행위를 통해 초월적인 신이 명백하고 단호한 심판을 내리기를 기대한다. 그러나 이는 자기기만에 불과하다. 왜냐하면 루소는 돌이 빗나가기에는 거의 불가능할 정도로 가까이에 있는 굵은 몸통의 나무를 골랐기 때문이다. 루소 역시 이 일화에서는 자기기만을 유머러스하게 인정한다.

그러나 루소는 많은 경우 자신의 행위로 만들어진 상황을 마치 타인이 만들어낸 상황처럼 받아들인다. 루소가 행한 행동은 그로부터 빠져나가 그의 의지와는 별개의 독자적인 운동을 하고 뜻밖의 결과를 만들어내면서, 루소 자신에게 돌아와 그의 반응을 요구한다. 스타로뱅스키는 이를 다음과 같이 재치 있게 표현한다. "그의 손을 떠난 돌은 나무에 맞고 루소 쪽으로 '튕겨 나오는' 기호이다. 방향은 바뀌고 말았다. 그리고 손은 돌을 던졌다는 것을 잊었다. 이제 모든 일은 바로 신이 행한 것이다."

루소는 스스로 행동을 만들어내지 않으려고 한다. 그에게 행동은 외부에서 주어진 자극을 살아내는 방식에 불과하다. 그에게 전적으로 자유로운 행동은 없다. 그에게는 단지 어쩔 수 없는 반작용만이 가능하다. 따라서 그는 전적으로 자신이 책임질 일이 없다고 생각한다. 대부분의 책임은 그의 행동을 외부에서 촉발시킨 운명이나 제3자에게 있는 것이다. 이렇게 루소는 자신의 행위에 스스로 책임을 지면서 자신의 세상을 만들어나가는 것보다는 외부에 수동적인 반응만 보이면서 자신의 내면에서 벗어나지 않기를 바란다.

내 마음에 가끔 일어나는 유치한 생각이 다른 사람들의 마음에도 가끔 일어나는지 어떤지 알고 싶다. 공부에 몰두하고 인간으로서 할 수 있는 가장 죄 없는 생활을 하고 있는 가운데서도 또 사람들에게서 들을 만한 조언은 다 들었음에도 불구하고, 지옥에 대한 공포로 여전히 불안했다. 나는 종종 스스로에게 이렇게 물었다. "나는 어떤 상태에 있는가? 지금 당장 죽으면 지옥에 떨어지게 될까?" 내가 읽은 장세니스트들에 따른다면 그것은 의심할 여지가 없었다. 그렇지만 내 양심에 비추어본다면 그렇지 않은 것 같았다. 늘 겁을 먹고 그 무서운 불안 속에서 동요하면서 나는 거기서 벗어나기 위해 더없이 가소로운 수단을 동원했다. 그런데 만약 다른 사람이 그런 짓을 하는 것을 보았다면 나는 기꺼이 그 사람을 미쳤다고 생각하고 감금했을 것이다.

하루는 이 음울한 문제를 곰곰이 생각하면서 기계적으로 나무줄기에 돌을 던지는 운동을 하고 있었다. 그것도 평소처럼 멋들어진 솜씨로. 즉, 거의 하나도 맞추지 못한 채 말이다. 나는 이런 재미있는 운동을 하고 있는 동안에 불안을 가라앉히기 위해 일종의 점이라도 쳐볼 생각이 들었다. 나는 내 자신에게 일렀다. "내 정면에 서 있는 나무에 이 돌을 던질 것인데, 그것을 맞히면 구원의 징조고 못 맞히면 지옥 갈 징조다." 이렇게 말하면서 무섭도록 가슴 두근거리며 떨리는 손으로 돌을 던졌다. 그런데 천만다행으로 그 돌은 나무 한가운데 보기 좋게 맞았다. 그런데 사실 이것은 어려운 일이 아니었다. 그도 그럴 것이 일부러 엄청나게 굵은데다가 아주 가까이 서 있는 놈을 골랐기 때문이다. 이때부터 나는 더 이상 내가 구원될 것이라는 사실을 의심하지 않게 되었다. 이런 행위를 회상할 때면 나 자신에 대해 웃어야 할지 한탄해야 할지 모르겠다. 틀림없이 웃고 있는 당신네 위대한 사람들이여, 스스로를 자랑스러워하시라. 그러나 내 비참함을 모욕하지는 말아라. 왜냐하면 당신들에게 장담하건대, 나도 내 비참함을 잘 느끼고 있으니 말이다. (378~379쪽)

루소는 1737년 여름 제네바에 가서 어머니의 유산 중 자기 몫을 받아 일부분은 책을 사는 데 쓴 다음 나머지는 모두 바랑 부인에게 건넸다. 그런데 이때는 벌써 바랑 부인의 새 애인 빈첸리드가 집에서 설치고 있었다. 루소가 다시 병이 들 때가 된 것이다. 이번에는 확실히 심신증적 증세로서 그 자신도 우울증이 그 원인이었음을 인정한다. 그는 심장에 용종이 있다고 믿었고 여름이 끝나갈 무렵 명의 피즈 씨의 진찰을 받기 위해 몽펠리에로 떠난다. 그는 여행 중 함께 한 라르나주 부인과 정사를 나누며 관능적 쾌락을 만끽한다.

루소는 여행 중 44살의 라르나주 부인을 만난다. 그는 뜬금없이 자신을 영국인이자 제임스 2세 당원, 즉 스튜어트 왕조의 왕위 계승자의 지지자라고 소개해야겠다는 생각이 떠올랐고 이름을 더딩(Dudding)이라고 밝혔다. 그가 가짜 이름을 선택한 것은 전혀 이상한 일이 아니었다. 그가 제네바에서 태어나 샹베리에 산다고 말한다면 그것은 자신이 개종자임을 고백하는 일이 될 것인데 그는 개종에 대해 부끄러움을 느끼고 있었다. 반면 제임스 2세 지지자들은 아비뇽과 몽펠리에에 많이 살았고 루소는 그런 척함으로써 낭만적인 망명객의 배역을 맡을 수 있었기 때문이다. 그러나 무엇보다도 가명이 그에게 준 혜택은 호기심에 찬 여인들의 시선을 견딜 수 있는 힘을 주었다는 것이다. 마치 예전에 로잔에서 작곡가 행세를 하기 위해 바람둥이 방튀르를 모방한 보소르 드 빌뇌브라는 가명을 써야 했던 것처럼 말이다.

그는 자신의 정체성을 어떤 허구적인 존재에 의존해서야만 남성으로서의 공격성을 발휘할 수 있게 된다. 게다가 다행스러운 것은 바랑 부인과는 달리 라르나주 부인은 먼저 적극성을 발휘할 줄 아는 노련한 여인이었다는 점이다. 바랑 부인은 잠자리에서의 이상한 차가움으로 남성적 용기를 북돋우기보다는 오히려 불안하게 만든 반면, 라르나주 부인은 자신의 욕망에 솔직했고 또 솔직하게 그것을 드러냈다.

스타로뱅스키의 말처럼 루소의 노출증과 마조히즘은 자신은 수동적이 되고 상대방이 능동적이 되도록 하는 전략이었는데, 그는 성적 욕망이 있을 수 없는 병자라는 구실과 더딩이라는 가면 뒤에 숨어서 자기가 원하는 것을 정확하게 아는 여인의 유혹에 수동적으로 따르기만 하면 되었다. 그래서 적극적인 유혹자의 역할을 맡은 라르나주 부인과의 만남은 루소의 성적 욕망이 현실에서 장애물을 만나지 않고 발산된 거의 유일한 경우에 속하게 된다. 그녀는 그에게서 남성만을 원했고 그의 남성을 이끌어내면서 성적 황홀경에 자신의 몸을 맡긴다. 그는 자신을 잊고 희열에 떠는 라르나주 부인을 바라보면서 남성으로서의 진정한 자신을 회복한다. 항상 숨어서 갈망하던 루소는 상대방의 시선이 쾌락으로 소멸된 순간 그 대상을 응시하면서 억압되어 있던 리비도가 해방되는 희귀한 경험을 한 것이다. 남성은 성인이 되면 어린아이처럼 어머니에게서 애정을 갈구하는 것을 넘어 여인을 소유할 줄 알아야 한다. 그러나 오이디푸스 콤플렉스를 제대로 극복하지 못한 루소는 라르나주 부인을 통해 자신이 직시한 진실을 실천하지 못하고, 여전히 여인을 소유하기보다는 여인에 의해 소유되기를 꿈꾼다.

드디어 라르나주 부인이 나를 유혹하자, 가련한 장자크와는 이별이었다. 더욱 정확히 말하면 그 열과 우울증과 용종과 이별을 했던 것이다. 그녀 옆에서 모든 것이 사라지고, 내게는 오직 심장의 고동만이 얼마간 남았는데 그녀는 이것은 고쳐 주려고 하지 않았다. 내 건강상태가 좋지 않다는 것이 우리가 사귀게 된 계기가 되었다. 사람들은 내가 아픈 것을 보았고 몽펠리에로 가는 것을 알았다. 내 용모나 태도로 보아 탕아로는 보이지 않은 것이 틀림없다. 왜냐하면 내가 사람들로부터 성병을 고치러 거기 간다는 의심을 받지 않았다는 것이 후에 명백해졌기 때문이다. 남자로서 병든 상태라는 것이 귀부인들에게 내밀 만한 대단한 추천장은 아니지만, 어쨌든 나는 그로 인해 귀부인들에게 흥미로운 대상이 되었다. 아침이면 그녀들은 사람을 보내 내 안부를 묻고 또 자기들과 함께 코코아차를 마시자고 초대했다. 그리고 밤에는 어떻게 지냈는지 물었다. 한번은 생각 없이 말하는 그 훌륭한 버릇이 튀어나와 모르겠다고 대답했다. 이러한 대답을 듣고 그녀들은 나를 바보라고 생각하게 되었다. 그녀들은 나를 더욱 살펴보았는데,

이러한 심사는 내게 해롭지 않았다. 한번은 뒤 콜롱비에 부인이 자기 친구에게 이런 말을 하는 것을 들었다. "그는 상류사회의 예법을 모르지만 귀여워." 이 말에 나는 대단히 안심이 되었고 실제로 귀엽게 되었다.

서로 친해짐에 따라 자기 신상을 이야기하고 어디에서 온 누구라는 것을 말하지 않을 수 없었다. 이것은 나를 난처하게 했다. 그도 그럴 것이 상류사회 사람들 사이에 그리고 세련된 부인들과 함께 있으면서 새로 개종한 사람이라고 말하면 그 말이 내게 치명타가 될 것이라는 사실을 너무나 잘 알고 있었기 때문이다. 나도 모르게 이상하게 영국사람 행세를 할 생각이 나서 제임스 2세 당원으로 자처했고, 사람들은 나를 그렇게 알았다. 내 이름은 더딩이라고 해서, 사람들은 나를 더딩 씨라고 불렀다. 거기에 있던 그 고약한 토리냥 후작은 나만큼 병약한데다가 나이가 들고 꽤 심술궂었는데, 더딩 씨와 이야기를 나눌 생각이 들었다. 그는 내게 제임스 왕이니 왕위 계승권을 주장하는 왕자니 생제르맹의 옛 궁정에 대해 말했다. 나는 바늘방석에 앉은 것 같았다. 나는 그 모든 것에 대해 해밀턴 백작의 저서나 잡지에서 읽었던 알량한 지식밖에는 없었다. 그렇지만 나는 그 알량한 지식을 썩 잘 활용해서 궁지에서 벗어났다. 아무도 내게 영어에 대해 질문할 생각을 하지 않아서 천만다행이었는데, 나는 영어를 단 한 마디도 몰랐기 때문이다.

일행은 모두 뜻이 잘 맞아서 서로 헤어지는 순간을 아쉬워하고 있었다. 우리는 달팽이처럼 느릿느릿 돌아다녔다. 우리는 어느 일요일 생 마르슬랭에 있었다. 라르나주 부인이 미사에 가기를 원해서 그녀와 함께 갔다. 그것이 내 연애사업을 망칠 뻔하였다. 거기서 나는 평상시처럼 처신하였다. 내 조신하고 조용한 태도를 보고 그녀는 나를 신앙심이 깊은 사람으로 여기고, 내게 이틀 후에 털어놓은 것처럼 나를 극히 못마땅하게 여겼다. 이러한 나쁜 인상을 지우기 위해 그 뒤에 나는 상당한 애교를 떨어야만 했다. 아니 더 정확히 말하자면 라르나주 부인은 경험이 많고 쉽사리 물러서지 않는 여자라 내가 어떻게 곤경을 벗어나는지 보기 위해 위험을 무릅쓰고 먼저 수작을 붙이려고 들었다. 그녀는 내게 수작을 많이 걸었는데, 그 수작들이 너무 진해서 나는 내 얼굴을 과신하기는커녕 그녀가 나를 조롱하고 있다고 생각했다. 이런 어리석은 생각에서 온갖 바보 같은 짓을 다 했다. 마리보의 희극인 〈유산遺産〉에 나오는 후작보다 더 형편이 없었다. 그러나 라르나주 부인은 꿋꿋이 버티면서 내게 온갖 교태를 부리고 너무나 달콤한 말을 속삭여서 나보다 훨씬 약은 사람이라도 그 모든 것을 진실하게 받아들이기 상당히 힘이 들었을 것이다. 그녀가 그런 식으로 나오면 나올수록 내 생각은 굳어졌는데, 나를 더 고통스럽게 한 것은 내가 쉽사리 그녀에게 진정한 사랑을 느꼈다는 것이다. 나는 탄식하면서 나 자신에게 또 그녀를 향해 “이 모든 것이 사실이라면 좋으련만! 그러면 나는 가장 행복한 사내일 텐데”라고 중얼거렸다. 나는 풋내기로서의 순진함이 계속 그녀의 바람기를 부채질했다고 생각한다. 그리고 그녀는 실패의 고백를 듣고 싶지 않았던 것이다.

(…)

결국 라르나주 부인은 자신의 속마음을 내게 이해시키는 데 성공하였다. 하지만 그것은 쉽지 않은 일이었다. 우리는 발랑스에 도착해 점심을 먹었다. 그리고 우리들의 칭찬받을 만한 관행에 따라 거기서 그날의 나머지 시간을 보냈다. 우리 숙소는 교외에 있는 생 자크에 있었다. 나는 이 여관을 라르나주 부인이 들었던 방과 마찬가지로 영원히 잊지 못할 것이다. 점심식사 후에 그녀는 산책을 하려고 했다. 그녀는 후작이 돌아다니기를 좋아하지 않는다는 것을 알고 있었기 때문에, 그것은 둘만의 만남을 마련하려는 계책이었다. 그녀는 이를 이용하려고 단단히 결심을 해둔 상태였다. 왜냐하면 더 이상 허비할 시간이 없어서 시간을 잘 활용해야만 했기 때문이다. 우리는 성벽의 도랑을 따라 도시 주위를 산책했다. 그때 나는 사연 많은 내 신세 한탄을 다시 끄집어내었다. 그녀는 이따금 자신이 잡고 있는 내 팔을 자기 가슴에 대고 꽉 누르면서 그 이야기에 너무나 상냥한 어조로 답변해서 나처럼 우둔한 사람이 아니라면 그녀가 진심으로 말하는 것인지 시험하지 않을 수 없었을 것이다. 그런데 우스꽝스러운 일은 나 자신이 극도로 감동하고 있었다는 사실이다.

나는 그녀가 사랑스럽다고 말한 바 있다. 사랑은 그녀를 매력적으로 만들었고, 그녀에게 이팔청춘의 화사함을 전부 돌려주었다. 그리고 그녀는 너무나 능란하게 애교를 부려서 결코 흔들리지 않는 남자라도 유혹했을 것이다. 그래서 나는 매우 거북했고 언제라도 내 자신을 자유분방하게 풀어놓을 태세가 되어 있었다. 그러나 그녀의 감정을 상하게 하고 비위를 거스를까 걱정스럽고, 조롱과 야유와 놀림을 받고 식탁에서 이야깃거리가 되고 몰인정한 후작에게 여자를 꾀는 일에 대해 축하를 받을지도 모른다는 것이 더 한층 두려워서 자제했지만, 내 어리석은 수치심에 대하여 그리고 그 수치심을 자책하면서도 그것을 극복할 수 없다는 것에 대하여 나 스스로 화가 치밀어 오를 정도였다. 나는 몹시 괴로운 처지에 있었다. 나는 그놈의 셀라동[2] 이야기는 이미 집어치운 터였는데, 이렇게 일이 잘 되어나가는 와중에서 그런 이야기는 완전히 우스꽝스럽다고 느꼈다. 더 이상 어떤 태도를 취할지 무슨 말을 해야

---

2 오노레 뒤르페의 목가소설 《아스트레》의 남자 주인공으로 정신적 사랑을 추구하는 연인의 대명사이다.

할지 몰라 입을 다물고 토라진 얼굴로 있었다. 요컨대 나는 내가 두려워했던 대우를 받기 위해 필요한 일을 모두 다한 셈이 되었다. 다행히 라르나주 부인은 더욱 인정미 넘치는 결정을 내렸다. 그녀는 갑자기 이러한 침묵을 깨고 한 팔로 내 목덜미를 감았다. 그 순간 내 입술 위에 포개진 그녀의 입술은 너무나 분명한 의사를 표현해서 내 생각이 잘못되었음을 깨닫지 않을 수 없었다. 이러한 돌발적인 사태는 더 이상 시기적절할 수 없었다. 나는 사랑스러운 사람이 되었다. 그럴 때가 된 것이다. 나는 자신감의 결핍으로 거의 언제나 내 자신이 될 수 없었는데, 그녀는 내게 이 자신감을 주었다. 나는 그때 나 자신이었다. 일찍이 내 눈과 내 관능과 내 마음과 내 입이 그렇게 의사를 잘 표현한 적은 없었다. 일찍이 내가 이렇게 완전히 내 잘못을 바로잡은 적은 없었다. 그리고 라르나주 부인이 이 대단치 않은 정복을 위해 대단한 정성을 들였다 해도, 나로서는 그녀가 그것에 대해 유감스러워하지 않았다고 믿을 이유가 있다.

내가 백 년을 산다고 해도 나는 그 매력적인 여인에 대한 기억을 결코 기쁨 없이 떠올리지는 않을 것이다. 나는 그녀가 아름답지도 젊지도 않았음에도 불구하고 매력적이라고 말한다. 그녀는 추하지도 늙지도 않았고, 그녀의 자태에는 그녀의 재기와 매력이 유감없이 발휘되는 것을 막는 것이 하나도 없었다. 다른 여성들과는 정반대로 그녀에게서는 얼굴이 덜 생기발랄한 곳이었는데, 연지가 그녀의 얼굴을 망쳤다는 생각이 든다. 그녀가 헤픈 데에는 그녀 나름의 이유가 있었는데, 그것은 자신이 갖는 모든 가치를 끌어내는 수단이었기 때문이다. 그녀를 보고 좋아하지 않을 수는 있지만, 그녀를 안아보고 그녀를 열렬히 사랑하지 않을 수는 없다. 그리고 내게 그것은 그녀가 나에게 그랬던 것만큼 언제나 헤프게 호의를 베풀지 않았다는 사실을 입증하는 것처럼 보인다. 그녀는 변명할 여지없이 너무나 돌발적이고 격렬한 정욕에 사로잡혔지만, 거기에는 적어도 관능만큼 진심이 들어 있었다. 그리고 내가 그녀 곁에서 보낸 짧지만 감미로운 시간 동안 그녀가 내게 강제로 절제를 강요한 점에 비추어 나는 그녀가 관능적이고 육감적임에도 불구하고 자신의 쾌락보다 내 건강을 훨씬 더 소중히 여긴다고 생각할 이유가 있었다.

(…)

감미로운 삶이 4, 5일 지속되었고, 나는 그동안 더할 나위 없이 감미로운 성적 쾌락을 만끽하고 그것에 도취되어 있었다. 나는 그것을 고통이 조금도 섞이지 않은 순수하고 강렬한 상태에서 맛보았다. 그것은 내가 이렇게 맛본 최초의 그리고 유일한 성적 쾌락이었으며, 내가 그 쾌락을 알지 못한 상태에서 죽지 않은 것은 라르나주 부인의 덕택이라고 할 수 있다.

내가 그녀에게 느꼈던 것이 정확히는 사랑이 아니라 해도, 그것은 적어도 그녀가 내게 표시한 사랑에 대한 그토록 다정한 보답이었고, 쾌락 속에서의 그토록 뜨거운 관능이었으며, 대화 속에서의 너무나 달콤한 친밀함이어서, 거기에는 정열의 온갖 매력이 있었다. 그러나 머리를 돌게 해서 즐길 수 없게 만드는 열광은 없었다. 내 생애에 오직 단 한 번만 나는 진실한 사랑을 느꼈는데, 그것은 그녀 곁에서가 아니었다. 나는 이전이나 그때나 바랑 부인을 사랑하듯이 그녀를 사랑하지도 않았다. 그러나 바로 그 때문에 백배나 더 잘 그녀를 소유했다. 엄마 옆에서 내 즐거움은 일종의 비애감, 극복하기 쉽지 않은 남모르는 마음의 비통함에 의하여 방해를 받았다. 그녀를 내 것으로 삼아 기쁨을 느끼기는커녕 그녀를 천하게 만든다는 자책감이 들었다. 라르나주 부인 옆에서는 반대로 내가 사내이고 행복한 것을 자랑스럽게 생각하면서, 자신을 갖고 즐겁게 내 관능에 몰두하였고 그녀의 관능을 자극하면서 그녀와 함께 그 느낌을 맛보았다. 나는 성적 쾌락만큼 자만심을 갖고 나의 승리를 바라보고 이로부터 그 승리를 배가할 만한 것을 끌어낼 수 있을 정도로 충분히 내게 속해 있었다. (387~395쪽)

루소는 라르나주 부인과 헤어지면서 치료가 끝나면 집으로 방문하겠다고 약속하고 다시 몽펠리에로 향했다. 그는 도중에 님에 들러 로마시대의 유적인 거대한 다리형 수로 퐁 뒤 가르를 보고 커다란 감동을 느끼기도 한다. 어쨌든 루소에게는 유쾌한 여행이었다. 그는 몽펠리에에 도착해서 피즈를 비롯한 의사들의 진찰을 받았는데, 그들은 루소의 병이 상상에서 생겨난 것이라고 추정했다. 그는 몽펠리에에서 빈둥거리는 생활을 하다가 몇 달 후에 라르나주 부인과 재회하기 위해 그곳을 떠난다. 그러나 라르나주 부인에게 열다섯 살 난 매력적인 딸이 있다는 사실을 생각하고는 그 딸과 사랑에 빠질까 두려워하며 바랑 부인에게로 발길을 돌린다. 불행하게도 그는 바랑 부인으로부터 냉랭한 대접을 받는데, 이제 빈첸리드가 명실상부하게 그의 자리를 차지하고 있었기 때문이다.

친아들에서 천덕꾸러기로 전락하다

루소가 몽펠리에로 가서 자리를 비운 후 빈첸리드는 완전히 그 자리를 자기 것으로 만들었다. 위태로웠던 루소와 바랑 부인의 관계는 싸늘하게 식어버리고 가뜩이나 어려워진 가계를 둘러싸고 루소와 빈첸리드 사이에는 갈등이 생겨난다. 빈첸리드는 끊임없이 활동하면서 그 영역을 넓혀가는 신흥 부르주아의 성격을 구현하는 인물로 그려진다. 그는 계속 늘어만 가는 자질구레한 일을 도맡아 부지런히 처리해 나간다. 그는 일이 있는 곳은 어디든지 나타난다. 그는 밭, 건조장, 숲, 외양간, 가금 사육장에서 부산을 떨며, "짐을 싣고 운반하거나 나무를 베고 패고", "항상 손에 도끼나 곡괭이를 들고 있으며", "뛰어다니거나 부딪치거나 고래고래 소리를 지른다."

빈첸리드가 실천적인 활동, 즉 노동에서 즐거움을 찾는 반면 루소는 정원이 상징하는 자연과 독서 속에 자리를 잡는다. 전자의 삶의 양태가 활동으로 나타난다면 후자의 삶의 양태는 존재로 표현된다. 빈첸리드의 활동은 끊임없이 소음을 만들어내면서 확장되지만 루소의 존재는 한가함과 조용함과 평화를 향유한다. 루소가 더욱 큰' 문제로 삼는 것은 빈첸리드의 활동이 오직 '겉모습'에만 치중한다는 것이다. 빈첸리드는 시끄럽기만 했지 별로 실속도 없는 자신의 활약을 높게 평가하며, 자신의 이름을 귀족 이름으로 바꿀 정도로 외부적인 '겉모습'을 치장함으로써 자만심을 표출한다. 바랑 부인은 빈첸리드의 겉모습에 속아 넘어가 그를 "자기 일에 없어서는 안 될 보배"로 여기고, 이러한 상황에서 빈첸리드는 '모든 것'이 되고 루소는 '아무것도 아닌 것'이 된다. 외부를 지향하는 외부인 빈첸리드가 루소와 바랑 부인이 이룬 내면적인 마음의 공동체를 파괴한 것이다.

빈첸리드와 루소의 차이는 사랑에 대한 태도에서도 극명하게 나타난다. 빈첸리드에게 사랑과 성적 욕망은 다른 것이 아닌 반면 루소에게 사랑의 행복은 성적 욕망을 넘어선 마음과 마음의 따뜻한 소통이다. 바랑 부인은 여기서도 빈첸리드의 손을 들어준다. 루소는 금욕과 사랑은 양립할 수 없다는 사실을 직시하지 않을 수 없었다. 루소는 아내가 살아 있을 때 이루어졌던 삼각관계를 빈첸리드와 다시 만들려고 했지만 그것 역시 여의치 않았다. 왜냐하면 이제 바랑 부인은 부양해야 할 후견인이 아니라 정력적인 동료이자 애인을 원했고, 이러한 점에서 루소는 아무짝에도 쓸모없는 존재가 되었기 때문이다. 그는 또 다시 이러한 좌절감을 병으로 해소하거나 독서로 극복해야 했는데, 이번에는 공부에 몰두하는 길을 선택한다.

이 젊은이는 보 지방 사람으로, 그 아버지는 이름이 빈첸리드로 시용 성의 수위였는데 자기 말로는 집사였다. 그 집사 나리의 아들은 가발사 보조원으로, 그가 바랑 부인을 찾아와 자신을 소개했을 때는 그런 신분으로 세상을 떠돌아다니던 중이었다. 그녀는 모든 나그네들에게 그런 것처럼 그를 환대했는데, 그녀는 특히 자기 고향 사람들을 환대했다. 그는 키가 큰 신통치 못한 남자인데, 체격은 꽤 좋았지만 얼굴과 재치는 평범했고 마치 잘난 리안드레[3]처럼 말했다. 그는 자기 신분에서 나오는 온갖 말투와 취향을 뒤섞어 여자들과 재미 본 이야기를 길게 늘어놓았고, 같이 잔 후작부인들의 이름을 반만 대면서 아름다운 여인들의 머리를 해주면서 그 남편들 또한 머리를 해주지[4] 않은 적이 없었다고 떠들어댔다. 건방지고 멍청하고 무식하고 무례한, 요컨대 세상에서 가장 잘난 체하는 녀석이었다. 내가 없는 동안에 내게 주어진 내 대리인이자 내가 돌아온 후 내게 나타난 협력자가 이 모양이었다.

(…)

이 새로 온 녀석은 자기가 맡은 온갖 자잘한 일들에는 매우 열

---

3 리안드레(Liandre) : 16, 17세기에 이탈리아에서 유행한 희극 〈코메디아 델라르테〉에서 연인 역을 맡는 배우. 몰리에르의 〈경솔한 사람〉에서도 사랑에 빠진 젊은이 레앙드르(Léandre)가 등장한다.

4 '…의 머리를 해주다'(coiffer)는 의미는 중의적으로 '…의 부인과 간통하다'라는 의미도 갖는다.

심이고 부지런하고 정확한 모습을 보였는데, 그 일들은 언제나 가짓수가 많았다. 그는 일꾼들의 감독이 되었다. 내가 조용한 데 비해 시끄러운 그는 쟁기질을 할 때나 건초를 벨 때나 장작을 팰 때나 마구간이나 가금 사육장에서 일할 때 모습을 보이고 특히 자기 목소리가 들리도록 떠들어댔다. 그가 등한히 한 것은 정원밖엔 없었는데 정원 일은 너무도 조용해서 조금도 소리를 낼 수 없었기 때문이다. 그의 큰 즐거움은 짐을 싣고 운반하거나 나무를 베고 패거나 하는 일들이었다. 항상 손에 도끼나 곡괭이를 들고 있는 모습이 보였고, 뛰어다니거나 부딪치거나 고래고래 외치는 소리가 들렸다. 그가 몇 사람 몫의 일을 하는지는 모르겠지만, 언제고 열 사람이나 열두 사람 몫의 소란을 피웠다. 이 모든 소란에 내 가련한 엄마는 속아 넘어가, 그 젊은이를 자기 일에 없어서는 안 될 보배로 여겼다. 그를 자기에게 붙잡아두고 싶어서 그녀는 이를 위해 적당하다고 생각되는 온갖 수단을 다 썼고, 그녀가 제일 믿는 그 수단도 잊지 않았다.

여러분들은 내 마음을 알리라. 내 마음의 가장 변치 않는 그리고 가장 진실한 감정과 특히 그때 나를 그녀 옆으로 되돌아오게 한 그 감정을. 내 존재 전체 안에서 얼마나 갑작스럽고 전적인 동요가 일어났겠는가! 내 입장이 되어서 그것을 판단해보시라! 내가 그토록 사랑스럽게 품었던 모든 달콤한 생각들이 사라져버리고, 어릴 때부터 그녀의 존재 옆에서만 내 존재를 볼 줄 알았던 나로서는 처음으로 혼자라는 느낌이 들었다. 그 순간은 끔찍했다. 그리고 그 뒤를 잇는 순간들도 여전히 암울했다. 나는 아직도 젊었지만, 젊음에 생기를 불어넣는 그 즐거움과 희망의 달콤한 감정은 영원히 내게서 떠나버렸다. 그때부터 정이 많은 내 존재는 반쯤 죽어버렸다. 이제 내 앞에는 무미건조한 삶의 비참한 찌꺼기밖에는 보이지 않았다. 그리고 때로는 여전히 행복의 환상이 내 욕망을 가볍게 건드릴 때도 있었지만 이 행복은 더 이상 내게 적합한 행복이 아니었다. 나는 설사 그런 행복을 얻는다 해도 진정으로 행복하지는 않을 것이라고 느꼈다.

나는 하도 어리석고 내 신뢰감은 매우 강해서, 새로 온 녀석의 허물없는 말투에도 불구하고 이것을 모든 사람들과 가깝게 지내려하는 엄마의 대범한 기질의 소치로만 여겼다. 그래서 그녀 자신이 내게 말해주지 않았다면 그 진정한 원인을 의심할 생각조차 하지 못했을 것이다. 그러나 엄마는 서둘러 솔직하게 이런 사실을 털어놓았는데, 만약 내가 화낼 줄 아는 성미였다면 그러한 솔직함은 내 격노를 돋울 수 있었을 것이다. 그녀로서는 일을 아주 단순히 생각했다. 그리고 내가 집안일에 무관심하다고 나무라고 내가 자주 자리를 비운다는 핑계를 내세웠다. 마치 그녀가 매우 조급히 그 빈자리를 채우려는 성격의 소유자인 것처럼 말이다. 나는 이렇게 말하면서 고통으로 가슴이 미어지는 듯했다. "아, 엄마. 내게 그런 말씀을 다 하시다니요. 내가 품고 있는 것과 같은 애정에 대한 대가가 겨우 이것이란 말입니까! 내 생명을 몇 번이나 보존해준 것이 겨우 그 목숨을 내게 소중하게 만들었던 모든 것을 내게서 빼앗기 위해서였습니까? 나는 그 때문에 죽겠지만 엄마는 나를 못 잊을 것입니다." 엄마는 나를 미치게 할 정도로 태연한 어조로 대답했다. "너는 한낱 어린애에 불과하구나. 사람은 그런 일들로 죽지 않는단다. 그리고 너는 아무것도 잃을 것이 없단다. 왜냐하면 우리는 그래도 역시 좋은 친구로 남아 있을 것이며 어느 점에서나 마찬가지로 친근히 지낼 거야. 너에 대한 내 다정한 애정은 내가 죽을 때까지는 줄어들지도 다하지도 않을 거야." 한마디로 그녀는 내 모든 권리가 그대로 남아 있고, 그것을 다른 사람과 나눈다고 해서 그 때문에 내 권리를 잃는 것이 아니라는 것을 이해시키려 했다.

그녀를 향한 내 감정의 순수함과 솔직함과 강력함이, 그리고 내 영혼의 진실함과 성실함이 그때보다 더 내게 절실히 느껴진 적은 결코 없었다. 나는 그녀의 발치에 달려들어 눈물을 펑펑 흘리면서 그녀의 무릎을 껴안았다. 그리고 흥분에 싸여 이렇게 말했다. "안 돼요, 엄마. 나는 당신을 욕되게 만들기에는 당신을 너무나 사랑합니다. 당신을 소유하는 것은 너무나 소중해서 그것을 나눌 수는 없습니다. 내가 그것을 얻었을 때 거기에 따르는 후회는 내 사랑이 깊어짐에 따라 커져갔습니다. 아닙니다, 이제 나는 같은 대가로 당신을 계속 소유할 수 없습니다. 당신은 언제나 내 숭배를 받을 것이니, 항상 그에 합당한 대상이 되어주십시오. 내게는 당신을 소유하는 것보다 당신을 찬양하는 것이 훨씬 더 필요합니다. 오, 엄마 바로 당신에게 나는 당신을 맡깁니다. 우리들의 마음을 하나로 결합시키기 위해 내 모든 쾌락을 희생하겠습니다. 사랑하는 사람의 품위를 손상시키는 즐거움을 맛보느니 그 전에 나는 차라리 천 번이라도 죽을 수 있습니다."

(…)

내가 교육시키려는 사람(빈첸리드_옮긴이)은 나를 헛소리만 지껄이는 귀찮은 현학자로밖에 보지 않았다. 반대로 그는 자신이야말로 집안에서 중요한 사람이라고 자화자찬했다. 그리고 그는 집안에서 일을 하면서 소란을 떨었고 그 소란에 따라 자신이 하는 일들을 평가했기 때문에, 내 모든 헌책들보다도 자기 도끼나 곡괭이가 비할 바 없이 훨씬 더 유용하다고 생각했다. 어느 점에서는 그가 틀린 것은 아니다. 그러나 그는 거기서 멈추지 않고 더 나아가 우스워 견딜 수 없을 정도로 거들먹거리는 태도를 취했다. 그는 농부들에게 시골 귀족인 척하더니 곧 내게도 마침내는 엄마에게까지도 그런 척했다. 그에게는 빈첸리드라는 이름이 썩 귀족답지 못하게 보여서 그 이름을 버리고 드 쿠르티유 씨라는 귀족 이름을 썼다. 그리고 그는 샹베리에서부터 그가 결혼한 모리엔 지방에 이르기까지 바로 이 이름으로 알려졌다.

마침내 그 저명인사가 그토록 수작을 부려서 그는 집안에서 모든 것이 되었고 나는 아무것도 아닌 것이 되었다. 내가 불행히도 그의 비위를 거스를 때면 그가 야단치는 사람은 내가 아니라 엄마였기 때문에, 그의 난폭함에 엄마가 시달릴까 두려워 그가 원하는 것이면 무엇이든 따르게 되었다. 그가 더할 나위 없이 자부심을 갖고 수행하는 일은 장작을 패는 일인데, 그때마다 나는 거기서 그가 하는 장한 일을 일없이 구경하고 조용히 찬미하는 사람이 되어야 했다.

(…)

내가 스스로에게 강요했고 그녀가 동의한 척했던 금욕은 비록 여성들이 그것에 대해 겉으로는 어떤 얼굴을 하든지 그녀들이 용서할 수 없는 일들 중의 하나이다. 그로 인해 그녀들이 금욕하는 것보다는 오히려 금욕을 하면서 여자를 소유하는 데 남자들이 무관심한 것을 보는 것이 더 용서할 수 없기 때문이다. 가장 분별 있고 가장 철학적이고 가장 감각에 무관심한 여성을 예로 들자. 게다가 그녀가 가장 관심을 두지 않는 남자라 하더라도 그 남자가 그녀에게 저지를 수 있는 가장 용서할 수 없는 죄는 그녀를 향유할 수 있으면서도 그녀를 갖고 아무것도 하지 않는 것이다. 여기에는 예외가 없는 것이 정말 틀림없다. 왜냐하면 그토록 자연스럽고 강력한 공감도 미덕과 애착과 존경에서 나온 동기밖에는 없는 금욕에 의해서 그녀 안에서 변질되었기 때문이다. 그때부터 나는 언제나 내 마음의 가장 달콤한 즐거움이었던 마음과 마음이 나누는 친밀감을 그녀 안에서 찾지 못하게 되었다. 그녀는 새로 온 녀석에게 불평할 일이 있을 때를 제외하고는 더 이상 내게 자신의 심정을 토로하지 않았다. 그들이 함께 잘 지낼 때는 나는 거의 그녀의 속내를 들을 수 없었다. 요컨대 그녀는 차츰 내가 더 이상 거기에 속하지 않는 생활방식을 취해나갔다. 내가 있는 것이 그녀에게는 아직 즐겁긴 했지만 그것이 그녀에게 더 이상 필요한 것은 아니어서, 내가 그녀를 보지 않고 며칠을 지낸다 하더라도 그녀는 그것을 눈치 채지 못했을 것이다. (405~413쪽)

루소는 주로 레샤르메트에서 거주하면서 자연과 책에서 위안을 얻었다. 또한 이 시기에 본격적으로 작가를 되기를 꿈꾸며 습작으로 희곡이나 시 등을 쓰기도 했다. 루소의 지적 발전이 마침내 틀을 갖추기 시작했던 것이다. 바랑 부인은 루소를 떼어내기 위해 그의 일자리를 알아보던 중 1739년 가을에 리옹의 공공도로 치안유지관인 장 보노 드 마블리 집안의 가정교사 자리를 찾아냈다. 루소는 그 집에서 막 6살이 된 아들과 아직 5살이 안 된 아들을 맡았는데 곧 그가 가정교사로서 적합하지 않다고 판명되었다. 루소는 때로는 이치를 따져 타이르기도 하고 때로 감정에 호소하기도 하고 또 화도 냈지만 세 가지 수단 모두 도리어 역효과를 냈을 뿐이다. 루소는 이후 그때의 교육 방법을 회상하면서 "모든 것을 간파하면서도 아무것도 막지 못하고 어느 것 하나 성공하지 못했다. 그리고 내가 하던 일들이야말로 모두 바로 하지 말았어야 했던 것이다"라고 후회한다. 어쨌든 이때의 경험은 그가 후에 교육론 《에밀》을 집필하는 데 큰 도움이 될 것이다. 아이들의 어머니는 그에게 상류사회의 예의범절을 교육시키려고 시도했지만, 그의 서투름 때문에 별 성공을 거두지 못하고 곧 포기하고 만다. 루소는 이러한 상황에서 좌절감과 외로움을 느꼈고, 이를 달래기 위해 주인의 포도주를 몰래 훔쳐 마시는 버릇이 생겼는데 이런 좀도둑질이 들켜 곤란한 상황을 맞기도 했다. 리옹에서 지낸 지 1년이 지난 1741년 여름이 시작될 무렵 루소는 리옹을 떠나 샹베리로 다시 돌아갔는데, 바랑 부인의 경제적 형편은 그가 리옹으로 가기 전보다 더욱 악화된 상태였다. 마침내 그는 바랑 부인과 결정적으로 헤어질 때가 왔음을 알았다. 그는 다른 많은 시골뜨기들이 그렇듯이 새로운 악보 표기법을 밑천으로 삼아 청운의 꿈을 안고 1742년 여름, 세계의 수도 파리를 향해 떠난다.

4장

더 넓은 세상 밖으로

2부 서문

루소는 《고백록》 1부의 집필을 끝낸 후 계속 강박관념에 시달렸고 1768년 6월 트리를 떠나면서 여섯 권의 원고를 고메르퐁텐 수녀원장에게 맡기고 나머지는 뒤 페루에게 맡겼다. 이후 그는 리옹, 라 그랑드 샤르트뢰즈, 그르노블, 샹베리를 거쳐 8월 13일 도피네 지방의 부르구앵에 도착했고, 거기서 8월 30일 테레즈와 정식으로 결혼했다. 그리고 1769년 1월 말 부르구앵 근처의 몽캥에 있는 외딴 농가에 정착하여 가을부터 《고백록》 7권을 쓰기 시작했다.

"두 해 동안 침묵을 지키고 참았으나 결심을 뒤집고 다시 펜을 잡는다."

그는 2부를 쓸 당시 심한 정신적 압박을 받고 있었던 것처럼 보인다. 이런 상황에서도 12권을 제외한 2부의 집필은 불과 4개월 만에 이루어졌다. 루소의 불안은 1769년 11월 8일 밤 극도로 악화되었다. 그는 갖고 있던 서류들을 자세히 살펴보던 중 놀랄 만한 공백이 있다는 것을 알아챘다. 몽모랑시에서 살았던 1756년부터 1757년에 걸쳐 6개월 동안 썼던 편지들 중 남아 있는 것이 한 통도 없었던 것이다. 사실은 자신이 편지들을 잘못 정리한 것이었고 그 편지들은 나중에 발견되지만, 당시 루소는 음모에 대한 진실을 간파했다고 생각했다. 그는 그림과 디드로가 자신을 박해하다 못해 왕의 생명을 노린 암살자인 다미앵과 자신을 엮으려는 계획을 세웠다고 추측했다. 왜냐하면 도난당한 편지들의 날짜가 다미앵의 암살기도가 있던 시기와 겹쳐 있기 때문이다. 그는 그 시기에 쓰인 편지들이 도난당한 것은 그를 암살기도에 연루시킬 문서들과 바꿔치기 위해서일지도 모르며 이 문서들은 자신을 파멸시킬 기회가 무르익으면 대중들에게 공개될 것이라고 추측했다. 이러한 피해망상은 소설처럼 가공되어 그의 주변으로 투사되었다. 1770년 4월 10일 루소는 몽캥을 떠나 적들이 있는 파리로 올라갈 결심을 했고, 그는 파리에서 12권을 완성한다.

루소는 2부 서문을 통해 정확한 전기적 사실보다는 내면의 감정이 더욱 중요하다고 말한다. 인간의 삶에서 일어나는 모든 외부적인 사건들은 각각 독립된 사건들로 존재하는 것이 아니다. 왜냐하면 인간들은 그 사건들에 대해 순간순간 개별적인 반응을 보이는 것이 아니라 이전의 사건들로 인해 생겨난 감정이나 생각을 통해 이후의 사건들에 반응하면서 그것들을 지속적인 체험으로 변형시키기 때문이다. 만약 지속적인 체험이 없다면 삶의 시간들은 순간으로 해체되어 자신의 삶에 대해 말한다는 것은 불가능하게 될 것이다. 루소는 지금 '사건의 연쇄'를 기억할 수 없더라도 자신에게는 '감정의 연쇄'가 남아 있어 이를 중심으로 잊어버린 과거의 사실들이 갖는 의미를 재구성할 수 있다고 믿는다. 감정은 결코 파괴할 수 없고 결코 오류가 있을 수 없는 기억의 핵심으로 '영혼의 역사'를 이룬다. 그런데 어떤 경우 현재의 사건으로 예전 감정이 강렬하게 솟아올라 현재의 감정이 될 수 있는 것처럼 또 어떤 경우에는 강렬한 현재의 감정으로 인해 현재 순간을 기점으로 과거의 기억이 생성될 수 있다. 한 개인의 내면에서 과거와 현재는 선후의 인과관계로 맺어진 것이 아니라 서로 스며들면서 끊임없이 자아를 생성해나간다. 루소가 자신에 대해 말하는 것은 자신에 대한 이야기를 재구성하는 것이 아니라 글로 쓰면서 그 이야기를 다시 살아내는 것, 즉 자아를 창조하는 것이다. 루소 이후 현대 문학은 자아는 독립된 실체가 아니라 자아에 대한 탐구 자체라는 견해를 받아들이게 될 것이다.

두 해 동안[1] 침묵을 지키고 참았으나 결심을 뒤집고 다시 펜을 잡는다. 독자들이여, 내가 그렇게밖에 할 수 없는 이유에 대해 판단을 내리는 일은 유보하시라. 여러분들은 내가 쓴 글을 읽은 후에야 그것에 대해 판단할 수 있다.

여러분들은 내 평화로운 젊음이 평탄하고 꽤 유쾌한 생활 가운데서 그렇게 큰 시련도 큰 행운도 없이 흘러가는 것을 보았다. 이렇게 평범한 삶은 대부분 내 성격 탓이다. 내 성격은 격렬하지만 나약하고, 무슨 일을 성급하게 벌이다가도 그보다 더욱 쉽사리 맥이 빠지고, 충격을 받으면 휴식 상태에서 빠져나오지만 싫증이 나기도 하고 취향에 따라 다시 휴식 상태로 되돌아간다. 이러한 성격으로 인해 나는 대단한 미덕은 말할 것도 없고 대단한 악덕에는 더더욱 거리가 멀어서 항상 한가하고 조용한 삶 — 나는 이런 생활을 위해 태어난 것처럼 느껴졌다 — 으로 되돌아갔으며, 결코 선이든 악이든 간에 무슨 큰일을 할 수 없었다.

그런데 곧 너무나 다른 장면을 전개해야 할 것이다! 30년 동안 내 천성에 순순히 따라주었던 운명이 다음 30년 동안에는 내 천성에 거역하였다. 그리고 여러분들은 내가 처한 상황

---

1 1767년 11월부터 1769년 11월까지의 기간을 가리킨다.

과 내 기질 사이의 지속적인 대립으로부터 엄청난 과오들과 전대미문의 재난들 그리고 역경을 영예롭게 만들 수 있는 모든 미덕들—여기에는 강인함의 미덕이 제외되어 있지만—이 생겨나는 것을 보게 될 것이다.

내 고백록의 1부는 전부 기억만을 갖고 썼기 때문에 많은 착오를 범했을 것이 틀림없다. 2부 역시 기억으로 쓸 수밖에 없어서 아마 훨씬 더 많은 착오를 범하게 될 것이다. 천진무구하고 평온하게 지냈던 내 청춘시절의 감미로운 추억들은 무수히 즐거운 인상들을 남겨주었고, 나는 지금도 끊임없이 이 인상들을 즐겨 회상한다. 여러분들은 그 이후에 남은 삶의 추억들이 얼마나 다른가를 곧 보게 될 것이다. 그 추억들을 떠올리는 것은 그 쓰라림을 되살리는 것이다. 이러한 고통스러운 회고로 내가 처한 상황의 쓰라림을 더 자극하기는커녕, 나는 될 수 있는 대로 그것을 멀리하고 종종 그렇게 하는 데 성공해서 필요한 경우에도 더 이상 그것이 다시 생각나지 않을 정도이다. 이렇게 쉽게 불행을 잊는 것은 언젠가 운명적으로 내게 잔뜩 몰려오기로 되어 있던 불행들 속에서 하늘이 내게 마련해주신 하나의 위안이다. 내 기억은 오직 즐거운 대상들만을 회상하기 때문에 잔혹한 미래만을 예견하는 내 겁에 질린 상상력에 다행스럽게도 균형을 잡아준다.

이 작업에서 내 기억을 보충하고 내 길잡이가 되도록 모아

두었던 서류들이 모두 남의 손으로 넘어갔고, 다시는 내 수중으로 돌아오지 않을 것이다. 그러나 내게는 꼭 하나 믿을 수 있는 충실한 길잡이가 있다. 그것은 내 존재의 연속성을 나타냈던, 그리고 감정들을 통해 그 원인이자 결과였던 사건들의 연속성을 나타냈던 감정들의 연쇄이다. 나는 내 불행은 쉽게 잊어도 내 잘못은 잊을 수 없다. 더욱이 내 선량한 감정은 잊지 않는다. 그것에 대한 기억은 너무나 소중해서 내 마음에서 절대 지워지지 않는다. 나는 사실들을 빠뜨리거나 날짜의 순서를 바꾸거나 날짜에 착오를 범할 수 있다. 그렇지만 나는 내가 느꼈던 것이나 내 감정에 따라 했던 것에 대해서는 착각할 수 없다. 바로 이것이야말로 특히 중요한 것이다. 내 고백록의 본래 목적은 내 삶의 모든 상황들에서 나의 내면을 정확히 알리는 것이다. 내가 약속했던 것은 영혼의 역사이고, 그것을 충실하게 쓰기 위해서 내게는 다른 기록들이 필요하지 않다. 지금껏 했던 것처럼 내 내면으로 다시 들어가는 것으로 충분하다.

(…)

어쨌든 2부가 1부와 갖는 공통점이라고는 바로 이러한 진실뿐이다. 2부는 사실들의 중요성에 비추어서는 1부보다 낫지만, 이것을 제외하고는 모든 점에서 1부에 뒤질 수밖에 없다. 나는 우튼이나 트리 성[2]에서 즐겁고 만족스럽게 그리고 편안하게 1부를 썼다. 또 내가 돌이켜보아야 했던 모든 추억들은 죄다 새로운 향락이었다. 나는 계속 새로운 기쁨을 맛보면서 추억들로 되돌아갔으며, 그리고 내가 만족할 때까지 내가 한 묘사들을 거리낌 없이 수정할 수 있었다. 오늘날은 내 기억이나 머리가 흐려져서 어떤 일이든 거의 불가능하게 되었다. 나는 마지못해 그리고 비통한 심정으로 겨우 이 일을 하고 있다. 이 일은 오직 불행과 배반과 배신을, 그리고 슬프고 애절한 추억만을 내게 보여준다. 내가 말해야만 할 것들을 시간의 어둠 속에 묻을 수만 있다면 나는 무슨 일이 있더라도 그렇게 하고 싶다. 마지못해 말을 해야 하면서도, 게다가 속마음을 감추고 술수나 속임수를 쓰고 내 천성에 가장 맞지 않는 일들로 내 자신을 욕보이는 처지에 놓여 있다. 내 머리 위 천장에는 눈이 달려 있고 나를 에워싼 벽에는 귀가 달려 있다. 경계를 게을리 않는 악의에 찬 염탐꾼들이나 감시자들에 둘러싸여 불안하고 정신이 없는 나는 두서없는 몇 마디를 허겁지겁 종이 위에 적어놓는데, 그것을 교정볼 시간은커녕 다시 읽어볼 틈도 거의 없다. 나는 사람들이 부단히 내 주위에 거대한 장벽을 쌓아 올리면서도 어떤 틈새로 진실이 새어 나갈까봐 늘 걱정하고 있다는 것을 알고 있다. 이 진실이 드러나도록 하기 위해서 나는 어떻게 해야 하는가? 성공의 희망은 거의 없지만 나는 그것을

---

2 콩디 대공의 사유지로 루소는 1767년 6월 이곳에 정착했다.

시도하려고 한다. 이런 데서 유쾌한 그림을 그리고 이 그림에 매우 매력적인 색채를 칠할 이유가 있는지 그 여부는 독자들이 판단하시라. 그러므로 나는 이 글을 읽기 시작하려는 사람들에게 일러둔다. 만약 한 인간을 끝까지 알고 싶은 열망과 정의와 진실에 대한 진실한 사랑이 없다면, 이 글을 계속 읽어가면서 따분함을 느끼지 않을 수 없음을 말이다. (《고백록 · 2》, 9~13쪽[3])

바랑 부인을 떠난 후 루소는 리옹에서 친구들을 만나기 위해 잠시 머물다가 파리로 향했다. 루소는 음표 대신 숫자를 사용한 새로운 악보 표기법을 과학 아카데미에서 발표했지만 그것은 채택되지 못했다. 그의 문학적 야망은 시작부터 좌절을 겪었던 것이다. 그러나 이러한 시련에도 불구하고 퐁트넬과 마리보 등 영향력 있는 인사들과 친분을 맺게 되었으며 특히 문필가로 첫발을 내딛은 같은 또래의 디드로를 사귀는 기회를 얻을 수 있었던 것은 당시 실의에 차 있던 그에게 큰 위안이 되었다. 빈둥거리는 생활로 인해 주머니의 돈이 떨어지자 그는 한 지인의 제안에 따라 사교계를 통해 출세에 접근할 방법을 찾을 생각을 하게 된다.

---

3 이하 모두 같은 책의 쪽수를 표시한다.

사교계에 첫발을 딛다

루소는 어색한 수줍음으로 인해 파리의 상류 사교계에서 성공하지 못할 것이라는 사실을 절감하며 또한 위선적이고 공허한 말로 가득 찬 그곳을 혐오했다. 무엇보다도 그에게 충격을 준 것은 온통 만연한 위선이었다. 예를 들면 《신엘로이즈》의 주인공 생프뢰는 파리의 사교계에 대해 언급하면서 "방문객은 반드시 문 앞에서 외투와 함께 자기 영혼을 맡겨야 한다"고 불평할 정도이다. 사실 체질적으로 가장 사교계에 맞는 볼테르마저도 파리의 저녁식사에 대해 "처음에는 침묵, 그 다음에는 무슨 말인지 구분할 수 없는 말들의 소음, 그런 다음에는 조롱인데, 그 대부분은 재미없고 잘못 알려진 소식이거나 잘못된 추측이고, 정치 이야기가 조금 들어 있고 악의적인 가십이 엄청나게 많다"라고 신랄한 비난을 가한다.

이러한 사교계의 화법은 루소의 말하는 방식과 충돌하고, 그는 말을 더듬을 정도로 점점 더 말하는 데 곤란을 느끼게 된다. 그가 볼 때 살롱에서의 재치는 몹시도 공허한 것이었다. 그는 기대 반 걱정 반으로 자신의 차례가 오기를 불안스럽게 기다린다. 그러나 그는 막상 자기 차례가 되면 침묵을 지킨다. 어쩌다 대답을 할 때면 그것은 초점에서 빗나가기 일쑤이다. 그는 아직 자신에게도 명료하게 떠오르지 않는 애매한 생각들을 어설프게 중얼거린다. 더욱 불행하게도 사교계의 규칙을 잘 알지 못하고 그것에 적응하지 못하는 그는 규칙을 위반함으로써 경멸의 대상이 된다. 사교계가 교묘하게 감추고 있는 언어적 차별로 인해 그의 언어는 내면의 가치를 드러내는 수단이 되지 못하고 단지 그것을 왜곡된 형태로 드러낼 뿐이다. 그러나 그가 사교계에서 침묵으로 일관한다면 그는 '아무것도 아닌 존재'가 될 것이다. 자신의 진정한 가치를 드러내기 위해 그는 글을 이용한다. 즉각적인 말의 좌절과 미리 준비된 간접적인 말, 즉 글의 승리는 사교계의 여성을 처음 만나는 장면에서 극적으로 대비된다.

나는 이렇게 태평스럽게 돈이 다 떨어지기를 기다리고 있었다. 카페에 가면서 가끔 만났던 카스텔 신부가 나를 이런 나태한 상태에서 꺼내주지 않았더라면, 마찬가지로 태연히 마지막 한 푼까지 다 써버렸을 것이라고 생각한다. 카스텔 신부는 괴짜이기는 해도, 호인으로 내가 아무것도 하지 않고 이렇게 돈만 쓰는 것을 안타깝게 여기고 있었다. 그는 나에게 이렇게 말했다.

"음악가나 학자들이 당신 장단에 춤을 추지 않으니 길을 바꾸어 여자들을 만나보면 어떻겠소. 당신은 어쩌면 그 방면에서 더 잘 성공할 것 같소. 브장발 부인에게 당신 이야기를 해두었으니, 내 이름을 대고 그녀를 만나러 가시오. 그녀는 자기 아들과 남편의 한 고향사람이라면 기꺼이 만나줄 착한 부인이오. 그 댁에 가면 그 부인의 따님인 브로이유 부인을 보게 될 텐데, 그녀는 재원입니다. 또 한 사람, 뒤팽 부인에게도 당신 말을 해두었으니 그 부인에게 당신의 저술을 가지고 가 보시오. 당신을 보고 싶어 하니까 반겨 맞아줄 것이오. 파리에서는 여성들을 통하지 않고서는 아무것도 할 수가 없다오. 여성들은 곡선이고 현명한 남자들은 그 점근선이라서, 그들은 그 곡선에 끊임없이 접근해가지만 절대로 거기에 닿지는 않는 법이오."

하루하루 이 끔찍한 고역을 미루던 끝에 나는 드디어 용기를 내서 브장발 부인을 만나러 갔다. 그녀는 나를 친절히 맞아주었다. 브로이유 부인이 그 방에 들어오자, 브장발 부인은 그녀에게 말했다. "얘야, 바로 이분이 카스텔 신부가 우리에게 말씀하시던 루소 씨란다." 브로이유 부인은 내 작품을 칭찬하고 나를 자기 클라브생이 있는 곳으로 데려가서 내 작품에 관심을 두고 있었다는 것을 보여주었다. 그 집의 괘종시계를 보니 거의 1시가 다 되었기에 가려고 했다. 그러자 브장발 부인이 말했다. "사시는 동네가 머니 여기 계시다가 점심을 하시지요." 나는 마다하지 않았다.

잠시 후 나는 어떤 말에서 그녀가 초대한 점심이 종들이나 먹는 부엌에 딸린 찬방에서의 식사라는 것을 알게 되었다. 브장발 부인은 매우 착한 여자였지만, 소견이 좁고 자신이 폴란드의 저명한 귀족 출신이라는 생각에 너무 도취되어 있어서 재사에게 응당 표해야 하는 경의에 대해서는 별 개념이 없었다. 그녀는 이번 경우조차도 내 옷차림보다는 태도로써 나를 판단했는데, 내 옷차림은 아주 간소하기는 했지만 대단히 단정해서 어느 모로 보나 찬방에서 식사를 할 사람으로 보이지는 않았다. 나는 찬방에서 대접받는 방식을 잊어버린 지 너무 오래되어서 그것을 다시 배울 의향은 없었다. 매우 분했지만 내색도 하지 않고 약간 볼 일이 있는 것이 기억이 나서 우리 동네로 돌아가 보아야겠다고 브장발 부인에게 말했다. 브로이유 부인은 자기 어머니 옆으로 다가가서 몇 마디 귓속말을 했는데 그것이 효과가 났다. 브장발 부인은 일어나서 나를 붙들며 말했다. "우리와 함께 점심식사를 들어주시면 영광일 것이라 생각합니다."

오만을 부리는 것은 바보짓일 것이라는 생각이 들어 나는 주저앉았다. 게다가 브로이유 부인의 호의에 감동하여 그녀에게 관심이 끌리게 되었다. 나는 그녀와 같이 점심을 들어 대단히 만족했고 그녀가 나를 더 잘 알게 될 때 내게 이러한 영광을 안겨주었던 것을 후회하지 않기를 바랐다. 이 집의 귀한 친구인 파리고등법원장 라무아뇽 원장도 이 집에서 점심을 들었다. 그는 브로이유 부인과 마찬가지로 그 못된 파리의 은어들을 썼는데, 그것은 온통 별 의미 없는 말들과 대수롭지 않은 섬세한 암시들로 이루어진 것이다. 이런 자리에서 불쌍한 장자크는 빛을 낼 기회가 없었다. 나는 재치도 없으면서 말재주를 부리며 남의 환심을 사려들 정도로 철이 없지 않아서 입을 다물었다. 언제나 이렇게 현명했더라면 얼마나 행복했을까! 그랬으면 오늘날 이렇게 깊은 구렁텅이에 빠져 있지 않을 것을.

나는 내가 예의범절에 서툴러서 브로이유 부인이 나를 위해 베풀었던 호의가 정당했음을 그 부인이 보는 앞에서 증명할 수 없다는 것에 몹시 가슴 아팠다. 식사를 마친 후 문득 평소 내가 애용하는 수단에 생각이 미쳤다. 내 호주머니에는 리옹에 머물 때 파리조에게 써 보낸 서한시 한 편이 들어있었다. 이 소품에는 정열이 모자라지 않은데다가 정열적인 방식으로 그것을 낭독하여 나는 세 사람 모두 눈물을 흘리게 만들었다. 허영인지 사실인지 모르지만 내 짐작으로는 브로이유 부인의 시선이 자기 어머니에게 이렇게 말하는 것처럼 보였다. "그렇죠! 어머니. 이분은 하녀들보다는 우리와 함께 식사하는 편이 어울린다는 제 말씀이 틀렸나요?" 그때까지는 마음이 약간 서글펐는데, 이렇게 복수를 하고 난 후에는 속이 후련했다. (29~32쪽)

이러한 승리는 구봉 백작의 만찬에서의 승리를 재현한다. 그는 자신의 가치를 다시 한 번 공개적으로 인정받은 것이다. 이후 루소는 징세청부인의 아내 뒤팽 부인의 사교계에 들어가는 데 성공했으며, 뒤팽 부인의 의붓아들인 프랑쾨유와 지속적인 우정을 쌓고 뒤팽 가 자제의 가정교사 자리를 맡기도 했다. 루소는 파리에 온 지 1년 만인 1743년 여름에 브로이유 부인의 추천으로 베네치아 주재 프랑스 대사 몽테귀 백작의 비서로 들어가게 된다.

베네치아 주재 프랑스 대사관에서

루소는 몽테귀 백작의 비서 자리를 "소년 시절 구봉 백작이 나에게 예정했던 지위"라고 생각할 정도로 만족스럽게 받아들였다. 그는 베네치아에서 서기관의 직위를 이용하여 여태껏 발휘하지 못했던 남성으로서의 당당한 가치를 구현하면서 주변 모두의 존경을 얻는다. 여태까지 남들의 보살핌을 받고 살던 그가 처음으로 다른 사람들을 보호하는 입장에 서게 된 것이다. 그는 당시의 자부심에 대해 이렇게 말한다.

"나는 이 같은 일을 언제나 정직함과 열의와 용기를 갖고 수행하였는데, 이러한 마음가짐은 내가 끝에 가서 그로부터 받았던 보상과는 다른 보상을 받을 만했다. 내게 좋은 성격을 부여했던 하늘과 가장 훌륭한 여성에게서 받은 교육과 또 나 스스로에게 부여했던 교육 덕분에 나는 이런 사람으로 만들어지게 되었다. 지금이야말로 내가 한번 이런 사람이 될 때였고 또 이런 사람이 되었다."

공문서를 제대로 읽고 쓰지도 못하는 백작의 무지와 무능에 루소의 지식과 효율적인 업무 수행이 대조를 이룬다. 루소는 이러한 비교를 통해 능력이 아닌 출생에 따라 신분을 정하는 구체제의 비효율성을 부각시킨다. 자신의 가치가 백작의 존경을 받기에 충분하다고 생각하는 루소는 자신을 하인으로만 대하는 몽테귀 백작의 거만한 태도로 인해 자존심에 깊은 상처를 받는다. 루소는 젊은 시절 특권을 당연하게 생각하는 오만한 사람들 때문에 쓰라린 경험을 했는데, 그것은 아버지가 제네바의 유력자와 싸워 추방되었던 일이나 토리노의 구봉 가와 리옹의 마블리 가가 보이는 온정적 간섭 같은 것이었다. 루소는 파리에서 재능은 없지만 그의 미래를 좌지우지할 힘이 있는 부자들이나 귀족들이 자신을 건방진 하층민으로 취급한다는 사실을 절감하지 않을 수 없었다. 그런데 능력이라고는 조금도 없는 몽테귀가 신분과 지위만을 믿고 루소의 희망에 찬물을 끼얹고 있었던 것이다. 마침내 유능하고 무사무욕한 루소는 무능하고 탐욕스러운 백작과 충돌하고 이로 인해 파면당하기에 이른다. 이러한 베네치아에서의 불행한 체험으로 인해 그의 영혼에는 "진정한 공동선과 진정한 정의가 실상은 모든 질서를 파괴하는 어떤 표면적인 질서에 늘 희생되고 있는, 그래서 오로지 약자의 억압과 강자의 부정행위를 단지 공적인 권위를 갖고 추가적으로 승인하는 데 지나지 않는 우리의 이 불합리한 사회제도에 대한 의문의 싹"이 튼다.

물론 이것은 루소에게만 해당되는 경험이 아니었다. 개인의 능력에 따라 사회적 인정을 받고 싶어 하는 부르주아 계급과 사회의 발전 과정에서 생겨나는 요구에 부응하지 못하고 혈통에 따른 신분체계만을 고집하는 귀족 계급의 갈등은 18세기 프랑스가 직면한 가장 심각한 문제였으며, 대부분의 지식인들은 루소가 도달한 결론을 향해 나아가고 있었다. 그러나 루소가 제기하는 사회적 문제는 그의 깊은 내적 불안감이 반영되면서 독특한 과격함을 갖게 될 것이다. 그는 베네치아에서 정치의 원리에 대해 깊은 관심을 갖게 되었고, "모든 것이 근본적으로 정치에 달려 있다는 사실과, 사람들이 어떻게 하든 어떤 국민도 그 정부의 본질이 그 국민을 만드는 바 이외의 것이 결코 될 수 없으리라는 사실을 알았다"라고 말한다. 이러한 인식으로부터 이후 《정치제도론》이 구상되었고 그 구상의 일부가 《사회계약론》으로 결실을 이루게 될 것이다.

궁정과 다른 대사들에게서 공문서들이 산더미같이 쌓여 있는 것을 보았는데, 대사는 판독에 필요한 암호들을 모두 갖고 있으면서도 공문서들 중 암호로 쓰인 것은 읽지 못했다. 나는 한 번도 관청에서 일을 해본 적도 없었고 내 생전에 외교관의 암호를 본 일이 없었으므로 처음에는 쩔쩔맬까봐 걱정했다. 그러나 이보다 더 간단한 것이 없다는 것을 알고 일주일도 채 못 되어 전부 해독했다. 그런데 그것은 정녕 해독하느라 수고할 가치조차 없었다. 왜냐하면 베네치아의 대사관은 항상 꽤 한가한데다가, 사람들이 대사 같은 사람에게는 가장 사소한 협상조차 맡기려 하지 않았기 때문이다. 대사는 받아쓰게 할 줄도 몰랐고 읽을 수 있도록 쓸 줄도 몰라서 내가 도착할 때까지 여간 곤란을 겪지 않았다. 나는 그에게 대단히 쓸모가 있었고, 그도 그렇게 느끼고 나를 잘 대해주었다.

그런데 거기에는 또 다른 이유가 있었다. 그의 전임자 프룰레 씨는 머리가 돌았는데 그가 부임한 이래 르블롱이라는 프랑스 영사가 대사관 사무를 맡고 있었다. 그는 몽테귀 씨가 도착한 후에도 몽테귀 씨가 그에게 사정을 듣고 알 때까지 계속해서 사무를 처리했다. 몽테귀 씨는 자기 자신이 그 일을 감당할 수 없었음에도 불구하고 다른 사람이 자기 일을 맡아서 하는 것을 시기하여 영사를 아주 미워했다. 그래서 내가 도착하자마자 대사관의 서기관 직무를 그에게서 빼앗아 내게 주었다. 이 직무는 직함에서 분리될 수가 없었으므로 그는 나더러 그 직함을 맡으라고 했다. 내가 그의 곁에 있는 동안 그는 그 직함으로 나만 상원이나 상원에서 뽑은 협상 상대에게 보냈다. 사실상 그가 대사관의 서기관으로 영사나 궁정에서 임명된 관리보다도 자기 사람을 두기를 더 원했다는 것은 매우 당연한 일이었다.

(…)

대사 각하는 뻔뻔스럽게도 증서 발급 사무라고 불리는 서기관의 권한에 대해서까지 자기 몫을 요구하였다. 당시는 전쟁 중이었지만 그래도 여권을 많이 발급하고 있었다. 이러한 여권들 하나마다 그것을 교부하고 그것에 부서한 서기관에게 베네치아 돈으로 1스캥씩 지불되었다. 내 전임자들은 모두 프랑스 사람이건 외국인이건 구별 없이 이 액수를 지불하게 했다. 나는 이런 관례가 부당하다고 생각해서, 내가 프랑스 사람은 아니지만 프랑스 사람에 대해서는 그것을 폐지했다. 그렇지만 다른 외국 사람들에게는 매우 엄격하게 내가 받을 수수료를 요구해서, 스페인 여왕이 총애하는 신하의 형제인 스코티 후작이 그 수수료를 내게 보내지 않고 사람을 시켜 여권을 부탁하였기에 나는 그에게 그 돈을 요구하도록 시켰다. 이러한 단호함을 복수심이 강한 이탈리아 사람이 잊을 리가 없었다. 내가 여권 수수료에 대해 취했던 개정이 사람들에게 알려지자마자 이제 여권을 내려 오는 것은 자칭 프랑스 사람들밖엔 없었다. 이들은 떼를 지어 밀려들어 알아듣기 힘든 고약한 말로 제각기 자기가 프로방스 사람이니, 피카르디 사람이니, 부르고뉴 사람이니 떠들었다. 그러나 내 귀는 상당히 예민해서 그 말에 별로 속지는 않았다. 그래서 단 한 사람의 이탈리아인도 내게서 수수료를 가로채거나 단 한 사람의 프랑스인도 수수료를 낸 일이 없었다고 믿는다. 어리석게도 나는 모든 일을 까맣게 모르고 있던 몽테귀 씨에게 내가 한 일을 말했다. 이 수수료란 말에 그는 귀가 솔깃해져, 프랑스 사람들의 수수료 폐지에 대해서는 자기 의견을 말하지 않고, 외국인들로부터 들어오는 이익에 대해 내가 자신과 채무관계에 있다고 주장하면서 내게 수익의 절반을 주겠다고 약속했다. 나는 나 자신의 이익 때문에 속이 상해서라기보다 그의 비열함에 분개해서 그의 제의를 딱 잘라 거절했다. 그는 고집을 부렸고, 나는 흥분했다. 나는 그에게 격한 어조로 말했다. "안 됩니다, 나리. 각하는 각하의 권한을 지키시고, 저는 제 권한을 지키게 해주십시오. 수수료 중 한 푼도 각하에게 양보할 수는 없습니다."

그는 이런 방법으로는 아무것도 얻지 못한다는 것을 알고 다른 방법을 강구했다. 그리고는 뻔뻔스럽게도 내가 그의 증서 발급에서 나오는 이익을 가져가니 그 비용도 내가 부담하는 것이 당연하다고 말했다. 나는 이런 문제로 시비를 걸고 싶지 않아서 그 후로는 잉크, 종이, 봉랍, 양초, 가는 리본으로부터 내가 다시 만들게 한 도장에 이르기까지 전부 내 돈으로 충당했는데, 그는 단 한 푼도 내게 갚지 않았다. 그렇지만 나는 그 선량한 젊은이인 비니 신부에게는 여권에서 생기는 수입을 약소하게나마 나누어줄 수 있었는데, 그는 이와 같은 것을 전혀 자신의 권리로 주장하지 않았다. 그도 내게 호의를 보이고 있었으므로 나도 그만큼 그에 대해 예의를 갖추었다. 그래서 우리는 항상 사이좋게 지냈다.

(…)

이 고집 세고 어리석은 딱한 사람은 내게 줄곧 터무니없는 것들을 쓰고 행하게 시켰는데, 그가 그것을 원하는 이상 나는 부득이 그 앞잡이가 되는 수밖에 없었다. 그러나 이 때문에 가끔 내가 하는 일이 참을 수 없게 되었고 심지어는 그 일을 거의 실행할 수조차 없게 되었다. 예를 들면, 그는 왕과 대신에게 발송하는 공문서의 대부분은 꼭 암호문으로 작성되기를 원했다. 그 어느 것이나 이렇게 주의를 필요로 하는 내용이 전혀 담겨져 있지 않은데도 말이다. 그래서 나는 궁정에서 보내는 문서들이 도착하는 금요일과 우리 쪽 문서들이 나가는 토요일 사이에 그토록 많은 암호를 써서 내가 맡고 있는 그토록 많은 편지를 작성하여 같은 전령 편에 보내기에는 충분한 시간이 없다는 사실을 그에게 지적했다. 그랬더니 그는 그에 대한 기막힌 방안을 찾았는데, 그것은 미리 목요일부터 그 다음날 도착할 예정인 문서들의 회답을 쓰라는 것이었다. 이러한 생각이 그에게는 심지어 묘안으로까지 보였는지, 내가 그 실행의 불가능함과 불합리함에 대해 설명할 수 있었음에도 불구하고 그것을 어쩔 수 없이 받아들여야만 했다. 그래서 내가 그의 밑에 있는 동안은 줄곧 그가 일주일 동안 지나가는 길에 내게 지껄인 몇 마디 말과 내가 여기저기 다니며 주워 모은 진부한 몇몇 정보들을 적어 두었다가, 이 자료만을 갖고 목요일 아침이 되면 토요일에 발송할 문서의 초안을 어김없이 그에게 제출했다. 그런데 우리가 보내는 문서는 금요일에 오기로 되어 있는 문서들의 답장이기 때문에, 나는 금요일에 온 문서에 따라 부리나케 그 초안에 첨부할 것이 있으면 첨부하고 삭제할 것이 있으면 삭제했다.

그에게는 또 한 가지 매우 웃기는 버릇이 있었는데, 그 때문에 그의 통신은 상상조차 하기 어려운 웃음거리가 되어버렸다. 그 버릇이란 각각의 소식을 정상적으로 전달하는 대신에 그 소식을 그것이 온 곳으로 되돌려 보내는 것이다. 궁정에서 온 소식은 아믈로 씨에게, 파리에서 온 것은 모르파 씨에게, 스웨덴에서 온 것은 다브랭쿠르 씨에게, 페테르부르크에서 온 것은 라 슈타르드 씨에게 제출했다. 또 때로는 받은 소식을 내가 약간 다른 표현으로 포장한 다음 그것을 발송인 각자에게 보내기도 했다. 그에게 결재를 맡으려고 내가 가져가는 모든 문서들 중 그는 궁정에 보내는 문서만을 대충 살펴보았고, 다른 대사들에게 보내는 것은 읽지도 않고 서명을 했으므로, 대사들에게 보내는 것은 약간 더 자유롭게 내 식으로 바꿀 수 있었다.

(…)

나는 그의 멸시와 학대와 푸대접이 언짢은 기분 때문이지 증오감 때문은 아니라고 생각하는 동안은 그것들을 꾹 참았다. 그러나 훌륭한 근무로 인해 내가 받을 자격이 있는 명예를 내게서 빼앗으려는 계획이 꾸며지고 있다는 것을 알자마자 나는 참지 않으리라 결심했다. 그가 내게 최초로 자신의 악의를 표시한 것은 어떤 오찬이 계기가 되었다. 그는 당시 베네치아에 있었던 모데나 공작과 그 가족을 위해 오찬을 열기로 되어 있었는데, 내게 그 오찬에서 자기 식탁에 내 자리는 없을 것이라고 통고했다. 나는 감정이 상했지만 화는 내지 않고, 내가 늘 대사의 식탁에서 점심식사를 드는 영광을 누리고 있는 마당에 만약 모데나 공작이 와서 내가 거기서 빠지기를 요구한다면 그것에 동의하지 않는 것이 각하의 위엄과 내 의무에 속하는 일이라고 대답하였다. 그는 격분한 상태에서 말했다. "뭐라고! 귀족 출신인 시종들도 거기서 식사를 하지 않는데 심지어 시종도 아닌 비서가 군주와 함께 식사를 하겠다는 것인가?" 나는 그에게 대답했다. "그렇습니다. 각하께서 영광스럽게도 저에게 주신 직위는 저의 격을 매우 높여주어서 제가 그 직위를 수행하는 한 저는 각하의 시종, 아니 시종이라고 불리는 사람들보다 심지어 높은 자리에 있으며, 그들이 들어갈 수 없는 곳에 들어가는 것이 허락됩니다. 각하는 앞으로 당신께서 공석에 나가실 때 예의상으로 보나 오랜 관례로 보나 제가 예복을 입고 거기서 당신을 수행하고 산 마르코 궁전에서 영광스럽게도 당신과 함께 식사를 하는 임무를 부여받고 있다는 사실을 모르지 않으십니다. 그런데 저는 베네치아의 총독이나 상원들과 공석에서 식사를 할 수 있으며 또 그렇게 해야만 하는 사람이 어째서 모데나 공작과는 사석에서 식사를 할 수 없을는지 모르겠습니다."

이런 논거에는 반박의 여지가 없었지만, 대사는 조금도 굽히지 않았다. 그러나 우리는 이러한 말다툼을 되풀이할 기회를 갖지 못했다. 모데나 공작이 대사관에 점심을 들러 오지 않았기 때문이다.

(…)

그는 나를 모욕하고 자기가 좋아하는 사람의 비위를 맞추려고 했으나, 나를 해고할 마음은 없었다. 그는 이제 내 후임을 찾기가 폴로 씨의 후임을 찾아냈을 때만큼 쉽지 않으리라는 것을 느끼고 있었다. 왜냐하면 폴로 씨가 이미 대사에 대한 소문을 냈기 때문이다. 대사에게 꼭 필요한 서기관이란 상원의 답변을 위해 이탈리아 말을 알아야 하고, 자기는 어떤 일에도 참견할 필요 없이 그의 모든 문서와 공무를 처리해야 하며, 대사에 충성하는 미덕에 그 못된 시종 나리들에게 알랑거리는 비열함까지 겸비해야 했다. 그러므로 그는 나를 내 나라나 자기 나라에서 멀리 떨어뜨려 놓고 돌아갈 여비를 주지 않음으로써 나를 붙잡아두고 꼼짝 못하게 만들려고 했다. 그가 적당히 행동했더라면 아마 성공했을 것이다.

그런데 다른 의도가 있던 비탈리는 나로 하여금 마음을 정하도록 강요하여 마침내 그 목적을 달성하고 말았다. 지금까지의 내 모든 노력이 허사라는 것, 내 봉사에 대해서 대사가 감사하기는커녕 그것이 죄나 되는 듯이 나를 책망하고 있다는 것, 이제는 대사에게서 기대할 것이라고는 안에서는 불쾌한 일과 밖에서는 부당함밖에는 없다는 것, 그가 모든 사람들로부터 악평을 받고 있으므로 그의 보살핌이 내게는 도움이 되지 않으면서 그의 잘못된 처사는 내게 해가 될 수 있다는 것을 알게 되자마자, 나는 마음을 정하고 그에게 서기관을 구할 시간을 주면서 사직원을 냈다. 그는 이에 대해 가부를 말하지 않은 채 계속 아무 일도 없다는 듯이 지나갔다. 나는 무엇 하나 더 좋아지는 것도 없고 그가 사람을 구할 준비를 하지 않는 것을 보고, 그의 동생에게 편지를 보내어 내가 사표를 낸 이유를 자세히 설명하면서 각하가 사직을 허락하게끔 해달라고 간청했다. 그리고 아무리 해도 남아 있을 수는 없다는 말을 덧붙였다. 오랫동안 기다렸으나 아무 회답도 없었다. 나는 몹시 난처해지기 시작했는데, 마침내 대사가 그 동생으로부터 편지를 받았다. 그 편지는 격렬한 내용임이 틀림없었다. 그도 그럴 것이 대사는 발끈 화를 내기 일쑤였지만, 그가 그렇게 격노한 것은 일찍이 본 적이 없었기 때문이었다. 그는 내게 입에 담지 못할 욕지거리를 마구 퍼붓고 나서, 더는 할 말이 없었던지 내가 암호문을 팔아먹었다고 비난했다. 나는 하도 어이가 없어 웃기 시작했다. 그리고 그것을 단돈 한 푼이라도 주고 살 정도로 멍청한 사람이 이 베네치아 바닥에 한 사람이라도 있다고 생각하느냐고 조롱하는 말투로 물었다. 이 대답에 그는 입에 거품을 물면서 분해 어쩔 줄 몰랐다. 그는 나를 창밖으로 내던져버리겠다고 하면서 부하들을 부르는 시늉을 했다. 그때까지 나는 아주 얌전히 있었다. 그러나 이러한 위협에 이번에는 내가 그만 분노와 울화가 치밀어 올라 이성을 잃었다. 나는 문 쪽으로 달려가 안에서 문을 잠그는 손잡이를 잡아당긴 후 엄숙한 걸음걸이로 그에게 다시 돌아와서 말했다. "안 됩니다, 백작님. 당신 아랫사람들이 이 일에 개입해서는 안 됩니다. 허락하신다면 이 일은 우리 사이에서 끝났으면 좋겠습니다." 내 행동과 태도가 그를 즉시 진정시켰다. 놀라움과 두려움의 표정이 그의 태도에 뚜렷이 나타났다.

그의 분노가 가라앉은 것을 보고 나는 간단히 그에게 하직을 고했다. 그리곤 그의 대답을 기다리지도 않고 가서 문을 다시 열고 나와 여느 때처럼 대기실에 기립해 있는 그의 하인들 사이를 헤치고 유유히 지나갔다. 그런데 지금 내가 생각하기에 이들은 내게 대항해서 백작의 편을 들기보다는 오히려 그에게 대항해서 내 편을 들었을 것이다. 나는 내 방으로 다시 올라가지 않고 곧장 계단을 내려가서 당장 그 관저에서 나와 다시는 거기 들어가지 않았다. (44~67쪽)

루소는 당대에 유명한 색향이었던 베네치아를 떠나는 장면에서 창녀들과 만났던 이야기를 한다. 할 일이 많은데다가 평소에 창녀에 대해 혐오감이 있었던 루소는 이곳에서 보기 드물게 정숙한 생활을 유지했으며 자신의 일에 몰두했다. 그는 음악을 사랑하는 도시의 극장과 거리에서 듣는 노래에 가장 매력을 느꼈으며, 특히 곤돌라 사공들이 부르는 아름다운 뱃노래를 사랑했다. 그러나 그는 창녀들과의 만남을 완전히 피할 수는 없었다. 처음 기회는 시종 비탈리가 마련한 것으로, 그는 파도아나 출신의 창녀를 만난다. 그녀는 더할 나위 없이 아름다웠지만 그의 마음에 드는 미인형은 아니었다. 그는 화대만 주고 나오려고 했지만 그녀가 화를 내며 자기가 번 것이 아닌 금화는 받지 않겠다고 해서 그녀와 관계를 맺게 된다. 그 뒤 몇 주 동안 루소는 성병이 걸리지 않았을까 두려움에 시달렸는데 이는 의사로부터 근거 없는 것으로 밝혀졌다. 또 다른 만남은 이보다 훨씬 의미심장했으며, 루소는 이에 대해 "여러분이 누구이든 한 인간을 알고 싶다면 다음 두세 페이지는 읽어보시라. 그러면 장자크 루소라는 인간을 완전히 알게 될 것이다"라고 말한다.

터질 듯한 욕망과 불가능한 쾌락

루소로부터 큰 도움을 받은 올리베 선장은 감사의 표시로 루소를 선상 축하연에 초대했는데 루소는 친구 카리오를 데리고 갔다. 처음에 루소는 자신들을 환영하는 예포가 없어서 기분이 상했으나 곧 곤돌라 한 척이 다가오더니 아름다운 창녀 줄리에타가 나타났다. 그녀는 루소가 예전 애인과 꼭 닮았다고 주장하면서 그에게 열렬히 키스를 퍼부었고 순식간에 루소의 감정을 불타오르게 했다. 그는 라르나주 부인과 만났을 때 가명을 썼던 것처럼 이제는 줄리에타의 애인 브레몽으로 변신했고, 라르나주 부인처럼 그녀가 펼치는 과감한 애정 공세에 빠져들었다. 루소는 "사람들이 보고 있는데도 욕정에 사로잡혀"라고 말하고 있지만, 어쩌면 바로 사람들이 보고 있기 때문에 그렇게 쉽게 자제심을 잃었을 수도 있다. 사람들의 시선은 욕망의 대상을 마음껏 향유하는 것을 불가능하게 만들기 때문에 루소는 그 시선을 방패삼아 두려움의 대상이기도 한 욕망의 대상에 접근할 수 있기 때문이다.

노련한 창녀 줄리에타는 자신의 꾀가 성공한 것을 보고는 옛날 고통 양이 강압적인 여선생처럼 굴었던 것처럼 오만한 여주인으로 행세하고, 루소는 그녀의 명령에 따르며 마조히

즘적 쾌락을 느낀다. 선상에서의 광란적 만남 이후 일행은 무라노의 유리공장에 놀러갔는데, 루소가 인상적으로 느낀 것은 줄리에타가 돈을 물 쓰듯 쓴다는 사실이었다. 그것은 줄리에타의 직업이 창녀임에도 불구하고 둘의 관계가 금전적인 관계가 아니라는 점과 그녀가 돈의 구애를 받지 않기 때문에 절대적인 힘을 행사할 수 있다는 점을 암시한다. 루소는 저녁 때 줄리에타의 방에 가서 권총 두 자루를 보고 "당신에게는 이런 것들보다 더욱 발사가 잘 되는 다른 무기들이 있다는 것을 압니다"라고 싱거운 농담을 던지는데, 이는 사실 더욱 깊은 의미를 내포하는 것 같다. 권총은 흔히 남성의 성기를 의미하는데, 루소는 줄리에타에게 남성보다 더 강한 어떤 힘이 있을 것이라고 말하면서 그에게 절대적인 힘을 행사할 것을 요구한 것이다. 이에 줄리에타는 "내게 무례하게 구는 남자는 누구든 나도 가만 놔두지 않을 거예요"라고 화답하면서 남성으로부터 절대적 복종을 요구하는 여자로 행세한다.

루소는 다음 날 그녀의 집에서 밀회를 약속했고, 줄리에타가 반라 상태로 있는 것을 보고 아찔한 황홀감을 느낀다. 그러나 그녀가 옷을 다 벗어버리고 너무나 자극적인 육체를 드러낼 때 그는 그 앞에서 참을 수 없는 불안을 느낀다. 그녀가 입은 실내복 가슴 장식의 테두리는 드러낸 것과 숨겨진 것을 분리하는 경계선으로 욕망이 그 선을 넘어가는 것을 막아주는 역할을 했는데, 그 경계선이 사라져버리고 이제 마지막 선택의 순간만이 남았기 때문이다. 이때 줄리에타가 라르나주 부인처럼 루소에게 덤벼들었으면 상황이 달라졌을 텐데 그녀는 다소곳이 그의 손길을 기다렸던 것처럼 보인다. 바랑 부인으로부터 잠자리를 같이 하자는 제안을 받은 루소는 "나를 도취시켜야 했을 환희 대신에 거의 혐오감과 두려움을 느낀 것은 무슨 까닭인가? 만약 내가 예의에 어긋나지 않게 이 행복으로부터 도망칠 수 있었다면 진정 그렇게 했으리라는 것은 조금도 의심할 여지가 없다"며 적나라한 욕망을 드러내고 그 욕망을 책임지는 데 대한 불안감을 표명한 바 있다. 이와 마찬가지로 루소는 줄리에타 앞에서 자신이 남성임을 스스로의 힘으로 입증해야 하는 순간 한껏 부풀었던 욕망에서 김이 빠지는 것을 느끼며 어린애처럼 눈물을 흘린다. 그는 자신의 본성이 어떤 설명할 수 없는 독으로 쾌락을 막는 것을 슬퍼하며, 겉으로 보기에는 미의 화신인 그녀에게 무엇인가 잘못된 게 있는 것이 아닌가 하는 생각이 들어 그녀를 꼼꼼히 살핀다. 그는 처음에는 매독을 의심하지만 그녀의 건강한 자태는 이러한 의심을 여지없이 불식시킨다. 줄리에타는 행위를 중단하고 자신의 몸을 유심히 관찰하는 루소의 시선을 의식하며 자신의 몸에 어떤 이상이 있는지 거울을 비추어 보고 아무런 이상이 없는 것을 확인한다. 그러나 루소는 마침내 그녀의 젖꼭지 하나가 안으로 함몰된 기형임을 보고는 "자연과 사랑의 걸작"으로 신격화시켰던 그녀를 "일종의 괴물, 자연과 인간과 사랑의 쓰레기"로 비하한다.

루소는 무의식적 갈등의 원인을 외부로 투사하여 찾은 것이며, 충족되지 못한 변태적 욕망을 공격적인 성향으로 발산시킨다. 그에게 진정한 사랑이란 욕망을 충족하기 위해 육체를 소유하고자 하는 것이 아니라 육체의 소유가 금지된 상태에서 가능한 한 오랫동안 열정의 취기를 연장하면서 자신의 욕망 자체를 향유하는 것이다. 그래서 그는 사랑에서 육체의 소유라는 문제를 정면으로 주시하기를 회피하면서 계속 우회로만을 고집한다. 그에게서 자아가 자아에 대한 이야기라면, 마찬가지로 사랑은 결코 목표에 도달하지 못하는 사랑에 대한 이야기로 남을 뿐이다. 줄리에타는 "자네토, 여자들은 포기하고 수학공부나 하시지요"라는 말을 던지면서 루소를 쫓아내는데. 이 비난은 줄리에타의 놀라운 통찰력을 보여준다. 왜냐하면 앞으로 보게 되겠지만 루소는 자신의 성적 에너지를 지식욕과 글쓰기의 욕망으로 승화시켜야 하는 운명을 타고 났기 때문이다.

오찬이 3분의 1쯤 진행되었을 때 곤돌라 한 척이 가까이 다가오는 것이 보였다. 선장은 내게 말했다. "정말이지, 조심하세요. 적이 나타났습니다." 무슨 뜻이냐고 물었더니 대답으로 농담만 늘어놓는다. 곤돌라가 배에 닿는다. 그리고 퍽 매력적이고 매우 멋진 옷차림에 눈이 부시도록 아름다운 젊은 여인이 거기서 나와 서너 걸음 뛰더니 선실로 들어왔다. 사람들이 내 옆에 식기를 갖다놓는 것을 보지도 못했는데 벌써 옆에 와서 자리를 잡았다. 그녀는 발랄한 만큼 매력적이었고, 기껏해야 스무 살이 될까 말까한 갈색머리 소녀였다. 그녀는 이탈리아 말밖에는 못했지만 그 억양만으로도 나를 미치게 만들기에 충분했다. 그녀는 음식을 먹으면서도 말을 하면서도 나를 쳐다보다가 잠시 나를 뚫어지게 바라보더니 이렇게 외쳤다. "아니! 내 사랑 브레몽 아니세요? 정말 오래간만이네요." 그리고는 내 품 안에 왈칵 안기더니 자기 입술을 내 입술에 비벼대며 숨이 막히도록 나를 껴안는다. 동양인같이 커다랗고 까만 두 눈은 내 가슴에 정열의 화살을 쏘았다. 나는 처음에는 놀라움에 약간 얼떨떨했으나 순식간에 욕정에 사로잡혀, 사람들이 보고 있는데도 곧 그 미녀 스스로가 나를 제지하지 않으면 안 될 정도였다. 왜냐하면 나는 도취되었기에, 아니 더 정확히 말하면 광란에 빠졌기 때문이다. 그녀는 내가 자기 뜻대로 된 것을 알자, 애무하면서 좀더 절제하였지만 자신의 격렬함을 누그러뜨리지는 않았다. 그녀는 자신이 보인 이 모든 격정의 원인 — 그것이 진실이든 거짓이든 — 을 우리에게 설명할 마음이 들었을 때, 우리에게 이렇게 말했다. 내가 토스카나의 세관장인 브레몽 씨와 착각할 정도로 꼭 닮았다는 것, 그녀가 브레몽 씨에게 반했었고 지금도 그렇다는 것, 그녀가 바보여서 그와 헤어졌다는 것, 나를 그 사람 대신 낚았다는 것, 자기 마음에 들기 때문에 나를 사랑하고 싶다는 것, 같은 이유로 그녀 마음에 드는 동안은 나도 그녀를 사랑해야 한다는 것, 그리고 그녀가 나를 버릴 때에는 그녀의 사랑 브레몽이 그랬던 것처럼 나도 참아야 한다는 것이다.

그녀가 말한 대로 되었다. 그녀는 나를 자기 남자처럼 완전히 갖고 놀았다. 내게 장갑, 부채, 허리띠, 머리쓰개를 들렸다. 내게 이리 가라, 저리 가라, 이것 해라, 저것 해라 명령을 내리면 나는 그대로 복종했다. 내 곤돌라를 타고 싶으니 가서 자기 곤돌라는 돌려보내라고 했다. 그래서 나는 그 말을 들었다. 카리오와 할 말이 있으니 나더러 자리를 비키고 그가 거기 앉도록 부탁을 하라고 했다. 그래서 그렇게 했다. 둘이서는 같이 꽤 오랫동안 소곤거렸다. 나는 그들이 하는 대로 내버려 두었다. 그녀가 불러 돌아왔더니, 그녀는 내게 이렇게 말했다. "이봐요, 자네토, 나는 프랑스식으로 사랑받는 것은 조금도 원치 않아요. 프랑스식이라면 기분 좋지 않을 것 같거든요. 따분해지거든 그 즉시 떠나세요. 어중간하게 있지 말고요. 미리 경고하는 거예요."

(…)

저녁 때 우리들은 그녀를 집까지 데려다주었다. 이야기하면서 나는 그녀의 화장대 위에서 권총 두 자루를 보았다. 나는 그중 하나를 집어 들고는 이렇게 말했다. "아, 아! 새로운 종류의 애교점 보관상자군요. 그 사용법을 알 수 있을까요? 당신에게는 이런 것들보다 더욱 발사가 잘 되는 다른 무기들이 있다는 것을 압니다." 이런 식의 몇 마디 농담 후에 그녀는 자신을 훨씬 더 매력적으로 만드는 순진한 자부심을 갖고 우리에게 말했다. "전혀 좋아하지 않는 남자들에게 몸을 줄 때 나는 그들이 내게 주는 지루함에 대해 값을 지불하게 해요. 그것은 너무나 당연한 일이지요. 그러나 애무는 참을 수 있지만 그들이 주는 모욕을 참고 싶지는 않아요. 그래서 내게 무례하게 구는 남자는 누구든 나도 가만 놔두지 않을 거예요."

그녀와 헤어지면서 나는 다음날 그녀와 만날 약속을 잡았다. 나는 그녀를 기다리게 하지 않았다. 그녀는 격식을 차리지 않고 너무나 야한 실내복 차림으로 있었는데, 그런 차림은 남쪽 나라에서나 볼 수 있는 것으로 지금도 기억이 너무나 생생하지만 그것을 묘사하며 즐기지는 않을 것이다. 단지 그 소매와 가슴 장식의 테두리가 장미색 방울 술이 달린 명주실로 둘러졌다는 정도만 말하겠다. 이것은 아름다운 피부에 더욱 생기를 불어넣는 것처럼 보였다.

(…)

나는 마치 사랑과 미의 성전에라도 들어가듯 창녀의 방에 들어갔다. 그녀가 사랑과 미의 화신으로 보이는 것 같았다. 그녀가 내게 체험하게 한 그와 같은 것을 존경심이나 존중심 없이도 느낄 수 있으리라고는 결코 믿지 못했을 것이다. 처음으로 친숙한 상태에서 그녀의 매력과 애무의 가치를 체험하자마자, 나는 그 열매를 잃어버릴까 미리 겁이 나서 서둘러 그것을 따려고 했다. 그런데 나를 집어삼켰던 정염의 불길 대신 나는 갑자기 혹독한 냉기가 혈관에 흐르고 있음을 느낀다. 다리가 후들후들 떨리고 금방이라도 기절할 것 같아 앉아서 어린애처럼 울어버린다.

내가 무엇 때문에 눈물을 흘리고 또 이때 내 머리에서 무슨 생각이 떠올랐는지 누가 추측이나 할 수 있으랴? 나는 이렇게 생각하고 있었다. "현재 나의 처분만을 기다리고 있는 이 대상은 자연과 사랑의 걸작으로, 그 정신도 육체도 완전무결하다. 그녀는 사랑스럽고 아름다운데다가 그만큼 선량하고 너그럽다. 고관대작들과 군주들도 그녀의 노예가 될 것이다. 제왕의 홀笏이라도 그녀의 발밑에 놓일 것이다. 그렇지만 그녀는 뭇 사람들에게 몸을 맡기는 하찮은 창녀에 불과하지 않은

가. 일개 상선의 선장도 그녀를 마음대로 주무른다. 그녀는 내가 무일푼이라는 것을 알고 있고 또 그녀가 알 수 없는 내 재능은 그녀가 보기에 아무것도 아닐 것이 틀림없는데, 그녀가 그런 내게 수작을 걸고 있다. 여기에는 상상도 못할 것이 있다. 내 마음이 나를 속이고 내 관능을 사로잡아 일개 천한 매춘부에 속아 넘어가게 한 것인가, 아니면 나로서는 알 수 없는 어떤 은밀한 결점이 그녀의 매력이 내는 효과를 소멸시키고 그녀를 놓고 서로 다투어야만 할 사람들에게 그녀를 추악하게 만드는 것이 틀림없다. 나는 이상하게 정신을 집중하여 그 결점을 찾기 시작했다. 나는 거기에 매독이 관련될 수 있다고는 생각조차 하지 못했다. 그 싱싱한 살갗, 그 눈부신 얼굴의 빛깔, 그 백옥 같은 치아, 그 부드러운 입김, 그리고 전신에 넘쳐흐르는 그 청초한 자태는 내 그런 생각을 완전히 물리쳐버렸다. 그래서 파도아나 여인과 관계한 이후 여전히 건강 상태에 의심을 갖던 나는 도리어 내가 그녀에 대해 충분히 청결하지 못하다는 가책을 느꼈다. 그리고 나는 이 점에서 내 믿는 바가 틀리지 않았다고 정말 확신하고 있다.

이렇게 때마침 떠오른 생각으로 격해져 울고 말았다. 줄리에타는 그 상황에서 분명 이런 광경을 전혀 본 적이 없기 때문에 잠깐 어안이 벙벙했다. 그러나 그녀는 방을 한 바퀴 돌고 거울 앞을 지난 후, 이러한 변덕에 조금도 그녀에 대한 불쾌감이 관련된 것이 아니라는 것을 알았다. 그리고 내 눈도 그녀에게 그것을 확인시켜주고 있었다. 그녀로서는 내 변덕을 낫게 하고 그런 사소한 부끄러움을 잊게 하는 것이 어려운 일이 아니었다. 그러나 처음으로 한 남자의 입술과 손을 허용하는 듯이 보였던 그녀의 젖가슴에서 막 황홀감을 느끼려는 순간, 그녀의 한쪽 유방에 젖꼭지가 없다는 것을 알아차렸다. 깜짝 놀라 자세히 보니 그 유방이 다른 유방과 형태가 같지 않아 보인다고 생각된다. 어떻게 해서 한쪽 유방에 젖꼭지가 없을 수 있는지 생각해내려고 애쓰다가 이것이 어떤 현저한 자연적인 결함에서 기인한다는 확신을 갖게 되었고, 이런 생각을 자꾸만 되풀이한 결과 내가 상상할 수 있는 가장 매력적인 여인 대신에 일종의 괴물, 자연과 인간과 사랑의 쓰레기만을 품에 껴안고 있다는 사실이 불을 보듯 명백히 보였다. 나는 어리석기 그지없어서 그녀에게 젖꼭지가 없는 유방에 대해 말하기까지 했다. 그녀는 처음에는 그것을 농담으로 받아들이고, 쾌활한 기분으로 내 애간장을 녹일 언행을 보였다. 그러나 나는 불안의 기조를 떨치지 못해 그것을 그녀에게 감출 수 없었고, 마침내 그녀가 얼굴을 붉히고 옷매무새를 고치고 다시 일어서더니 단 한마디 말도 없이 창가로 가 서는 모습이 보였다. 내가 그녀 곁으로 가려고 했더니, 그녀는 창가를 획 떠나 휴식용 긴 의자에 가서 앉더니 곧 일어났다. 그리고는 부채질을 하면서 방안을 왔다 갔다 하다가 차갑고 경멸적인 어조로 내게 말했다.

"자네토, 여자들은 포기하고 수학공부나 하시지요."(76~81쪽)

루소는 1744년 8월 베네치아를 떠나 파리를 향했다. 도중에 니옹에 있는 아버지와 재회하는데, 이는 아버지와의 마지막 만남이 된다. 이 방문에서 루소의 기억에 가장 남았던 광경은 그가 십대 초반이었을 때 홀딱 빠졌던 뷜송 양을 우연히 언뜻 본 것이었다.

그는 10월 파리에 도착했다. 몽테귀로부터 부당한 대우를 받은 것에 대해 청원을 올렸지만 뜻을 이루지 못했고, 씁쓸한 마음을 품고 할 일을 찾기 시작했다. 얼마 지나지 않아 베네치아에서 알게 된 젊은 스페인 귀족 이그나치오 알투나를 다시 만나 깊은 우정을 맺게 되고 그의 숙소를 같이 쓰면서 사회적 불평등에 대한 분노를 어느 정도 누그러뜨리고 경제적으로도 한숨을 돌릴 수 있게 되었다. 알투나는 의지가 강하면서도 포용력이 있고, 재치가 있는데다가 섬세하며, 왕성한 지식욕을 갖고 있었다. 특히 루소에게 강한 인상을 준 것은 알투나가 여성들과 편히 사귀면서도 그들로부터 전혀 영향을 받지 않는다는 점이었다. 루소는 자기 자신의 낭만화된 이상형을 지혜와 정숙함의 화신인 알투나에게서 보았던 것이다. 그러나 겨우 여섯 달 후에 그는 고향으로 돌아가고 루소는 또 다시 혼자가 되었다. 살 곳이 필요해진 그는 예전에 머물렀던 생캉탱의 하숙집으로 다시 들어갔다. 그는 여기서 평생의 반려자 테레즈 르바쇠르를 만난다.

평생의 반려자를 만나다

테레즈는 루소가 든 하숙집에 세탁부로 일하던 20대 초반의 여성이었다. 테레즈의 아버지는 오를레앙의 조폐창이 문을 닫은 후 줄곧 실업 상태였으며, 성격이 모진 어머니는 가게를 운영했지만 파산했고, 다른 형제자매들은 게을렀다. 이러한 상황에서 테레즈는 별로 많지 않은 세탁부의 임금으로 많은 가족들을 부양해야 했다. 젊고 수줍은 그녀는 공동 식사시간에 사람들이 던지는 음담패설의 표적이었는데, 루소는 기사처럼 그녀를 지켜주곤 했고 이를 계기로 둘은 가까워지게 되었다. 그 당시의 많은 작가들은 재정적인 이익을 가져다주는 결혼을 원했지만 보통 애인으로는 삼류 문인들의 어려운 환경을 마다하지 않았던 하녀, 세탁부, 창녀들을 둘 수밖에 없었으며 이러한 측면에서 볼 때 루소와 테레즈의 관계는 그 관계가 루소가 죽을 때까지 지속되었다는 점을 제외하고는 그리 색다를 것이 없었다. 그런데 루소는 어떻게 테레즈와 정상적인 성생활을 지속적으로 유지할 수 있었을까? 테레즈는 예전의 마리용처럼 루소에게 가장 만만한 여자였다. 그는 자기보다 더 소심하게 구는 그녀를 보면서 남성으로서의 보호본능이 발동되었다. 그러나 최후의 선을 넘어야 할 때 그는 언제나 그렇듯이 극도의 조심성을 보이면서, 줄리에타에게 그랬던 것처럼 그녀의 머뭇거림이 매독 때문이 아닌지 의심한다. 남성임을 드러내는 것에 대한 죄의식이 작용한 것이다. 그러나 "그녀는 자신의 무지와 한 호색한의 교활함에 의해 소녀시절이 끝날 무렵 딱 한 번 잘못을 저질렀다고 울면서 고백"한다. 루소에게 이러한 고백은 자신이 마리용에게 행한 무고를 연상시켰을 것이다. 만약 마리용이 루소의 무고를 용서하고 그 리본을 루소에게 준 사람이 자신이었다고 인정했다면 그 사건은 사랑의 이야기로 행복하게 끝났을 것이다. 루소는 마리용의 자리에 서서 테레즈의 잘못을 관대하게 용서하면서 두 사람의 관계에 대한 주도권을 완벽하게 장악하게 된다. 이제 관능적 욕망에 대한 죄의식이 루소로부터 테레즈로 전이한 것이다. 이러한 둘의 관계를 스타로뱅스키는 다음과 같이 요약한다.

> 그러면 테레즈는 어떤가? 루소는 그녀 덕분에 자기는 그대로 있으면서 자기 자신을 벗어나지 않게 된다. 루소는 '보완'이 필요했고 그녀는 이를 약속했다. 보충 말이다. 이 말은 의미심장하다. 이 말은 《고백록》 3권에 벌써 등장했다. "나는 자연에는 어긋나서 건강과 활력과 때로는 생명까지 잃게 만들 수 있지만 나 같은 기질의 젊은이들을 여러 가지 방탕한 행위들로부터 구해주는 그 위험한 '보완'을 배웠다." 이렇듯 묘하게 용어들이 일치한다는 점을 보면 루소가 테레즈에서 찾던 것이 무엇인지 알 수 있다. 그녀는 루소가 어렵지 않게 자기 육체와 동일시할 수 있는 사람이며, 루소가 마주했을 때 결코 '타인'이라는 문제를 제기할 수 없는 사람이다. 테레즈는 대화를 나눌 상대가 아니라 육체적 존재의 보조물이다. 루소는 다른 여성들과 함께 있을 때는 눈앞에 보이는 육체가 더 이상 장애물이 아니게 되는 기적 같은 순간이 오기를 바라지만, 테레즈에게서는 장애물조차 될 수 없는 육체를 발견한다.
>
> — 스타로뱅스키, 《장자크 루소: 투명성과 장애물》

이와 유사한 맥락에서 토도로프는 루소가 추구하고 향유하던 고독이 살아 있는 사람들의 인격을 박탈하면서 가능했다고 말하면서 테레즈와의 관계를 그 대표적인 경우로 들고 있다.

> 테레즈는 루소의 곁에 머물러 있다. 그러나 그녀는 그의 속으로 융합되지 않는다. 또한 자율적 주체라든가 대화의 상대인 '너'(tu)가 되지도 않는다. 그렇기 때문에 그녀는 종속적 위치밖에 차지할 수 없다. 루소가 보기에 그녀는 결국 의존적이고 상대적인 방식으로만 존재할 뿐이다. (…) 그녀는 《고백록》과 거기에 묘사된 생활 속에서 루소의 대리 보충물로만 존재한다. 그는 그녀에게 결코 발언권을 주지 않는다. 루소가 자신의 즐거움을 언급하는 장면을 통해 이 점을 잘 알 수 있다. "내가 즐거운 마음으로 떠올릴 수 있는 것들은 세상을 피하여 숨어 살면서부터 생겨났습니다. 혼자서 산책을 하고 오직 나 자신과 함께 했던 시절, 그리고 사람 좋고 순박했던 가정부, 사랑스러운 개, 나이 든 고양이, 시골의 새들, 숲속의 수사슴 등 자연 전체나 인간의 이해력을 초월하는 창조주와 함께 했던 시간, 이러한 감미로운 나날들은 눈 깜짝할 사이에 지나가긴 했지만 나를 즐겁게 했습니다."(《말제르브에게 보내는 편지》) 여기서 테레즈의 역할은 가정부로 축소되어 있다. 집에서 기르는 동물들의 선두에 위치해 있기는 하지만 자연의 한 요소이며 '나 자신'과 신 사이의 교량 역할을 할 뿐이다.
>
> 테레즈의 예는(그러나 그녀에게만 그치지 않는다) 제한된 의사소통의 의미심장한 변이형을 보여주고 있다. 왜냐하면 그것

은 현실 속 인간들과 맺는 관계의 진상을 나타내고 있기 때문이다. 즉, 현실의 인간은 사물이나 도구 같은 탈인격화된 것으로 변화된다. '고독' 속에 살기 위해 루소는 자기 자신에게 허락했던 것과 같은 유사한 지위를 타자에게는 허락할 수 없었다. 다시 말하면 그의 '고독'은 인간들 사이의 불평등에 동의한 대가로 얻어진 것이다.

— 츠베탕 토도로프, 《덧없는 행복》

이러한 해석들은 루소가 보이는 성적 욕망의 차원에서는 어느 정도 타당하지만 루소의 인격 전체에 대해 적용하기에는 무리가 있어 보인다. 루소가 테레즈를 정신적인 연인으로 받아들이지는 않았지만 일상적인 생활에서 그녀를 누이처럼 사랑했다는 발언을 의심할 이유는 별로 없기 때문이다. 디드로를 비롯해서 루소의 친구들은 테레즈를 멍청하고 소견이 좁다고 깔보고 그 둘을 갈라놓으려고 애를 썼지만 이러한 시도는 도리어 루소가 친구들과 결별하는 원인의 하나가 되었을 뿐이다. 또한 그는 그녀를 소중한 반려자로 대접해 훗날 그를 식사에 초대한 귀족들에게 그녀도 동석해야 한다고 고집해서 속물 귀족들의 비위를 종종 거슬렀다. 요컨대 루소에게 테레즈는 관능적 욕망의 죄를 떠맡은 여인이며, 삶을 온통 태워버릴 정도로 뜨거운 상상의 불길을 일으키지 않아서 오히려 지속적으로 따뜻한 삶을 함께 살아갈 수 있는 누이와 같은 여인이었다. 게다가 이들은 다섯 명의 아이들을 모두 고아원에 버렸는데, 이로 인한 죄책감의 공유 또한 루소가 테레즈와의 지속적인 관계를 스스로에게 강제하는 데 상당한 역할을 했을 것이다.

이 호텔의 새 여주인은 오를레앙 태생이었다. 그녀는 세탁 일을 시키려고 스물두세 살 되는 같은 고향 처녀를 하나 고용했다. 이 처녀는 여주인과 마찬가지로 우리와 함께 식사를 들곤 했다. 그녀는 이름이 테레즈 르바쇠르로 괜찮은 집안 출신이었다. 아버지는 오를레앙 조폐창의 관리였고, 어머니는 장사를 했다. 이들에게는 아이들이 많았다. 그런데 조폐창이 잘 되지 않아서 아버지는 실직을 하고 말았다. 어머니도 몇 번 파산을 당한 후에 일을 제대로 하지 못해서 장사도 집어치우고, 남편과 딸을 데리고 파리로 올라왔다. 파리에서는 딸이 일을 해서 세 식구가 연명을 하고 있었다.

이 처녀가 식탁에 나타나는 것을 처음 보았을 때 나는 그녀의 얌전한 태도에, 그리고 그녀의 활기 넘치고 부드러운 시선에 더더욱 감동을 받았는데, 나로서는 일찍이 그와 같은 시선을 대한 적이 없었다. 식탁에는 본느퐁 씨 외에 아일랜드와 가

스코뉴의 신부들 몇몇, 이들과 같은 부류의 또 다른 사람들이 모여들었다. 여주인 자신도 방탕한 생활을 했던 사람이었기 때문에, 거기서 예의바르게 말하고 행동하는 사람은 나 하나밖에 없었다. 사람들이 그 귀여운 처녀에게 수작을 붙여서 내가 그녀 편을 들었다. 그러자 당장 내게 야유가 쏟아졌다. 이 가엾은 처녀에게 본래 아무런 애정이 없었더라도, 그녀를 동정하고 그녀를 위해 항변하면서 그녀에게 마음이 끌리게 되었을 것이다. 나는 언제나 내 태도와 말이 예의바르기를 원했고, 특히 여자들에 관해서는 그러했다. 나는 공공연히 그녀의 보호자가 되었다. 내 눈에 그녀가 내 보살핌을 알아차리는 것이 보였다. 그리고 그녀의 눈길은 그녀가 감히 입으로는 표현하지 못하는 고마움에 활기를 얻어 그 때문에 더욱 내 마음을 파고들 따름이었다.

그녀는 매우 소심했고 나도 마찬가지였다. 이러한 공통적인 성향으로 인하여 두 사람의 관계는 멀어질 것 같이 보였지만 아주 급속도로 가까워졌다. 여주인은 이를 눈치 채고 노발대발했고, 그녀의 학대로 인해 그 귀여운 처녀와의 연애 사업은 한층 진도가 나갔다. 그녀는 그 집에서 기댈 곳이라고는 나 하나밖에 없어서 내가 외출하는 것을 고통스럽게 바라보았고, 자신의 보호자가 돌아온 후에는 안도의 한숨을 내쉬었다. 우리들의 마음의 공통점과 성향의 일치는 곧 그 일상적 효과를 냈다. 그녀는 내가 진실한 남자라고 보았는데, 그녀가 잘못 생각한 것은 아니었다. 나는 그녀가 감수성이 풍부하고 소박하며 아양을 떨지 않는 처녀라고 보았는데, 나 또한 잘못 생각한 것은 아니었다. 나는 그녀에게 그녀를 버리지 않겠지만 그녀와 결코 결혼하지도 않을 것이라고 먼저 선언했다. 사랑과 존경과 순진한 진실함이 내게 승리를 가져다 준 수단이었는데, 내가 그녀에게 적극적이지 않았으면서도 행복했던 것은 그녀의 마음이 부드럽고 정숙했기 때문이다.

그녀는 내가 그녀에게서 찾고 있다고 생각되는 것을 발견하지 못해 화를 내지나 않을까 하는 염려를 갖고 있었다. 무엇보다도 그런 염려가 내 행복을 늦추었다. 나는 그녀가 몸을 내주기 전에 어쩔 줄 모르고 당황해하고 자기 마음을 이해시키고 싶어 하면서도 감히 이유를 설명하지 못하고 있는 것을 보았다. 나는 그러한 당혹감의 진정한 원인을 생각해내기는커녕 전혀 터무니없을 뿐만 아니라 그녀의 품행에 대해서도 아주 모욕적인 원인을 생각해냈다. 그리고 그녀가 내 건강이 위태로워질 수 있다고 경고하고 있다는 생각이 들어 난감한 상태에 빠졌다. 그렇다고 단념은 하지 않았지만 며칠 동안 내 행복은 망쳐졌다. 우리는 서로의 속마음을 조금도 이해하지 못해서, 그 문제에 대한 우리의 대화는 죄다 너무나 우스꽝스러운 수수께끼이고 횡설수설이었다. 그녀는 내가 완전히 미쳤다고 믿을 참이었고, 나는 그녀에 대해 어떻게 생각해야 할지 더 이상 알 수 없을 판이었다. 마침내 우리는 서로의 생각을 밝혔다. 그녀는 자신의 무지와 한 호색한의 교활함에 의해 소녀시절이 끝날 무렵 딱 한 번 잘못을 저질렀다고 울면서 고백했다. 나는 그녀를 이해하자마자 환호성을 질렀다. "처녀라고!" 나는 외쳤다. "그것도 바로 파리에서, 그것도 바로 20살에 처녀를 찾는다니! 아, 나의 테레즈여! 나는 얌전하고 건강한 너를 갖게 되어서 그리고 처녀를 찾지 않은 판국에 네가 처녀가 아닌 것을 알게 되어서 너무도 행복하다."

처음에는 그저 일시적인 즐거움을 얻을 궁리만 했었다. 그러나 나는 내가 그 이상의 일을 했고 반려자를 갖게 되었다는 것을 알았다. 이 훌륭한 처녀에 어느 정도 익숙해지고 내 처지에 대해 다소나마 성찰하다보니 내가 단지 내 쾌락만을 생각하면서도 내 행복을 위해 대단한 일을 했다는 것을 느끼게 되었다. 내게는 사라진 야심 대신에 내 마음을 채워줄 강렬한 감정이 필요했다. 요컨대 엄마를 대신할 사람이 필요했다. 엄마와 더는 같이 살 수 없는 운명이었으므로 내게는 그녀의 제자와 같이 살 수 있는 어떤 사람, 내가 보기에 소박하고 온순한 마음 — 엄마는 일찍이 내게서 그런 마음을 보았다 — 을 갖고 있는 누군가가 필요했다. 감미로운 가정의 사생활이 내가 단념한 찬란한 운명을 보상해야 했다. 완전히 혼자였을 때 내 마음은 공허했는데, 그것을 채우기 위해서는 단 한 사람의 마음만 필요했다. 자연은 그런 마음[4]을 위해 나를 만들어 놓았는데, 운명은 내게 적어도 부분적으로 그 마음을 빼앗고 나로부터 그 마음을 멀어지게 했다. 그때부터 나는 혼자였다. 왜냐하면 나에게는 전부가 아니면 무였지 그 중간이란 없었기 때문이다. 나는 테레즈에게서 내가 필요로 하는 보완물을 발견했다. 나는 그녀에 의해 세상만사가 흘러가는 데 따라 내가 행복할 수 있는 한 행복하게 살았다.

나는 우선 그녀의 정신을 계발하려고 했다. 그러나 그것은 헛수고였다. 그녀의 정신은 자연이 만들어놓은 것이어서 거기서 교육과 보살핌이 성과를 거두지 못했다. 전혀 부끄러움 없이 털어놓는 말이지만 그녀는 글자는 그럭저럭 쓰지만 결코 제대로 읽을 줄은 몰랐다. (…) 그러나 그렇게 소견이 없는, 아니 그렇게 우둔하다고 말해도 무방한 이 여인이 어려운 경우에는 훌륭한 충고를 해줄 수 있는 분별력을 갖고 있었다. 스위스나 영국이나 프랑스에서 내가 곤경에 처해 있을 때면, 종종 그녀는 내 자신도 보지 못했던 것을 보았고 내게 따라야 할 최선의 의견을 내놓았으며 맹목적으로 뛰어드는 위험으로부터 나를 구해냈다. 그리고 가장 지체 높은 신분의 귀부인들이나 고관대작들 그리고 군주들 앞에 섰을 때도 그녀는 자신의

---

4 바랑 부인을 말한다.

의견과 건전한 판단력과 답변과 처신으로 모든 사람들의 존경을 받았고 나로서는 그녀의 장점에 대해 진실함이 느껴지는 찬사를 받았다.

사랑하는 사람들 옆에 있으면 마음뿐 아니라 정신도 감성으로 풍부해지는 법이어서, 다른 곳에서 아이디어를 구할 필요가 거의 없다. 나는 이 세상에서 최고로 뛰어난 천재와 함께 사는 것만큼이나 즐겁게 나의 테레즈와 함께 살았다. 그녀의 어머니는 옛날에 몽피포 후작부인을 모시고 자랐다고 뽐내며 재치 있는 척하고 딸의 정신을 지배하려 들었으며 자기가 늘 쓰는 교활한 수단을 부려 우리 둘의 순진한 관계를 깨뜨렸다. 이렇게 귀찮게 구는 것이 지겨워서 나는 감히 테레즈와 함께 공개적으로 나서지 못하는 내 어리석은 부끄러움을 어느 정도 극복하게 되었고, 우리들은 단 둘이서 가까운 야외에서 산책을 하기도 하고 약소한 간식을 들기도 했는데, 내게는 매우 즐거웠다. 나는 그녀가 나를 진정으로 사랑하는 것을 알았고, 이로 인해 나의 애정은 더욱 커졌다. 이 달콤한 친밀감이 내게는 모든 것을 대신해 주었다. 미래는 더 이상 나와 관련이 없거나 혹은 현재의 연장으로서만 관련이 있었다. 그저 바라는 것이 있다면 현재의 지속을 확고히 하는 것이었다. (93~97쪽)

루소는 오페라 발레 〈사랑의 시신〉을 만들었으나 발표하지 못했고, 음악에 관련된 작업은 그의 생활에 별 도움이 되지 못했다. 1746년 루소는 마침내 뒤팽 가의 비서로 들어가 몇 년 동안 서기 생활을 하면서 굴욕적인 삶을 살아야만 했다. 뒤팽 가에 자신의 생활만이 아니라 대부분의 지적, 사교적 관계들을 신세지고 있는 그로서는 정신적인 혹은 지적인 측면만을 보면 자기보다 더 나을 것이 없다고 생각되는 뒤팽 부인에게 열등한 존재로 대접받을 수밖에 없었다. 또한 그는 뒤팽 부인과 그녀의 의붓아들인 프랑쾨유에게 "사람들이 그들의 저서를 보고 그들이 내 재능에 그들의 재능을 덧붙인 것으로 여기지나 않을까 하는 염려 때문에 내가 세상에서 어느 정도의 명성을 얻도록 배려하지 않는다고" 원망하기도 한다. 루소는 뒤팽 가가 그의 생활을 돌보아주는 동시에 그의 성공을 가로막는 장애물이라고 생각한 것이다.

어쨌든 거듭되는 실패로 인해 그는 자신의 가치를 의심하기에 이르고, "출세와 영광의 온갖 계획을 포기하였고, 내게 그리 좋은 결과를 가져다주지 않는 재능은 참된 것이건 거짓된 것이건 더 이상 생각하지 않기로" 결심한다. 이때 루소의 첫 아이가 태어나는데, 이후 다섯 명의 아이들은 모두 고아원에 맡겨진다. 1747년에는 아버지가 돌아가셨는데, 이 일에 대해서는 "내 처지가 덜 시달렸을 다른 때였더라면 더욱 애통했으련만 이때는 아버지와 사별한 일로 그리 상심하지 않았다"고 짤막하게 언급할 뿐이다. 서른다섯 살의 루소에게 아버지의 죽음은 애통함을 불러일으키기보다는 마침내 어머니가 남긴 유산의 나머지를 받게 되었다는 현실적인 사건으로 받아들여진 것처럼 보인다. 어쨌든 그가 받은 유산은 테레즈의 가족들로 흘러나갔고 그는 뒤팽 가를 위해 계속 부지런히 일을 해나갔다.

문학적 영광의 길을 포기했다고 생각한 루소는 1749년 10월, 무신론적인 저술인 《맹인에 대한 편지》를 출간하여 당국의 미움을 받고 뱅센 성의 감옥에 갇힌 디드로를 방문하러 다니던 도중 '학문과 예술의 진보는 풍습을 순화하는 데 기여했는가?'라는 디종 아카데미의 현상 논제에 맞닥뜨리면서 마침내 자신이 무슨 말을 해야 하는지 깨닫는다.

5장

천재적 이단아

뱅센에서의 계시

루소는 이 순간 "다른 세계를 보았고 딴 사람이 되었다"고 말한다. 이때 루소가 경험한 황홀경은 겉으로 보기에 성 아우구스티누스의 체험과 유사하다. 아우구스티누스도 정원의 나무 아래 앉아 있는 동안 심각한 마음의 동요를 경험했고, 또 말씀, 즉 성경과의 만남을 통해 삶이 달라졌기 때문이다. 그리고 이러한 각각의 회심의 체험으로부터 《고백록》이라는 동일한 제목의 책들이 나왔다. 그러나 아우구스티누스는 신이 자신에게 죄가 있음을 보여주는 것을 깨달았다. 그는 "저는 저 자신을 보기를 거부하며 저 자신을 제 뒤에 숨겨왔지만, 당신은 저를 제 눈앞에 두셔서 제가 얼마나 더러운지, 얼마나 뒤틀리고 비열한지, 궤양과 종기로 얼마나 썩어문드러졌는지 알게 해주셨습니다"라고 썼다. 그러나 루소가 받은 계시는 이것과는 정반대였다. 루소는 그때의 환각 상태를 《말제르브에게 보내는 편지》에서 다음과 같이 묘사하고 있다.

> 갑자기 나는 수천 개의 빛으로 내 정신이 아찔해지는 것을 느꼈습니다. 수많은 강렬한 생각들이 뒤죽박죽 상태로 힘차게 떠올라 나는 형언할 수 없는 혼란에 빠졌습니다. 취기와 같은 현

> 기증이 내 머리를 사로잡고 있는 것을 느꼈습니다. 맹렬한 심장의 고동으로 답답해지고 가슴이 벌떡거렸습니다. 걸어가면서 더 이상 숨 쉴 수가 없어 가로수 아래 쓰러져서 거기서 극도의 흥분 상태로 반시간을 보내고 일어나 보니 내 윗옷 앞자락이 무의식중에 흘린 눈물로 젖어 있는 것을 알았습니다. 오, 선생님! 내가 일찍이 그 나무 아래서 보고 느낀 것의 4분의 1이라도 쓸 수 있었다면, 나는 사회제도의 모든 모순들을 너무나 명석하게 밝힐 수 있었을 것이고, 또 현 제도의 모든 악폐들을 너무나 힘차게 폭로할 수 있었을 것이고, 너무나 간단하게 인간은 자연적으로 선량하며 인간이 나쁘게 된 것은 오로지 이러한 제도 때문이라는 것을 입증하였을 것입니다.

어린 시절부터 그때까지 내내 일종의 죄의식에 시달려온 루소는 인간은 본래 선하며 사악하지 않다는 사실을 깨닫고 눈물을 흘린다. 인간을 사악하게 만드는 것도 사회이며 이에 대해 죄의식을 불어넣는 것도 사회이다. '부러진 빗살의 일화'에서 보였던 어린 루소의 감정적인 저항은 이제 자신의 가치를 인정하지 않는 사회에 대한 전면적 공세로 전환된다. 루소는 자신의 출세작인 《학문 · 예술론》에서 문명사회에 맹공을 가한다. 그는 디종의 현상 논제에 대하여 "학문과 예술의 진보는 우리들의 참된 행복에 아무것도 더해주지 않았고,

우리들의 풍속을 부패시켰고 더 나아가 풍속의 부패가 순결한 취향을 훼손시켰다"고 대답한다. 학문, 예술, 기술 등 문명과 문화의 소중한 가치들이라고 간주되는 것들이 루소의 근본적인 비판 앞에서 인간의 탐욕에서 생겨나 사치를 조장하고 악덕을 부추기는 것으로 나타난다. 그것들은 인간의 삶을 자유와 미덕이라는 그 진정한 원천으로부터 멀어지게 하고 마침내 삶의 진실한 의미를 박탈하고 만다.

> 정부와 법률이 사회 안에 모인 사람들의 안전과 복지를 제공하는 동안, 덜 전제적이지만 어쩌면 그 때문에 더 강력한 학문과 문학과 예술은 그들을 묶고 있는 쇠사슬 위에 꽃으로 된 줄을 덮어놓고 그들의 마음속에서 그들이 태어날 때부터 누리고 간직해야 하는 본래의 자유에 대한 감정을 질식시키고 그들로 하여금 자신들이 처한 노예 상태를 좋아하게 만들고 그들을 소위 문명화된 국민들로 변화시킨다.
>
> —《학문 · 예술론》

그는 문명사회의 현 상황을 고발한다. 18세기가 인간성의 완전한 발현으로 간주한 지적이고 사교적인 문화는 루소가 보기에 오히려 심각한 위험을 감추고 있는 것으로 보인다. 인간의 자유와 미덕을 고취시켜야 할 문화라는 형식이 사실상 담고 있는 내용이 천박한 개인의 이익과 지배욕의 추구이기 때문이다. 서로가 서로를 이용하고 착취하려는 사회에서 사람들은 더 이상 서로 정직하게 의사를 소통하지 않는다. 사람들은 서로를 속이려고 가면을 쓰며 이에 따라 기만적인 환상의 세계가 생겨난다. 인간은 더 이상 자신에게 속하지 않는다. 인간은 여론의 노예가 되어 단지 '겉모습'만을 위해 산다. 부, 권력, 명예는 인간을 자신으로부터 소외시키며, 인간이 설사 그러한 것들을 획득한다 해도 그는 진정한 주인이 아니라 자기가 부리는 노예의 노예에 불과할 따름이다. 그것들은 개인적인 고통과 사회적인 비참함이라는 너무나 비싼 값을 치르며 얻어지는 헛된 만족에 불과하다.

사실 이러한 문명에 대한 고발은 독창적인 것이 아니다. 루소는 소크라테스, 세네카, 몽테뉴, 페늘롱에게서 보이는 논증을 되풀이한다. 그는 서구 문명 전반에 걸쳐 흐르고 있는 원초주의(*primitivisme*)라는 주제를 되살려내면서, 진정한 내면성, 검소함, 공동체적 열정이라는 기독교의 정적주의(靜寂主義)적 설교를 끌어낸다. 그러나 이들과 루소의 차이점은 그가 문명 혹은 인간성의 타락을 인간의 본질이 아니라 부패한 사회구조의 탓으로 돌렸다는 점이다. 따라서 인간의 본성을 회복하기 위해서는 개인의 결단이 아니라 사회의 변혁이 필수불가결하다.

또한 루소는 계몽주의를 내부에서부터 공격한다. 그는 계몽주의 철학자들을 사람들의 인기를 끌기 위해서는 어떤 말이나 다 하지만 미덕을 실천하기 위해서는 손 하나 까딱하지 않는 엉터리 약장수에 비교한다. 지식보다는 도덕이, 또 사치나 예술보다는 미덕이 우위에 서야 하며, 지식과 예술은 자유롭게 방임되어서는 안 되고 사회적 필요와 도덕적 생활에 종속되어야 한다. 루소는 이성 혹은 문명의 발달이 물질적 진보는 물론이고 도덕적 진보까지 가져올 수 있으리라는 계몽주의의 기본 신념을 공격함으로써 동시대인들이 화해시킬 수 있다고 기대한 가치들을 화해 불가능한 것으로 선언하면서 볼테르를 위시한 계몽주의자들이 주장한 바와 같은 꾸준한 '인간 정신의 진보'가 아니라 정치 및 윤리의 근본적 개혁을 요청한 것이다. 이러한 항의는 학문과 예술 그리고 기술의 발전 등 이성을 통한 역사의 진보라는 낙관적 이론이 발전되어 나가고 있는 시점에서 별 의미 없는 도발적인 역설로 보이기도 했지만, 승리를 구가하고 있던 합리주의적 경향의 지적 세계를 점차 내적으로 동요시키기 시작했다.

그해 1749년 여름은 더위가 몹시 심했다. 파리에서 뱅센까지의 거리는 20리 정도이다. 합승마차 삯을 치를 형편이 못 되므로, 나 혼자 갈 경우에는 오후 2시경에 걸어갔는데, 조금이라도 일찍 도착하려고 부리나케 걸었다. 가로수들은 이 나라 풍습에 따라 늘 가지가 잘려져 있어서 그늘이라고는 거의 조금도 제공하지 않았다. 그래서 종종 더위와 피로로 기진맥진한 나는 더 이상 견딜 수 없어서 땅바닥에 대자로 누워버리곤 했다. 나는 걸음을 늦추어 보려고 무슨 책이라도 들고 갈 생각을 했다. 하루는 잡지인 〈메르퀴르 드 프랑스〉를 들고 갔다. 걸으면서 그것을 훑어보던 중 나는 디종 아카데미가 다음 해 현상공모를 위해 제시한 다음과 같은 질문에 부딪쳤다. '학문과 예술의 진보는 풍습을 타락시키는 데 기여했는가 혹은 순화시키는 데 기여했는가?'

이것을 읽는 순간 나는 다른 세계를 보았고 딴 사람이 되었다. 여기서 내가 받은 인상은 또렷하게 기억하고 있지만, 그 자세한 것은 말제르브 씨에게 보낸 네 통의 편지 중의 하나에 써둔 이후로 내 기억에 희미하다. 이것은 내 기억력의 특이한 성격들의 하나로 이야기할 가치가 있을 것이다. 기억력이 내게 도움이 되는 것은 오로지 내가 그 기억력에 의지하고 있는 한에서이다. 기억에 맡겨놓은 것을 종이에 옮겨놓으면 곧 그 기억력은 내게서 떠나버린다. 무엇이고 한 번 종이에 옮겨놓고 나서는 전혀 그것을 기억하지 못한다. 이런 특이한 성격은 음악에서조차 나를 따라다닌다. 음악을 배우기 전까지만 해도 노래를 많이 외우고 있었으나, 악보를 보고 노래를 부를 수 있게 되자 어느 것 하나 기억할 수 없었다. 내가 제일 좋아하던 노래들 중 그 어느 하나라도 지금 처음부터 끝까지 외울 수 있을지 의심스럽다.

이러한 상황에서 내가 매우 분명히 기억하는 것은 뱅센에 도착했을 때 정신착란과 유사한 흥분 상태에 있었다는 것이다. 디드로는 이것을 알아챘다. 나는 그에게 그 까닭을 말했다. 그리고 나는 떡갈나무 아래서 연필로 써둔 〈죽은 파브리시우스가 돌아와 하는 말〉[1]을 그에게 읽어주었다. 그는 내 생각을 자유롭게 발휘해서 현상에 응모해보라고 격려해주었다. 나도 그러기로 했다. 그리고 나는 그 순간부터 파멸의 길로 접어들었다. 나머지 내 모든 인생과 내 모든 불행은 이 일탈의 순간에서 생긴 불가피한 결과였다.

내 감정은 전혀 상상도 못할 정도의 속도로 고조되어 내 사상과 일치해 갔다. 내 온갖 보잘것없는 정욕들은 진리와 자유와 미덕에 대한 열광으로 질식되고 말았다. 그리고 가장 놀라

---

1 파브리시우스(Fabricius) : 플루타르코스 위인전에 등장하는 인물들 중 한 사람으로 기원전 3세기경 활동한 로마의 정치인. 그는 청렴하기로 유명하였고 로마 제국이 나약해지는 것을 기록하였다. 루소는 근엄한 로마인인 파브리시우스가 살아 돌아와 당시 세상을 보고 했을 말을 상상하여 글을 쓴 것이다.

운 것은 이러한 흥분이 아마 어느 다른 사람의 마음에서도 일찍이 없었다고 할 만큼 높은 정도로 4, 5년 이상 내 마음속에서 유지되고 있었다는 사실이다. (130~132쪽)

1750년 루소의 논문은 1등상을 받았다. 이를 계기로 그는 자신의 논문에서 주장한 미덕을 실천해야 한다는 생각을 갖게 되었지만, "야유에 대한 수치심과 두려움 때문에" 자신이 주장한 원칙에 자신의 행동을 일치시키려는 시도를 미루게 된다. 또 테레즈가 세 번째로 임신했을 때 아버지로서의 의무에 대해 성찰하기도 한다.

아이들을 낳아 고아원에 버리다

루소와 테레즈의 관계가 시작된 지 약 1년 후에 테레즈는 임신 사실을 밝혔고, 1746년 말이나 1747년 초에 첫 아이가 태어났는데 출생일에 대한 기록도 없고 성별조차 확실하지 않다. 그 아기는 즉시 기아 수용시설, 즉 고아원에 맡겨졌고 그 후 연달아 태어난 다른 네 명의 아기들도 사정은 마찬가지였다. 교육서 《에밀》을 읽는 독자들은 우선 그 저자가 자신의 아이 다섯 명을 고아원에 버렸다는 사실에서 불편함을 느낄 것이다. 어떻게 자신의 아이들을 키우기를 거부한 사람이 교육에 대해 논할 수 있단 말인가?

그리고 이러한 의혹은 비단 《에밀》에 국한되지 않는다. 루소는 출세작인 《학문 · 예술론》에서 문학을 비난하면서 문단에 등단하였고 연애 소설 《신엘로이즈》를 썼다. 그는 이 세상에서 가능한 단 하나의 완벽한 생활은 가정생활이라고 말하였으나 현실적으로 가정을 이루지 않았다. 또 시민의 의무는 조국 내에서 살며 공화국의 법률에 따르는 것이라고 가르쳤으나 영원한 떠돌이의 삶을 살았다. 자신의 글에서 나타나는 주장과 완전히 다른 삶을 산 그에게서 우리는 어떻게 작가의 진정성을 기대할 수 있을까? 평소 루소를 지적 사기꾼이라고 생각했던 당대의 거물 볼테르는 《에밀》이 나오자마자 《시민의 의견》이라는 소책자를 써 루소가 자식을 거리에 내버렸다고 격렬한 인신공격을 가했다.

정말로 루소는 도덕적으로 볼 때 추잡한 협잡꾼에 지나지 않는 것일까? 루소의 옹호자들은 이 아이들이 루소의 친자가 아니라 테레즈와 다른 남자들 사이에서 태어난 아이들이라고 주장하는가 하면, 또 성적 불능의 의혹을 받고 있던 루소가 이를 감추기 위하여 꾸며낸 거짓말이라고 가정하기도 하지만 이러한 변명들은 별로 근거가 없어 보인다는 것이 정설이다.

첫 아이가 태어날 당시 루소의 생활은 불안정하였다. 언제든지 해고당할 수 있는 일종의 서기 생활을 하면서 겨우 생활비를 버는 정도였다. 또한 당시 테레즈와는 결혼할 생각이 없었다. 루소는 이러한 환경에서 아이들을 정상적으로 키우기가 불가능하며, 이러한 문제를 가장 간단하게 해결하는 방법은 프랑스의 관습을 따르는 것이라고 생각했다. 프랑스에서는 17세기 말부터 버려지는 영아들의 숫자가 정기적으로 증가하기 시작하였다. 루소가 아이를 버리기 전에 읽었던 〈메르퀴르 드 프랑스〉는 1746년 6월 《고아원 시설 약사》를 출간했는데 이에 따르면 1670년에 512명, 1680년 892명, 1700년 1,738명, 1730년 2,401명, 1740년 3,150명, 1745년 3,234명의 아이가 버려졌다. 18세기 후반에 들어 1750년 3,785명, 1760년 5,032명으로 이러한 숫자는 더욱 증가했다. 1772년 대략 6백만 인구의 파리에서 18,713명의 신생아가 태어나 그중 7,676명이 버려졌는데, 이는 신생아의 41%에 달한다. 그리고 그 버려진 아이들 중에는 당대의 저명한 여류 인사 탕생 부인의 사생아이며 후에 《백과전서》의 서문을 쓸 유명한 수학자 달랑베르도 포함되어 있을 정도였다.

결론적으로 말하자면 루소 또한 예외적인 경우가 아니며 그가 그 나라의 관습을 따랐다고 말하는 것도 그리 틀린 말이 아니다. 루소가 취한 행동은 그가 살던 당시의 상황을 고려해서 이해하여야 한다. 그러나 루소가 저술을 통해 당대의 도덕적 타락을 맹렬히 공격하면서 작가로서의 명성을 획득하였고, 그러한 성공 이후에 자신의 글과 삶을 일치시키기 위해 자신의 삶을 도덕적으로 개혁한다는 결심을 한 이후에도 계속 아이들을 버렸다는 것은 이해하기 힘든 일이다. 더군다나 문단에서의 성공으로 인하여 경제적 어려움도 어느 정도 해소되었던 상황에서 말이다.

우선 주목할 것은 루소가 '자기 개혁' 이전에는 거의 아무런 생각도 그리고 양심의 가책도 없이 아이들을 버렸다는 사실이다. 그는 아이들을 기를 수 없는 어려운 형편에서 바람둥이 친구들의 충고에 따라 세상의 관례대로 아이들을 기아 수용시설에 맡겼다고 거의 경쾌한 어조로 말한다. 루소는 이른바 '자기 개혁'을 결심한 이후에야 비로소 자신의 행위를 의식하고 그것이 자기 아버지의 행위와 어떻게 다를 수 있는지를 성찰하기에 이른 것이다. 루소는 자기 개혁을 통해 글을 돈벌이의 수단으로 삼기를 거부함으로써 모든 사람들을 위해 진리를 말해야 하는 작가의 의무와 개인의 물질적 욕망의 대립을 피한다. 만약 그가 아들을 버리고 유산을 가로챈 아버지처럼 자식 같은 글을 팔아 부를 추구한다면 미덕을 위해 말하는 것은 불가능하게 되었을 것이다. 책의 아버지인 작가는 모든 사리사욕을 버리고 오직 미덕을 위해 글을 쓸 때만 좋은 자식, 즉 좋은 책을 만들 수 있다. 이렇게 볼 때 루소의 자기 개혁은 아버지와 자신을 동일시하려는 욕망이 아니라 오히려 미덕을 저버린 아버지를 간접적으로 비난하는 행동으로 볼 수 있다. 특히 루소가 자기 개혁을 시작할 때 아버지의 직업을 상기시키는 시계를 팔면서 엄청나게 기뻐하며 "다행스럽게도 이제는 몇 시인지 알 필요가 없게 되겠구나"라고 중얼거렸다는 사실은 의미심장하다.

그렇다면 아버지를 닮지 않기를 결심한 루소가 왜 아버지처럼 자식들을 버렸을까? 루소는 자신이 아이들을 버린 가장 큰 이유로 열악한 경제적 여건을 드는데, 프랑쾨유 부인에게 보내는 편지에서는 이에 대해 좀더 상세히 말하고 있다.

> 곤궁함과 불행으로 인해 그렇게나 소중한 책임을 완수할 능력이 없다는 것은 내가 동정받아야만 하는 불행이지 비난받아야 할 죄악이 아닙니다. (…) 나는 꽤나 고생하면서 매일매일 생활비를 버는데, 어떻게 내가 거기에다 또 가족을 부양할 수 있

> 겠습니까? 그리고 내가 어쩔 수 없이 작가를 직업으로 삼아야 한다면, 집안 걱정과 아이들에 대한 근심으로 인해 내가 어떻게 벌이가 되는 일을 하기 위해 필요한 정신적 평안함을 내 지붕 밑 방에서 가질 수 있겠습니까?

루소는 진리만을 말하는 작가가 되기 위해 당시의 문예후원제도가 작가에게 제공하는 혜택 등을 포함한 모든 사회적 혜택을 거부하고 궁핍한 삶을 살기로 결심했다. 그러나 아이들의 생활비를 벌기 위해서 그 혜택을 받아들여야만 할 상황에 놓이게 된다면 자기 마음대로 글을 쓰지 못하게 될 것이다. 유산을 가로챈 아버지 때문에 돈을 사용하여 얻을 수 있는 자유를 빼앗겼다면, 이제는 자식들로 인해 돈을 거부할 수 있는 자유를 박탈당할 위기에 몰리게 된 것이다. 루소는 작가로서의 의무와 아버지로서의 의무가 첨예하게 대립하는 상황에서, 아버지에 대한 자신의 경험에 비추어 만약 자식들을 위해 자신의 자유를 희생한다면 아이들을 미워하게 될 것임을 예감한다. 이것은 자식들의 입장에서도 마찬가지이다. 만약 루소가 작가로서 받을 수 있는 사회적 혜택을 거부한다면, 자식들은 이를 자신들이 받아야 할 유산을 주지 않으려는 행위로 이해하고 아버지를 증오하게 될 것이다. 그는 자신이 문예후원제도의 혜택을 받기를 간절히 바라는 가난하고 탐욕스러운 테레즈의 가족들 그리고 그에게 혜택을 주기를 바라는 후원자들이 자신과 자식들을 이간하고 자식들을 타락시킬 것이라고 믿었다. 게다가 항상 자신의 건강이 좋지 않다고 생각했던 루소로서는 자신이 얼마 살지 못하고 죽게 된다면 테레즈가 자식들을 버릴지 모른다고 생각했다. 그렇다면 오히려 아이들에게는 아버지를 전혀 모르는 상태에서 커가는 것이 오히려 더 바람직한 것이 아닐까? 이러한 상황에서 루소는 아이들을 고아원에 맡기는 것이 최선의 선택이라고 생각했다. 작가 루소는 제네바의 시민이자 "플라톤의 공화국의 일원"으로 '진리를 위해 목숨을 바치고자' 결심한 사람이다. 진정한 시민에게 공동체에 대한 사랑은 자식들에 대한 애정보다 우위에 있는 가치이다. 뿐만 아니라 기아 수용시설에 맡겨진 아이들은 공공 교육을 받으면서 스스로의 노동으로 생계를 버는 농부나 노동자로 자라나 순수한 삶을 살아갈 수 있을 것이다. 그러나 플라톤의 계획은 이상적인 공화국의 모든 아이들을 위한 것이었지 소수의 불우한 아이들을 위한 것이 아니었음을 루소도 인식하고 있었고 또한 자신이 전개한 변명이 스스로를 설득하기에도 충분하지 않다는 사실을 잘 알고 있었기 때문에, 그는 "내가 내린 결론이 틀렸다"고 말한다.

그러나 동시에 그는 "그럼에도 나는 마음에 안도감을 갖고 그 결론에 스스로를 맡겼는데, 그러한 마음의 안도감보다 더 놀라운 것은 없다"고 말하면서 자신이 아이들을 버린 데에는 무의식적인 요인이 작용하고 있음을 인정한다. 그리고는 이 변명이 끝나는 부분에서 "나 자신도 내 아이들처럼 키워지고 양육되었으면 하고 원했고 아직도 원하고 있다"는 이해하기 힘든 말을 한다. 이 말이 사실이라면 그는 아버지로부터 버림을 받기 이전에 이미 그렇게 되기를 원했다는 것이고 유산 문제 이전에 아버지와 아들 사이에는 심각한 갈등이 잠복해 있었다는 사실을 의미한다. 그리고 이러한 갈등은 루소가 아버지로부터 제대로 유산을 상속받지 못했을 뿐 아니라 아버지에게서 온전한 남성의 모델을 물려받지 못해 오이디푸스 콤플렉스를 제대로 극복하지 못했기 때문에 생겨난 것으로 보인다. 삶에서 남성의 역할을 제대로 맡을 수 없는 그에게 생물학적 자식보다는 자기가 쓴 작품이 더욱 자식같이 느껴졌을 것이다.

어쨌든 이 일에 대해 훗날 루소가 후회했다는 사실은 의심의 여지가 없다. 그는 《에밀》에서 "가난도 일도 체면도 자식을 키우고 직접 교육시키는 일로부터 그를 면제시켜줄 수 없다. 독자들이여, 그 점에 대해서는 나를 믿어도 좋다. 누구든 인간으로서의 정을 가지고 있으면서 그토록 신성한 의무를 저버리는 자에게 예언하건대, 그는 오랫동안 자신의 잘못에 대해 통한의 눈물을 쏟게 될 것이며 결코 그 무엇으로도 위로받지 못하리라"고 탄식하고 있기 때문이다. 아이러니컬하지만 루소의 경우 바로 아이를 버렸기 때문에 교육론을 쓸 수 있었다고도 말할 수 있다. 그 자신의 말처럼 작가로서의 루소는 여인에게 사랑의 편지를 쓰기 위하여 그 여인과 떨어져 있어야 하는 남자와 같다. 사라진 아이들이 그의 가슴에 남긴 공허감은 역으로 그 공허감을 메우려는 강력한 에너지를 불러들인다. 채우고 싶지만 채울 수 없었던 삶의 빈자리로부터 루소의 글쓰기는 시작한다.

> 이듬해인 1750년, 더 이상 내 논문을 생각하지도 않고 있던 무렵에 그것이 디종에서 상을 받았다는 것을 알았다. 이 소식은 내게 이 논문을 쓰게 한 모든 사상들을 일깨웠고 그것들에 새로운 활기를 불어넣었으며, 아버지와 조국과 플루타르코스가 내 어린 시절 마음속에 심어놓았던 영웅심과 미덕의 최초의 효모를 마침내 발효시켰다. 나는 부귀공명을 초월하여

자유롭고 유덕하며 스스로에게 자족한 것보다 더 위대하고 아름다운 아무것도 찾지 못했다. 비록 야유에 대한 수치심과 두려움 때문에 처음부터 이러한 원칙들에 의거하여 처신하거나 당대의 윤리적 규범에 갑자기 정면공격을 가하지는 못했지만, 그때부터 나는 그것에 대해 확고한 결의가 섰다. 그런데 이러한 결의가 장애물로 자극받아 승리를 거두기 위해서는 시간이 필요했다. 나는 단지 그 시간만큼만 그 결의를 실행에 옮기는 데 지체한 것이다.

내가 인간의 의무에 대해서 철학적으로 사색하던 동안, 내 자신의 의무에 대해 더욱 곰곰이 성찰할 수 있게 해주는 사건이 하나 생겼다. 테레즈가 세 번째 임신을 하게 된 것이다. 나는 내 행위로 내가 주장하는 원칙들을 부인하기에는 스스로에게 너무나 진실하고 마음속으로 너무나 자부심을 갖고 있었다. 그래서 내 자식들의 운명과 내가 그들의 어머니와 맺은 관계를 자연과 정의와 이성의 법에 의거하여 그리고 그 창시자처럼 순수하고 성스럽고 영원한 그 종교 — 그런데 불가능한 것을 실천하지 않아도 될 때 그것을 명하는 것은 별로 부담이 되지 않는다는 점에 비추어 볼 때, 사람들은 그 종교를 정화하길 원하는 척하면서 그것을 훼손하고 그들의 관례적인 언사에 의해 이제는 말로만 종교인 것으로 만들어버렸다 — 의 법에 의거하여 검토하기 시작하였다. 내가 내린 결론이 틀리기는 했지만 나는 마음에 안도감을 갖고 그 결론에 내 자신을 맡겼는데, 그러한 마음의 안도감보다 더 놀라운 것은 없다.

만약 내가 자연의 부드러운 소리에 귀를 기울이지 않으며 정의와 인정의 진정한 감정이 마음속에 전혀 싹트지 않았던 천성적으로 나쁜 그런 사람들에 속한다면, 이러한 무정함은 아주 쉬운 일일 것이다. 그러나 온정에 가득 찬 그 마음, 그토록 강렬한 그 감성, 쉽게 애정을 품는 그 성향, 나를 지배하는 애정의 그 강렬한 힘, 그 애정을 끊어야 할 때의 가슴이 찢기는 그 고통, 인류에 대한 그 타고난 호의, 위대하고 진실하며 아름답고 정의로운 것에 대한 그 열렬한 사랑, 모든 종류의 악에 대한 그 증오심, 미워할 줄도 해칠 줄도 모르고 심지어 그럴 마음조차 먹지 못하는 그 성격, 무엇이든 간에 고결하고 관대하며 사랑스러운 것을 볼 때마다 느끼는 그 감동과 그 강렬하고도 감미로운 흥분, 이 모든 것이 의무들 중 가장 감미로운 의무를 사정없이 짓밟아버리는 패륜과 한 영혼 안에서 도대체 조화를 이룰 수 있겠는가? 아니, 그럴 수는 없다. 나는 그것을 느끼고 분명하게 말한다. 그것은 불가능하다고.

장자크는 그의 생애의 단 한순간도 무정하고 무자비한 인간, 무도한 아비가 될 수는 없었다. 나는 잘못 생각할 수는 있지만 결코 냉혹할 수는 없었다. 내 나름의 이유들을 말하자면 얼마든지 말할 수 있을 것이다. 그러나 내가 그러한 이유들에

속을 수 있었으니만큼, 또 많은 사람들이 그것들에 속을 수 있을 것이다. 나는 내 글을 읽을 수도 있는 젊은이들을 같은 잘못으로 그르치게 하고 싶지는 않다. 나는 단지 다음과 같이 말하는 것으로 만족할 것이다. 내 아이들을 손수 키울 수 없어서 그들을 공공 교육에 위탁하여 건달이나 재산을 노리는 사람보다는 차라리 노동자나 농민이 되도록 하면, 시민으로서나 아버지로서의 행위에 어긋나지 않는다고 믿고 나 자신을 플라톤의 공화국의 일원이라고 생각했을 정도로 내 잘못이 컸다고. 그 후 몇 차례고 내 마음에서 나오는 뉘우침은 내가 잘못했음을 가르쳐주었다. 그러나 내 이성은 그와 같은 경고를 발하지 않았고 도리어 나는 내가 아이들을 버리지 않으면 안 될 판국에 그렇게 함으로써 아이들을 그 아비의 운명과 그들에게 닥쳐올 운명으로부터 지키게 되었음을 종종 하늘에 감사했다. 그 뒤에 우정이나 인정 혹은 다른 동기에서 데피네 부인이나 뤽상부르 부인이 아이들을 맡았으면 했지만, 설령 그녀들에게 맡겨 보았자 그 아이들이 더 행복해지고 적어도 정직한 사람으로 길러졌을까? 나는 모르겠다. 그러나 나로서 확실한 것은 그들이 자신의 부모를 증오하고 어쩌면 배신하도록 키워졌으리라는 것이다. 그렇다면 차라리 그들의 부모를 전혀 몰랐던 편이 백 배 낫다.

그래서 내 세 번째 아이도 처음 두 아이들처럼 기아 수용시설에 보내졌고, 그 다음에 생긴 두 아이들도 역시 마찬가지였다. 나는 아이가 모두 다섯이었으니 말이다. 내게는 이러한 해결이 매우 훌륭하고 분별이 있고 정당하게 보였지만, 내가 공연히 그것을 자랑하지 않은 것은 오직 그 어미에 대한 고려 때문이었다. 그러나 나는 우리 두 사람의 관계를 알렸던 사람들 모두에게는 그 사실을 말했다. 나는 디드로와 그림에게 그것을 말했고, 다음에는 데피네 부인 또 그 다음에는 뤽상부르 부인에게까지 알려주었다. 그것도 무슨 필요 때문에 그런 것이 아니라 터놓고 솔직하게 말했다. 숨기려면 모든 사람들에게 쉽게 그것을 숨길 수도 있었지만 말이다. 그럴 것이 산파 구앵은 정직한 여인으로 매우 입이 무거워서 내가 완전히 믿었기 때문이다. 내 친구들 중 내가 사실을 말해주어서 어떤 이득을 본 유일한 친구는 의사 티에리인데, 그는 우리 가엾은 아줌마가 난산으로 한 번 몹시 고생했을 때 그녀를 치료해주었다. 요컨대 나는 내 행위를 전혀 숨기지 않았는데, 그것은 내 친구들에게 결코 어떤 것도 숨길 줄 몰랐기 때문만이 아니라 사실 내 행위가 전혀 나쁜 것이라 생각지 않았기 때문이기도 하다. 나는 심사숙고한 끝에 내 아이들을 위해 최선의 것 혹은 내가 최선의 것이라고 생각한 것을 선택했다. 나 자신도 내 아이들처럼 키워지고 양육되었으면 하고 원했고 아직도 원하고 있다. (138~141쪽)

1750년 프랑쾨유는 자신이 맡고 있던 세금 징수 사무소에서 회계원 자리가 나서 이를 루소에게 제안했다. 루소는 그리 내키지는 않았지만 쉽고 보수도 많은 일을 거절할 수 없었다. 그러나 많은 돈을 다뤄야 하는 책임은 루소를 불안하게 했다. 그는 1년 정도 억지로 일을 했지만 프랑쾨유가 여행을 가느라 혼자서 금고를 책임지게 되자 두려운 나머지 병이 나 드러누웠고, 이를 계기로 일을 그만두기로 결심한다. 이 무렵 고질병인 비뇨기 질환이 심해져 진찰을 받았는데 6개월을 넘기지 못할 것이라는 선고를 받는다. 그는 자신의 삶에 대해 성찰하면서 세속적인 출세에 대한 꿈을 완전히 접고 남에게 기대지 않고 청빈하게 살 것을 결심한다.

자기 개혁

사회의 허위와 부정을 비판하려고 작가가 된 루소는 역설적인 상황에 놓인다. 아카데미의 상을 받으면서 작가가 된 루소는 여론과 성공과 유행이라는 사회적 회로로 들어간다. 그는 처음부터 자기모순에 빠졌다는 의심을 받으며 문학을 포함한 학문에 대해 가한 공격이 자신에게로 돌아올 수 있음을 깨닫는다. 글을 쓴 것에 대해 속죄할 수 있는 방법 중 가장 극단적인 것은 침묵하는 것이 될 것이다. 그러나 독자들로부터 애정을 갈구하는 루소는 절대적인 침묵을 지킬 수 없다. 그에게 남은 방법은 자신의 글에 행동을 일치시키면서 자신이 위선적인 출세자가 아님을 증명하는 것이다. 루소는 자신이 거둔 최초의 문학적 성공 덕분에 독자들의 시선이 자신에게 집중되었을 때 비로소 '자기 개혁'을 본격적으로 실천한다. 루소는 사회적 상황에 비추어 볼 때 너무나 대담하게 개진되어 진담처럼 보이지 않는 자신의 글에 자신의 행동을 합치시키려고 시도한다. 이러한 시도는 독자들에게 올바른 해석의 방향을 가리키면서 동시에 자신의 진정성을 획득하려는 기묘한 모험이다.

루소의 개혁은 사람들의 눈에 가장 분명히 드러나는 겉모습에서부터 시작한다. 루소에게 사회적 신분의 지표인 복장과 당시 첨단기술의 상징이었던 시계를 몸에서 제거하는 것은 곧 사회가 자신에게 강요하는 모든 억압을 벗어버리는 상징적 행위가 된다. 그러나 이러한 사소한 겉모습의 변화만으로는 사람들의 의구심을 말끔히 해소하기에는 충분하지 못하다. 마침내 루소는 문학적 영광으로 진입하는 문턱에서 작가라는 직업을 포기하고 악보 필경사를 평생의 직업으로 삼으리라 결심한다. 루소는 문학을 문학 이상으로 만들기를 원한 것이다. 루소에게 문학적 창조는 어떤 사회적인 수요에 따르는 생산품이 아니며 저자의 생활을 보장하는 상품도 아니다. 그것은 모든 물질적 이해관계를 넘어 오직 고귀한 진리에만 봉사하는 정신적인 활동이다. 그리고 바로 이러한 이유로 문학적 창조는 사상의 자유와 독립성을 절대적으로 요구한다. 악보 필경사라는 직업은 사유의 독립성을 확보하는 물적 토대의 역할을 한다. 작가의 생활 조건을 지배하고 있는 권력은 그것을 무기로 삼아 자신을 공격하는 진리를 억압하고 왜곡한다. 작가 루소는 진리를 말하기 위해 자신의 삶이 권력, 더 나아가 사회의 요구에 종속되어서는 안 된다고 생각한다. 또한 악보 필경사로서 영위하는 가난한 삶은 그의 미덕의 한 증거가 된다. 그가 글을 위해 희생하면 할수록 그의 글은 더욱 더 찬란한 빛을 발산하여 작가의 영광을 밝힐 것이기 때문이다. 그리고 루소는 타락한 사회에 대한 살아 있는 경고이자, 인류의 교사가 될 것이다.

루소의 개혁은 애초에 어느 정도 자기기만을 내포한 신비주의 전략으로 보일 수 있다. 파리의 사교계에서 자신의 가치를 제대로 인정받지 못한 루소는 자신의 진정한 내면을 보여주기 위해서 “숨어서 글을 쓰겠다”는 결심을 여러 번 밝힌 바 있다. 많은 비평가들은 이를 근거로 삼아서 상류사회에 잘 적응하지 못한 루소가 개혁을 핑계삼아 사교계로부터 물러나면서 자신의 결점을 미덕으로 포장하였다는 점을 지적한다.

그러나 어느 정도 이러한 사실을 감안한다 하더라도 우리는 루소의 개혁에 숨은 적극적 의도를 간과해서는 안 된다. 루소는 당대 지식인들과 벌이는 게임에서 승리를 거두는 방법을 발견했는데, 그것은 그들보다 게임을 더 잘하는 것이 아니라 오히려 게임의 법칙 자체를 바꾸어버리는 것이다. 그는 모든 예술과 학문 위에 도덕적 미덕을 최상의 가치로 올려놓고 그 자신을 미덕의 화신으로 승격시켰다. 그는 이러한 시도를 통해 사회적으로 보장된 문학적 영광을 거부하면서 실상은 그 영광보다 더욱 찬란한 승리를 노리고 있다. 그 보상은 작품의 저자로서 존경받기보다는 아름다운 영혼을 소유한 한 인간으로 사랑받는 것이다.

루소가 시도한 개혁의 일차적인 목적이 진리에 자신을 바치기 위한 것이라고 해도 거기에는 타인의 인정을 얻으려는 욕망이 전적으로 배제되어 있지는 않다. 이러한 맥락으로부터 데리다는 《그라마톨로지》에서 "루소는 타인에게 인정을 받기 위해 세계 속에서 타인과 투쟁하는 것을 포기하고, 다시 말하면 현존의 삶을 포기하고 그 전쟁을 진리와 가치의 이상을 추구하는 내면의 전쟁으로 옮겨 놓는다. 그는 글쓰기를 통해 삶을 초월한 곳에 자리 잡기를 원하면서도 동시에 타인의 인정을 향유하기 위해 삶을 보존한다"고 말한다.

그가 복장부터 개혁하기 시작했지만 사람들의 눈에 띄지 않는 값비싼 속옷마저 포기하지는 못했다는 사실은 그가 완벽하게 사심을 버리지 못했다는 것을 보여준다. 또한 루소가 악보 필경사를 직업으로 선택하였다는 사실 자체에서도 우리는 루소의 자기기만을 엿볼 수 있다. 자신이 그리 훌륭한 악보 필경사가 아님에도 불구하고, 문학적 성공을 거둔 그에게 관심이 있는 상류층 인사들이 그와 접촉하기 위해 일거리를 줄 것이라는 확신이 있었기에 그는 그러한 선택을 할 수 있었다. 마찬가지로 그가 선택한 몽모랑시에서의 고독한 칩거는 파리의 상류사회와 연결되는 모든 인연들과의 결별을 의미하지 않는다. 악보 필경을 계속하기 위해서는 고객들로부터 멀리 떨어져 있지 않은 곳에 자리를 잡고 그들과의 연결을 유지해야 하기 때문이다. 그리고 이러한 상태가 유지되어야만 작가 루소는 사회로부터 잊히지 않을 것이다.

그래서 그는 완벽한 침묵과 고독을 지향하지만 그 속에 결정적으로 자리 잡을 수는 없다. 묵묵히 미덕을 실천하지 못하는 그는 고독하지만 대도시와 멀리 떨어져 있지 않은 몽모랑시에 거주하면서 진리에 대해 글을 쓴다. 그의 글쓰기는 보편적인 진리를 향하면서 동시에 개별적인 인간 루소를 향한다. 보편성과 개별성이 진리 속에서 하나가 되기 위해서는 저자 루소와 독자들이 사랑 속에서 하나가 되어야 한다. 1752년 10월에 상연한 루소의 희가극 〈마을의 점쟁이〉가 성공을 거두는 장면은 이러한 루소의 욕망이 어떻게 충족되는지를 생생히 보여주게 될 것이다.

독립해서 살려고 해도 생계는 꾸려야 했다. 나는 이를 위한 아주 간단한 방법을 생각해냈는데, 그것은 한 장에 얼마씩 받고 악보를 베끼는 일이었다. 어떤 일이든 간에 보다 확실한 일로 같은 목적을 달성할 수 있었다면, 나는 그 일을 잡았을 것이다. 그러나 이러한 재주는 내 취향에도 맞고 개인적으로 얽매이지 않고도 그날그날 빵을 벌 수 있는 유일한 길이어서 그것으로 정했다. 더 이상 장래를 걱정할 필요는 없다고 생각하며 재무관의 회계원이라는 허영심을 잠재우고 악보 필경사가 되었다. 나는 이러한 선택을 해서 많은 덕을 보았다고 생각했고, 그 선택을 조금도 후회하지 않아서 부득이한 경우가 아니면 그 일을 그만둔 적이 없고 그만두었다가도 될 수 있는 한 빨리 다시 그 일을 잡았다.

내 첫 논문의 성공으로 이러한 결심을 실행하는 것이 더 쉬워졌다. 그것이 상을 받게 되자 디드로는 선뜻 그 출판을 맡았다. 내가 병으로 누워 있는 동안 짤막한 편지를 보내 그것의 출판과 결과를 알려주었다. 나에게 "그것은 정말 격찬을 받고 있는데, 그 같은 성공은 유례가 없다"고 강조했다. 전혀 술수를 쓰지도 않았음에도 불구하고 무명작가에게 주어진 이러한 대중의 호평으로 인해 나는 내심으로는 느끼면서도 그때까지 항상 의심하고 있었던 내 재능에 대해서 처음으로 진정한 자신감을 갖게 되었다. 나는 그때 막 내리려던 결정에 대해 그로부터 끌어낼 수 있는 이점을 모두 깨닫고, 문단에서 다소 명성이 있는 악보 필경사라면 아마 일감이 떨어지는 일은 없을 것이라고 판단했다.

내 결심이 분명히 서고 확고히 굳어지자마자 나는 프랑쾨유 씨에게 짤막한 편지를 써 그 사실을 알리고, 그가 뒤팽 부인과 함께 베풀어 준 모든 호의에 감사하며 그들에게 단골이 되어달라고 부탁했다. 프랑쾨유는 이 편지의 뜻을 전혀 이해하지 못하고 내가 아직도 열로 인한 착란 상태에 있다고 생각하고 우리 집으로 달려왔다. 그러나 내 결심이 도저히 꺾을 수 없을 만큼 너무나 확고하다는 것을 알았다. 그는 뒤팽 부인을 비롯한 모든 사람들에게 가서 내가 미쳤다고 지껄여댔다. 나는 그런 말을 하거나 말거나 내 길을 갔다. 우선 몸치장부터 자기 개혁을 시작했다. 금박 장식물과 흰색 긴 양말을 버리고, 가발도 둥근 것으로 하고 칼을 풀었다. 시계를 팔면서 나는 엄청난 기쁨을 갖고 중얼거렸다. "다행스럽게도 이제는 몇 시인지 알 필요가 없게 되겠구나."

(…)

사치에 대한 나의 개혁이 아무리 엄격하였다 해도 처음에는 내가 가진 내의에까지 확대해서 적용하지는 않았다. 그것들은 베네치아에서 입던 옷가지들 중 남아 있는 것들로 고급이고 여러 벌 많이 갖고 있어서 특별히 애착이 갔다. 그것들을 품위 있는 것으로 만들려고 한 나머지 사치품을 만들어버려서 어쨌든 비용이 꽤 들어갔다. 그런데 어떤 사람이 톡톡히 수고를 해준 덕택에 나는 이러한 구속으로부터 벗어나게 되었다. 크리스마스 전날 '가정부들'[2]이 저녁 미사에 가고 내가 종교음악회에 나가 있는 동안 누가 지붕 밑 방문을 부수고 들어왔는데, 그 방에는 막 세탁을 해놓은 우리 내의들이 모두 널려 있었다. 몽땅 도둑을 맞았다. 그중에서 특히 매우 고급 기지로 만든 내 셔츠가 마흔두 벌이 있었는데, 그것들은 내 내의류의 대부분을 차지하고 있었다. 이웃사람들이 바로 그 시간에 몇 개의 보따리를 갖고 그 집에서 나오는 어떤 사람을 보고서는 그 모습을 이야기해주었는데, 테레즈와 나는 그 외

2 고프쿠르가 테레즈 모녀에게 붙인 별명으로 루소도 테레즈를 이렇게 불렀다.

관으로 보아 매우 못된 인물로 알려진 그녀의 오빠를 의심했다. 그의 어머니는 이러한 혐의를 극구 부인했지만, 그것을 확증하는 간접 증거들이 너무나 많아서 그녀가 암만 그래도 그 의혹은 풀리지 않고 남았다. 그러나 나는 내가 원했던 이상의 죄과가 드러날까 두려워 감히 정확한 수사를 하지는 못했다. 이 오빠는 더 이상 내 집에 얼굴을 내밀지 않았고 마침내는 완전히 사라졌다. 나는 그토록 복잡한 가족에 매여 있는 테레즈와 내 운명을 한탄했다. 그리고 이렇게 위험한 멍에에서 벗어나라고 어느 때보다 더욱 간곡히 그녀에게 충고했다. 이 사건으로 고급 내의에 대한 내 집착은 고쳐졌다. 그 이후부터 내 나머지 의복들과 더욱 잘 어울리는 아주 평범한 내의 이외에는 다른 내의를 가진 적이 없었다.

이렇게 나의 개혁이 완성된 다음 이제 나는 그것을 굳건하고 지속적으로 만드는 것만을 생각했다. 그러기 위해서 아직도 세상 사람들의 판단에 얽매어 있는 모든 것, 남들의 비난이 두려워 그 자체로 선하고 도리에 맞는 것을 회피하게 만들 수 있는 것 일체를 내 마음에서 뿌리째 뽑으려고 노력하였다. 내가 쓴 작품이 일으킨 반향 덕분에 내 결심도 소문이 나서 단골들이 생겼다. 그래서 내 일은 상당히 성공적으로 시작되었다. 그러나 여러 가지 요인으로 인해 다른 상황에서였다면 거둘 수 있었을 만큼의 성공을 거두지는 못했다. 우선 내 건강이 나빴다. 얼마 전에 겪었던 갑작스러운 발병의 영향으로 결코 전과 같이 건강할 수는 없게 되었다.

(…)

글 쓰는 일이 또 다른 소일거리를 만들어 이것이 매일의 작업에 적지 않은 지장을 주었다. 내 논문이 출판되어 나오자마자 문예의 옹호자들이 공모나 한 것처럼 내게 덤벼들었다. 그렇게나 많은 조스[3] 같은 소인배들이 문제조차 이해하지 못하면서 대가연하며 그 문제를 결정하려고 드는 것을 보고 나는 분개하여 펜을 들었다. 그리고 그들 중 몇몇을 호되게 다루어 세간의 호응을 얻지 못하게 만들었다.

(…)

이 모든 논쟁을 치르느라 상당히 바쁘고 악보를 베끼느라 시간을 많이 빼앗겨서, 진리로 보아서도 별 진보가 없었고 주머니로 보아서도 별 이익이 없었다. 그 무렵 내 책을 찍었던 서적상인 피소는 계속 내 소책자들에 대해서는 거의 아무것도 주지 않았고 게다가 전혀 아무것도 주지 않은 적도 종종 있었다. 예를 들면 내 최초의 현상논문에서는 한 푼도 받지 못했는데, 디드로가 그에게 그것을 거저 주었기 때문이다. 그가 내게 약속한 그 약소한 돈도 오랫동안 기다려야 했고 한 푼씩

---

3 몰리에르의 희극 〈사랑이 병을 고치는 의사선생님〉(L'Amour médecin)에 나오는 인물로 자기 자신의 이익만 생각하는 금은 세공품 상인이다.

받아내야 했다. 그렇지만 악보 베끼는 일은 조금도 진척이 없었다. 나는 두 가지 일을 했지만, 그것은 그 두 가지를 다 제대로 하지 못하는 길이 되었다.

게다가 이 두 가지 일은 그것들이 내게 강요하는 서로 다른 생활 방식으로 또 다르게 서로 대립되었다. 내 최초의 글들이 성공을 거두자 나는 유명해졌다. 내가 택한 생활 방식이 사람들의 호기심을 자극하였다. 사람들은 아무도 사귀려 들지 않고 자기 식대로 자유롭고 행복하게 사는 것 이외에는 어떤 것에도 아랑곳 않는 그 괴짜를 알고 싶어 했다. 그것만으로도 벌써 그 괴상한 인간은 도저히 자유롭고 행복할 수가 없게 되어버렸다. 내 방은 갖가지 구실을 대고 와서 시간을 빼앗는 사람들로 대만원을 이루었다. 여자들은 온갖 꾀를 써서 나와 식사를 하려고 했다. 내가 사람들에게 무례하게 굴수록 그들은 더욱 고집을 피웠다. 모든 사람들을 다 거절할 수도 없는 노릇이었다. 사람들을 거절하느라고 수많은 적들을 만들면서도 사람들을 배려하느라고 끊임없이 허덕였다. 어떻게 하든 하루에 한 시간도 내 시간을 가질 수 없었다.

그 무렵 나는 가난하게 독립적으로 산다는 것이 생각처럼 그렇게 쉽지만은 않다는 것을 느꼈다. 나는 내 직업으로 먹고 살기를 원했지만 세상은 그것을 원치 않았다. 사람들은 자신들로 인해 내가 허비한 시간을 보상해주려고 온갖 사소한 수

단들을 생각해냈다. 그러면 틀림없이 나는 오래 지나지 않아 1인당 얼마를 받는 꼭두각시처럼 비쳤을 것이다. 나는 그것처럼 치사하고 견디기 어려운 굴종은 알지 못한다. 이에 대한 해결책으로는 선물이라면 크든 작든 거절하고 그가 누구든 간에 예외를 만들지 않은 것밖에 없다고 보았다. 그러나 이 모든 해결책은 도리어 선물을 주는 사람들을 끌어들였을 뿐인데, 그들은 나의 사양을 물리치는 영광을 갖고 나로 하여금 본의 아니게 그들에게 신세지게끔 만들기를 원했다. 내가 부탁했더라면 나에게 한 푼도 주지 않았을 사람이 끊임없이 선물 공세로 나를 귀찮게 하고 그것이 거절당하게 되면 그 앙갚음으로 내 거절을 거만하다는 둥 과시라는 둥 비난했다. (147~155쪽)

루소가 문예후원제도를 거부하고 검소한 삶을 선택한 것은 테레즈의 어머니의 마음에 들지 않았고, 그녀는 루소 몰래 사람들의 선물을 챙기고 루소의 친구들과 밀담을 나누었다. 루소는 이를 알고 그렇게 하지 말아달라고 부탁했지만 별 소용이 없었다.

루소는 〈마을의 점쟁이〉가 거둔 성공에 대해 언급하기 전에 교우관계에 대해 자세히 말한다. 그의 절친한 친구인 디드로와 그림 이외에 문학계와 사교계와 또 다른 지인들이 많이 있었는데 레날 신부, 돌바크 남작, 뒤클로, 크레키 후작 부인, 뮈사르 등이 그들이다. 특히 동향인으로 친구이자 친척인 뮈사르는 파시에 있는 자기 집으로 루소를 초대했고, 루소는 여기서 광천수를 마시면서 건강을 호전시켰을 뿐만 아니라 이탈리아풍의 소가극 〈마을의 점쟁이〉를 만들었다. 파리에서 작품이 시연되고 호평이 잇따르자 왕실 의전 상연 담당관인 퀴리 씨가 이것을 퐁텐블로 왕궁에서 상연할 것을 요청했다. 마침내 공연 날이 왔다.

영광의 문턱에서

루소는 음악적 기량을 완벽하게 갈고닦을 만한 기술적 훈련을 받은 적이 없었지만 〈마을의 점쟁이〉에서는 자신의 한계를 오히려 장점으로 끌어올렸다. 이 목가적 희가극에서 양치기 처녀 콜레트는 순박한 애인 콜랭을 세련된 귀부인에게 빼앗긴 것을 슬퍼하는데, 인정 많은 점쟁이가 콜랭의 질투심을 불러일으켜 열정을 되살리는 법을 가르쳐주어, 둘은 즐거운 이중창을 부르며 재결합한다. 루소의 부탁을 받은 뒤클로는 이 작품을 파리 오페라 극장에 선보였는데, 이것이 시연에서 호평을 받아 어전에서 공연해 달라는 요청이 들어왔다.

극장에 들어섰을 때 루소는 수염도 깎지 않고 남루한 옷차림으로 갔기 때문에 결례를 행한 것처럼 보일 수 있었는데, 그는 이러한 차림새를 자신의 독립적 성격에 결부시킨다. 루소는 애초부터 프랑스 국왕에게 잘 보여 그의 호의를 얻었으면 하는 욕심이 없는 사람으로 비치기를 원했던 것이다. 일단 공연이 시작되고 전혀 모르는 사람들이 자신의 작품에 감동받는 것을 보자, 루소는 예술가들이 흔히 느끼는 만족감을 맛볼 수 있었다. 특히 그는 직접 만났다면 당연히 그를 무시했을 귀부인들이 공연을 보면서 주체할 수 없이 눈물 흘리는 것을 보았다. 희가극의 성공은 사회적인 출세의 차원을 넘어 루소의 내면 깊이 숨어 있는 그리고 루소가 순수한 정서적인 애정으로 승화시키고 싶어 하는 관능적 쾌락에 대한 욕구를 죄책감 없이 만족시킬 수 있는 계기를 제공한다. 루소는 작품 속에서 욕망을 순수한 애정으로 승화시키는 "감동적인 순박함"을 추구했는데, 이것이 관객들에게 그대로 전달된다. 특히 관객인 여인들과 작가 루소는 작품에서 생겨나는 감동을 통해 탁한 육체적 욕망을 눈물로 정화시킨다. 루소가 흘리는 눈물과 여인들의 눈물 사이에는 관능적인 욕망이 자리잡을 수 없어 보인다. 그러나 이 순수한 애정이야말로 가장 강력한 관능을 내포하고 있다. 여인들이 흘리는 눈물은 정화의 상징인 동시에 방심한 상태에서 벌어진 마음의 틈이 보여주는 내밀한 속살이다. 루소는 보이지 않는 상태에서 노출된 속살을 향유하는 시선이 된다. 자신의 순박한 마음을 드러내는 작품 뒤에 숨어서, 또 극장의 어둠과 좌석들 사이의 거리를 안전하게 이용하면서 루소의 순진한 애정은 얼마든지 자유롭게 관능적인 욕망과 결합된다. 왜냐하면 그는 순진함과 비가시성에 기대어 욕망을 금지하는 타인의 시선을 벗어나기 때문이다. 마치 볼기를 맞는 순간 랑베르시에 양에 대한 순진한 애정이 관능적인 쾌락과 즉각적으로 결부되었던 것처럼 루소는 순수한 애정의 눈물을 핥아먹으면서 자신도 모르게 관능적 쾌락에 먹혀버리는 것이다. 부재와 현존을 교묘하게 관리하는 글쓰기에 매혹된 루소는 현실에서 충족되지 않는 욕망을 글쓰기를 통해 충족시킬 수밖에 없을 것이다.

루이 15세와 왕의 정부 퐁파두르 부인 역시 루소의 음악에 매혹되었고, 그의 행운은 보장된 것처럼 보였다. 그는 그 다음날 왕을 알현할 기회가 주어졌으며 아마 왕으로부터 연금도 받을 수 있으리라는 기별을 받았다. 이때 그가 보이는 복잡한 심경은 사회적 부적응, 미덕, 애정에 대한 욕망 사이의 관계를 가장 극적으로 표현한다. 제일 먼저 문제가 되는 것은 이른바 루소의 사회적 부적응 증상이다. 왕과 만조백관이 모인 앞에서 마땅히 할 말을 잊어버리고 엉뚱한 말을 꺼내는 실수를 하지 않을까 루소는 두려워한다. 이러한 우려는 고질병인 비뇨기 질환으로 어쩌면 사람들 앞에서 오줌을 쌀지도 모른다는 끔찍한 상상으로까지 이어진다. 그는 이러한 공포 때문에 잘하면 탈 수 있을지 모르는 국왕의 연금을 포기하려고 결심하면서, 이러한 결단이 또한 진리와 자유와 용기 그리고 독립과 공평무사를 주장하는 자신의 원칙에 들어맞는다고 스스로를 위안한다.

그런데 우리는 여기서 돈을 가지고 있으면서도 사람들의 시선이 무서워 군것질거리를 사지 못하는 어린 장자크의 모습을 연상하게 된다. 성공을 거둔 그는 군것질거리를 살 수 있는 돈을 가진 장자크처럼 마땅히 왕의 칭찬과 연금을 받을 수 있는 자격을 갖고 있다. 그러나 그의 상상 속에서 궁정에 모인 모든 사람들의 시선은 루소의 마음속에 숨어 있을지도 모르는 욕망을 꿰뚫어 보고 있는 것처럼 느껴진다. 자신이 말더듬이나 오줌싸개가 될지도 모른다는 두려움은 바로 그의 욕망을 비난하는 것처럼 보이는 시선으로부터 생겨나는 것이다. 그리고 그 감추어진 욕망이란 루소 자신이 문학적 성공을 통해 획득하리라 예감하는 부와 권력 그리고 여성에 대한 지배력이다. 루소의 '자기 개혁' 역시 독자들의 시선을 이용하여 이러한 욕심을 독자들에게 감추려는 심리로부터 생겨난 것이다. 그가 욕심에서 멀어질수록 그의 순수한 내면적 가치는 독자들에게 더욱 강렬한 호소력을 발휘하여 그는 독자들로부터 순수한 사랑을 받게 될 것이다. 그러나 자기 개혁, 즉 욕망을 미덕으로 승화시키려는 시도는 완벽한 성공을 거두지 못할 운명에 놓여 있다. 루소는 가장 내밀한 속옷을 포기하지 못했듯이 가장 은밀한 욕망을 포기하지 못하기 때문이다. 그것은 그가 추구하는 미덕이 완전히 몰아내지 못하는 여인에 대한 순수한 사랑의 욕망이다. 그는 이러한 욕망 때문에 자기 개혁을 수행하면서도 글쓰기, 특히 문학을 포기하지 못하게 될 것이다.

어쨌든 루소가 초대를 받아들이지 않고 아무런 설명 없이 파리로 돌아간 것은 당시의 관습에 비추어 볼 때 커다란 스캔들이었다. 왕의 후원이 거절당한 일은 전례가 없었던 데다가, 루소는 출판본 서문에서 작품이 왕을 즐겁게 했다는 사실에 감사하는 것은 잊어버리고 이 작품의 주요한 가치가 자신을 즐겁게 한 것이라고 말함으로써 문제를 더 악화시켰다. 디드로 또한 루소의 처신에 대해 분노했는데, 그는 루소가 세속적 명리에 무관심한 것을 걱정하고 몰래 도와왔기 때문이다. 동료 철학자들 역시 마찬가지로 화를 냈는데, 루소의 독립적인 입장은 철학자들이 권력을 비판하면서도 문예후원 제도를 통해 바로 그 권력에 흡수되는 방식을 암묵적으로 비난하는 것을 의미했기 때문이다. 이 사건은 루소가 문단 권력과도 대립하게 되는 또 다른 계기를 이룬다.

나는 내 인생의 위기의 순간들 중 하나에 직면했다. 여기서 단지 있는 그대로 서술만 하는 것은 어렵다. 왜냐하면 서술 자체에 비난이나 변명의 흔적이 남아 있지 않기란 거의 불가능하기 때문이다. 어쨌든 나는 내가 어떻게 또 어떤 동기로 행동했는지를 칭찬도 비난도 더하지 않고 보고하려고 노력할 것이다.

나는 그날 수염도 텁수룩했고 가발은 변변히 빗질도 하지 않은 채 평상시와 똑같이 아무렇게나 차려입었다. 나는 이러한 결례를 용감한 행위라고 생각하고, 잠시 후에 왕과 왕비와 왕족들을 비롯한 만조백관들이 오기로 되어 있는 홀에 이런 모습으로 들어갔다. 나는 퀴리 씨의 안내로 칸막이 좌석에 가 자리를 잡았는데, 그 좌석은 그의 것이었다. 그것은 무대 측면 위층의 커다란 칸막이 좌석으로 그 맞은편에는 더 높은 곳에 위치한 작은 칸막이 좌석이 있었는데, 거기에는 왕이 퐁파두르 부인과 함께 앉았다. 칸막이 좌석 앞에서 귀부인들에게 둘러싸여 남자라고는 나 혼자여서 분명히 나를 눈에 잘 띄게 하기 위해 거기에 앉혔다는 것을 의심할 여지가 없었다. 불이 켜지자 모두 화려하게 성장을 한 사람들 틈에서 나만 이런 차림으로 있는 꼴을 보고는 마음이 불편해지기 시작했다. 그래서 나는 내가 과연 내가 있을 자리에 있는지 또 예절에 어긋나지 않게 옷을 입었는지를 스스로에게 물어보았다. 그리고 잠시 후 나는 용감히 내 자신에게 괜찮다고 대답했다. 그런데 이러한 용기는 이성의 힘에서 나온 것이라기보다는 뒤로 물러설 여지가 없었다는 데서 나왔을 것이다.

나는 속으로 말했다. "나는 내가 있을 자리에 있다. 왜냐하면 나는 지금 내 작품을 상연하는 것을 보고 있으며, 또 거기에 초대받았고, 오로지 그 때문에 작품을 만들었고, 뭐니 뭐니 해도 내 노력과 재능의 결실을 누리는 데 있어서 나 이상으로 더 권리가 있는 사람은 없기 때문이다. 나는 더 낫지도 더 못하지도 않게 평소의 습관대로 옷을 입었다. 내가 만약 어떤 일에서 다시 굴종하기 시작한다면, 나는 곧 모든 일에서 또 다시 예속 상태에 빠지게 된다. 항상 나 자신이기 위해서는 그것이 어떤 장소이든 내가 선택한 생활 방식에 따라 옷을 입는 것을 부끄러워해서는 안 된다. 겉모습은 수수하고 허술하지만 때가 묻거나 더럽지는 않다. 수염도 자연히 나는 것으로 시대

나 유행에 따라서는 때로 장식이 되기도 하기 때문에 그 자체로는 조금도 지저분한 것이 아니다. 사람들은 나를 우스꽝스럽고 무례하다고 생각할 것이다. 아니, 그런 것이 무슨 상관이냐! 내가 조롱이나 비난을 받을 이유가 없는 이상 그런 것쯤은 참고 견딜 줄 알아야 한다." 이렇게 잠깐 혼잣말을 한 후, 내 마음은 그럴 필요가 있기만 하면 얼마든지 대담무쌍해졌을 정도로 매우 확고해졌다. 그러나 왕이 참석한 효과인지 혹은 주위 사람들 마음의 자연스러운 성향 때문인지 내게 쏠린 호기심 속에서 호의와 정중함만이 보였다. 나는 이에 감동하여 나 자신과 내 작품의 운명에 대해 다시 불안해지기 시작할 정도였다. 오직 내게 갈채를 보내려고 애쓰는 것처럼 보이는 사람들의 이토록 호의적인 기대를 저버릴까 두려웠기 때문이다. 나는 그들의 야유에 맞설 대비를 했다. 그러나 내가 기대하지 않았던 그들의 다정스러운 태도는 내 마음을 온통 사로잡아 막이 오를 때 나는 어린아이처럼 떨고 있었다.

나는 곧 안심했는데, 거기에는 이유가 있었다. 오페라에서 배우들은 아주 연기를 못했지만, 음악은 노래도 연주도 훌륭했다. 진정 감동적인 순박함을 갖고 있는 1장부터 이런 종류의 작품들에서는 그때까지 들어보지 못했던 놀라움과 찬탄으로 웅성거리는 소리가 칸막이 좌석들에서 들렸다. 술렁거림은 점점 커져 곧 청중 전체에서 느낄 수 있을 정도가 되었는데, 몽테스키외 식으로 말하면 효과 자체가 다시 효과를 높일 정도였다. 그 두 어린 선남선녀가 등장하는 장면에서 그 효과는 절정에 달했다. 국왕 앞에서는 박수를 치는 법이 아니다. 그래서 말소리가 죄다 들렸는데, 거기서 그 작품과 작가가 승리를 거두었다. 나는 천사처럼 아름답게 보이는 여인들이 서로 낮은 목소리로 내 주위에서 속삭이는 말을 들었다. "이것은 매혹적이고 황홀하군요. 어떤 음이고 모두 심금을 울리네요." 숱하게 많은 사랑스러운 여인들에게 감동을 주었다는 기쁨으로 나 자신마저 눈물이 날 정도로 감동되었고, 첫 번째 이중창에서는 눈물이 흐르는 것을 억제할 수 없었다. 그리고 나는 우는 사람이 나 혼자가 아닌 것을 알 수 있었다.

나는 잠깐 내 자신으로 돌아와 트레토랑 씨의 연주회를 떠올렸다. 이 회상은 개선장군들의 머리 위에 영관營冠을 잡고 있는 노예[4]와 같은 효력을 냈다. 그러나 그것은 길지 않았고 나는 곧 다른 생각을 하지 않고 완전히 내 영광을 맛보는 즐거움에 빠져들었다. 그러나 나는 그때 여기서 작가로서의 허영보다는 여성에 대한 관능이 훨씬 더 많이 작용했다고 확신한다. 정말이지 거기에 남자들만 있었다면 나는 내가 여성들에

---

4 로마 시대 때 개선장군에게 그 역시 일개 시민에 불과하다는 사실을 상기시키는 임무를 맡은 노예로 영관을 뒤에서 잡고 개선장군에게 '떨어지지 않도록 조심하라'는 경고를 말했다고 한다.

게 흘리게 한 달콤한 눈물을 입술로 핥아 담는 욕망에 끊임없이 달뜬 것처럼 그렇게 달뜨지는 않았을 것이다. 나는 이보다 더 강렬한 열광적인 찬탄을 불러일으킨 작품들은 보았지만 이처럼 완전하고 감미롭고 감동적인 도취가 상연 내내 분위기를 주도하는 것은 일찍이 본 일이 없다. 그것도 특히 궁정에서 상연 첫날부터 말이다. 이 작품을 보았던 사람들은 그것을 기억할 것이 틀림없다. 왜냐하면 그 작품의 성과는 유례가 없는 것이었기 때문이다.

그날 저녁 도몽 공작님이 사람을 보내어 내일 11시경 성에 오면 공작이 국왕께 나를 소개하겠다는 말을 전했다. 내게 이러한 전갈을 해준 퀴리 씨는 아마 연금에 관해 왕께서 내게 친히 말씀하고 싶어 하는 것 같다고 덧붙여 말했다.

그렇게 찬란했던 낮에 이은 그 밤이 내게는 고민과 당황함으로 휩싸인 밤이었다면 누가 믿겠는가? 왕을 알현한다는 이러한 생각 다음으로 가장 먼저 떠오른 생각은 오줌을 누러 밖으로 나가야 하는 잦은 욕구에 관한 것이었다. 그렇지 않아도 그날 저녁 공연에서 그 때문에 대단히 혼이 나지 않았는가. 그런데 다음날 내가 왕의 회랑이나 거실에서 그 모든 고관대작들 틈에 끼어 폐하가 지나가기를 기다릴 때 그 때문에 몹시 고생할지도 몰랐다. 내가 사교계를 멀리하고 부인들 방에 처박혀 있지 못하는 것도 이 지병이 주요 원인이었다. 이러한 욕구 때문에 처할지 모르는 상황을 생각만 해도 이러한 욕구가 생길 수 있어, 그 때문에 탈이 날 지경이었다. 그렇지 않고 욕구를 참지 않으면 내가 죽기보다 더 싫어하는 추태를 부려야 했다. 이러한 위험에 처하는 공포를 판단할 수 있는 사람은 이러한 상태를 아는 사람밖에 없다.

그 다음 나는 왕 앞에 서 있는 내 자신을 상상해 보았다. 나는 폐하에게 소개되고 폐하는 멈춰 서서 내게 말을 건네주실 것이다. 바로 이 경우에 답변이 적절하고 재치 있어야 하는데, 조금이라도 낯선 사람 앞에서는 어쩔 줄 모르게 만드는 그 고약한 소심함이 프랑스의 왕 앞에서는 사라져, 즉각 해야 할 말을 적절히 선택하게 될 수 있을까? 나는 내가 취해 왔던 엄격한 태도와 어조를 버리지 않으면서도 그토록 위대한 군주께서 베푸는 영예에 감격한 모습을 보이고 싶었다. 멋지고 합당한 칭송으로 어떤 위대하고 유익한 진리를 포장해야 했다. 적절한 답변을 미리 준비하기 위해서는 왕께서 내게 어떤 말을 할 것인지를 정확히 예상하고 있어야 할 것이다. 그리고 나서도 나는 어전에서는 생각해 두었던 말이 하나도 생각나지 않을 것이라고 확신했다. 그 순간 만조백관의 눈앞에서 내 평소의 주책없는 말들 중 어떤 하나가 혼란 상태에서 엉겁결에 튀어나오면 어떻게 될까? 이런 위험에 너무 걱정이 되고 겁나며 떨려서 나는 어떤 일이 있어도 그런 위험에 빠지지 않기로 결심할 정도가 되었다.

나는 말하자면 내게 주어진 연금을 잃은 것이 사실이다. 그러나 나는 또한 연금이 내게 부과했을 속박도 면했다. 진리, 자유, 용기와 하직한다면 그 후 어떻게 감히 독립과 무사무욕을 말할 수 있겠는가? 이 연금을 받으면 이제는 아첨을 하거나 침묵을 지키는 수밖에 없다. 더구나 그 연금이 지급되리라는 것을 누가 내게 보장할 것인가? 얼마나 많은 발품을 팔아가면서 얼마나 많은 사람들에게 간청을 해야 할 것인가! 연금 없이 지내기보다 그것을 보존하기 위해서 나는 그 대가로 훨씬 더 많이 게다가 훨씬 더 유쾌하지 못하게 마음을 써야할 것이다. 그러므로 나는 연금을 포기함으로써 내 원칙에 매우 부합하는 방침을 내리고 실재를 위해 겉모습을 희생한다고 믿었다. 나는 내 결심을 그림에게 말했는데, 그는 여기에 아무런 반대도 하지 않았다. 나는 다른 사람들에게는 건강을 핑계로 대고 바로 아침에 떠났다. (170~174쪽)

루소는 국왕의 연금 문제로 디드로와 말다툼을 한 후 디드로와 그림이 테레즈와 그녀의 어머니를 자기로부터 떼어놓으려 한다고 불평한다. 루소는 친구들이 그의 행복을 위해 그녀들에게 헤어지라고 종용하는 것을 알고 있었지만 그것은 오히려 자신을 고독하고 불행하게 만드는 것이라고 생각했기 때문이다.

루소는 프랑스 음악 팬들과 이탈리아 음악 팬들 사이에서 벌어진 '부퐁 논쟁'에서 중심으로 떠올랐다. 라모가 대표하는 프랑스 음악의 지지자들은 예술에서 즐거움을 주는 요소가 수학적인 화음이라는 것을 입증하려 한 반면, 그림과 루소가 대표하는 이탈리아 음악의 지지자들은 화음이 아닌 선율이 음악이 가진 힘의 원천이며 선율은 이성보다는 감정에 더욱 호소한다고 주장했다. 이러한 논쟁 때문에 루소는 오페라 극장으로부터 출입을 금지당하는 등 미움을 받게 되었지만 '코메디 프랑세즈'에서는 그가 쓴 희극 〈나르시스〉를 무대에 올렸다. 그는 스스로 이 작품이 각광을 받지 못했음을 인정한다. 1753년 11월 디종 아카데미는 '인간들 사이의 불평등의 기원은 무엇이며 그것은 자연법에 의해 정당화되는가?'라는 논제를 냈고 루소는 또 다시 그 주제에 충격을 받아 깊은 성찰에 빠져든다.

사회적 악의 계보학, 《인간 불평등 기원론》

루소는 사회적 불평등을 삶의 현실로 접했고 이로 인해 영혼에 깊은 상처를 받은 바 있다. 부유한 시민계급의 자제로 태어났지만 아버지가 고향을 떠난 이후 점점 신분이 낮아져 토리노에서는 하인으로 사부아에서는 하위 직급으로 일을 했으며, 리옹과 파리에서는 귀족과 상층 부르주아 밑에서 가정교사와 비서 노릇을 했다. 루소는 사회적으로 주변부에 놓여 있었기 때문에 사람들을 신분에 따라 규정하는 문화에 민감하게 반응하며 날카로운 통찰력을 갖게 되었다.

대부분의 사상가들은 사회적 불평등에 그럴듯한 근거를 제시해서 정당화하는 것이 목표였던 반면, 루소는 근본적으로 그 원인 자체를 파고들어 완전히 다른 사유의 길을 열었다. 첫 번째 논문인 《학문 · 예술론》은 문명의 진보로 인해 인간이 타락하여 원초적 단순성에서 멀어졌다고 주장하면서 불평등을 포함한 사회악을 웅변적으로 비난하는 것에 불과했다. 그러나 두 번째 논문인 《인간 불평등 기원론》은 악의 원인에 대한 분석을 제시하면서 이기심이 인간 본성에 내재되어 있다는 주장을 부정하고 "인간은 선량하게 태어났지만 사회는 인간을 타락시킨다"는 명제를 역사철학적 차원에서 전개한다. 그는 인간의 지식, 경제, 사회가 발전하는 결정적 단계들을 서술하면서, '자기애'가 '이기심'으로 변질되고 이기심의 발달로 인간들 사이의 분열과 경쟁이 심화되는 과정을 묘사하고 재산과 신분의 불평등이 이루어지는 원인들의 연관관계를 찾는다. 그렇다면 그 출발점은 무엇인가?

그는 생제르맹의 숲속 자연에 들어가 자신의 마음에 묻혀 있던 원초적 인간을 찾아냈다. 루소는 '인간 본성'이라는 개념을 자신의 심성과 가정적 추론을 통해 구성된 자연인의 모습으로 생생히 묘사한다. 루소 자신도 이러한 원초적 상태가 실제로 존재하지 않았을 것이라는 점을 인정하지만, 이러한 허구는 지금 인간의 상태를 판단하기 위한 준거로 필요하다. 루소는 자연인의 모습을 얻기 위해 역사적인 인간이 문명에서 얻은 모든 것, 즉 인위적인 것이나 교육의 산물을 소거한다. 자연은 인간에게 자기 보존에 필요한 욕구와 그것을 만족시키기에 충분한 능력을 부여했다. 그는 식욕과 성욕에 제한된 육체적인 욕구를 충족하고 나면 모든 활동을 멈추고 휴식을 향유한다. 인간은 자신의 욕구와 능력 사이의 차이가 적을수록 행복하기 때문에 홀로 사는 자연 상태에서 행복할 수밖에 없었다. 그는 자연적 욕구가 충족되면 만족하고 자신의 존재감을 향유할 뿐이다. 직접 자연과 관계를 맺고 있기 때문에 다른 사람들과는 어떤 연관도 맺을 필요가 없는 그는, 고독한 존재이지만 충만함 속에서 살고 부족함을 모른다. 그의 한정된 의식은 단지 지속적인 현재만을 알 뿐이다. 자연인은 자기 보존을 지향하는 '자기애' 이외에 동족 보존을 지향하는 '동정심'에 의해 움직인다. 이 동정심으로 인해 자연인들 사이의 갈등이나 투쟁은 최소화되어 인간들 사이의 평화가 깨지지 않는다.

그러나 어떤 계기로 인해 인간의 욕구와 사용 가능한 자연의 자원 사이에 불균형이 일어나면 인간의 잠재적인 능력인 '완성가능성'이 가동하게 된다. 인간은 판단을 하고 도구를 만들며 다른 사람들과 유대를 맺고 언어를 발전시킨다. 그런데 고립적이고 독립적이었던 인간이 다른 사람들과의 지속적인 접촉을 통해 그들을 자신의 동류라고 인식하고 그들로부터 자신의 우월감을 인정받기 원하는 순간에 악이 발생하기 시작한다.

> 관념과 감정이 서로 연이어 발생하고 정신과 마음이 서로를 신장시킴에 따라, 인류는 계속해서 서로 친숙해진다. 결합은 확대되고 유대는 강화된다. 사람들은 오두막이나 큰 나무 주위로 모이는 것에 익숙해졌다. 사랑과 여가의 참된 산물인 노래와

춤이 일이 없어 모인 남녀들의 오락, 아니 더욱 정확히 말하면 일거리가 되었다. 각자 다른 사람들을 바라보고 자기 자신도 주목의 대상이 되기를 원하기 시작했고, 대중의 존경이 하나의 가치를 갖게 되었다. 가장 노래를 잘하거나 가장 춤을 잘 추는 사람, 가장 아름다운 사람, 가장 힘센 사람, 가장 재주가 있거나 가장 말을 잘하는 사람이 가장 존경받는 사람이 되었다. 그런데 이것이야말로 불평등으로 향하는 그리고 동시에 악덕으로 향하는 최초의 한 걸음이었다. 이 최초의 선호(選好)로부터 한편으로는 허영과 경멸이 다른 한편으로는 수치와 선망이 생겨났다. 그리고 이 새로운 효모들로부터 야기된 발효는 마침내 행복과 천진무구함에 치명적인 합성물을 만들어냈다.

사람들이 서로를 평가하고 그들의 정신에 존경이라는 관념이 형성되기 시작하자마자 누구나 그에 대한 권리가 있다고 주장하였다. 그리고 누구에게 존경을 표하지 않고도 무사하기란 더 이상 불가능했다. 이로부터 야만인들 사이에서까지 예절에 따르는 최초의 의무들이 생겨났으며 그 결과 의도적인 모든 잘못은 모욕이 되었다. 왜냐하면 모욕을 당한 사람은 불의에서 기인하는 피해와 더불어 그것이 자신의 인격에 대한 경멸이라고 생각했기 때문인데, 그 경멸은 종종 피해 자체보다도 더 참기 어려웠다. 이러한 식으로 각자가 스스로를 존중하는 정도에 따라서 다른 사람들이 그에게 표시했던 경멸을 벌하였기 때문에 보복은 끔찍해지고 사람들은 살생을 즐기고 잔인해지게 되었다. 우리들에게 알려진 대부분의 야만족들이 도달했던 단계가 바로 이러한 것이다. 몇몇 사람들은 인간이란 원래 잔인하기 때문에 그를 순화시키기 위해서는 통치가 필요하다고 서둘러 결론을 내렸는데 이는 관념들을 충분히 구별하지 못하고 이러한 민족들이 이미 최초의 자연 상태에서 얼마나 멀리 떨어져 있는가를 깨닫지 못했기 때문이다. 반대로 원시 상태에 있는 인간만큼 더 유순한 존재는 없다. 그때 그는 자연에 의해 짐승들의 어리석음과 문명인의 유해한 지식으로부터 같은 거리로 떨어져 있고, 본능과 이성 둘 다에 의해 그의 관심은 자신을 위협하는 해악에서 스스로를 지키는 데 한정되었기 때문에, 자연적 동정심은 그가 누구에게 해를 끼치는 것을 억제한다. 그는 어떠한 것에 의해서도 그런 성향에 끌리지 않으며 심지어 해를 입은 후에도 그렇다. 왜냐하면 현명한 로크의 기본 명제에 따르면 "사유(私有)가 전혀 없는 곳에 불의는 있을 수 없을 것"이기 때문이다.

—《인간 불평등 기원론》

루소는 자연 상태와 불평등하고 무질서한 현재의 세계 중간에 위치한 '막 생기기 시작한 사회'에 향수 어린 공감의 시선을 보낸다. 소비가 아닌 생존을 위한 경제체제에 살면서, 사적 소유권과 노동의 분화를 체험하지 못한 이 가부장적 공동체들은 "세계의 진정한 청춘"을 간직하고 있다. 여기서 노동은 아직 강제적인 속박이 아니며, 불평등은 단지 다른 사람에 대한 편애로만 나타날 뿐이다. 이미 발달한 언어는 아직 논리적인 도구가 아니라 시인 동시에 음악이다. 인류는 이런 행복한 상태를 떠나지 않는 것이 좋았을 것이다. 그러나 농업과 야금술의 발달로 인해 인간의 세계에 진정한 의미의 노동과 분업이 도입되었고 이는 소유권에 대한 의식을 강화시켰다.

> 최초로 땅에 울타리를 친 다음 '이건 내 것이다'라고 말할 생각이 든 사람, 그리고 그것을 믿을 정도로 단순한 사람들을 발견한 사람이 바로 시민사회의 진정한 설립자이다. 만약 누군가 나서서 울타리의 말뚝을 빼고 경계를 이루는 도랑을 메우고는 '이 사기꾼의 말을 듣지 않도록 조심하십시오. 땅의 열매는 모두의 것이지만 땅은 그 누구의 것도 아니라는 사실을 잊으면 망합니다'라고 동료 인간들에게 외쳤더라면, 인류는 그 많은 범죄와 전쟁과 살육과 비참함과 공포를 겪지 않아도 되었을 것이다.
>
> —《인간 불평등 기원론》

소유권이 사람들의 의식에 자리 잡게 되는 순간 인간들 사이에는 첨예한 이익의 대립이 생겨날 수밖에 없으며, 이기심은 끊임없이 확산되고 심화된다. 그것은 경제관계에서는 육체적 욕구를 넘어선 물적 욕망으로서의 소유욕으로, 의식의 영역에서는 타인의 의식을 자의식에 종속시키려는 지배욕으로 나타난다. 이러한 욕망은 인간들을 전쟁 상태로 몰아넣는다. 이른바 홉스가 말한 '만인에 대한 만인의 투쟁' 상태가 생겨나는 것이다. 부자들은 이 전쟁 상태에 대해 대중이 갖는 공포를 이용하여 "약자를 억압에서 보호하고 야심가를 억제하며 각자에게 속한 소유를 보증하고 정의와 평화를 수호한다"는 명목으로 모든 사람들이 준수해야 할 법률을 제정하는 데 성공한다.

그러나 루소가 볼 때 당대의 사회에서 법은 가난한 사람들에게 그들이 갖지 못할 허구적 권리와 그에 따른 실제적 의무를 부여하는 반면 부자들에게는 그들이 실제로 소유하고 있는 부와 권력을 합법화하는 기만적인 제도에 불과하다. 불평등 관계의 법적 제도화는 권력과 부에 대한 인간의 종속을 극단적으로 심화시키고 지배관계를 돌이킬 수 없는 것으로 만들었다. 사회는 겉으로 볼 때는 조화롭게 보이지만 그 내면을 지배하는 것은 이해의 대립과 편견일 뿐이다. 또한 그러한 사회 속의 인간 역시 타인들로부터 자신의 우월감을 인정받기를 바라며 자신의 밖에서 자신의 존재 가치를 찾는 존재로 자신과 분열되어 있다. 전제주의는 모든 사회의 논리적 귀결점이다. 독재적인 군주의 절대 의지 밑에서 인간들은

"아무것도 아니기 때문에 다시 평등하게 된다." 그리고 주인과 노예의 관계에서 주인은 자기 정념 이외에는 아무런 규칙도 없고 노예는 주인의 의지 이외에는 아무런 법도 갖고 있지 않기 때문에, 선의 관념이나 정의의 원리가 다시 소멸되어버리고 인간들은 최강자의 법, 즉 힘만을 따르게 된다.

이러한 상태를 루소는 과도한 타락의 소산이라는 점에서 원래의 자연 상태와는 완전히 다른 "새로운 자연 상태"라고 명명한다. 예상치 않은 정당한 질서로의 복귀가 일어나지 않는 한 모든 것은 유혈로 끝나고 역사는 "빈번한 단기간의 혁명들" 속에서 매몰될 것이다.

이러한 루소의 도발적이고 혁명적인 발언은 의외로 당대에는 커다란 반향을 일으키지 못했다. 대부분의 사람들은 루소의 말을 진지하게 받아들이지 않았다. 하우저는 《문학과 예술의 사회사》에서 루소가 "교양 있는 상류층의 모든 사람들에게 바보이자 허풍선이일 뿐 아니라 위험한 모험가이자 범죄자"로 비쳤다는 사실을 지적한다. 사회의 불평등이 사유재산에 기반하고 있다는 루소의 견해는 국가의 기원에 대한 성찰을 불러일으키지 못하고, 몇몇 사람들의 불쾌감을 유발했을 뿐이다.

부유한 토지 소유자인 볼테르는 루소로부터 증정받은 이

책의 여백에 "부자들이 가난한 사람들에게 약탈당하는 것을 보고 싶어 하는 거지의 철학"이라고 써놓았다. 또한 계몽주의자인 볼테르의 비위에 거슬린 것은 사유 재산에 대한 비난만이 아니었다. 그는 루소가 자연과 문명을 대비하면서 문명이 주는 이득을 깎아내리고 자연 상태를 찬양하는 것을 이해할 수 없었다. 볼테르는 루소에게 이러한 회답을 보냈다.

> 인류의 발전에 반대하는 귀하의 새로운 저서를 받았습니다. (…) 인간을 짐승으로 만들기 위해 귀하처럼 재치 있는 노력을 한 분은 일찍이 없었습니다. 귀하의 책을 읽노라면 네 발로 기어 다니고 싶습니다. 그러나 나는 60년 전에 이미 이러한 습관을 버렸으므로 유감스럽게도 이 습관의 회복은 불가능할 것 같습니다.

디드로 역시 반성적 사유가 자연에 반하는 상태이며 성찰하는 인간은 병든 동물일 것이라는 루소의 견해에 반대해서 "이성을 사용해 생각하기를 원치 않는 사람은 누구나 인간의 지위를 포기하는 것이고, 따라서 자연에 반하는 것으로 간주되어야 한다"고 썼다.

그러나 루소는 이에 대해 자신의 주장이 다시 자연 상태로 돌아가는 것은 아니라고 명백히 밝혔다. 루소는 그 자체의 목적을 위해 인간의 본성을 왜곡시킨 사회가 존재하지 않는다면 과연 인간은 어떤 존재일까라는 의문을 품고 인간 본성에 대한 새로운 탐구를 시도한 것이다. 그리고 사회의 악이라는 문제가 개인의 본성에서 생겨나는 것이 아니라 잘못된 사회 제도로 인해 발생하는 것임을 추론적인 역사적 과정을 통해 전개해 나갔다. 담로시는 이러한 루소의 독창적이고 근본적인 시각에 대해 다음과 같이 말한다.

> 사회에서 생겨나는 불평등한 특정 사례들을 비판하고 개혁을 요청하는 것은 흔한 일이었지만 그 불평등이 용납하기 힘든 동시에 불가피한 것이라고 주장하는 것은 독창적이었다. 지나치게 가혹한 노동에 대해 비난하는 것은 흔한 일이었지만 노동 자체를 인간의 본질적 본성에 배치하는 것으로 규정하는 것은 독창적이었다. 또한 우리가 우리 자신을 다른 사람들이 우리를 보는 것처럼 보는 법을 배우며 사회에 통합되기 시작한다고 말하는 것은 흔한 일이었지만, 그 과정을 우리 자신의 진정한 자아를 배반하는 것으로는 기술하는 것은 독창적이었다.
>
> — 담로시, 《루소: 인간 불평등의 발견자》

《인간 불평등 기원론》은 정치적인 차원에서만이 아니라 문화 일반에 대해 거대한 영향을 미쳤다. 엥겔스는 루소에 의해 그려진 역사가 자연적 평등 상태로부터 사회적 불평등 상태로, 다시 그것이 극단적인 불평등 상태인 새로운 자연 상태로 끝나는 것이 아니라 혁명을 통해 사회 계약으로 이루어진 한층 높은 차원의 평등 상태로 지양되는 과정이라고 보면서 이 저서를 변증법적 사유의 걸작이라고 극찬했다. 또한 프로이트가 《문명 속의 불안》에서 "개인의 자유는 문명이 주는 선물이 아니며, 개인의 자유는 어떤 문명도 생겨나기 전에 가장 컸다"라고 썼을 때 그 역시 루소의 상속자였다. 루소는 자기 통제에서 자아 해방으로 향하는 거대한 정치 문화적 운동의 추진력을 제공한 혁명적 사상가였던 것이다.

나는 이윽고 이 원칙을 보다 중요한 저작에서 전면적으로 전개시킬 기회를 갖게 되었다. 디종 아카데미에서 '인간 불평등의 기원'에 대한 논제를 낸 것이 내 생각으로는 1753년이기 때문이다. 나는 이 커다란 문제에 충격을 받았고, 그 아카데미가 감히 그런 문제를 출제했다는 데 놀랐다. 하지만 아카데미가 그런 용기를 낸 이상 나도 그 문제를 다루어 볼 용기를 충분히 가질 수 있었다. 그래서 그 문제에 착수하게 되었다.

이 커다란 주제를 편안하게 고찰하기 위해 나는 테레즈와 착한 우리집 여주인과 그녀의 여자친구들 중 한 사람과 함께 생제르맹으로 7, 8일 동안 여행하였다. 나는 지금도 이 산책을 내 생애 중 가장 즐거웠던 산책들 중 하나로 치고 있다. 날씨도 대단히 좋았고 이 착한 여인들이 수고와 비용을 도맡았다. 테레즈는 그녀들과 즐겁게 지냈고 나로서는 아무런 걱정 없이 식사할 때 와서 스스럼없이 흥겹게 지냈다.

하루의 나머지 시간은 숲속에 파묻혀 거기서 인류 초기의 자취를 찾아 발견하고 용감하게 그 역사를 추적하면서 보냈다. 그리고 인간들의 가소로운 거짓말들을 무찔러 없앴고, 과감하게 그들의 본성을 적나라하게 드러내고 그것을 왜곡시킨 시간과 상황의 진행 과정을 뒤따라갔으며, 자연인과 인간에 의해 만들어진 인간인 사회인을 비교하면서 인간들에게 이른바 인간의 완성 속에 그들 불행의 참된 원인이 있음을 보여주고자 했다. 내 영혼은 이러한 숭고한 명상에 고양되어 신 가까이로 비상했다. 그리고 그 높은 곳으로부터 나와 동류인 인간들이 그들의 편견과 오류와 불행과 죄악의 맹목적인 길을 따르는 것을 보면서 그들이 들을 수 없는 가냘픈 목소리로 이렇게 외쳤다. "노상 자연에 대해 불평하는 어리석은 자들이여. 그대들의 모든 불행은 그대들로부터 생겨나 그대들에게 오는 것임을 알아라."

이러한 성찰에서 《인간 불평등 기원론》이 나왔다. 그 작품은 나의 모든 저작들 중에서 가장 디드로의 마음에 들었다. 그리고 그 작품에 대한 그의 조언은 내게 가장 유익했다. 그러나 그것을 이해하는 독자들은 유럽 전체에서 겨우 극소수밖에 없었다. 그리고 그 독자들 중에서도 그 작품에 대해 말하려는 사람은 전혀 없었다. 이 논문은 현상에 응모하기 위해 쓴 것이어서 보내기는 했지만 그것이 당선되지 않을 것이 틀림없다고 미리 생각하고 있었으며, 아카데미에서 주는 상들이라는 것이 이런 종류의 작품들을 위해 제정된 것이 아니라는 것도 잘 알고 있었다. (186~189쪽)

루소는 《인간 불평등 기원론》을 완성한 후 중대한 변화에 대해 심사숙고하기 시작했다. 마침 동향인이자 친구인 고프쿠르가 사업차 제네바로 여행을 떠나면서 루소에게 동행을 부탁했다. 1754년 6월 루소와 테레즈는 고프쿠르와 함께 출발했다. 리옹에 도착했을 때 루소는 고프쿠르와 헤어지고, 바랑 부인을 다시 만나기 위해 테레즈를 데리고 샹베리로 향했다. 늙고 궁핍한 그녀를 보고 가슴이 아팠지만, 그가 할 수 있는 일이라고는 단지 얼마간의 돈을 쥐어주는 것밖에 없었다. 그는 그녀를 떠나면서 그녀에 대한 의무를 다하지 못했다는 감정으로 양심의 가책을 받는다.

루소는 제네바에 도착해 사람들의 열렬한 환영을 받으면서 애국심에 고양되었고, 다시 개신교로 개종하여 '제네바의 시민' 자격을 회복했다. 루소는 제네바에서 넉 달간 머물렀다. 이는 그의 생애에서 가장 행복한 시기에 속한다. 그는 친지들을 만나고 시민들과 어울렸다. 테레즈와 함께 레만 호에서 한 1주일간의 뱃놀이는 행복의 정점을 이루고, 이 체험은 후일 《신엘로이즈》에서 감동적으로 묘사된다.

루소는 1554년 가을 제네바에서 파리로 돌아왔다. 처음에는 파리에서 일을 정리하고 봄이 오면 제네바로 은퇴할 생각이었지만, 《인간 불평등 기원론》이 고향에서 냉담한 반응을 받았을 뿐 아니라 그에게 호의적이지 않은 볼테르가 제네바에 정착한 것이 마음에 걸렸다. 그런데 마침 문학적 야심에 가득차고 부유한 징세청부인의 부인인 데피네 부인이 은신처로 몽모랑시 근처의 작은 집 레르미타주를 제공한다. 루소는 이 제안에 "눈물이 날 정도로 감동했고", 제네바로 돌아가는 것을 완전히 포기하고 자신의 취향에 꼭 맞는 그 집에 들어가 살 작정을 한다.

걸작의 산실 레르미타주

루소는 테레즈와 그의 어머니와 함께 레르미타주에 정착해서 마음껏 자연을 향유하는 행복한 삶을 살기 시작한다. 그는 《말제르브에게 보내는 편지》에서 다음과 같이 그 행복감을 표현한다.

> 선생님, 제가 꿈속에서 어떤 시절을 가장 자주 그리고 가장 즐겨 회상한다고 생각하시는지요? 그것은 젊은 날의 즐거움이 전혀 아닙니다. 그때의 즐거움은 너무나 드문데다가 씁쓸함이 너무 많이 섞여 있으며 벌써 제게 너무나 떨어져 있습니다. 그 시절은 바로 제가 은거해 있던 때입니다. 그 고독한 산책의 시절, 내가 완전히 나 자신과 홀로, 그리고 내 착하고 소박한 가정부, 내가 정말 사랑하는 개, 내 늙은 고양이, 시골의 새들, 숲속의 사슴들, 자연 전체, 이 자연을 만드신 상상조차 할 수도 없는 창조주와 더불어 보냈던 쏜살같이 지나가는 감미로운 나날들이었습니다.

그는 자연 속에서 거닐면서 "그 안에 모든 것을 담고 있는 불가해한 존재" 혹은 "무한성" 속에 스며들어가는 일종의 범신론적 황홀경을 경험하며 아무런 생각도 하지 못하고 오직 "오

위대한 존재여! 오 위대한 존재여!"만을 외치곤 했다. 그는 독단적이지 않은 자기 나름의 종교적 태도를 발전시켰는데, 이로 인해 이후 무신론자들과 정통적인 신앙을 가진 사람들로부터 동시에 공격을 받게 될 것이다.

그는 조용하고 여유 있는 분위기에서 여러 작품들을 구상했는데, 그 하나는 정부 형태와 법에 대한 포괄적 분석을 담고 있는 《정치제도론》이었다. 이 저술은 결국 완성되지 못했지만 그 중요한 원리들은 《사회계약론》에서 표명된다. 또한 이 시기에 위대한 교육서가 될 《에밀》이 태동하고 있었다. 마지막 하나는 《감각적 도덕 혹은 현자의 유물론》으로 로크의 경험론과 콩디야크의 감각론에서 많은 영향을 받은 것으로 보인다. 이 저서 역시 비록 착상 단계에서 끝나고 말았지만 그 방법론은 루소의 저술들 도처에서 엿보인다. 특히 《신엘로이즈》의 볼마르와 《에밀》의 가정교사는 교육적인 차원에서 이러한 방법들을 구체적으로 사용하고 있다.

로베르 모지는 《18세기 프랑스 문학과 사상에 있어서 행복의 개념》에서 볼마르의 방법이 영혼의 지식에 대한 18세기의 가장 풍성한 발견인 두 가지 원칙에 입각하여 있다고 말하는데, 그 하나는 인간이 결코 동일하지 않고 삶 전체가 연속적인 실존들로 귀착한다는 것과 또 다른 하나는 외부 대상들이 의식을 형성하고 변형시키는 힘을 가지고 있다는 것이다. 이 두 가지 원칙을 확신하는 볼마르는 과거의 연인이었던 생프뢰와 쥘리에게 고통을 주는 것이 "과거와 현재의 시간을 혼동하고 너무나 다정했던 추억의 결과를 현재의 감정으로 알고 스스로를 책망하는" 데서 기인한다고 믿는다. 볼마르는 이러한 사실에 착안해 "잊어버려야 하는 시간의 기억"을 "소중하게 여기는 현실의 관념"으로 대체함으로써 생프뢰와 쥘리의 새로운 관계를 설정하고자 한다.

에밀의 가정교사도 종종 외적인 환경을 이용하여 에밀을 교육시키는데, 아침 동틀 무렵 높은 언덕에 올라가 아름답고 장엄한 자연을 바라보면서 에밀에게 종교 교육을 시작하는 것이 그 두드러진 예들 중 하나이다.

내가 도시를 떠난 것은 1756년 4월 9일이었고, 이후 다시는 도시에서 거주하지 않았다. 왜냐하면 이후 파리나 런던 또 다른 도시들에서 몇 번인가 잠깐 머물렀던 것은 거주한 것으로 치지 않기 때문이다. 도시는 언제나 지나는 길에 들르거나 마지못해 머물렀다. 데피네 부인은 자기 마차로 우리 셋 모두를 태우러 왔다. 부인 댁 소작인이 와서 내 작은 짐을 날라주었고, 나는 바로 그날로 입주했다. 이 자그만 은신처는 설비나 가구가 소박하지만 깨끗하고 심지어 세련되게 보였다. 그리고 이렇게 설비하느라 정성을 쏟았던 손길로 말미암아 내 눈에 이 설비는 말할 수 없이 귀중한 가치를 갖게 되었다. 그리고 내가 선택한 집이자 내 친구인 여인이 일부러 나를 위해 지어 준 집에서 그녀를 맞는 주인이 된다는 생각에 더없이 즐거웠다.

날씨가 쌀쌀하고 아직 눈이 좀 남아 있었지만, 대지에서는 식물의 생장이 시작되고 있었다. 제비꽃과 앵초가 눈에 띄고, 나뭇가지에는 새순이 돋기 시작했다. 그리고 내가 도착하던 그날 저녁은 처음 듣는 밤꾀꼬리의 노랫소리로 인상 깊었는데, 그 노랫소리는 숲이 집에 붙어 있어 거의 창가에서 들렸다. 얕은 잠에 들었다가 깨어나면서 이사 온 것을 잊고 아직도 그르넬 거리에 있는 줄만 알고 있던 나는 갑자기 그 노랫소리에 몸을 떨면서 흥분하여 외쳤다. "마침내 내 소원들이 모두 이루어졌구나!" 내가 처음으로 했던 일은 나를 둘러싼 전원의 사물들이 주는 느낌에 내 자신을 맡기는 것이었다. 집안정리를 시작하는 대신에 산책 준비부터 시작했다. 그 다음날부터 집 주위의 오솔길이며 잡목림이며 작은 숲이며 구석진 곳이며 돌아다니지 않은 데가 없었다. 이 매력적인 은신처를 살피면 살필수록 이곳이 꼭 나를 위해 만들어진 것처럼 느껴졌다. 야생적이라기보다는 오히려 인적이 없는 이곳에서 나는 세상의 끝에 옮겨와 있다고 상상했다. 이곳에는 도시 가까운 곳에서 거의 볼 수 없는 감동적인 아름다움이 있었다. 그래서 누구라도 갑자기 이곳에 데려오게 되면 파리에서 40리밖에 떨어지지 않은 곳에 있다고는 결코 생각할 수 없을 것이다.

전원생활에 미쳐 며칠을 보낸 후 서류를 정리하고 일과를 정할 생각이 들었다. 항상 그랬던 것처럼 오전 나절은 악보를 베끼는 일에, 점심 먹은 후는 산책하는 데 쓰기로 했다. 산책할 때는 작은 수첩과 연필을 갖고 나갔는데, 나는 오직 자연의 품 안에서만 편안하게 글을 쓰고 생각할 수 있었기 때문에 방법을 바꿀 마음이 없었고, 거의 문가에 있다시피 한 몽모랑시 숲을 이후 내 서재로 삼을 야무진 생각을 했다. 몇몇 저술들을 시작해 놓은 터여서 그것들을 검토했다.

구상은 꽤 훌륭했는데, 도시의 소란 통에 그때까지는 작업이 더디게 진행되었다. 그래서 방해를 덜 받을 때 그 일에 약간 더 속도를 낼 생각이었다. 나는 이러한 기대가 썩 잘 충족되었다고 생각한다. 툭하면 아프고, 라슈브레트, 에피네, 오본, 몽모랑시 성에 자주 드나들고, 집에 있을 때는 호기심 많은 한가한 사람들에게 끊임없이 시달리고, 언제나 반나절은 악보 베끼는 일에 매달린 사람으로서는 말이다. 레르미타주와 몽모랑시에서 보낸 6년 동안 내가 쓴 저술들을 사람들이 셈하여 평가한다면, 내가 그 기간 동안 시간을 낭비했다 해도 적어도 나태함 속에서 시간을 낭비한 것은 아니었음을 알게 될 것이라고, 나는 그렇게 확신한다.

집필하고 있던 여러 작품들 중 《정치제도론》이 있었는데, 그것은 내가 좀더 오래 전부터 계획하고 가장 애착을 갖고 몰두하고 평생의 노력을 기울이기를 원하고 내 생각으로는 내 명성을 보증할 것이 틀림없는 작품이었다. 그것을 처음 구상한 것은 13, 14년 전이었는데, 그 당시 베네치아에 있으면서 그토록 칭송을 받던 베네치아 정부의 결함들을 눈여겨볼 어떤 기회를 갖게 되었다. 그 후 도덕을 역사적으로 연구함으로써 나의 시야가 무척 넓어졌다. 나는 모든 것이 근본적으로 정치에 달려 있다는 사실과, 사람들이 어떻게 하든 어떤 국민도 그 정부의 본질이 그 국민을 만드는 바 이외의 것이 결코 될 수 없으리라는 사실을 알았다. 따라서 내가 보기에 가능한 최선의 정부란 어떤 것인가라는 그 중대한 질문은 다음의 질문으로 귀착된다. “가장 유덕하고 양식이 있고 현명한 국민, 요컨대 가장 넓은 의미에서 최선의 국민을 양성하는 데 적당한 정체政體는 어떤 것인가?”

나는 이러한 질문이, 그것과는 다르다고 해도 “그 성격상 언제나 법을 가장 충실히 이행하는 상태에 있는 정부란 어떤 것인가”라는 또 다른 질문과 매우 밀접한 관계를 맺고 있다고 생각하고 있었다. 이로부터 "법이란 무엇인가"라는 질문을 위시하여 그와 마찬가지로 중요한 일련의 질문들이 제기된다. 나는 그 모든 것이 인류의 행복, 무엇보다도 내 조국의 행복에 유용한 위대한 진리로 나를 인도하는 것을 알았다. 왜냐하면 최근 제네바를 여행하면서 그곳에서 법과 자유에 대해 내가 만족할 정도로 올바르고 명확한 개념을 보지 못했기 때문이다. 나는 조국의 국민들에게 그 개념을 전달하는 이러한 간접적인 방식이 그들의 자존심을 건드리지 않으면서도 또 내가 그 점에서 그들보다 좀더 멀리 내다볼 수 있었음을 용서받는 가장 적당한 방식이라고 생각했다.

(…)

나는 또 세 번째 작품을 계획하고 있었는데, 그 착상은 나 자신에 대한 관찰에서 얻어진 것이다. 그 집필이 내가 세웠던 계획에 잘 따라서 이루어진다면, 진정 인류에게 유익한 책을, 아니 더 나아가 인류에게 선사될 수 있을 가장 유용한 책들 중의 하나를 만들 것이라는 희망을 가질 이유가 있었던 만큼 더욱 그 일을 시도할 용기가 나는 것을 느꼈다.

우리는 대부분의 사람들이 살아가면서 종종 자기 자신과 다른 사람이 되기도 하고 전혀 딴사람으로 변하는 것처럼 보이기도 한다는 것을 관찰한 적이 있다. 내가 책을 쓰고자 했던 것은 이렇게 널리 알려진 사실을 밝히기 위해서가 아니라,

보다 새롭고 보다 중요한 목적이 있어서였다. 그것은 그러한 변화의 원인들을 탐구하고 우리에게 달려 있는 원인들에 천착해서, 우리를 보다 훌륭하고 보다 자신감 있는 사람으로 만들기 위해 우리 스스로가 어떻게 그것들을 통제할 수 있는지를 제시하는 것이다. 올바른 인간에게 극복해야만 하는 욕망이 있을 때, 이미 다 자라버린 욕망에 저항하기보다는 바로 그 욕망의 근원에까지 거슬러 올라갈 수 있다면 거기서부터 욕망을 예방하고 바꾸며 억제하는 것이 덜 힘들 것이라는 사실은 이론의 여지가 없기 때문이다. 사람은 강하기 때문에 유혹을 받으면 처음 한 번은 저항하지만, 약하기 때문에 다음번에는 저항하지 못한다. 그런데 그가 처음과 같았다면, 유혹에 지지 않았을 것이다.

이렇게 다양한 존재 방식이 어디에서 기인하는가를 나 자신과 다른 사람들에게서 조사하면서, 그것들이 대부분 외적 대상들에 대한 예전의 인상에 기인한다는 것과 우리는 감각이나 기관器官에 의해 계속 변하면서 부지불식간에 그 변화의 결과를 생각과 감정과 행동에까지 옮긴다는 것을 알았다. 내가 수집했던 놀랍고도 많은 관찰들은 논쟁의 여지가 전혀 없는 것으로, 그 물리적 원칙을 통하여 영혼을 미덕에 가장 유리한 상태로 놓아 유지시킬 수 있는 외적인 요법 — 그 요법은 상황에 따라 달라진다 — 을 제공하기에 적당한 것으로 보였다. 도덕적 질서를 너무나 자주 어지럽히는 동물적 조직인 감각이나 기관이 오히려 그 질서에 유리하게 작용하게끔 만들 줄 안다면, 이성이 얼마나 많은 과오를 모면할 수 있으며 얼마나 많은 악덕이 방지될 수 있을 것인가!

기후, 계절, 소리, 색깔, 어둠, 빛, 환경, 음식, 소음, 정적, 운동, 휴식 등 모든 것이 우리의 육체에 따라서 우리의 영혼에 작용한다. 이 모든 것이 무심코 우리가 그 지배를 받는 감정들을 그 근원에서부터 통제하기 위한 거의 확실한 수많은 단서들을 제공한다. 바로 이러한 것이 내가 이미 초안으로 써놓았던 기본적인 생각이었다. 그리고 나는 이러한 생각을 집필하는 것이 즐거운 만큼 읽기 즐거운 책으로 만드는 것이 어렵지 않아 보였기 때문에, 이러한 생각이 진심으로 미덕을 사랑하면서도 자신의 나약함을 경계하는 천성이 훌륭한 사람들에 대해 그만큼 더 확실한 효과를 내기를 기대했다. 그러나 제목이 《감각적 도덕 혹은 현자의 유물론》인 이 작품에는 정말 거의 손을 대지 못했다. 여러분들이 곧 그 이유를 알게 되겠지만 어떤 번거로운 일들로 그 작품에 전념할 수 없었다. 또한 여러분들은 내 초안의 운명이 어떻게 되었는지 알게 될 것인데 그 운명은 보기보다 더 내 운명과 밀접한 관계를 맺고 있다.

이것 모두 말고도, 얼마 전부터 일종의 교육 체계를 생각하고 있었는데, 일찍이 슈농소 부인이 아들에 대한 남편의 교육 때문에 불안해하면서 내게 생각해보라고 부탁한 것이었다. 이러한 일은 그 자체로 볼 때는 내 취향에 맞는 것은 아니었지만 우정이 갖는 권위 때문에 다른 어떤 것들보다도 내 마음에서 떠나지 않았다. 그래서 지금 언급했던 모든 주제들 중에서 유일하게 완성을 본 것이 바로 그것이다. 나는 이 일을 하면서 끝을 맺으려고 마음먹었는데, 그 완성은 작가에게 다른 운명을 가져다주었던 것처럼 보인다. 그렇지만 여기서 이런 우울한 주제를 앞질러 이야기하지는 말자. 이 글이 진행되면서 그것에 대해서는 싫도록 말하지 않을 수 없을 테니 말이다. (212~225쪽)

루소는 데피네 부인이 제멋대로 방문하는 바람에 구속감을 느꼈다고 말하면서 그녀와의 거리감이 생기고 있음을 암시한다. 테레즈에 대해서는 깊은 유대감을 느끼고 있지만, "그녀에 대해 결코 손톱만큼도 사랑의 불꽃을 느껴본 적이 없었으며, 바랑 부인도 그랬지만 그녀를 소유하고 싶다는 욕망이 없었고, 내가 그녀 곁에서 충족시켰던 감각적 욕구는 내게 단지 성적 욕구에 지나지 않는 것으로 거기에는 개인에 속하는 것이 아무것도 없었다"고 말한다. 게다가 테레즈는 어머니를 위시한 식구들에 휘둘려서, 그는 마음속에 허전함을 느꼈다. 그는 자신이 맡고 있었던 생 피에르 신부의 원고들을 정리하여 《영구평화안》과 《다원합의제》만을 완성하고 더 이상 그 작업을 계속하기를 포기한다. 정해진 일거리가 없어 할 일 없이 지내는 그는 애정과 우정에 대해 실망을 느끼고, 마음의 공허감은 깊어간다.

정오의 악마로부터 나온 연애소설, 《신엘로이즈》

중년에 접어든 루소는 자신이 갈망한 행복의 모든 조건들이 충족된 상태에서도 종종 외로움을 느꼈다. 목가적인 주변 환경은 마법처럼 생생하게 과거를 불러냈고, 그는 과거의 여인들을 회상하면서 자신이 갈구하던 그런 사랑을 한 번도 하지 못했음을 탄식하고 몽상으로 이를 보충하고자 한다. 그는 자신의 공상적인 삶이 중년의 욕구불만을 보상하고 있다는 사실을 잘 이해하고 있었다. 예전에 고통스러운 현실로부터 도피하기 위해 우아한 연애소설에 빠져든 그는 이제 스스로 연애소설을 창작하기 시작한다.

그러나 그는 연애하는 늙은 남자란 우스꽝스럽고, 이러한 백일몽이 부끄럽다는 사실을 인정한다. 게다가 그는 한때 소설을 연애와 안일을 부추기는 나약한 장르로 매도했던 엄격한 도덕주의자가 아니었던가. 루소는 이러한 모순을 해소하기 위해, 소설에서 사랑보다는 그 사랑을 극복하려는 미덕을 향한 노력에 더욱 비중을 두고 또 기독교인인 여주인공과 무신론자이며 철학자인 그녀의 남편이 서로를 이해하는 모습을 보여주어 기독교인들과 철학자들의 화해를 통한 사회의 일치단합에 주안점을 두었다고 말한다. 루소는 독자들이 그가 쓴 소설을 읽으면서 사랑의 열정을 미덕으로 승화시키며, 무신론이나 광신이 아닌 이성에 기초를 둔 신앙심을 갖기를 원한 것이다.

루소는 지위가 별로 높지 않은 스위스 귀족의 딸 쥘리 데탕주와 평민 출신인 가정교사 생프뢰를 주인공으로 삼았다. 바랑 부인처럼 옅은 금발의 쥘리는 그녀와 같은 마을 출신이고, 생프뢰는 젊은 시절 루소의 이상화된 자화상이다. 쥘리는 자신보다 나이가 별로 많지 않은 가정교사와 사랑에 빠지고 실제로 그와 잠자리를 같이 해 임신까지 하는데, 이는 당시의 문학적 규범에 비추어도 상당히 수치스러운 행위였다. 그런데 이 소설에서 가장 중요한 것은 루소가 사랑에 부여한 새로운 의미이다. 루소에게 사랑은 관능의 충족을 넘어서 미덕을 지향하는 힘으로서 상대방을 미덕의 화신으로 이상화한다.

> 도의가 사랑을 떠나면 사랑은 그 가장 큰 매력을 잃게 됩니다. 사랑의 가치를 고스란히 느끼기 위해서는 마음이 사랑에 만족해야 하고, 사랑은 사랑의 대상을 고양시키면서 우리를 고양시켜야 합니다. 완벽성에 대한 관념을 제거하면 열광이 사라지고 존경을 제거하면 사랑은 더 이상 아무것도 아닙니다.
>
> —《신엘로이즈》

루소는 사랑에서 모든 것은 '환상'이라는 사실을 시인하지만 그 환상이야말로 인간을 가치의 세계로 고양시키는 원동력이라고 주장한다. 다른 사람을 위해 자신을 희생하는 미덕은 실천하기 어렵지만, 사랑하는 대상에 어울리는 사람이 되기 위하여 미덕을 실천할 때 그로 인해 받는 물질적 고통은 달콤한 사랑으로 상쇄될 수 있기 때문이다.

평민인 생프뢰와 귀족 출신인 쥘리는 그들의 사랑이 사회 질서와 충돌하면서 미덕으로부터 점차 벗어나게 되는 것을 본다. 둘의 관계를 눈치 채고 애태우던 쥘리 어머니의 죽음이 한 예인데, 어떻게 보면 쥘리는 사랑 때문에 어머니를 죽인 셈이 된다. 만약 쥘리가 어머니의 죽음과 아버지의 반대에도 불구하고 생프뢰와 결혼했다면 그녀는 죄책감으로 인하여 스스로 자신을 파괴하든지 아니면 생프뢰와의 사랑을 파괴했을 것이다. 따라서 그들은 미덕을 추구하는 사랑을 유지하기 위해서 서로 헤어지지 않을 수 없었다. 그들에게 이 세상에서 가능한 사랑의 형식은 그리움뿐이고, 미덕이야말로 내세에서 이 둘을 맺어줄 수 있는 유일한 가능성이다. 그런데 쥘리의 남편인 볼마르는 그들이 앓는 사랑의 병을 고쳐주기 위하여 생프뢰에게 자신의 영지인 클라랑에 와서 살라는 제의를 한다.

유물론자이자 이성의 화신인 볼마르는 과거의 쥘리와 현재의 볼마르 부인이 다르다는 사실을 두 사람에게 일깨우려고 그들에게 자기가 없는 상태에서 입맞춤을 하도록 강요한다. 볼마르의 방법은 쥘리와 생프뢰가 서로에게 보내는 사랑과 존경의 시선을 부재하면서 동시에 어디에서나 존재하는 것처럼 느껴지는 그 자신의 시선으로 대체하려는 것으로, 사실 이것은 클라랑의 질서의 기본 원칙이기도 하다. 겉으로는 모든 사람들이 완벽한 행복을 향유하는 것처럼 보이는 클라랑의 질서는 실상 푸코가 《감시와 처벌》에서 설명한 것과 같은 '전방위 감시체제'에 기초를 두고 있어서, 공동체의 모든 사람들의 의식 속에 감시자인 볼마르의 시선이 자리 잡는다. 하인들은 주인의 이익을 위해서 항상 서로를 감시하여야만

하고, 쥘리는 활기를 잃어버리고 일상적인 행복에서 생겨나는 권태감으로 괴로워한다.

그리고 이를 계기로 클라랑의 질서를 효율적으로 유지하는 데 가장 유효한 방법이었던 감시 체계의 효율성이 결정적으로 의문시된다. 클라랑의 질서의 중심축을 이루는 쥘리가 느끼는 권태감은 자신이 자율적이라고 느끼지만 실상은 세밀하게 통제를 받는 클라랑 사람들의 내면적인 모습을 대표적으로 보여주기 때문이다. 한 점의 어둠 없이 투명한 공간은 영혼의 자발적인 힘이 생겨날 수 있는 내밀한 개성을 말살시키고 그 공간 안의 모든 존재를 균일화한다. 이제 가능한 결말은 쥘리가 죽는 것이고, 그래서 그녀는 물에 빠진 아들을 구하러 물에 뛰어들어 아이는 구하지만 자신은 죽을병에 걸린다. 그녀는 생프뢰에게 자신의 사랑을 고백하고 아이들의 교육을 맡아달라고 부탁하면서 죽음을 맞는다.

> 나는 당신을 떠나지 않습니다. 나는 당신을 기다릴 것입니다. 지상에서 우리를 갈라놓은 미덕이 천국에서는 우리를 맺어줄 것입니다.
>
> —《신엘로이즈》

이 마지막 장면에서 두 연인이 겪어야만 했던 모든 고통은 보상을 받고 심원한 존재 이유를 되찾는다. 쥘리는 미덕으로 인해 받은 고통 덕분에 자신의 사랑을 부끄러움 없이 고백할 수 있었고, 생프뢰는 지금까지의 고통을 사랑의 고백으로 보상받았고 또 내세에서 쥘리를 만날 희망을 갖고 앞으로 미덕을 실천할 수 있기 때문이다. 영혼이 되어서 인간의 내면을 직접적으로 느끼고 싶다는 쥘리의 희망과 미덕을 실천하는 자신의 내면을 쥘리가 그대로 느꼈으면 하고 바라는 생프뢰의 희망은 그 강렬함으로 이미 죽음을 넘어 둘을 하나로 만든다.

계몽주의자들이 신성한 것을 탈신비화했다면 루소는 이렇게 세속적인 사랑을 신비화하면서 형성 중인 부르주아 사회를 위해 혹은 그 사회를 견뎌내기 위해서 새로운 사랑의 신화 혹은 종교를 창조한 것이다.

간단히 말해서, 나는 가장 갈망해 마지않던 행복의 한가운데서도 조금도 순수한 향락을 발견할 수 없었으므로 훌쩍 젊은 시절의 아름다운 나날들로 다시 돌아가곤 했다. 나는 때로 탄식하면서 소리쳤다. "아! 여기도 아직 레샤르메트가 아니구나!"

(…)

선천적으로 다정다감한 심정을 가지고 있고, 산다는 것이 곧 사랑한다는 것이라고 믿고 있던 내가 지금까지 내게 온 마음을 쏟는 친구, 진정한 친구를 발견하지 못했던 것은 도대체 무슨 영문이란 말인가? 스스로 진정한 친구가 되기 위해 태어났다고 느꼈던 바로 내가 말이다. 그토록 불타기 쉬운 관능과 온통 사랑으로 빚어진 심성을 가진 내가 적어도 단 한 번이나마 어떤 확실히 정해진 연인을 향하여 사랑을 불태워 보지 못했던 것은 도대체 어떤 영문이란 말인가? 사랑하고 싶다는 욕구에 애태우면서도 결코 그것을 제대로 충족시킬 수 없었던 나는 노년의 문턱에 도달하여 제대로 살아보지도 못하고 죽어 가는 내 모습을 보았다.

서글프면서도 눈물겨운 이러한 성찰로 인해 아쉬움을 갖고 내 자신을 돌아보지 않을 수 없었는데, 이 아쉬움에는 감미로움이 없지 않았다. 운명이 내게 주어야 할 무엇을 아직도 주지 않은 것처럼 생각되었다. 이렇듯 탁월한 재능을 타고났으면서도 그것을 끝까지 한 번도 사용해 보지 못한 채 내버려둔다면 무슨 소용이 있을까? 나 자신의 내적 가치에 대한 느낌은 내게 이러한 부당함을 느끼게 하면서도 또한 어떤 의미에서는 그 부당함에 대한 느낌을 보상해 주고 나로 하여금 눈물을 쏟게 했는데, 나는 즐겨 그 눈물을 닦지도 않고 그냥 흐르게 내

버려 두었다.

나는 1년 중 가장 아름다운 계절인 6월에 시원한 숲 그늘 아래에서 밤꾀꼬리의 노랫소리와 시냇물이 졸졸 흐르는 소리를 들으면서 이와 같은 명상에 잠겨 있었다. 모든 것이 협력하여 너무나도 유혹적인 나태함으로 다시금 나를 끌어들이려 했는데, 그러한 나태함이 내 천성에는 맞았지만 장기간의 흥분상태로 고양되어 얼마 전까지 내가 취했던 강경하고 엄격한 태도는 나를 그로부터 영원히 벗어나게 했어야 옳았을 것이다. 그러나 공교롭게도 퇸 성에서의 점심식사와 그 매력적인 두 소녀와의 만남이 막 기억나는 참이었는데, 그것은 바로 같은 계절에 그리고 지금 내가 있는 곳과 거의 비슷한 장소에서 벌어졌던 일이었다. 이러한 추억은 거기 깃든 순진무구함으로 인해 내게 훨씬 더 달콤하게 다가왔기 때문에 그와 같은 종류의 또 다른 추억들이 떠올랐다. 얼마 되지 않아 젊은 시절 내 가슴을 울렁거리게 만들었던 모든 사랑하는 여인들이 내 주위에 모여 있는 것이 보였다. 갈레 양, 그라펜리드 양, 브레이유 양, 바질 부인, 라르나주 부인, 내 귀여운 여자제자들, 내 마음에서 잊힐 수 없는 요염한 줄리에타까지 나타났다. 나는 오래 전부터 알고 있는 극락 궁전의 미녀들에게 둘러싸여 있는 것만 같았는데, 그녀들에 대한 더할 나위 없이 절절한 애정은 내게 새로운 것이 아니라 항상 느끼고 있던 감정이었다. 피는 끓어 부글거리고, 머리카락은 이미 희끗희끗 세기 시작했지만 머리는 돌아버렸다. 이리하여 제네바의 근엄한 시민, 거의 마흔다섯 살에 가까운 엄격한 장자크가 다시 갑자기 사랑에 빠진 넋 나간 목동이 된 것이다. 나를 사로잡은 이 도취의 상태는 참으로 갑작스럽고 열광적인 것임에도 불구하고 참으로 지속적이고 강력해서, 만일 내가 그로 인해 예상치 못한 무서운 불행의 밑바닥으로 떨어지지 않았더라면 도저히 정신을 차릴 수 없었을 것이다.

이러한 도취 상태는 퍽 심한 정도까지 갔지만, 내가 이 때문에 내 나이나 처지를 잊을 정도까지는 아니었다. 또한 여전히 사랑을 불어넣을 수 있다고 헛된 기대를 갖거나 어린 시절부터 내 가슴을 태우던 이 열렬한 그러나 실속이 없었던 사랑의 불길을 이제야 다른 여인과 함께 나누려고 시도할 정도까지는 아니었다. 나는 그런 것을 바라지도 원하지도 않았다. 나는 이미 사랑을 할 때가 지났다는 것을 알고 있었으며, 연애에 빠지기에는 한물간 바람둥이들의 우스꽝스러움을 너무나 절감하고 있었다. 한창 젊은 시절에도 별로 자신을 대단하게 생각하지 않았고 자신감이 없었던 내가 만년에 들어와 그렇게 될 리는 만무했다. 더욱이 평화를 사랑하는 나는 가정에 풍파를 일으키는 것이 무서웠던 것 같다. 테레즈를 너무도 사랑해서, 내가 그녀에게서 받는 애정보다 더욱 강렬한 애정을 다른 여자들에게 기울이는 것을 보여 그녀를 고통받게 할 수는 없었다.

이러한 경우에 나는 어떻게 했던가? 여기까지 내 이야기를 읽어온 독자라면 벌써 알아챘을 것이 틀림없다. 현실의 존재에 도달하는 것이 불가능하여 나는 공상의 세계로 뛰어들었다. 그리고 존재하는 것들 중 내가 열광할 만한 것은 아무것도 보지 못해서 나는 그것을 이상적인 세계에서 키워나갔는데, 내 창조적인 상상력은 곧 그 이상적인 세계를 내 마음에 맞는 존재들로 가득 채웠다. 이런 수단이 그때보다 더 때맞추어 온 적도 없었고 그때보다 더 풍부한 결실을 맺은 적도 없었다. 나는 지속적인 황홀감 속에서 일찍이 인간의 마음속에 깃들었던 가장 감미로운 감정의 격류에 도취되었다. 인간들이란 족속을 완전히 망각하고 그 아름다움만큼이나 미덕으로 천상계에 속하는 완벽한 피조물들과 교제하고, 내가 이 지상에서는 결코 본 적이 없었던 그런 확실하고 온화하고 변함이 없는 친구들을 사귀었다. 천상 세계에서 나를 둘러싼 이 매력적인 상대들 사이로 이렇게 날아다니는 데 너무 재미를 붙여 세월 가는 것도 모르고 지냈고, 다른 모든 일에 대한 기억은 잊어버리고 서둘러 빵 한 조각을 먹자마자 달려가 내 숲을 다시 만나기 위해서 자리에서 빠져나오려고 안절부절못했다. 막 환상의 세계로 떠나려고 하는데 그 되먹지 못한 인간들이 찾아와서는 나를 이 세상에 다시 붙잡아두려고 할 때면, 분통을 참을 수도 감출 수도 없었다. 그래서 더 이상 나 자신을 억제하지 못하고 난폭한 사람이란 말을 들을 정도로 그들에게 매우 무례한 대접을 했다. 이로 인하여 인간 혐오자라는 내 평판만 높아졌을 뿐인데, 만약 사람들이 내 마음을 더 잘 이해해주었더라면 그 모든 것은 내게 정반대의 평을 가져다주었을 것이다.

(…)

이러한 모든 소일거리들은 내가 빠진 이상야릇한 사랑의 병을 고쳐주어야 옳았을 것이다. 그리고 그것은 이러한 사랑의 불행한 결과를 피하도록 하늘이 내게 준 방편이었는지도 모른다. 그러나 내 불운은 무엇도 막을 수 없었다. 다시 바깥출입을 하게 되자마자 내 마음과 머리와 발은 다시 전과 같은 길로 접어들었던 것이다. 그러나 같다고는 하지만 몇몇 점에서만 그런 것이다. 내 생각은 이전보다 약간 덜 열광적이어서 이번에는 지상에 머물러 있었기 때문이다. 그러나 지상에서 발견할 수 있는 온갖 종류의 사랑스러운 모든 것을 매우 섬세하게 선택하였기 때문에 그 정수精髓는 내가 포기했던 공상적 세계에 못지않은 환상적인 것이었다.

나는 내 마음속에 품고 있던 두 개의 우상인 사랑과 우정을 가장 황홀한 영상들로 그려 보았다. 나는 이것들을 평소에 숭배했던 여성의 온갖 매력들로 장식하면서 즐겼다. 나는 남자

친구 두 사람보다는 여자친구 두 사람을 상상했다. 왜냐하면 이러한 예는 극히 드문 만큼 더욱 사랑스럽기 때문이다. 나는 이 두 여성에게 유사하지만 다른 성격을 부여했다. 또 완전하지는 않지만 내 취향에 맞고 호의와 감수성으로 생기가 넘치는 빛나는 얼굴도 부여했다. 한쪽은 갈색 머리 다른 쪽은 금발로, 한쪽은 활발하고 다른 쪽은 온순하게, 한쪽은 현명하고 다른 쪽은 연약하게 — 그러나 매우 사람의 마음을 감동시키는 연약함이어서 미덕이 그 때문에 득을 보는 것처럼 보였다 — 만들었다. 그리고 나는 두 여성들 중 한 여성에게는 연인을 마련해주었고, 또 다른 여성은 그 남자의 다정한 여자친구 더 나아가 그 이상의 것이 되게 했다. 그러나 경쟁이나 싸움이나 질투 같은 것은 허락하지 않았다. 왜냐하면 고통스러운 감정은 어떤 것이든 상상하기 괴로웠고, 그것이 어떤 것이든 자연을 타락시키는 것으로 이 즐거운 그림을 더럽게 훼손하고 싶지 않았기 때문이다. 내가 만든 이 두 아름다운 모델에 반한 나는 될 수 있는 대로 그 연인이며 친구인 남자와 하나가 되었다. 그러나 나는 그를 사랑스럽고 젊은 남자로 만들었고, 게다가 그에게 내가 지녔다고 생각되는 장점과 단점을 부여했다.

내가 만든 인물들에게 알맞은 거처를 마련해주려고 내가 여행 중에 보았던 가장 아름다운 곳들을 차례로 검토해 보았다. 그러나 내 마음에 드는 아주 싱그러운 숲도 정말 감동을 주는 경치도 떠오르지 않았다. 그리스의 테살리 계곡은 내가 실제로 보았다면 마음에 들었을 수도 있다. 하지만 없는 것을 만들어내는 데 지친 내 상상력은 상상의 근거가 될 수 있는 그래서 내가 거기 거주시키려고 하는 사람들의 현실성에 대해 나를 현혹시킬 수 있는 어떤 실재적인 장소를 원했다. 나는 전에 그 매혹적인 광경을 보고 감격하였던 보로메 섬들을 오랫동안 생각해보았는데, 그곳은 내 인물들에 비해서 장식과 기교가 지나치게 보였다. 그렇지만 호수가 하나 있어야 했다. 그래서 마침내 항상 내 마음이 그 주위를 헤매고 있던 호수를 택하고 말았다. 나는 이 호숫가의 어느 부분에 거처를 정했는데, 그곳은 운명적으로 내가 만족해야만 했던 상상적인 행복 속에서 오래 전부터 내 거처로 기원하던 곳이었다. 그리고 가엾은 엄마의 고향이라는 점 또한 내게는 특별한 매력이었다. 그 대조적인 지형들, 풍부하고 다양한 경치, 감각을 매혹시키고 마음을 감동시키고 영혼을 고양시키는 화려하고 장엄한 전체적 조화 때문에 마침내 나는 마음을 정하고 내 젊은 제자들을 브베에 자리 잡게 했다. 이것이 내가 단숨에 상상했던 전부고, 그 나머지는 그 후에 가서 첨가된 것에 불과했다.

나는 오랫동안 이토록 막연한 계획으로 만족했는데, 그 계획만으로도 즐거운 대상들로 내 상상력을 채우고 내 마음이 품고 싶어 하는 감정들로 내 마음을 채우기 충분했기 때문이다. 이 허구들이 상당히 되풀이되면서 마침내 더욱 확실해져서 내 머릿속에서 일정한 형태로 고정되었다. 이러한 허구들이 내게 제공하는 상황들 몇 개를 종이 위에 옮겨 표현하려는 생각이 문득 든 것도, 젊은 시절에 느꼈던 모든 것을 떠올리면서 지금까지 애만 태우고 충족시킬 수는 없었던 사랑하고 싶은 욕망을 말하자면 이렇게 해서라도 마음껏 발산하도록 하고 싶다는 생각이 문득 든 것도 바로 이때였다.

우선 순서도 연관도 없어서 분산되어 있는 편지 몇 통을 종이 위에 되는 대로 썼다. 그래서 그것들을 짜맞추고 싶다는 생각이 들었을 때는 종종 몹시 곤란했다. 잘 믿어지지 않겠지만 정말로 틀림없는 사실은 처음의 1부와 2부가 거의 전부 이런 식으로 쓰였다는 것이다. 나는 잘 짜인 어떤 계획도 없었고 심지어는 언젠가 이것들을 정식 작품으로 만들고 싶어질 것이라는 예상도 못했던 상태였다. 그래서 이 1부와 2부는 현재 들어있는 자리에 딱 들어맞도록 다듬어지지 않았던 자료들로 사후에 만들어졌기 때문에, 다른 책에서는 볼 수 없는 수다스러운 땜질들로 꽉 차 있음을 볼 수 있다.

(…)

내게 가장 난처한 것은 이렇게 소설을 씀으로써 그토록 명백하고 공공연하게 내 자신의 원칙을 번복한다는 부끄러움이었다. 그토록 세상을 시끄럽게 하면서 엄격한 원칙들을 세운 후, 그렇게 강력하게 근엄한 처세훈을 설교한 후, 사랑과 안일을 표현하는 유약한 책들에 대해 신랄한 욕을 그렇게도 퍼부은 후, 내가 그렇게나 가혹히 비난했던 그 책들의 저자들 중 하나로 갑자기 내 이름을 손수 올린 것을 사람들이 본다면 그것보다 더 뜻밖이고 불쾌한 것을 상상할 수 있었을까? 나는 이러한 모순을 뼈저리게 절감했고 그것에 대해 자책했으며 부끄러움을 느끼고 화가 났다. 그러나 이 모든 것도 나로 하여금 이성으로 되돌아가게 하기에는 부족했다. 완전히 굴복당한 나는 이제는 모든 위험을 무릅쓰고 다른 사람들이 무엇이라고 하든 개의치 않겠다고 결심하는 수밖에 없었다. 다만 이 작품을 다른 사람에게 보일 것인가 보이지 않을 것인가를 결정하는 것은 나중에 생각하기로 했다. 이때는 아직 그것을 출판하게 되리라고는 생각해 보지도 않았기 때문이다.

나는 이런 결심을 하고 거침없이 몽상에 몰두했고, 그것을 머릿속에서 이리저리 궁리해서 그 몽상으로부터 여러분들이 지금 그 실천의 결과를 보고 있는 그런 종류의 구상을 짜게 되었다. 이것은 확실히 내 광기로부터 나올 수 있었던 최선의 활용이었다. 일찍이 내 마음에서 떠난 일이 없었던 선을 사랑하는 마음이 도덕에 이용될 수 있는 유용한 대상들로 그 광기를 돌렸던 것이다. 내 관능적인 묘사에 순진무구함이라는 부드러운 색조가 결여되었다면 그것은 그 모든 우아함을 상실하고 말았을 것이다. 마음 약한 처녀는 연민의 대상이며, 사랑을 하면 관심의 대상이 될 수 있으며 흔히 더욱 사랑스러운 대상이 된다. 그러나 지금 유행하고 있는 풍습을 보면서 분노하지 않고 그 광경을 참을 수 있는 사람이 누가 있겠는가? 공공연히 자기의 모든 의무를 발밑에 짓밟아버리면서도, 자신이 불륜의 현장에서 붙들리고 싶어 하지 않는 것이 남편에 대한 호의 때문이니 그것에 남편이 지극히 감사해야 한다고 주장하는 부정한 아내의 오만보다 더 불쾌한 일이 있으랴? 완전한 존재란 자연에 없으며, 그러한 존재가 주는 교훈은 우리 마음에 그리 가까이 다가오지 않는다. 그러나 여기에 천성적으로 정숙하고 마음씨 부드러운 여자가 있어, 처녀 시절에는 사랑에 정복당하지만 남의 아내가 된 후 이번에는 영혼의 힘을 회복하여 그 사랑을 극복하고 다시 미덕을 회복하게 되었다고 하자. 이러한 묘사가 전체적으로 보아 추잡스럽고 유익하지 못하다고 말하는 사람이 있다면 그는 거짓말쟁이이며 위선자이다. 그러한 사람의 말에 귀를 기울여서는 안 된다.

근본적으로 사회질서 전반에 결부되는 풍습이나 부부 사이의 정조라는 이러한 주제를 넘어서 나는 공중의 화합과 평화라는 더욱 은밀한 주제를 마음에 품고 있었다. 이것은 그 자체로서도 그렇지만 적어도 그 당시에는 아마 더욱 크고 중요한 주제였다. 《백과전서》가 일으킨 파란은 진정되기는커녕 이즈음에 와서는 그 절정에 이르렀다.[5] 두 파는 서로에게 극도로 격분하여, 서로 가르쳐주고 설득하여 서로를 진리의 길로 데려가는 기독교 신자나 철학자라기보다는 차라리 서로 잡아먹으려고 미쳐 날뛰는 늑대와 같았다. 만일 양편에 어느 정도 인망이 높고 활동적인 지도자들이 몇 사람 있었다면 내란으로 악화되었을지도 모른다. 그리고 종교적인 내란이 일어났다면 그것이 어떤 결과를 가져왔을까 하는 것은 신만이 알 것인데, 양편 모두 가장 잔인한 불관용不寬容이라는 점에서는 사실상 같았기 때문이다. 그것이 어떤 당파심이든 당파심에는 타고난 반감을 갖고 있는 나는 두 파의 사람들에게 엄정한 진리를 분명하게 말해주었건만 그들은 귀담아듣지 않았다. 그래서 나는 다른 방법을 생각해냈는데, 그것은 내 순진한 마음에 굉장한 것처럼 보였다. 그것은 그들의 편견을 타파하고 공중의 존경과 모든 사람들의 경의를 받을 만한 다른 파의 장점과 미덕을 서로에게 보여줌으로써 서로의 반감을 누그러뜨리는 것이다. 그러나 그리 사려 깊지 않은 이 계획은 사람들에게 선의가 있음을 가정한 것으로, 그로 인해 나는 생 피에르 신부에게서

---

5 사실 파란이 절정에 이른 것은 1758년 엘베시우스의 《정신론》(*De l'Esprit*)이 처벌을 받았을 때였다. 여론은 그의 유물론적 명제들을 백과전서파 전체의 주장으로 간주했고 그 결과 그 해에 《백과전서》를 주도하는 사람들에게 부여되었던 특권이 폐지되었다.

비난한 것과 같은 오류에 빠져들었다. 그래서 이 계획은 그것에 합당한 성과를 거두었는데, 그 성과란 그 두 파가 그로 인해 가까워지지는 않았지만 오직 나를 타도하려는 목적으로 단결했다는 것이다. 그러나 경험을 통해 내 어리석음을 깨달을 때까지 나는 말하자면 내게 이러한 계획을 품게 한 동기에 합당한 열성을 갖고 거기에 몰두했다. 그리고 나는 볼마르와 쥘리 두 사람의 성격을 황홀감을 갖고 구상했는데, 이러한 황홀감으로 인해 이 둘을 다 사랑스러운 존재로 만들며 게다가 한 쪽을 통해 다른 쪽을 사랑스럽게 만드는 일에 성공했으면 하는 바람을 갖게 되었다.

내 구상의 초안을 대충 잡은 데 만족해, 전에 그려놓았던 세부적인 장면들에 다시 손을 댔다. 그것들을 정리하여 《신엘로이즈》의 1부와 2부가 나왔다. 그해 겨울 동안은 말할 수 없는 기쁨 속에서 그것을 만들고 정서했다. 이를 위해서 금테 두른 가장 좋은 종이를 사용했고, 글자를 말리기 위해 하늘색과 은색의 가루를 썼고, 푸른색 가는 리본으로 원고를 철했다. 요컨대 내가 피그말리용이나 되는 것처럼, 열렬히 사랑하는 그 사랑스러운 소녀들을 위해서는 아무리 세련되고 예쁜 것이라 해도 충분하다고 생각되지 않았다. 매일 저녁마다 나는 화롯가에서 '가정부들'에게 이 두 부를 읽고 또 읽어주었다. 딸은 아무 말도 못하고 감격하여 나와 함께 흐느껴 울었다. 그 어머니는 거기서 칭찬할 것이라고는 조금도 보지 못했고 또 그것을 전혀 이해하지도 못했으므로 가만히 있다가, 조용해지면 "참 아름답군요"라고 내게 계속해서 되뇔 뿐이었다. (248~265쪽)

루소는 도시의 소란스러움에서 멀리 벗어난 레르미타주에서 《신엘로이즈》에 빠져 행복한 겨울을 보낸다.

상상 속의 쥘리가 두드토 부인에게 빙의하다

긴 겨울 동안 파리에 몇 번 잠깐 나들이한 것을 제외하고 루소는 집에 틀어박혀 꾸준히 소설을 집필해 1757년 봄까지 작품의 1부와 2부를 마쳤다. 그해 겨울 데피네 부인의 사촌이자 시누이인 소피 두드토 부인이 마차가 진창에 빠지는 바람에 마부의 장화를 신은 채 폭발적인 웃음소리와 함께 레르미타주에 나타나 루소에게 강렬한 인상을 주었다.

봄이 되자 루소의 열정이 삶에서 폭발하기 시작했다. 1757년 6월 레르미타주에서 32킬로미터 떨어진 오본에 집을 빌린 그녀가 말을 타고 승마복 차림으로 그를 방문했다. 사실 루소는 파리의 살롱과 라슈브레트 성에서 이미 그녀를 만난 적이 있었지만 별 관심은 없었는데, 이번에는 사랑이었다. 스탕달은 나뭇가지 하나를 소금광산에 던져 넣으면 한 달 후 그 가지가 빛나는 소금의 결정체로 덮이게 되는 것처럼 사랑은 사랑하는 대상을 이상적인 존재로 변형시킨다고 말하면서 그것을 '사랑의 결정화 과정'이라고 명명했는데, 루소는 자신이 꿈꾸던 쥘리의 이미지를 두드토 부인에게 투사하면서 사랑에 빠진 것이다. 루소는 생애의 처음이자 마지막으로 '사랑으로써 사랑하는'(aimer d'amour) 낭만적 열정을 체험한다.

만약 루소가 상상 속의 인물 쥘리와 그녀의 남자친구인 생프뢰가 서로 사랑을 나누는 연애편지를 쓰던 때가 아니었다면 루소의 사랑은 시작되지 않았을 것이다. 그러나 이와 더불어 루소의 사랑이 꽃을 피우는 데 커다란 영향을 미친 것은 두드토 부인에게는 이미 연인인 생랑베르가 있었다는 점으로 보인다. 소피에게서 쥘리를 보고 사랑을 예감한 루소는 자신에게 연인 생랑베르에 대한 사랑을 고백하는 소피를 보면서 점차 사랑에 불타오른다. 부재하는 연인에 대한 사랑의 언어는 루소를 취하게 한다. 말하자면 그는 생랑베르를 향한 두드토 부인의 사랑에 전염된 셈이다. 아버지의 연애담이 장자크로 하여금 부재하는 어머니의 빈자리에 들어가도록 강요했다면 이번에는 루소 스스로 부재하는 연인의 자리에 들어가기를 갈망한다. 그러나 그가 들어가고자 하는 공간은 소피의 애인이자 루소의 친구인 생랑베르가 관능적 욕망을 금지하고 있는 곳이기도 하다. 또한 소피가 생랑베르에게 품는 사랑으로 인해 그 빈자리의 매력이 강렬해질수록 루소가 그곳에 들어가는 것은 더욱 불가능해진다.

그런데 역설적이게도 소피의 사랑이 루소가 넘을 수 없는 육체의 한계를 미리 설정하고 있다는 점에서, 그는 안심하고 사랑에 탐닉할 수 있다. 이러한 육체의 한계는 바질 부인을 몰래 바라보는 루소의 모습을 다시 바질 부인에게 드러내는 거울이기도 하다. 거울의 표면은 육체를 비추는 소통의 도구인 동시에 거울 속의 육체에 접근하는 것을 불가능하게 만드는 한계이기 때문이다. 거울 속에 갇혀 있는 육체에게 가능한 소통의 방법은 오로지 비육체적인 시선과 목소리이다. 루소와 바질 부인의 은밀한 만남이 시선의 드라마라면, 루소와 소피의 만남은 무엇보다도 언어의 드라마가 될 것이다.

소피에 대한 사랑을 깨달은 루소는 미덕의 원칙에 어긋나는 자신의 사랑 때문에 양심의 가책을 받지만 소피의 세 번째 방문 때 마침내 사랑을 고백한다. 사랑의 고백 장면은 예전에 바질 부인의 방에서 그랬던 것처럼 침묵의 언어로 시작한다. 육체에 표현된 "말로 표현할 수 없는 혼란"은 자신을 표현할 수 없음에도 불구하고 스스로를 표현하고자 시도한다. 루소는 사랑을 언어로 고백하지 않으면서도 자신의 사랑을 그녀가 알아차릴 수 있는 그런 상황을 만들려고 한다. 언어가 아닌 육체를 통해 일종의 의미망을 만든 그는 소피가 이 상황의 의미를 이해하고 일종의 반응(얼굴의 홍조나 육체의 혼란)이나 말(루소의 사랑을 받아들이거나 거부하는 말)을 갖고 대답하기를 기대한다. 그는 전능한 힘을 가진 여인 앞에서 그의 운명을 결정하는 말이 떨어지기를 초조하게 기다리는 어린아이와 같다.

그러나 침묵을 넘어 직접적인 소통을 가능하게 만드는 사랑의 마술은 소피에게 통하지 않는다. 그는 마침내 상대방에 대한 찬사와 자신에 대한 책망을 통해 자신의 사랑을 내비친다. 이러한 신중한 행동은 적극적인 사랑의 고백이라기보다는 오히려 상대방에게 자신의 사정을 이해할 것을 요청하는 것이므로 루소의 죄의식을 경감시키는 데 적절하다. 루소는 자신의 행위와 그녀가 자신에게 보인 관대한 반응에 가해질지도 모르는 독자들의 비판을 염두에 두고, 자신의 미친 사랑 고백은 그것이 오로지 늙은 남자의 희망 없는 짝사랑이기 때문에 오직 "나 혼자에게만 해로운 광기"라고 변명한다.

그런데 우리는 여기서 소피에 대한 사랑을 변명하는 루소가 자위행위에 대한 변명을 되풀이하고 있음을 알 수 있다. 루소는 자신의 악덕인 자위행위가 오로지 자신에게만 해를 끼친다는 점에 비추어 볼 때 꼭 비난받을 만한 것은 아니라고 말하고 있기 때문이다. 소피는 현실에 존재하지만 루소가 그녀에게서 성적 욕망을 충족하는 것은 현실적으로 불가능하다. 그녀는 루소의 사랑을 우정으로 받아주지만 그 사랑이 우정의 단계를 넘어서면 루소를 꾸짖게 될 것이다. 루소의 상상 속에서 사는 쥘리가 소피에게 빙의했다면, 루소는 마치 자위행위를 할 때 그런 것처럼 오직 상상 속에서만 소피의 육체를 범할 수 있다. 루소에게 사랑의 고백은 결코 현실화되지 못하는 언어의 유희가 될 것이므로 그것은 비난받을 만한 것이 될 수 없다. 중세의 궁정풍 연애에서 기사는 귀부인을 위해 모험을 하고 그 대가로 애정의 표시를 받지만 그 표시는 결코 최후의 선을 넘어서는 안 되는데, 육체의 불가능성에 대한 루소의 확신은 억압된 성적 욕망을 궁정풍 연애의 형식 안에서 가장 자유롭게 해방시킨다. 차이가 있다면 귀부인의 사랑을 얻기 위한 기사의 무훈(武勳)이 언어로 바뀐다는 것이다. 루소가 소피에 바치는 사랑은 소피가 생랑베르에 대한 사랑을 비추어 볼 수 있는 거울이고, 소피가 생랑베르에 대해 보이는 사랑은 루소가 소피에 대한 사랑을 비추어 볼 수 있는 거울이다. 사랑에 눈먼 두 사람은 그러나 상대방을 거울로 삼아 사랑에 빠진 자신의 모습을 본다. 거울 속에서 루소는 생랑베르와 점차 뒤섞이면서 소피의 육체를 향해 접근해 나아가지만 결코 그 마지막 한계를 넘어설 수는 없다. 이 둘은 서로가 서로를 비추는 분신이지만 바로 그 때문에 하나의 육체를 이룰 수 없다. 루소는 소피가 육체관계에서 "정다운 우정의 범위 내에서 최대한 허용될 수 있는 것은 하나도 내게 거절하지 않았지만 (…) 자신을 부정한 여인으로 만들 수 있는 것은 아무것도 허락하지 않았다"고 말한다. 그러나 이 넘을 수 없는 육체의 마지막 한계에서 둘은 영혼으로부터 솟아오르는 투명한 눈물로 하나가 된다. 그리고 소피는 눈물 속에서 "당신만큼 그렇게 사랑스러운 사람은 없었어요. 그리고 당신처럼 사랑을 하는 애인도 결코 없었어요"라고 외친다. 사랑의 언어로 표출되는 루소의 마음은 소피로부터 자신을 완벽한 연인으로 찬양하는 말을 이끌어냄으로써 소피의 육체가 아니라 소피의 언어를 그리고 그녀의 영혼을 정복한다.

그리고 말과 말 사이에는 글이 자리 잡는다. 루소는 올랭프 언덕에서 소피를 기다리며 자신의 심정을 편지로 쓰고,

소피에게 "거의 여인의 육체를 다루는 듯한 세심함과 정성을 갖고" 정서한 《신엘로이즈》의 초고를 선사한다. 육체가 부재할 때 글은 관능적인 육체로 변모되며 상상 속에서 에로스의 결합을 완성한다. 루소가 "전 생애에서 최초의 그리고 유일한 사랑" 그리고 "소유하기를 원하기에는 너무나 사랑하는" 여인 소피에게 초고를 선사하는 것은 자신의 육체를 바치는 행위를 대신한다. 육체적 현존은 그것에 접근이 불가능하다는 점에서 오히려 부재이자 결핍이며, 글쓰기는 불안감을 주는 육체적 욕망으로부터 벗어난 상태에서 그 욕망의 표출을 가능하게 하는 방법이다.

서한 소설의 형식을 갖는 《신엘로이즈》는 상대방의 현존과 부재의 변증법에 그 토대를 두고 있다. 상대방이 부재하기 때문에 편지 왕래가 이루어지고, 편지는 육체의 관능을 글쓰기로 전이함으로써 이러한 부재를 보상받을 수 있게 만든다. 따라서 소설에서 부재는 현존보다 우세하다. 본질적으로 상대방이 나타날 수 있는 공간은 현실의 공간이 아니라 글쓰기의 공간이다. 그리고 육체는 결핍과 부재로 느껴지고 오히려 육체가 부재하는 글쓰기 속에서 현존의 충만함이 느껴진다. 현실적으로 육체적인 접촉이 이루어지는 숲속에서의 입맞춤 장면과 방안에서의 정사를 이야기하는 생프뢰의 편지에서 육체에 대한 묘사는 거의 삭제되어 있다. 그리고 그 장면들은 꿈, 환상, 몽상 등으로 규정되면서 현실성을 박탈당하고 있다. 타자의 현존에 현실성을 부여하는 책임을 맡는 것은 글쓰기이다.

생-프뢰는 “아, 내가 당신을 찾았던 때는 바로 당신을 잃을 때입니다”라고 말하는데, 이러한 진술은 포기의 교훈만을 의미하는 것은 아니다. 육체의 접촉에서 현실은 사라지므로 타인을 발견하고 소유하는 것을 가능케 하는 것은 육체의 부재이다. 성적 욕망에 대한 금지는 육체와 육체 사이를 분리한다. 이러한 분리에서 글쓰기의 욕망이 생겨난다. 글쓰기의 욕망은 육체적 현존의 부재를 극복하고 현실이 아닌 감정의 충만함을 살려고 하는 욕망에서 나온다. 상대방의 육체를 포기함으로써 생겨나는 빈 공간은 글쓰기를 통해 생겨나는 상대방의 이미지와 감정으로 부풀어 오른다. 그리고 이때에야 비로소 성적 욕망과 이에 대한 금지는 양립될 수 있다.

사랑의 소설로부터 태어난 소피는 육체적 사랑이 아니라 사랑의 말을 통해 살다가 소설이 종결됨에 따라 점차 루소와 거리가 멀어진다. 어쨌든 현실에서 소피와 루소의 사랑은 루소와 데피네 부인 사이에 불화를 일으키는 요인이 되었다.

봄이 돌아오자 사랑에 대한 망상이 더 심해졌다. 그리고 나는 사랑의 흥분 속에서 《신엘로이즈》의 마지막 부분들을 위해 편지를 여러 통 지었는데, 그 편지에는 그것을 쓸 당시의 황홀감이 느껴진다. 나는 그중에서도 엘리제 정원을 언급하는 편지와 호수 위에서의 뱃놀이를 언급하는 편지를 들 수 있는데, 이것들은 내 기억이 확실하다면 4부의 끝에 있다. 이 두 편지를 읽으면서 내게 그 편지들을 받아쓰게 한 감동 속에서 자기 마음이 말랑말랑 부드러워져 사르르 녹는 것을 느끼지 못하는 사람이라면 이 책을 덮어버려야 할 것이다. 그런 사람은 감정의 문제들을 판단하기에 적당치 않기 때문이다.

바로 같은 시기에 두드토 부인으로부터 예상치도 않은 두 번째 방문을 받았다. 기병대장인 남편도 또 군에 복무하는 애인도 부재중이라서 그녀는 몽모랑시 골짜기의 한가운데 있는 오본에 와서 아주 예쁜 집을 빌려 살고 있었다. 그녀는 바로 거기서부터 레르미타주에 처음 소풍을 나온 것이다. 이 여행에서 그녀는 말을 타고 남자 복장을 했다. 나는 이러한 종류의 우스꽝스러운 복장을 별로 좋아하지는 않지만 소설에나 나옴직한 그녀의 외모에 사로잡혔다. 그리고 이번에 그것은 사랑이었다. 그것은 내 생애 전체에 걸쳐 최초의 그리고 유일한 사랑이었으며 그 결과는 그 사랑을 내 추억 속에서 영원히 기억될 끔찍한 것으로 만들게 될 것이기 때문에, 이 사항을 어느 정도 자세히 다루는 것을 양해해 주었으면 한다.

두드토 백작부인은 나이가 서른에 가까웠고 전혀 아름답지도 않았다. 그녀의 얼굴에는 곰보 자국이 있었고 안색도 곱지 않았다. 근시인데다 눈도 좀 둥글었다. 그러나 이 모든 점에도 불구하고 젊어 보였고, 발랄하고 부드러운 얼굴은 애교가 있었다. 숱이 대단히 많은 까맣고 긴 머리카락은 원래 곱슬머리인데 무릎까지 내려왔다. 그녀의 몸매는 귀여웠고 그 모든 행동에 어색함과 우아함이 동시에 배어 있었다. 그녀의 기질은 매우 자연스럽고 유쾌했는데, 거기에는 쾌활함과 경솔함과 순진함이 서로 잘 배합되어 있었다. 그녀는 매력적인 재치가 넘쳐흘렀는데, 그것은 전혀 그녀가 꾸며서 하는 것이 아니라 가끔 그녀도 모르게 튀어나왔다. 사람을 즐겁게 하는 여러 가지 재주도 갖고 있었다. 클라브생을 연주하고 춤도 잘 추며 꽤 멋진 시를 썼다.

그녀의 성격에 대해 말하자면 천사와 같아서 유순한 마음이 그 바탕을 이루고 있었다. 그리고 그 성격에는 신중함과 힘을 제외한 모든 미덕들이 겸비되어 있었다. 그녀는 무엇보다도 사람과 사귀거나 교제할 때 너무나 입이 무겁고 신의가 두터워 그녀의 적들까지도 그녀를 피할 필요가 없었다. 내가 그녀의 적들이라고 하는 것은 그녀를 미워하는 사람들, 더 정확히 말하자면 여자들을 의미한다. 왜냐하면 그녀로서는 사람들을 미워할 수 있는 마음조차 갖지 않았기 때문이다. 그리고 나는 이런 유사성이 내가 그녀에게 열을 올리는 데 상당히 기여했다고 생각한다. 가장 절친한 친구들과 속내를 나눌 때도 나는 그녀가 자리에 없는 사람들에 대해 심지어 올케[6]에 대해서도 험담하는 것을 들어본 적이 결코 없다. 그녀는 자기가 누구에 대해 생각하는 바를 숨길 수도 없었고 심지어 자신의 감정들 중 어떤 것도 억제할 수도 없었다. 그래서 나는 그녀가 자기 친구들이든 아는 사람들이든 누구든 가리지 않고 자기 애인에 대해 말을 한 것처럼, 심지어 자신의 남편에게까지도 그 애인에 대해 말했을 것이라고 확신한다. 너무나도 엄청난 부주의와 우스꽝스러운 경솔함에서 나오는 실수를 곧잘 저지르는 그녀로부터 자신에게 매우 불리한 실수가 무심코 나오는 경우는 종종 있었지만 어느 누구를 모욕하는 실수가 나오는 경우는 결코 없었는데, 요컨대 그런 점이야말로 그녀의 훌륭한 천성이 갖는 순수성과 진실함을 반박할 여지없이 입증하는 것이다.

그녀는 매우 젊었을 때 자신의 의사와는 관계없이 두드토 백작과 결혼했다. 그는 지체가 높은 귀족이고 훌륭한 군인이었으나 노름꾼에다 트집쟁이이고 사랑스러운 구석이라고는 거의 없어서 그녀는 조금도 그를 사랑하지 않았다. 그녀는 생

6 두드토 부인을 미워하던 올케 데피네 부인을 말한다.

랑베르 씨가 자기 남편이 갖고 있는 장점들과 더불어 더 유쾌한 자질들과 재치와 미덕과 재능을 겸비하고 있음을 보았다. 이 시대의 풍습에서 용납할 만한 점이 있다고 한다면, 그것은 아마 그 지속으로 순수해지고 그 결과로 존경을 받고 오직 서로간의 존경으로 공고해지는 애정일 것이다.

그녀가 나를 보러 온 것은 어느 정도는 흥미 때문이라고 생각할 수도 있겠지만 상당한 정도는 생랑베르의 환심을 사기 위해서였다. 그는 전부터 그녀에게 그렇게 하라고 권했는데, 우리들 사이에서 맺어지기 시작한 우정 때문에 이러한 교제가 우리 세 사람 모두에게 즐거운 것이 되리라는 그의 생각은 옳았다. 그녀는 내가 그들의 관계에 대해 알고 있다는 것을 모르지 않았고, 내게 그에 대해 거리낌 없이 이야기할 수 있어서 나와 함께 있기를 좋아하는 것도 당연했다.

그녀가 왔고 나는 그녀를 보았다. 나는 대상 없는 사랑에 도취되어 있었는데, 이러한 도취감이 내 눈을 현혹시켜 이 대상이 그녀로 정해졌다. 나는 두드토 부인에게서 나의 쥘리를 보았고, 곧 두드토 부인밖에는 더 이상 눈에 보이는 것이 없었다. 나는 그 직전에 내 마음의 우상을 모든 장점들로 미화해 놓았는데, 그 장점들이 고스란히 그녀에게 옮겨진 것이다. 내게 마지막 일격을 가하기 위해 그녀는 열렬한 연인으로서 생랑베르에 대해 말했다. 사랑의 전염력이여! 그녀의 말에 귀를 기울이며 그녀 옆에 있음을 느낄 때 나는 결코 누구의 곁에서도 맛보지 못했던 감미로운 전율에 사로잡혔다. 그녀는 말하고 나는 감동을 느꼈다. 그녀에 대해 그 비슷한 감정을 품고 있으면서도 단지 그녀의 감정에만 관심이 있을 뿐이라고 믿었다. 나는 서서히 독배를 들이키고 있으면서도 여전히 그 달콤한 맛만을 느끼고 있었다. 마침내 나도 그녀도 모르는 사이에 그녀는 자신의 애인에 대해 표현했던 모든 감정을 내게 불어넣었던 것인데, 그것은 고스란히 그녀를 향하게 되었다. 슬프도다. 그것은 정말 때늦은 사랑이었고, 그 마음이 다른 사람에 대한 사랑으로 꽉 찬 여성을 향해 불행한 만큼이나 격렬한 열정으로 정말 고통스럽게 불타오르는 사랑이었다.

그녀 곁에서 느꼈던 예외적인 감정의 동요에도 불구하고 처음에 나는 내게 무슨 일이 있어났는지를 알아차리지 못했다. 그런데 바로 그녀가 가버린 후에야 쥘리를 생각하려고 하는데 더 이상 두드토 부인밖에 생각할 수 없다는 사실에 깜짝 놀랐다. 나는 그때야 비로소 알아차렸다. 나는 내 자신의 불행을 느꼈고 그것을 한탄하였지만, 그 결과를 예측하지는 못했다.

그녀에 대해 어떻게 처신해야 좋을지 몰라 오랫동안 망설였다. 마치 진정한 사랑이 심사숙고에서 나온 결정을 따를 만한 충분한 이성을 남겨두기나 하는 것처럼 말이다. 내가 아직 마음을 결정하지 못하고 있을 때 그녀가 다시 찾아와 내게 기습 공격을 가했다. 이번에는 나도 내 상태를 알고 있었다. 죄악에 따르는 수치심으로 그녀 앞에서 몸을 떨면서 아무 말도 하지 못했다. 나는 감히 입을 열지도 눈을 바로 뜰 수도 없었다. 나는 말로 표현할 수 없는 혼란에 싸여 그녀가 그것을 눈치 채지 않을 수 없었다. 나는 그녀에게 그 사정을 고백하고 그녀가 그 원인을 짐작하게끔 내버려두겠다고 작정했는데, 그것은 그녀에게 그 원인을 아주 분명하게 말하는 것이었다.

내가 젊고 사랑스러웠다면 또 그 뒤 두드토 부인의 마음이 약해졌다면, 나는 여기서 그녀의 행동을 비난할 것이다. 그러나 모든 사실은 그렇지 않아서 나는 오로지 그 행동에 찬사와 찬미를 보낼 수밖에 없다. 그녀가 내린 방침은 관대하고 신중한 것이었다. 그녀는 나를 만나라고 손수 권했던 생랑베르에게 그 이유를 말하지 않은 채 갑자기 나를 멀리할 수 없었다. 그렇게 한다면 두 친구가 절교할 위험도 있고 어쩌면 그녀가 피하고 싶어 하는 물의를 일으킬 위험도 있기 때문이었다. 그녀는 내게 존경과 호의를 갖고 있었고 내 광기를 가엾게 여겼다. 그래서 그것을 부추기지 않고 동정하면서 고쳐보려고 애썼다. 그녀는 자신이 존중하는 친구를 자기 애인과 또 그녀 자신에게서 떠나보내지 않아야 흡족했다. 그래서 그녀는 내게 내가 정신을 차린 다음 우리 세 사람 사이에 맺어질 수 있는 친밀하고 달콤한 교제를 무엇보다도 즐겁게 말하곤 했다. 그러나 그녀가 항상 이런 우정 어린 격려 정도로 끝냈던 것은 아니고, 필요할 때는 내가 받아 마땅한 더욱 가혹한 비난도 아끼지 않았다.

나로 말하자면 훨씬 더 스스로를 비난했다. 홀로 있으면 곧 내 정신으로 돌아왔다. 말을 하고 난 후에는 마음이 더 가라앉았다. 사랑은 사랑을 불러일으킨 여인이 알게 되면 그 때문에 더 참을 만하게 된다. 나 스스로도 내가 품은 사랑을 강하게 자책하였으니만큼 만약 사랑이 치유될 수 있는 것이라면 치유되어야만 했을 것이다. 이 사랑을 억누르는 데 효과적인 이유들이라면 그 도움을 받기 위해 둘러대지 않은 것이 없다. 내 품행, 내 감정, 내 원칙, 수치, 불신, 죄, 우정을 믿고 맡긴 여인을 가로채는 죄, 그리고 마지막으로 이미 그 마음이 다른 사람에게 팔려 있어 내 사랑에 대해 아무런 보답도 할 수 없고 희망도 전혀 남겨둘 수 없는 상대에 대해 내 나이에 더할 나위 없이 터무니없는 정열로 불타오르는 어리석음이 그것이다. 게다가 그 정열이란 것은 일편단심이라고 해서 무슨 얻을 것이 있기는커녕 나날이 견딜 수 없는 것이 되었다.

그런데 이 마지막 이유가 다른 모든 이유들에 무게를 더욱 실어주어야 했음에도 불구하고 오히려 그것들을 깔아뭉개는 이유가 되었다면 도대체 누가 그것을 믿겠는가? 나는 생각했다. "나 혼자에게만 해로운 광기라면 거리낄 것이 없다. 대관절 내가 두드토 부인이 몹시 두려워하지 않을 수 없는 젊은 기사라도 되는가? 내 주제넘은 양심의 가책에 대해 어느 누가 나의 감언이설과 풍채와 옷차림이 그녀를 유혹할 것이라고 말하겠는가? 이봐! 가련한 장자크여, 양심의 가책을 받을 것 없이 네 마음껏 사랑을 하라. 그리고 네 사랑의 탄식이 생랑베르에게 폐를 끼칠까 걱정하지 말라."

여러분들은 내가 심지어 젊었을 때조차 결코 나 자신을 대단하게 생각한 적이 없다는 것을 이미 알고 있다. 이러한 사고방식은 내 정신적 성향에 맞는 것으로 내 열정을 부추겼다. 이것으로 아무런 거리낌 없이 사랑에 몰두하기에 또 이성보다는 허영심에서 생겼다고 생각되는 내 쓸데없는 조심성을 비웃기에 충분했다. 악덕은 결코 드러내 놓고 사람을 공격하는 것이 아니라 항상 어떤 궤변의 가면을 쓰거나 종종 어떤 미덕의 가면을 쓰고 기습하는 방법을 찾는다는 것은 마음이 바른 사람들에게 커다란 교훈이 될 것이다.

뉘우침을 모르는 죄인, 나는 곧 극단적으로 그런 죄인이 되었다. 내 사랑의 정열이 끝내 나를 심연으로 밀어 넣기 위해 어떻게 내 천성을 따라 모방했는지 제발 잘 보아주기 바란다. 처음에 그 정열은 나를 안심시키기 위하여 겸손을 가장하고 있었다. 다음에는 나를 대담하게 만들기 위하여 이 겸손을 불신으로까지 이끌어갔다. 두드토 부인은 나의 광기를 절대로 부채질하는 일 없이 계속 내 의무감과 이성을 환기시켰다. 그러나 나를 다시없이 상냥하게 대해주고 내게 더할 나위 없이 다정한 우정 어린 말투를 취했다. 맹세컨대 내가 그 우정을 진실한 것이라고 믿었다면 나는 그 우정으로 충분했을 것이다. 그런데 내가 보기에 그 우정은 진실하기에는 너무도 강렬했다. 그래서 연령으로 보나 풍채로 보나 이제는 별로 어울리지 않는 사랑 때문에 내가 부인의 눈에 천하게 보였으며, 이 분별없는 젊은 여자가 나와 내 때늦은 사랑을 단지 놀리고 싶어 하고, 그녀가 이것을 생랑베르에게 내밀히 이야기했으며, 그래서 나의 배신에 분개한 그녀의 애인이 그녀의 생각에 공감하여 그 둘이서 끝까지 내 정신을 혼란하게 하고 나를 조롱하자고 합의를 보았다는 생각이 들었다. 26살 때 내가 잘 알지 못했던 라르나주 부인에게 엉뚱한 짓을 한 것도 그런 어리석음 때문이었는데, 내가 두드토 부인이나 그녀의 애인이나 둘 다 그런 교양 없는 장난을 하기에는 너무도 예의바른 사람들이라는 사실을 만일 몰랐었다면, 45살 때 두드토 부인에게 저지른 내 그런 어리석은 행동은 용서받을 수 있었을지도 모르겠다.

두드토 부인은 계속해서 나를 찾아주었고, 나도 그 답례로 지체 없이 그녀를 방문했다. 그녀도 나처럼 걷기를 좋아했으므로, 우리들은 황홀한 고장에서 오랫동안 거닐었다. 그녀를 사랑하고 또 그것을 감히 말하는 것만으로도 만족한 나는 만약 내 엉뚱한 언동이 그 매력을 모두 깨뜨려버리지 않았더라면 더없이 달콤한 상태에 있었을 것이다. 처음에 그녀는 내가 그녀의 애정 표현을 받아들일 때 당황하는 기분을 조금도 이해하지 못했다. 그러나 마음속에서 일어나는 것을 도무지 숨길 수 없는 내 마음은 내가 품은 의혹을 오랫동안 그녀에게 알리지 않고 있을 수가 없었다. 그 말을 듣자 그녀는 일소에 부치려고 했으나, 그런 수단은 성공하지 못했다. 계속 그렇게 했다면 격렬히 화를 내는 결과가 빚어졌을 것이다. 그래서 그녀는 태도를 바꾸었다. 그녀의 동정 어린 온화함에는 어쩔 수 없었다. 그녀는 나를 나무랐는데 그것은 내 가슴에 파고들었다. 내가 갖는 부당한 두려움에 대해서는 염려를 표명했는데, 나는 그것을 기회로 삼았다. 나는 그녀가 나를 조롱하고 있지 않다는 증거를 요구했다. 그녀는 나를 안심시킬 방법이 달리 없다는 것을 알았다. 나는 집요해졌고 국면은 미묘해졌다. 까다롭게 굴 수도 있었던 여인이 그 난관을 그토록 쉽사리 넘긴 것은 놀라운 일이며 어쩌면 전무후무한 일일 것이다. 그녀는 정다운 우정의 범위 내에서 최대한 허용될 수 있는 것은 하나도 내게 거절하지 않았다. 그러나 자신을 부정한 여인으로 만들 수 있는 것은 아무것도 허락하지 않았다. 그런데 그녀의 가벼운 호의로 내 관능은 불타올랐지만 그 불길이 그녀의 관능에는 전혀 불꽃도 붙이지 못한 것을 보고 나는 모욕을 느꼈다.

관능에게 무엇인가를 허락하지 않으려 할 때에는 그것에 어떤 것도 허용해서는 안 된다는 것을 나는 어디선가 말한 적이 있다. 이러한 준칙이 두드토 부인에게서는 얼마나 틀린 것이었는지 또 부인이 자기 자신을 신뢰하는 것이 얼마나 옳은 것이었는가를 알기 위해서는, 우리 둘만의 길고도 잦은 만남들을 자세히 이야기하고, 우리가 함께 지냈던 4개월 동안 — 우리는 그동안 이성친구로서는 거의 유례없을 정도로 친밀하게 지냈지만 한계를 두고 결코 그것에서 벗어나지 않았다 — 이루어진 그 만남들을 더할 나위 없이 생생하게 따라가야 할 것이다. 아아! 나는 너무나 늦게 진실한 사랑을 느껴서 그때서야 비로소 내 감정과 관능은 제대로 그 연체료를 지불한 것이다. 비록 짝사랑인데도 이와 같은 환희를 불러일으킬 수가 있다면, 우리를 사랑하는 애인 곁에서 맛보게 되어 있는 그 환희란 도대체 어떤 것이란 말인가?

그런데 내가 여기서 짝사랑이라고 말한 것은 잘못이다. 어떻게 보면 내 사랑은 서로 나누는 사랑이었다. 양쪽이 서로를 사랑하지는 않았지만 양쪽이 마찬가지로 사랑을 하고 있었다. 우리는 둘 다 사랑에 취해 있었다. 그녀는 그녀의 애인에게, 나는 그녀에게. 우리의 한탄과 달콤한 눈물은 뒤섞였다. 서로에게 자신의 흉금을 털어놓는 다정한 친구가 된 우리의 감정에는 너무나 유사한 점이 있어서 어떤 점에서는 합쳐지지 않을 수 없었다. 그럼에도 불구하고 이런 위험한 도취의 한가운데에 있으면서도 그녀는 한순간도 자신의 본분을 잊는 일이 없었다. 나는 맹세코 단언하거니와 내가 때로는 관능에 눈이 어두워 그녀를 부정한 여자로 만들려고 했지만 결코 진심으로 그것을 원한 것은 아니었다. 내 열정의 격렬함은 열정 자체를 통해 열정을 억제하고 있었다. 자제의 의무가 내 영혼을 고양시켰다. 온갖 미덕의 빛이 내 눈앞에서 내 마음의 우상을 미화시켰다. 그 숭고한 영상을 더럽힌다는 것은 그것을 파괴해버리는 것과 같았을 것이다. 나는 어쩌면 죄악을 범할 수 있었을 것이다. 내 마음속에서 몇 백 번이고 죄악을 범했다. 그러나 내가 어찌 내 사랑하는 소피를 타락시키랴? 아! 그것은 있을 수 없는 일이었다. 안 된다, 그럴 수 없다. 나는 몇 번이고 그녀에게도 이렇게 말했다. 가령 내가 마음대로 내 욕심을 채울 수 있었다 하더라도 또 그녀가 자신의 의지를 내 처분에 맡겼다 하더라도, 흥분으로 정신을 잃은 몇 번의 짧은 순간들이 아니라면 그런 희생을 치러가면서까지 행복하게 되는 것은 거부했을 것이다. 그녀를 소유하려고 하기에는 나는 그녀를 너무도 사랑하고 있었다.

레르미타주에서 오본까지는 10리 가까이 된다. 내가 자주 나들이할 때는 가끔 그곳에서 자기도 했다. 어느 날 저녁 우리는 같이 저녁식사를 마치고 아름다운 달빛 아래 정원을 산책하러 나갔다. 정원 안쪽에는 꽤 커다란 잡목림이 있었는데, 우리는 그곳을 거쳐 폭포로 꾸며진 아름다운 작은 숲을 찾아갔다. 이 폭포는 내가 그녀에게 아이디어를 주어 그녀가 사람을 시켜 만들어놓은 것이다. 순결과 즐거움의 영원한 추억이여! 꽃이 만발한 아카시아나무 아래 잔디밭 벤치 위에 그녀와 나란히 앉아 내 감정을 표현하는 데 진실로 적합한 말을 찾아낸 것은 바로 이 숲속에서였다. 그것은 내 생애 처음이자 마지막이었다. 그러나 가장 다정하고 가장 열렬한 사랑이 인간의 마음속에 불어넣을 수 있는 사랑스럽고 유혹적인 일체의 것을 숭고하다고 부를 수 있다면 나는 숭고했다. 나는 그녀의 무릎 위에 황홀한 눈물을 얼마나 많이 흘렸던가! 그리고 그녀는 나로 인해 본의 아니게 얼마나 많은 눈물을 흘렸던가! 마침내 그녀는 자기도 모르게 열광에 빠져 이렇게 외쳤다! "아니에요. 당신만큼 그렇게 사랑스러운 사람은 없었어요. 그리고 당신처럼 사랑을 하는 애인도 결코 없었어요. 그렇지만 당신의 친구 생랑베르가 우리 말을 듣고 있어요. 그리고 내 마음은 두 번 사랑할 수는 없을 거예요." 나는 한숨만 쉬며 잠자코 있었다. 나는 그녀를 포옹했다. 아아! 그 포옹이란! 하지만 그것이 전부였다. 그녀는 6개월 전부터 혼자 살고 있었다. 즉, 애인과 남편으로부터 떨어져 있었던 것이다. 나는 3개월 전부터 거의 매일같이 그녀를 만나왔다. 그리고 그녀와 나 사이에는 줄곧 제3자로서의 사랑이 자리 잡고 있었다. 우리는 마주앉아 저녁을 같이 했다. 단둘이서 작은 숲속 달빛 아래 있었다. 그리고 가장 열렬하고 가장 정다운 대화를 두 시간 동안 나눈 후 그녀는 한밤중에 작은 숲과 친구의 팔에서 벗어났는데, 육체적으로나 정신적으로나 이곳에 들어왔을 때와 똑같이 흠 없이 순결한 상태였던 것이다. 독자들은 이런 모든 사정을 참작하여 주기 바란다. 나는 더 말하지 않겠다.

그런데 이때의 내 관능이 테레즈나 엄마 곁에서처럼 나를 평온하게 놓아두었다고 생각해서는 안 된다. 앞서 말한 바와 같이 이번에는 사랑이었다. 더구나 그 힘과 격렬함이 절정에 달한 사랑이었다. 내가 계속적으로 느낀 흥분, 전율, 설렘, 경련, 심장쇠약 따위를 기술하지는 않으련다. 단지 그녀의 모습을 떠올리는 것만으로도 내게 어떤 결과가 생겨나는지를 알면 그것들에 대해 판단할 수 있을 것이다.

레르미타주에서 오본까지가 멀다는 것은 말한 바 있다. 나는 아름다운 앙디이 언덕을 넘어가곤 했다. 나는 걸어가면서 이제 만나게 될 그녀와 그녀의 친절한 접대와 나의 도착을 기다리고 있는 입맞춤을 꿈꾸고 있었다. 이 단 한 번의 입맞춤, 이 치명적인 키스는 그것을 받기도 전에 내 피를 몹시 끓게 하여 머릿속이 혼란해지고 현기증으로 눈이 어두워지고 무릎이 떨려서 몸을 가눌 수가 없었다. 나는 할 수 없이 걸음을 멈추고 주저앉곤 했다. 온몸이 알 수 없는 어떤 혼란 상태에 빠져 금방이라도 실신할 것만 같았다. 위험을 깨닫고 나는 다시 걸으며 기분을 돌려 다른 것을 생각하려고 애썼다. 스무 걸음도 못 가서 같은 추억과 그 추억에 따르는 여러 가지 사건이 다시 떠올라 나를 덮치는 바람에 나는 도저히 거기서 헤어날 수가 없었다. 어떤 수단을 썼다 하더라도 혼자서 무사히 이 행로를 마친 적은 없었던 것 같다.

오본에 도달한 즈음에는 기운이 없고 지치고 기진맥진하여 거의 몸을 가눌 수가 없었다. 그러나 나는 부인을 보는 순간 다시 모든 기운을 회복했다. 그녀 곁에서는 단지 지칠 줄 모르는 필요 이상의 정력으로 번거로움을 느낄 뿐이었다. 도중에 오본이 바라보이는 곳에 올랭프 산이라고 불리는 쾌적한 높고 평평한 지대가 있었다. 가끔 우리 두 사람은 각각 이곳으로 와서 만났다. 내가 먼저 도착하곤 했는데, 내 운명은 부인을 기다리게 되어 있었다. 그러나 그 기다림이 내게는 얼마나 고통스러운 것이었던가! 나는 기분을 전환하기 위해서 연필로 짧은 편지들을 써보았는데, 가능한 한 내 가장 순결한 피로써 썼다고 할 수 있다. 그러나 읽을 수 있는 편지는 결코 한 장도 완성할 수가 없었다. 우리가 미리 약속한 움푹 파인 곳에서 그녀가 그 편지들 중 어떤 하나를 찾아내어도, 거기에서는 단지 그

것을 쓰면서 내가 정말로 얼마나 가엾은 상태에 있었는가를 알 수 있을 뿐이었다. (268~279쪽)

이렇게 소피 두드토는 루소와의 친밀한 만남에도 불구하고 생랑베르에 대한 정절을 지켰다. 그러나 루소의 말에 따르면 거의 숨기지 않은 그의 열정을 본 데피네 부인은 질투심을 느꼈다. 그리고 아마도 데피네 부인으로부터 이런 사정을 들었을 생랑베르는 루소가 그녀에게 사랑을 품었다는 사실을 감춘 것에 대해 두드토 부인을 책망한다. 이로 인해 루소와 데피네 부인의 사이에는 긴장이 고조된다. 그리고 이와 함께 절친한 친구 디드로와도 점차 관계가 뒤틀어지기 시작한다.

디드로와의 불화

루소는 1757년 12월 데피네 부인에게 쫓겨나가다시피 레르미타주를 떠나 몽모랑시로 옮겨간다. 그러나 불화는 데피네 부인과의 관계에만 한정된 것이 아니었고, 그 이전에 이미 디드로와의 우정에서도 깊은 골이 생겨나기 시작했다. 우선 기질의 차이를 둘 수 있다. 루소가 감성이 풍부하고 비사교적이라면 디드로는 영리한 현실주의자로 사교적이었다. 이러한 기질의 차이는 디드로가 루소를 이끌어주는 선배의 역할을 할 때는 서로가 끌리는 요인이 될 수 있었지만, 루소가 디드로보다 유명해졌을 때는 갈등의 한 원인이 되었다.

그러나 이 두 사람의 갈등이 증폭되는 계기가 된 것은 레르미타주에서 살기로 한 루소의 결심이었다. 디드로는 고독을 선택하기로 한 루소의 결심을 그리 탐탁히 생각하지 않았고, 긴 해설이 붙은 〈사생아〉라는 희곡에서 "오직 사악한 사람만이 홀로 있다"는 발언을 하기에 이른다. 루소는 이 구절을 디드로가 붙인 해설에서 보았다고 착각했는데 사실은 등장인물의 대사이다. 한 여인이 스스로 유배를 선택해서 사라지겠다고 하는 연인에게 "당신은 보기 드문 재능을 부여받았고 사회에 보답할 의무가 있습니다. (…) 당신 마음은 당신에게 '선량한 사람은 사회에서 살고, 오직 사악한 사람만이 홀로 있다'고 말할 것입니다."라고 말한다. 어쨌든 이 대사는 문맥으로 볼 때 루소에게 심리적 타격을 가하는 것으로 볼 수밖에 없다. 자신의 재능을 사회의 유용한 곳에 돌리라는 요구는 사실 디드로가 루소에게 하는 개인적인 충고가 아니라 계몽주의자들이 인류 전체에 대해 요청하는 것이었다. 계몽주의

자들은 인간의 자연적 욕망을 원죄라고 매도하는 기독교에 반대하면서 인간이 자신의 자연적 성향을 충족시키는 동시에 미덕을 추구할 수 있게 해주는 것이 문명화된 시민사회라고 주장한다. 계몽주의를 총결산하는 《백과전서》의 〈철학자〉 항목은 다음과 같이 시민사회를 신격화한다.

> 인간은 바다의 심연이나 숲속 깊숙이에서만 살아야 하는 괴물이 전혀 아니다. 생활필수품 때문이라도 그에게는 다른 사람들과의 교류가 필수적인 것이 된다. 그가 어떤 상태에 있든 간에 필요와 행복을 위하여 사회에서 살지 않을 수 없다. 그래서 이성은 그에게 사회적 자질들을 공부하고 그것을 획득하도록 노력할 것을 요구한다.
> 우리의 철학자는 자신이 이 세상에서 유배되었다고 생각하지 않으며, 적대적인 나라에 있다고 전혀 생각하지 않는다. 그는 검소한 현자로서 자연이 자신에게 제공하는 재화를 향유하기 원한다. 또 그는 다른 사람들과 함께 있는 데서 즐거움을 찾기를 원하는데, 그것을 찾기 위해서는 그것을 만들어야 한다. 그래서 그는 우연에 의해서든 선택에 의해서든 함께 살아야 하는 사람들과 어울리려고 애쓰며 동시에 자신에게 어울리는 사람을 발견한다. 그는 사람들의 마음에 들기를 원하며 유용하게 되기를 원하는 성실한 사람이다. (…) 시민사회는 그에게 있어 말하자면 지상의 신이다.

시민사회에서 시민들은 자신들이 만든 생산물을 교환하면서 자신의 이익을 극대화하고 다른 사람들의 이익에 봉사한다. 교환은 비단 물질적인 것에 한정되는 것이 아니라 정신적이고 감정적인 것까지 포함한다. 인간은 이러한 교환을 통해 고양된 정신과 세련된 감정을 가질 수 있게 된다. 시민사회의 미덕이란 교환을 통해 자신의 행복을 추구하면서 가능하다면 다른 사람들의 행복을 증진시키는 것이다. 시민사회 내에서 생겨나는 갈등은 자신의 진정한 이익을 알지 못하는 개인들의 무지 때문이며, 이성을 통해 자신의 진정한 이득을 인식한 인간에게 미덕과 행복은 하나가 된다. 시민사회에서 최대의 악은 사회를 거부하고 고독을 추구하는 것이다. 그것은 자연적 본성을 왜곡시키고 타인에게 봉사하기를 포기하는 행위이기 때문이다. 그래서 디드로는 "오직 사악한 사람만이 홀로 있다"라고 주장하면서 사회를 벗어나는 모든 시도를 윤리적으로 단죄하는 것이다.

반면 루소는 경제적인 발전과 지식의 확산에도 불구하고 도덕과 정치의 영역에서 진보가 이루어지지 않았다는 사실을 충격적으로 받아들였다. 시민사회는 철학자들이 생각하듯이 합리적인 분업과 교환을 통한 협력체계가 아니라 무한경쟁체계이며, 여기서 이득을 보는 것은 권력과 부를 소유한 기득권 집단일 뿐이다. 루소는 계몽주의 철학자들과는 달리 신분상의 불평등보다는 경제적 불평등에 더 초점을 맞추면서 부자들과 그들이 누리는 사치를 비난한다. 계몽주의 철학자들은 사치가 상업의 원동력이 된다고 옹호했지만, 루소는 부자들이 누리는 사치가 가난한 사람들의 생필품을 빼앗아 간다고 보았다. 불평등한 사회는 갈등과 경쟁을 심화시킨다. 이러한 사회에서 사람들은 각각 자신의 이익에 따라서만 행동하고 타인을 자신의 이익을 도모하기 위한 도구로 삼게 마련이다. 인간은 과거보다 더욱 타인의 힘을 필요로 하지만 인간들 사이의 관계를 궁극적으로 지배하는 것은 냉혹한 이해타산이다.

> 그러므로 사람들이 서로를 앞지르고 밀치고 속이고 배신하고 파멸시키지 않고서는 서로가 살기에 불가능한 상태에 빠졌다는 것은 정말 기묘한 일이다. 이후 우리들은 우리의 있는 모습 그대로를 보이지 않도록 주의하여야 한다. 왜냐하면 서로의 이익이 일치하는 사람들이 둘이라면 아마도 십만 명쯤은 이익이 대립될 것이며, 성공하기 위해서는 이 사람들 모두를 속이거나 파멸시키는 것 이외에 다른 방법이 없기 때문이다.
>
> — 〈나르시스〉 서문

인간 존재의 근본적인 사회성을 전제로 하고 사회를 신격화하는 계몽주의자들과 인간은 근본적으로 고독하지만 행복한 존재였고 모든 악은 사회로부터 생겨난다는 주장을 한 루소, 이 둘의 정면충돌은 피할 수 없는 일이었다. 그러나 이러한 이념적 차이보다 더욱 계몽주의자들의 속을 뒤집어 놓은 것은 루소가 이른바 자기 개혁을 표방하면서 문예후원제도가 부여하는 특권을 거부하고 미덕을 실천하려 한다는 사실이었다.

루소는 철학자들에게 그들이 적수들에 대해 사용했던 무기를 들이민다. 그들은 철학자들이 과연 자신들이 주장하는 것처럼 사심 없이 진리만을 말하고 있는지를 묻는다. 지식인의 정신적 독립성은 그것이 물질적인 독립에 기반을 두지 않을 때 사심에 찬 거짓말로 전락하기 쉽다. 루소는 당대의 지식인들이 교회와 권력층이 맺고 있는 유대관계를 깨뜨리고 교회의 자리에 대신 들어가 권력층과의 새로운 공모관계를 이루고 싶어 한다는 사실을 통찰했다. 지배 계급은 문예후원제도를 통해 지식인들을 사회적 비극으로부터 격리시켜 그 비극을 보지도 못하고 말하지도 못하게 막는다. 철학자들은 사람들에게 진리를 말한다는 고귀한 약속을 한 후 권력층으로부터 까다로운 존재로 보이지 않으려고 조심하면서 그들의 약속을 저버린다는 점에서 이중적으로 비난할 만하다. 철학자들은 그들이 비판하는 것처럼 보이는 권력층으로부터 자신의 이익을 챙기는 비난받아 마땅한 집단이다. 이러한 모순에 대한 날카로운 의식과 격렬한 비판으로 인해 루소는 문단과 점점 더 심각해지는 대립관계에 놓일 수밖에 없었다. 루소와 디드로 사이의 불화는 빙산의 일각에 불과했으며, 시간이 흐르면서 수면 속에 숨겨진 거대한 갈등의 전모가 조금씩 밖으로 드러나게 될 것이다.

> 이제 곧 알게 되겠지만 내 약점으로 인해 생긴 근심거리는 그뿐만이 아니었다. 이에 못지않게 고통스러운 다른 근심거리들이 있었는데, 그것들은 전혀 내가 만든 것이 아니었고 그 원인이란 것은 단지 고독 속에 있는 나를 괴롭혀서 거기서 나를 끌어내려는 사람들의 욕심에 불과했다. 내게 이러한 근심들을 안겨준 사람들은 디드로와 돌바크 일당이었다. 내가 레르미타주에 자리를 잡은 이래 디드로는 자신이 직접 혹은 들레르의 손을 빌려 끊임없이 여기 있는 나를 괴롭혀왔다. 이윽고 나는 들레르가 내 작은 숲속의 소풍을 빈정댄 말에서 그들이 이 은자隱者를 바람둥이 목동으로 왜곡시켜놓고 얼마나 즐

거워하고 있는가를 알았다.

그러나 디드로와 나와의 싸움에서 문제가 된 것은 그런 일이 아니었다. 거기에는 보다 심각한 원인이 있었다. 《사생아》가 출간된 후 그는 내게 그것을 한 부 보냈고, 나는 으레 사람들이 친구의 작품에 보이는 흥미와 주의를 갖고 그것을 읽었다. 그가 거기에 삽입한 그런 류의 대화체로 된 시학詩學을 읽으면서 나는 고독한 사람들에 대하여 무례하기는 해도 참고 넘어갈 수 있는 글들 가운데서 "오직 사악한 사람만이 홀로 있다"는 그 신랄하고 혹독하며 가차 없는 격언조의 글귀를 보고 깜짝 놀랐고 심지어 다소 비탄에 빠졌다. 내게 이 글귀는 모호하고 두 가지 뜻을 갖고 있는 것으로 보이는데, 그 한 가지 뜻은 아주 진실하나 또 다른 뜻은 아주 거짓이다. 왜냐하면 홀로 있고 홀로 있고자 하는 사람이 누군가를 해칠 수 있거나 해치려고 하는 것은 심지어 불가능하기 때문에 그 결과 그가 악인이라는 것도 전혀 말이 되지 않는다.

그러므로 그 글귀 자체는 해석을 필요로 했다. 이러한 글귀를 인쇄할 때 은거한 친구를 둔 저자의 입장에서는 훨씬 더 그럴 필요가 있었다. 그것을 출판하면서 그 고독한 친구를 잊었다는 것, 아니면 그 친구를 기억하면서도 그가 이 일반적인 격언에서 그 친구만이 아니라 어느 시대에나 은둔 속에서 조용함과 평화를 찾았던 그렇게나 많은 존경받는 현자들을 예외로

해주지 않았다는 것이 내게는 불쾌하고 무례하게 보였다. 이러한 예외는 그 친구나 현자들이 의당 그로부터 받아야 하는 명예롭고도 정당한 것인데도 불구하고, 일개 작가가 붓장난 한 번으로 이들 모두를 무차별적으로 악당으로 몰 생각을 한 것은 이 세상이 생긴 이후 처음 있는 일이다.

나는 디드로를 다정다감하게 사랑했으며 진심으로 존경했다. 그리고 나는 완전한 신뢰를 갖고 그쪽에서도 똑같은 감정을 기대했다. 그러나 내 취향이나 생활방법이나 나 혼자에게만 관계되는 모든 일에 있어서 언제나 내게 반대만 해대는 그의 지칠 줄 모르는 고집에 짜증이 나기도 하고, 나보다 더 나이 어린 사람이 어떻게 해서라도 나를 어린애처럼 좌지우지하려는 것을 보고 분개하기도 하며, 그가 약속은 쉽게 하면서 잘 지키지 않는 것에 반감을 갖기도 하고, 자기가 걸핏하면 만나자고 하고서는 그것을 지키지 않는 것이나 언제나 만날 약속을 다시하고는 또 다시 그것을 지키지 않고 변덕을 부리는 것이 지겹기도 하고, 한 달에 서너 번씩 그 자신이 정한 날에 헛되이 그를 기다리거나 생 드니까지 그를 마중 나가 온종일 그를 기다린 후 저녁에 혼자서 식사를 하기도 난감하여, 이미 그가 저지른 여러 많은 잘못들로 분통이 터질 것만 같았다. 내게 그 마지막 잘못은 더욱 중대해 보였고 나를 더욱 속상하게 만들었다. 나는 그것에 대해 불평하기 위하여 그에게 편지를 썼다. 그러나 그 편지는 온화함과 감동을 갖고 쓴 것이어서 편지지를 눈물로 흠뻑 적셨고, 마땅히 그의 눈물을 자아내야 했을 정도로 감동적이었다. (291~293쪽)

루소는 디드로가 테레즈 어머니의 술책에 속아 조심성 없이 가정사에 개입하는 일에 대해서 점점 참을성을 잃어갔다. 또한 데피네 부인의 개입으로 인해 두드토 부인 그리고 생랑베르와의 관계가 소원해졌다고 믿었다. 게다가 데피네 부인의 애인이 된 그림은 라슈브레트에서 위세를 부리며 루소를 무시하는 태도를 보였다. 루소는 그림이 위선자라고 확신했고 그와의 친분을 계속 유지하고 있는 디드로도 다를 바 없는 사람이라는 생각을 굳혀가고 있었다. 시간이 지날수록 루소와 디드로는 서로 번갈아가며 껄끄러운 관계를 더욱 악화시켜 나갔다.

루소가 그림 그리고 디드로와 사이가 벌어지면서 이미 훼손된 데피네 부인과의 관계도 파국을 향해 달려가게 되었다. 이 둘은 1757년 8월 31일 하루 동안 다섯 통의 쪽지 편지들을 교환하는데, 여기서 루소는 데피네 부인이 자신을 이용해 소피와 생랑베르를 갈라놓기를 원했다고 비난하는 반면 데피네 부인은 루소의 도를 지나친 의심과 배은망덕에 대해 불평한다. 그해 10월 데피네 부인이 치료를 받기 위해 제네바로 가는데 루소도 동행하기를 부탁한 것이 결정타 역할을 한다. 루소는 자신도 건강이 좋지 않아 동행하면 부인에게 부담만 될 것이라는 이유로 부탁을 거절했지만, 진짜 이유는 그 부탁이 루소에게는 마치 후원자가 내리는 명령처럼 보였기 때문이었다.

반복되는 결별과 화해가 지속되다가 마침내 12월 10일 루소는 데피네 부인으로부터 레르미타주를 떠나라는 결정적 통보를 받게 된다. 루소는 몽모랑시의 작은 집을 얻어 한겨울 이사를 강행하고, 육체적이고 감정적인 피로감으로 절망에 빠진다. 그는 이 시절을 회상하면서 이러한 결별 이후 그의 예전 친구들이었던 그림과 돌바크 그리고 디드로가 앞장서 그의 인격을 철저히 왜곡하고 평판을 완전히 깎아내릴 음모를 꾸미기 시작했다고 말한다. 어쨌든 그는 이러한 비참한 상태에서도 《달랑베르에게 보내는 편지》를 완성하여, 많은 논란을 불러일으키게 된다.

전선의 확대

1757년 말 달랑베르가 쓴 〈제네바〉 항목이 든 《백과전서》 7권이 출간되었는데, 루소는 이 항목을 보고 큰 충격을 받았다. 여기서 달랑베르는 제네바 사람들에게 칼뱅주의가 금지하고 있었던 상설극장을 건립하여 세련된 현대 문명을 향유하라고 권하면서 오래전부터 제네바에 극장을 건립하려고 애쓰고 있던 볼테르에게 응원을 보냈다. 루소는 이 글을 보고 극도의 흥분 상태에서 3주간의 작업을 통해 《달랑베르에게 보내는 편지》를 완성한다. 루소는 자신을 보호하기 위해 익명을 사용하기는커녕 당당하게 표제에 '장자크 루소, 제네바의 시민'이라고 신분을 밝히면서 자신은 자신의 이익을 돌보지 않고 오직 공익을 위해 글을 썼다고 공언한다.

> 어떤 개인적 목적도 나로 하여금 펜을 들게 만들었던, 다른 사람들에게 유용하기를 바라는 욕망을 훼손한 적이 결코 없다. 그리고 나는 거의 언제나 나 자신의 이익에 반해 글을 썼다. '진리를 위해 목숨을 바치다'(Vitam impendere vero), 이것이 내가 선택한 좌우명이며 나는 내 자신이 그것에 합당하다고 생각한다.

그는 자신이 지금까지 취해왔던 철학적 입장에서 시사적 문제를 다루면서 계몽주의와 날카로운 대립각을 세운다. 제네바에서 극장 설립은 축복이 아니라 재앙이 될 것이라는 결론을 내린 《달랑베르에게 보내는 편지》는 이 글의 제목에서 직접 거론된 달랑베르는 말할 것도 없고 디드로와 볼테르를 포함해 당대의 모든 계몽주의 철학자들을 겨냥한 폭탄이라고 볼 수 있다.

루소는 《학문·예술론》에서의 관점을 견지하면서 연극의 위험성을 분석한다. 연극은 교훈을 주기보다는 즐거움을 주려고 하며, 사람들은 이러한 경박한 즐거움을 위해 인간으로서의 의무를 소홀히 하고 시간을 낭비할 수 있다. 사람들은 연극이 미덕을 사랑스럽게 만들고 악덕을 혐오하게 만든다고 하지만 이는 연극 자체의 효과가 아니라 자연스러운 감정에 불과하다. 반대로 최악의 경우 관객들은 연극에서만 미덕을 찬양하고 다른 사람들의 불행에 눈물을 흘릴 뿐 현실에서는 손가락 하나 까딱하지 않을 수 있다. 또한 관객들은 비극을 보면서 범죄자나 초인적이거나 열정에 빠진 주인공들에 관심을 갖고, 희극을 보면서 악덕을 재미있다고 생각하며 미덕을 비웃는 경향을 보인다. 또한 관객들은 "자신을 가장하고, 자기 자신의 성격과는 다른 성격을 갖고, 자신과는 다르게 보이고, 냉정한 상태에서 열광하고 자신이 생각하고 있는 것과는 다른 것을 실제로 생각하고 있는 것처럼 자연스럽게 말하고, 결국에는 다른 사람의 자리를 차지하기 위해 자기 자신의 자리를 잊어버리는 기술"을 갖고 "돈을 위해 자기 자신을 무대에 올려, 불명예와 모욕을 감내하면서 — 사람들은 그에게 불명예와 모욕을 줄 권리를 산다 — 공개적으로 자신의 인격을 파는" 배우들에게 갈채를 보낸다. 또한 연극은 사치와 한가함을 부추긴다. 루소는 만약 제네바에 극장이 건립된다면 재정만이 아니라 도덕적인 자원 역시 고갈될 것이라고 경고한다. 루소에게 배우는 타락한 당대 사회의 첨병이며 연극은 위선적인 사회의 축소판이다. 루소는 폐쇄적인 파리 스타일의 극장을 건립하는 대신 사람들이 능동적으로 참여할 수 있는 대중적인 축제를 열 것을 제안한다.

> 그러나 어두운 소굴에 우울하게 사람들을 가두어 놓고, 그들을 침묵과 무위 속에서 두려움과 부동의 상태로 몰아넣으며, 사람들의 눈에 뾰족한 창칼과 군인 그리고 노예 상태와 불평등의 비통한 이미지들만을 보여주는 이러한 배타적인 공연들은 절대로 채택하지 맙시다. 아닙니다. 행복한 국민이여. 그런 것들은 정말 당신들의 축제가 아닙니다. 당신들이 모여 당신들이 누리는 행복의 감미로운 감정에 전념하는 것은 바로 하늘 아래

야외여야 합니다. 당신들의 즐거움은 유약한 것이거나 돈에 관계된 것이어서는 안 됩니다. 구속이나 이해관계의 냄새가 나는 어떤 것도 그 즐거움을 망치게 해서는 안 됩니다. 그것은 당신들처럼 자유롭고 관대해야 하며, 태양이 당신들의 순진한 공연을 밝게 비추도록 하십시오. 당신들 스스로 태양이 밝게 비추기에 가장 합당한 공연을 만드십시오.

그런데 결국 그 공연의 대상들은 어떤 것일까요? 사람들은 여기서 무엇을 보여주게 될까요? 글쎄, 그것은 아무것도 아니라고 말할 수 있습니다. 자유가 있고 도처에 풍부함이 넘쳐흐르는 여기는 또한 행복이 지배하는 곳입니다. 광장 한가운데 꽃으로 장식된 말뚝을 박고 사람들을 모으면 축제가 열리게 될 것입니다. 좀더 멋지게 해보십시오. 공연에 관객들을 끌어들여 그들 스스로가 배우가 되도록 하십시오. 그래서 각자가 자신을 다른 사람들 속에서 보고 사랑하게 만드십시오. 그러면 모든 사람들은 그로 인해 더욱 긴밀하게 하나로 결합될 수 있을 것입니다.

—《달랑베르에게 보내는 편지》

연극은 부유한 소수의 사람들만을 받아들이는 배타적인 공간으로 사회적 신분의 차별을 그대로 반영한다. 또한 관객들에게 침묵을 요구하는 극장 안에서 관객들 사이의 소통은 불가능하다. 고독한 관객들은 점차 허구적 세계에 빠져 현실의 자신과 이웃들을 잊어버린다. 반면 축제는 모든 연극적 장식을 배제한 탁 트인 자연적 공간을 배경으로 이루어진다. 폐쇄적인 극장의 공간을 지배하는 것이 어둠이라면 개방된 축제의 공간을 가득 채우는 것은 찬란한 태양의 빛이다. 축제는 타락한 사회를 형성하는 돈, 이익, 구속, 억압을 배제하고 모든 사람들을 평등하게 받아들인다. 극장의 고정된 좌석에 앉아 있는 것과 달리 음악에 따라 춤을 추는 사람들은 숨가쁘게 서로 자리를 바꾸고 그들의 시선 역시 끊임없이 한 대상에서 다른 대상으로 미끄러져 나간다. 여기서 타자의 시선은 분열의 저주가 아닌 나눔의 축복이다. 점차 뜨거워지는 도취의 열광 속에서 각 개인은 집단적 환희를 통해 축제에 참여하는 모든 사람들이 이루어내는 공동의 존재와 하나로 융합한다. 축제의 공간에서 개인은 오직 집단을 통해 자신을 보고 사랑한다.

이러한 집단적인 축제의 열광은 스타로뱅스키가 적절히 지적하듯이 《사회계약론》의 일반의지(*volonté générale*)와 동일한 구조를 갖는다. 축제는 《사회계약론》이 법 이론의 차원에서 정식화한 모든 것을 '실존적' 차원에서 앞서 표현한다. 축제에서 각자가 '배우'인 동시에 '관객'인 것은 마치 사회계약이 체결된 이후 시민이 "주권의 구성원"이자 "국가의 구성원"인 것과 같다. 각자는 타자에게 자신을 양도하지만 이러한 양도는 모든 사람들의 인정을 통해 각자를 자기 자신에게로 되돌려준다. 이 과정에서 개별적인 존재는 자신을 보편적인 존재로 체험하는 심원한 변화를 겪게 된다.

《달랑베르에게 보내는 편지》는 비단 루소와 계몽주의자들 사이의 철학적 대립을 표현한 것만이 아니라 제네바에서의 계급적 갈등을 반영한다. 당시 제네바의 정치에서 연극이라는 문제를 둘러싸고 두 개의 이데올로기가 서로 대결하고 있었다. 제네바의 권력층은 사치스러운 생활과 세련된 교양을 위해 파리로 눈길을 돌리고 있었는데, 이는 제네바 민중의 눈에 고깝게 비쳤다. 반대로 대중적인 축제는 권력층에게 체제 전복을 꾀하는 행위로 받아들여졌다. 사실 유럽 전역에서 지배 엘리트들은 전력을 기울여 이러한 축제를 억압했다. 그런데 루소는 공공연하게 대중적인 축제를 찬양하면서 정치 권력층의 비위를 거슬렀던 것이다. 이제 그는 문단의 주류 세력과 결별하는 동시에 조국인 제네바를 지배하는 권력층의 눈 밖에 나기 시작했다. 그러나 루소는 자신의 글이 몰고 올 수 있는 사회적, 정치적 파장을 명백히 인식하지 못했고, 따라서 그 글이 무서운 나락으로 향하는 첫발자국이 될 것이라고는 짐작조차 하지 못했다.

만약 이 상태가 계속되었더라면 나는 의심할 여지없이 너무나 잔인한 이러한 고통에, 개방적이고 솔직한 나의 성격으로는 너무나 견디기 어려운 이 고통에 무너져 내렸을 것이다. 왜냐하면 나는 감정을 숨기는 것이 불가능한 성격으로 인해 사람들이 내게 숨기는 감정들에 대해 모든 것을 두려워하기 때문이다. 그러나 아주 다행스럽게도 꽤 내 마음의 흥미를 끄는 일들이 일어나서 본의 아니게 골몰하는 일들로부터 벗어나 유익한 기분전환을 할 수 있었다.

디드로가 마지막으로 레르미타주로 나를 찾아왔을 때, 디드로는 달랑베르가 《백과전서》 속에 넣은 〈제네바〉 항목에 대해 내게 말했다. 그가 일러주기를 이 항목은 제네바 상류 계급 사람들과 합의된 것으로 제네바에 극장을 설립하는 것을 목표로 하고 있으며, 따라서 적절한 조치가 취해져 머지않아 그 설립을 보게 되리라는 것이었다. 디드로는 이 모든 일이 대단히 좋다고 생각하는 것처럼 보였고 성공을 의심치 않았다. 나도 그 항목에 대해서 또 다시 논쟁을 벌이기에는 그와 따질 다른 논쟁거리들이 너무 많아서 그에게는 아무 말도 하지 않았다. 그러나 내 조국에서 이런 유혹의 술수를 부리는 것에 분개한 나는 이 불행스런 공격을 피할 수 있도록 거기에 어떤 반박문을 쓸 만한 방법이 없을지 알아보려고, 그 항목이 실린 《백과전서》가 나오기를 초조하게 기다리고 있었다. 몽루이에 자리를 잡은 지 얼마 되지 않아 나는 그 책을 받았다. 그 항목이 많은 기교와 솜씨를 들여 쓴 것이며 그것을 맡은 자의 필치에 손색이 없다고 생각했다. 그렇다고 해서 반박문을 쓰려는 내 마음이 바뀌지는 않았다. 쇠약해진 상태에서 비애와 병에 시달리고 있으면서도, 또 계절도 혹독했고 아직 정돈할 시간이 없어서 새로운 거처가 불편하기도 했지만, 나는 이 모든 것을 뛰어넘는 열의를 갖고 일에 착수했다.

꽤 추위가 혹독했던 그 겨울 2월에, 그리고 앞에서 말한 바와 같은 처지에서, 나는 날마다 오전 두 시간과 오후 두 시간을, 내 거처가 있는 정원의 끝에 위치한 완전히 개방된 망루에 가서 보냈다. 계단식으로 올라가는 작은 길 끝에 있는 이 망루는 몽모랑시의 계곡과 연못을 향하고 있었고, 그곳에서는 지평선 끝으로 덕망 있는 카티나 원수의 은신처인 소박하지만 당당한 생 그라티앵 성이 바라보였다. 나는 그때 얼어붙은 그곳에서 눈보라가 몰아쳐도 피할 곳 하나 없이, 내 가슴의 불꽃 밖에는 다른 불기라곤 없이, 3주에 걸쳐 《달랑베르에게 보내는 편지》를 썼다. 내가 쓴 글들 중에서 일을 하면서 매력을 느낀 것은 이때가 처음이었다. 그도 그럴 것이 당시에는 《신엘로이즈》를 아직 절반밖에 쓰지 못했기 때문이다. 그때까지는 미덕에서 일어나는 분노가 내 글에 영감을 주는 아폴론의 역할을 해주었는데 이번에는 영혼의 다정함과 부드러움이 그것을 대신했다. 내가 방관자에 지나지 않았을 때는 불의에 분노했지만, 이제 내가 불의의 대상이 되고 보니 그 때문에 마음이 슬퍼졌다. 그런데 원한이 없는 이러한 비애는 자신과 똑같은 기질이리라 생각되던 사람들로부터 배반을 당하고 자신의 내면으로 숨어들 수밖에 없었던 너무도 정이 깊고 너무도 다감한 마음을 가진 사람의 비애일 뿐이었다.

최근에 일어났던 모든 일들로 복잡하고 아직도 그렇게나 많은 격렬한 동요로 흥분되어 있는 내 마음속에서는, 그 문제에 대한 숙고로 인해 생겨났던 생각들이 내 비통한 감정과 뒤섞여 있었다. 나의 글에서는 그러한 뒤섞임의 여파가 느껴졌다. 나도 모르는 사이에 나는 내 현재 처지를 그 속에서 묘사하고 있었다. 또 그림, 데피네 부인, 두드토 부인, 생랑베르 그리고 나 자신까지도 그려놓았다. 그것을 쓰면서 나는 감미로운 눈물을 얼마나 많이 흘렸던가! 아아! 그렇지만 거기서 사랑, 내가 벗어나려고 발버둥 쳤던 그 치명적인 사랑이 아직도 내 마음속에서 사라지지 않았던 것이 너무나 잘 느껴질 따름이다. 이 모든 것에는 내 자신에 대한 어떤 안쓰러운 마음도 섞여 있었다. 나는 죽음이 다가옴을 느끼고 세상에 마지막 작별을 고하고 있다고 생각했던 것이다. 죽음을 두려워하기는커녕 나는 오히려 기쁜 마음으로 죽음이 다가오는 것을 바라보고 있었다. 그러나 나는 세상 사람들이 내가 가진 가치를 모두 알기 전에, 나를 더 잘 알았더라면 내가 얼마나 그들의 사랑을 받을 만한 사람인지를 알기 전에, 그들을 떠난다는 것이 안타까웠다. 이것이 이 작품에 지배적인 그리고 앞선 논문인 《인간 불평등 기원론》의 어조와 너무나 놀라울 정도로 뚜렷한 대조를 이루는 독특한 어조의 숨겨진 원인들이다. (347~349쪽)

《달랑베르에게 보내는 편지》가 막 인쇄될 무렵 루소는 두드토 부인으로부터 결정적인 절교의 편지를 받는다. 그러나 루소는 《달랑베르에게 보내는 편지》의 성공에 대해 "내가 쓴 작품들은 모두 성공을 거두었지만, 이번 성공은 더욱 기분 좋았다. 그것은 돌바크 일당의 중상모략을 불신하도록 대중들을 깨우쳐주었기 때문이다"라고 말하면서, 디드로 더 나아가 계몽주의 철학자들에게 등을 돌린 것을 후회하지 않았다.

루소는 자신이 맺은 인간관계가 대부분 끝장이 난 상태에서 차분히 일에 착수하여 그해 겨울 《신엘로이즈》를 완성했다. 루소는 몽모랑시에서 몇몇 이웃들을 사귀어 즐거운 생활을 보낸다. 그는 당시 출판총감을 맡고 있던 말제르브와 서신교환을 하기 시작했는데, 그는 루소에 대해 상당한 호의를 보였다. 루소는 《신엘로이즈》를 완성한 후 방대한 작업이 될 《정치제도론》을 포기하고 그것을 간추린 《사회계약론》의 집필을 시작했다. 또한 마찬가지로 《감각적 도덕》도 완전히 포기했다.

《고백록》의 탄생 과정

루소가 《고백록》을 쓰게 된 최초의 외적인 자극은 출판업자 마르크 미첼 레로부터 나왔던 것으로 보인다. 1754년부터 루소와 알게 된 레는 루소의 삶에 대한 이야기가 독자들의 흥미를 끌 것이라고 생각하고 루소를 졸라왔다. 루소도 이러한 제안에 관심이 없지 않았던 듯해서 레르미타주에 있었던 1756년부터 자신의 삶에 대한 단편적인 글을 쓰기 시작했다. 그리고 몽모랑시에 있었던 1759년 혹은 1760년에 마침내 루소는 그것이 어떤 형식이 되었든 자신에 대한 이야기를 써야겠다고 생각했다. 1761년 들어와 루소는 점점 건강이 악화되었고 11월에는 그가 쓰던 소식자 하나가 요도 안에서 부러져 나오지 않아 곧 자기가 죽을 것이라고 생각했다. 게다가 《에밀》의 교정지를 돌려받는 일이 지체되자, 그는 예수회원들이 그가 곧 죽을 것이라고 생각하고 그때까지 그 책의 출판을 막고 있다가 사후에 그의 명성을 훼손하기 위해 자기들이 만든 위조 판을 발행할 것이라는 망상에 빠졌다. 그는 이러한 광란 속에서 출판총감인 말제르브에게 몰상식한 편지를 보냈지만, 말제르브는 그의 상황을 이해하고 위로의 편지를 보냈다. 루소는 마음이 진정된 후 그에게 감사했지만, 우울증이 고독 때문에 심해졌다는 그의 진단은 받아들이려고 하지 않았다. 그래서 그는 말제르브의 잘못된 견해를 바로 잡아주고 동시에 자신을 변명하기 위해 그에게 1762년 1월 4차례에 걸쳐 편지를 보냈다.

그는 《말제르브에게 보내는 편지》에서 이른바 자신이 갖고 있는 인간 혐오증, 고독에 대한 타고난 사랑, 게으름, 은거에 대한 취향, 자신이 어쩔 수 없이 선택한 문학 경력, 파리를 떠나면서 찾은 행복에 대해 해명하는데, 이는 앞으로 나올 《고백록》의 전주곡을 이루고 있다. 한편 레는 1761년 11월 루소의 작품집 맨 앞에 루소의 일대기를 두고 싶다며 좀 더 구체적인 집필 제의를 해왔던 참이었다. 그러나 루소는 자신과 연관된 사람들에 대해 어쩔 수 없이 말할 수밖에 없는 자신의 일대기가 사람들의 평판을 해칠까봐 여전히 망설이면서 일종의 인물묘사(*portrait*)로 만족할 생각을 했다.

1762년 6월 9일 파리 고등법원은 《에밀》에 유죄선고를,

루소에게는 체포령을 내려, 루소는 스위스로 몸을 피할 수밖에 없었다. 그런데 루소가 프랑스를 떠난 후 루소의 작품만이 아니라 루소에 대한 인신공격이 포문을 열었다.

> 그런데 이 두 번에 걸친 영장이 신호가 되어 유럽 전역에서 나에 대한 저주의 외침이 일찍이 유례가 없었던 맹위를 떨치면서 터져 나왔다. 모든 잡지와 신문과 소책자들이 더할 나위 없이 무서운 경종을 울렸다. (…) 그들에 따르면 나는 부도덕한 자, 무신론자, 광견병자, 야수, 늑대였다. (…) 요컨대 파리에서는 사람들이 그 어떤 주제에 대한 글을 출판하든 내게 모욕을 가하는 데 소홀히 하면 경찰에 걸려들게 될 것을 두려워하는 것처럼 보였다. 이렇게 모든 사람들이 일치단결하여 나를 증오하는 원인을 찾다가 지쳐, 모든 사람들이 미쳤다고 생각할 지경이었다. 뭐라고! 《영구평화안》의 편집자가 불화를 부채질하고, 〈사부아 보좌신부의 신앙고백〉의 편찬자가 부도덕한 자이고, 《신엘로이즈》의 저자가 늑대이고, 《에밀》의 저자가 광견병자라니. 아, 맙소사!
>
> —《고백록》

루소는 이렇게 점증하는 비난에 대해 자신을 변호할 결정적인 행동이 필요하다고 느꼈지만, 당분간은 《크리스토프 보몽에게 보내는 편지》나 《산으로부터의 편지》 등 논쟁적인 글을 쓰느라 시간을 낼 수 없었다. 그러나 1764년 12월 27일, 루소가 자신의 아이들을 유기했다는 사실을 세상에 폭로하는 익명의 비방문 〈시민들의 견해〉가 제네바에 유포되었다. 볼테르가 쓴 이 비방문으로 스스로 가장 치명적이라고 생각했던 약점이 밝혀진 이상 루소에게는 다른 사람들의 명예를 보호하는 것보다 자신의 잘못을 해명하고 변명하는 일이 가장 시급해졌다. 따라서 이제는 파리에 올라와 문단에 데뷔한 이후의 삶이 그의 일대기에 포함될 수밖에 없었다. 루소는 불타는 복수심에도 불구하고 상대방들로부터 직접 들은 내밀한 이야기는 옮기지 않으며 《고백록》을 자신의 사후에 출간하기로 결심했다.

1766년 1월에는 데이비드 흄의 초청으로 피난처인 생피에르 섬을 떠나 영국으로 건너가게 된다. 그는 이때 뇌샤텔에 있는 친구 뒤 페루에게 대부분의 서류들과 "자신이 어릴 때부터 1741년 파리로 올라올 때까지의 이야기를 담은" 초고를 맡겼다. 3월 영국의 우튼에 자리를 잡은 루소는 뒤 페루에게 맡긴 서류들을 다시 받아 《고백록》 4권 절반까지를 정서했고 1부의 집필을 계속했다. 그러나 7월 루소와 흄 사이에 불화가 생겨 그는 다음해 5월 공포에 사로잡혀 급히 영국을 떠났다. 프랑스로 돌아간 그는 콩티 대공의 보호를 받아 그의 영지에 있는 트리 성에 은거하여 1767년 말 《고백록》 6권까지의 집필을 마쳤다.

루소는 1권에서 자신의 주요한 성격, 즉 공상적이고 정열적인 기질, 자부심, 사회적 부정에 대한 증오감 등이 어떻게 형성되었는가를 설명한다. 2권부터 4권은 루소가 고달픈 도제생활을 모면하기 위해 고향인 제네바를 떠난 후 겪게 되는 방랑 시절을 다루고 있는데, 여기에는 그의 생애에 가장 강한 영향을 미친 후견인 바랑 부인과의 만남, 신교에서 가톨릭교로의 개종, 하인 생활을 하면서 하녀 마리용을 무고한 일 등 다양한 에피소드가 등장한다. 5권과 6권에는 바랑 부인 옆에서 루소가 누린 행복한 생활에 대한 이야기가 담겨 있는데, 여기에는 레샤르메트의 목가적인 전원생활이 포함되어 있다. 1부는 빈첸리드에게 바랑 부인의 애정을 빼앗긴 루소가 새로운 악보 표기법과 연극 〈나르시스〉의 원고를 들고 파리로 올라가 출세할 결심을 하는 것으로 끝난다. 그리고 그는 마지막 줄에서 더 이상 자서전을 쓰지 않겠다고 선언한다.

그는 계속 강박관념에 시달렸고 1768년 6월 트리를 떠나 리옹, 라 그랑드 샤르트뢰즈, 그르노블, 샹베리를 거쳐 8월 13일 도피네 지방의 부르구앵에 도착했고, 거기서 8월 30일 테레즈와 정식으로 결혼했다. 그리고 1769년 1월 말 부르구앵 근처의 몽캥에 있는 외딴 농가에 정착하여 가을부터 《고백록》 7권을 쓰기 시작했다. 2부 서문에서도 보았듯이 그는 2부를 쓸 당시 극심한 정신적 압박을 받고 있었던 것처럼 보이는데, 이런 악조건 속에서도 12권을 제외한 2부의 집필은 불과 4개월 만에 완성되었다.

7권은 파리에서 출세하겠다는 야망이 좌절된 후 루소가 베네치아 주재 프랑스 대사의 비서가 되어 활동한 것을 중심으로 이야기가 전개된다. 8권은 1752년 루소가 쓴 오페라 〈마을의 점쟁이〉가 대성공을 거둔 것을 중점적으로 다루고 있다. 9권에서는 파리의 사교계를 물러나 데피네 부인이 마련해 준 레르미타주에 은거한 일, 두드토 부인에 대한 연정, 디드로와의 결별 등을 이야기한다. 10권에서 루소는 뤽상부르 대공 부처의 보호 아래 살면서 안정을 회복한 것처럼 보인다. 그러나 11권에서는 《에밀》과 《사회계약론》의 출간 이후 박해를 당하고 유배 생활을 시작한다. 루소가 1765년 말 데이비드 흄과 영국으로 떠나는 결심을 하는 12권은 망명의 이야기라고 말할 수 있다. 이 당시 그의 글은 편집증으로 인해 더욱 격화된 절망감으로 휩싸여 있다.

악보 베끼는 일에서 완전히 손을 떼는 것이 가능하기만 하다면, 나의 최종 계획은 예기치 못한 손님들이 들이닥쳐서 생활비도 많이 들고 돈벌이할 시간도 뺏기는 파리를 떠나는 것이었다. 은거한 뒤 소위 펜을 놓은 작가가 빠져든다고 하는 권태를 피하기 위해서, 고독의 틈을 메워줄 수 있는 그러나 결코 생존 중에 출판할 생각은 없는 소일거리를 하나 마련해 두었다. 레가 무슨 생각에서인지 오래전부터 회고록을 써보라고 졸라댔다. 그때까지는 나의 이력에 별반 흥미로운 점이 없었지만 내가 거기에 집어넣을 수 있는 솔직함으로 회고록이 흥미로워질 수 있다고 느꼈다. 그래서 나는 그것을 그 솔직함에서 전례를 찾아볼 수 없는 유일무이한 작품으로 만들 결심을 세웠다. 그래서 적어도 한 번쯤은 인간을 내면에 있는 그대로 볼 수 있게 하려고 했다.

나는 늘 몽테뉴의 허위적인 순진성을 비웃어 왔다. 그는 자기의 결점을 고백하는 척하면서도 자신에게 사랑스러운 결점들만을 부여하도록 대단히 신경을 쓴다. 반면에 모든 것을 곰곰이 따져 볼 때 이 세상에서 가장 선량한 인간은 결국 나 자신이라고 늘 믿어왔고 지금도 그렇게 믿고 있는 나는 아무리 순수한 인간이라도 그 내면에 어떤 끔찍한 악덕을 숨기지 않은 인간은 없다고 느낀다. 세상은 나를 아주 얼토당토않게 그리고 가끔은 아주 뒤틀린 모습으로 묘사하고 있음을 잘 알고 있었다. 그래서 내게 악덕이 있고 그 악덕을 숨기고 싶은 의도가 전혀 없다고 하더라도, 있는 그대로의 나를 드러내면 결국 내게 더 득이 될 수밖에 없었다. 게다가 있는 그대로의 나를 드러내려면 다른 사람들 역시 있는 그대로의 자신을 보게 할 수밖에 다른 도리가 없다. 그러므로 이 책은 나를 비롯한 다른 많은 사람들이 죽고 난 뒤에만 세상에 나올 수 있을 것이다. 이러한 상황으로 나는 대담하게 어느 누구 앞에서도 얼굴을 붉힐 필요 없이 참회록을 쓸 수 있게 되었다. 그래서 나는 이 계획을 훌륭히 실행하는 데 내 여가를 바치기로 결심했다. 기억을 이끌고 일깨워줄 수 있는 편지와 서류들을 모으기 시작했는데, 그때까지 내가 찢고 불태우고 잃어버린 모든 것들이 매우 아쉽게 생각되었다. (379~381쪽)

1년이면 두 차례에 걸쳐 몽모랑시에 머물던 뤽상부르 공작 원수와 그의 부인은 루소를 만찬에 초대하곤 했지만 루소는 그 초대를 거절했다. 그러나 마침내 뤽상부르 공작이 직접 루소를 찾아와 이들의 교제가 시작된다.

뤽상부르 공작과 우정을 맺다

원래 루소는 극도로 지체 높은 뤽상부르 가문과 관계를 맺고 싶어 하지 않았다. 뤽상부르 공작은 1757년 프랑스군에서 최고 계급인 프랑스 원수(le maréchal de France)가 되었을 정도였는데, 루소와 공작의 엄청난 신분격차로 인해 오히려 둘은 진짜 친구가 될 수 있었다. 뤽상부르 공작은 문예후원제도의 상하관계를 거부하는 루소의 요구를 받아들여 평등과 상호신뢰에 기반을 둔 새로운 유형의 관계를 발전시켜 나갔다. 지식인과 최고위권력층 인사 사이에 새로운 형태의 관계가 이루어진 것이다. 공작부인 역시 루소가 《신엘로이즈》의 필사본을 보내주고 종종 그것을 낭독해 주는 바람에 그에게 강한 호감을 갖게 된다. 그는 뤽상부르 부처의 우정으로 인해 예전에는 기생충이라고 비난하던 귀족 계급에 대해 훨씬 관대한 관점을 갖게 된다. 그는 가장 신분이 높은 사람들은 사회적 신분 상승을 향해 기어오르는 사람들에게서는 전혀 찾아볼 수 없는 겸손함과 솔직함을 갖고 있다는 사실을 알게 되면서, 뤽상부르 공작을 껴안고 "원수님! 저는 각하를 알기 전에는 고관대작들을 미워했습니다. 그러나 각하를 보고 그들이 얼마나 쉽게 남의 흠모를 받을 수 있는지 절감하고 나니 그들이 더욱 더 밉습니다"라고 쓸 정도였다.

뤽상부르 공작이 루소를 개인적으로 좋아했다는 사실은 의심할 여지가 없지만 그가 보인 관심에는 정치적 의도가 숨어 있는 것도 사실이다. 루이 14세의 사후 국가의 통일성은 무너지기 시작했다. 섭정 시대를 이끈 필립 도를레앙, 루이 15세는 거듭되는 실정으로 구조적인 위기 상태를 심화시켰고, 그 결과 절대왕정은 몰락의 길을 걷게 된다. 구체제 내에서 발생한 갈등의 핵심은 왕권이 약화되는 와중에서 기득권을 강화하려는 귀족 계급과 새로이 부상하는 부르주아 계급 사이의 투쟁이었다. 가장 수혜를 많이 받고 있던 귀족 계급은 자신의 특권을 더욱 확대하려고 부심했고 귀족들의 특혜를 줄이기 위한 국왕의 노력에 저항했다. 귀족들의 바람은 왕이 계몽주의 철학자들을 후원하는 퐁파두르 부인 그리고 부르주아 출신인 직업 관료들과 손을 끊고 자신들로부터 조언을 구했으면 하는 것이었다. 그러면서도 상당수의 귀족들은 자신을 계몽주의에 고취된 진보주의자라고 믿고 싶어 했다. 이러한 믿음에 가장 부응한 철학자는 부르주아 출신의 법복귀족 몽테스키외였다. 그는 권력을 행정권, 입법권, 사법권으로 나눌 것을 제안했을 뿐 아니라, 국왕, 귀족 계급, 인민으로 사회 세력을 분할했다. 귀족 계급이 인민에 의해 판단을 받는 것은 그들의 지배를 받는 것을 의미하기 때문에, 귀족은 영국에서처럼 세습적이어야 하고 상원에 자리를 갖고 인민의 소요를 견제하는 역할을 해야 한다. 다른 한편 인민은 하원에 자리를 갖고 귀족들을 견제할 수 있을 것이다.

우리는 역사적인 맥락의 관점에서 볼 때 몽테스키외의 사유가 다음과 같은 두 가지 관심 안에서 발전해 나갔음을 알 수 있다. 그 하나는 프랑스를 배회하는 전제적 위협을 억제하는 것이다. 몽테스키외의 합헌 정치, 즉 삼권 분립의 덕분으로 법에 따르는 온건한 정부를 선택할 때 왕권의 자의는 법의 통제를 받는다. 또 다른 한편으로는 점점 더 세력을 확산해가는 인민들이 너무 난폭해지고 건방져지는 일을 막아야 한다. 몽테스키외는 자유의 조건인 힘의 균형을 오직 귀족 사회의 모델을 기초로 생각했다. 그는 귀족들이 자신들의 권리가 정치 조직 자체에 의해 보장될 때만 비로소 안정감을 가질 것이며, 또 그렇게 되어야 군주와 인민도 안정을 갖게 될 것이라고 믿은 것이다.

말제르브와 뤽상부르 공작 등 개혁적인 귀족 계층은 몽테스키외로부터 사상적 지원을 얻은 것처럼 루소를 자기편으로 끌어들이고 싶어 했다. 루소는 이미 루이 15세의 연금을 거절해 왕의 비위를 거스른 바 있었다. 게다가 애매한 종교적 입장을 취했기 때문에 절대주의 왕권의 충실한 지지자였던 프랑스 교회와는 무신론자들 이상으로 사이가 좋지 않았다.

루소는 귀족을 싫어했지만 부르주아도 좋아하지 않았다. 그는 징세청부인이나 신흥 부자 등 상층 부르주아가 집권하면 오로지 돈이 지배하는 질서를 세울 것이라고 확신하고 있었으며, 부르주아 출신들이 대부분인 철학자들 역시 돈과 권력의 유혹에 무관심하지 않으며 그들 자신의 이익에 방해된다고 간주하는 사람들을 가차 없이 짓밟을 수 있다는 사실을 절감했다. 그러나 루소가 말하는 자연인이나 민중은 추상적인 존재에 불과했기 때문에, 그는 현실 정치의 차원에서 지지할 정치적 세력이 없었다.

사상전에서 전선을 전방위로 펼치고 고립무원의 상태에서 싸움을 벌이고 있는 루소를 영입한다면 귀족 계급은 또 한 명의 든든한 철학자를 응원군으로 얻는 것이기 때문에, 마침내 콩티 대공까지 몸소 그를 방문한다. 콩티 대공은 부르봉 왕가의 피를 받은 대공이자 외교 문제에 대해서는 왕의 가장 가까운 조언자였는데, 1756년 퐁파두르 부인 때문에 궁정에서 추방당했다. 콩티 대공은 루소가 누리는 대중적 인기를 등에 업으면 민중들 사이에서 귀족 계급의 권위를 확고히 하는 데 큰 도움이 될 것이라고 생각했다.

반면 루소는 대혁명 이후 인민이 주권을 갖게 될 것이라는 사실을 예상하지 못하고 오히려 그러한 상황의 결과를 두려워하면서 일반 이익을 최우선의 가치로 삼는 청렴한 국가의 고위층 인물에게서 미래의 희망을 찾게 된다. 그러나 점차 상층 귀족 계급과 루소가 서로에 대해 갖는 꿈은 동상이몽임이 밝혀지게 된다. 루소는 점차 정치적 비관주의에 빠져들게 되었고, 특권을 유지하면서 민중을 지도하는 계몽주의자가 될 수 있으리라는 귀족들의 달콤한 꿈은 프랑스 혁명 이후 쓰디쓴 환멸로 바뀌었다.

나의 소심한 성격에 비추어 볼 때, 나와 동등한 위치에서 사귀고 싶다는 원수의 말을 즉각적으로 곧이곧대로 받아들인 것보다 더 놀라운 일은 없을 것이다, 절대적인 독립 상태를 누리면서 살고 싶다는 내 말을 원수 쪽에서도 또 그렇게 즉각적으로 받아들였다는 점을 생각하지 않는다면 말이다. 내가 내 신분에 만족하며 그래서 신분을 바꾸려 하지 않는 것이 옳다고 확신했던 뤽상부르 부처는 내 주머니 사정이나 재산은 단 한순간도 염두에 두지 않으려는 것 같았다. 두 사람이 다 내게 다정한 관심을 갖고 있는 것만은 의심할 여지가 없었으나, 내게 자리를 알선해주겠다든가 영향력을 발휘해준 일은 한 번도 없었다. 단 한 번 뤽상부르 부인이 내가 아카데미 프랑세즈에 들어갔으면 하는 모습을 보였던 적은 있지만 말이다. 나는 종교를 핑계 삼았다. 부인은 종교는 문젯거리가 되지 않는다고, 또 문제가 된다 하더라도 그 문제는 자기가 해결해주겠다고 말했다. 이 말에 나는 그렇게 유명한 단체의 회원이 된다는 것이 물론 더없는 영예지만, 이미 트레상 씨에게 어찌 보면 폴란드의 왕에게 낭시 아카데미의 가입을 거절한 나로서는 이제 신의를 깨지 않고는 어떤 아카데미에도 가입할 수 없다고 대답했다. 뤽상부르 부인은 고집을 부리지 않았고 그 이야기는 더 이상 언급되지 않았다.

나를 위해 무엇이든 할 수 있었던 그토록 지체 높은 귀족들—뤽상부르 씨는 왕의 특별한 친구였고 또 의당 그럴 자격이 있었다—과의 그 담백한 교제는 내가 막 결별한, 나를 보호한다고 자처한 친구들이 보였던 끊임없는 배려와는 참으로 묘한 대조를 이루었다. 왜냐하면 그 배려는 친절하고 열성적인 만큼이나 성가시기도 했고, 내 친구들은 내게 도움보다는 모멸감을 주느라고 애썼기 때문이다. (384~385쪽)

18세기 유럽 최고의 베스트셀러가 된 《신엘로이즈》

루소는 무엇보다도 바로 연애소설 《신엘로이즈》를 통하여 문학적 영광의 정점에 이른다. 루소의 다른 글들이 주로 일부 식자층에서 읽혀졌다면 이 소설은 매우 광범위한 독자층을 확보하면서 18세기 말까지 적어도 70판이 출판되었는데, 이는 그야말로 유례없는 성공이었다. 그렇다면 《신엘로이즈》가 이러한 대성공을 거둘 수 있었던 비결은 무엇이었을까? 사실 이 작품은 실패할 가능성이 더 높아보였다. 왜냐하면 길이가 800여 쪽이 될 정도로 길었고, 사건들도 거의 없는 데다가 결투, 대도시 파리의 풍속, 음악, 교육, 종교 등 일반적인 주제들에 대한 긴 논술이 붙어 있었기 때문이다. 게다가 여기에는 독자들의 흥미를 끌 만한 사건들이 전개되거나 다양한 인물들이 등장하지 않는다. 그러나 섬세하고 투명한 영혼 속에서 생겨나는 감정의 흔들림과 폭발적인 열정이 독자들을 사로잡았다. 독자들은 이 때문에 《신엘로이즈》의 주인공들을 실재 인물로 착각했으며, 스스로를 작품의 주인공들과 동일시하면서 책에 빨려들어 갔다.

> 여성들이 이처럼 내게 호의를 갖게 된 것은 내가 내 자신의 이야기를 썼고 바로 내가 이 소설의 주인공이라고 그녀들이 확신하고 있었기 때문이다. 이러한 믿음이 어찌나 확고했던지 폴리냐크 부인은 베르들랭 부인에게 편지를 보내 쥘리의 초상화를 볼 수 있도록 내게 부탁해 달라고 청했을 정도였다. 자기가 전혀 느껴보지 못했을 감정들을 그렇게 생생하게 표현할 수 없으며 자기 자신의 마음에서 우러나오지 않았다면 사랑의 격정을 그런 식으로 묘사할 수 없다고 모두들 확신하고 있었다. 이 점에 있어서 사람들의 생각은 옳았다. 그리고 내가 이 소설을 가장 정열적인 황홀감 속에서 쓴 것은 확실하다. 그러나 그런 것들을 만들기 위해서 현실적인 대상들이 필요했다고 생각한다면 그것은 옳지 않았다. 내가 상상적인 대상들에 어느 정도까지 열광할 수 있는지 미처 짐작하지 못한 것이다.
>
> —《고백록》

거기에 담긴 열정은 너무나 격렬해서 당대의 한 평론가는 그 열정이 글이 쓰인 종이를 불태울 정도라고 외쳤다. 17세기 고전주의 이후 억눌려왔던 주관적인 감정이 분출되었으며, 이에 따라 질서와 이성과 형식을 지향하는 고전주의 양식은 역사의 뒤안길로 사라지기 시작했다. 낭만주의를 주도했던 스탈 부인은 루소가 선량한 풍속을 해치는 연애소설을 써서 미덕을 훼손하기는커녕 미덕에 상상적인 매력을 부여함으로써 "그것을 열정으로 만드는" 어려운 일을 해냈다고 찬양했다. 루소는 사랑의 열정을 표현하는 것을 넘어서 새로운 열정이 넘쳐흐르는 상상적인 세계를 창조할 줄 알았던 것이다.

이와 더불어 루소는 소설의 세계에 생생한 자연을 끌어들였다. 그 이전까지 문학에서 외적 자연에 대한 묘사는 거의 존재하지 않았다. 그러나 루소는 자신의 삶에서 자연의 아름다움을 감상할 줄 알았으며 자연으로부터 즐거움과 위안을 얻곤 했다. 또한 《감각적 도덕》을 구상한 바 있는 루소는 외적인 감각이 영혼에 미치는 영향력을 잘 알고 있었다. 그렇기 때문에 그는 자연을 배경으로 영혼의 움직임을 몽환적으로 그려나갈 수 있었다. 예를 들면 달빛이 비치는 호수를 배경으로 펼쳐지는 사랑의 우수는 독자들의 영혼에 물안개처럼 촉촉이 스며든다.

> 달이 살며시 떠올랐습니다. 물결이 더 잠잠해졌기에 쥘리는 내게 출발하자고 제안했습니다. 나는 그녀의 손을 잡아서 배에 오르도록 도와주고는 그녀 옆에 앉으면서도, 이제 손을 놓아야겠다는 생각이 들지 않더군요. 우리는 깊은 침묵을 지키고 있었습니다. 노를 젓는 단조롭고 규칙적인 소리는 나를 몽상으로

> 이끌었습니다. 내 젊은 시절의 기쁨을 생각나게 하는 도요새의 꽤나 즐거운 노래는 나를 명랑하게 만드는 것이 아니라 오히려 슬프게 만들더군요. 나는 점점 더 우수에 짓눌리는 느낌이 들었습니다. 청명한 하늘, 부드러운 달빛, 우리를 둘러싸고 빛나는 은빛 물결의 떨림, 너무나 유쾌한 감각들의 조화, 심지어 사랑하는 여인이 존재한다는 사실, 그 어떤 것도 내 가슴에 맴도는 수많은 고통스러운 생각을 몰아내지 못했습니다.
>
> —《신엘로이즈》

《신엘로이즈》의 출간과 더불어 루소는 이제 막 등장하기 시작한 대량출판의 초창기에 자신이 새로운 역할을 담당하고 있다는 것을 느꼈다. 그는 문화계에서 일종의 스타로 부상한 것이다. 독자들은 책을 읽으면서 저자가 아니라 고귀한 영혼의 소유자로서의 인간과 직접 소통하고 있다고 느꼈으며, 현실에서 루소를 방문해 그를 직접 보기를 원했다. 루소는 이러한 독자들과의 직접적인 소통을 한편으로는 즐거워하면서도 또 한편으로는 거북함을 느끼기도 했다. 대중적인 존재가 된 루소는 점차 대중들이 그에 대해 실제 자신과는 다른 이미지를 갖게 될지도 모른다는 불안감에 사로잡히게 될 것이다.

오래전부터 인쇄 중이던 《신엘로이즈》는 1760년 말까지도 출간되지 않았음에도 불구하고 커다란 반향을 일으키기 시작했다. 이미 뤽상부르 부인은 궁정에서, 두드토 부인은 파리에서 이 작품에 대한 소문을 냈던 것이다. 두드토 부인은 생랑베르를 위해 폴란드 왕이 원고 상태의 《신엘로이즈》를 읽어도 좋다는 허락까지 내게서 받아냈는데, 왕은 이 작품에 매우 만족스러워했다. 나는 뒤클로에게도 읽어보게 했는데, 그는 아카데미에서 이에 대한 이야기를 했다. 파리 전체가 이 소설을 보려고 조바심을 내고 있었다. 생 자크 거리의 서적상들과 팔레 루아얄 거리의 서적상에게 이 소설에 대한 소식을 물으러 오는 사람들이 몰려들었다.

마침내 책이 나왔고, 이 책의 이례적인 성공은 책이 나오기를 열광적으로 기다리던 독자들의 기대에 부응했다. 이 책을 제일 먼저 읽은 여인들 중 한 사람인 태자비는 뤽상부르 씨에게 매혹적인 작품이라고 말했다. 문인들 사이에서는 의견들이 갈라졌지만 세간에서는 의견이 일치했고, 특히 여인들은 책과 저자에 푹 빠져서 만일 내가 시도만 했더라면 심지어 가장 높은 신분의 여인들까지 포함하여 정복하지 못할 여인들이 거의 없을 정도였다. 여기에 쓰고 싶지는 않지만 나는 그 증거들을 갖고 있고, 굳이 시험해 보진 않았지만 그 증거들은 충분히 내 견해를 뒷받침해주고 있다.

이 작품에서 프랑스 사람은 남자든 여자든 그리 좋게 그려지지 않았건만, 이 책이 유럽의 다른 나라들에서보다 프랑스에서 더 큰 성공을 거두었다는 것은 이상한 일이다. 내 기대와는 정반대로 스위스에서 가장 성공을 거두지 못했고 파리에서 가장 큰 성공을 거두었다. 그렇다면 다른 곳보다도 프랑스에서 더 우정이니 사랑이니 도덕이니 하는 것들이 널리 퍼져 있는가? 아마 그렇지는 않을 것이다. 그러나 파리에서는 그러한 것들의 이미지에 마음을 동하게 하고 우리로 하여금 더 이상 우리에게 없는 순수하고 다정하고 정직한 감정들을 다른 사람들 속에서는 소중히 여기도록 하는 그 세련된 감각이 아직도 성행하고 있다. 이제 타락은 어디나 마찬가지이다. 유럽에는 더 이상 미풍양속도 미덕도 존재하지 않는다. 그러나 그것들에 대한 약간의 사랑이 아직도 남아 있다면, 그것을 찾아야 할 곳은 바로 파리이다.

그 많은 편견과 부자연스러운 정념 가운데서 자연의 진정한 감정들을 식별해내기 위해서는 그러한 편견과 정념을 통해 인간의 마음을 잘 분석할 줄 알아야 한다. 이 작품을 가득 채우고 있는 마음의 미묘한 점들을 — 내가 감히 이렇게 말할 수 있다면 — 느끼기 위해서는 상류사회의 교육에서만 획득될 수 있는 섬세한 직감이 필요하다. 나는 이 책의 4부를 《클레브 공작부인》[7]에 견주어도 꿀릴 것이 없다. 그리고 이 두 작품이 지방에서만 읽혔다면, 지방 사람들은 결코 그것들의 가치를 속속들이 다 느끼지 못했을 것이라고 말하련다. 그러므로 이 책이 가장 큰 성공을 거둔 곳이 궁정이라고 해서 놀랄 필요는 없다. 이 책에는 강렬하면서도 베일로 가린 듯한 모호한 표현들이 넘쳐흐르고 있는데, 궁정 사람들은 그런 표현들을 꿰뚫어보는 데 더욱 능숙하기 때문에 마음에 들어 한다. 그러나 또 다시 분명히 해두어야 할 것이 있다. 머리에 권모술수만 들어 있어서 악을 꿰뚫어보는 데만 예민하고 오직 선만을 보아야 할 곳에서는 전혀 아무것도 보지 못하는 그런 꾀바른 사람들이 이 책을 읽는 것은 확실히 적당치 않다. 예를 들어 《신엘로이즈》가 내가 생각하는 어느 나라에서 출판되었다면, 아무도 끝까지 읽는 사람이 없어서 세상에 나오자마자 매장되었을 것이라고 확신한다.

(…)

여기서 비록 사람들이 가장 주목하지 못했지만 이 책을 영원히 유일무이한 작품으로 만들게 될 것은 주제의 단순성과 흥미의 연속성인데, 그것은 세 사람 사이에 집중되어 여섯 권에 걸쳐 유지된다. 에피소드도 없고 소설적인 모험담도 없고 인물에서나 줄거리 전개에서나 어떤 종류의 사악함도 없는 상

---

7 《클레브 공작부인》(*La Princesse de Clèves*, 1678)은 17세기 라 파이예트 부인(Mme de Lafayette)의 소설로 섬세한 심리분석 소설의 효시로 꼽힌다.

태에서 말이다. 디드로는 영국의 소설가 리처드슨의 놀라울 정도로 다양한 장면들과 수많은 등장인물에 대하여 그를 격찬했다. 사실 리처드슨은 인물들 모두의 특징을 훌륭히 드러냈다는 장점을 갖고 있다. 그러나 그 수에 대해 말하자면 그는 사상의 빈약함을 인물들과 모험담으로 보충하는 가장 따분한 소설가들과 공통점을 갖고 있다. 주마등의 그림들처럼 지나가는 전대미문의 사건들과 새로운 얼굴들을 끊임없이 제시하면서 관심을 환기시키는 것은 쉬운 일이다. 그러나 이러한 관심을 신기한 모험도 없이 똑같은 대상들에 대해 계속 유지시킨다는 것은 분명 보다 어려운 일이다. 그리고 다른 조건이 모두 같다고 할 때 주제의 단순성이 작품의 아름다움을 증대시키는 것이라면, 리처드슨의 소설들은 다른 많은 점에서 우월하다고 해도 이 점에 관해서는 내 것과 비교될 수 없을 것이다. 그럼에도 불구하고 지금 내 소설은 매장되었다는 것을 나는 알고 있다. 나는 그 이유도 안다. 그러나 그것은 다시 부활할 것이다.

내 걱정은 주제가 너무 단순해서 진행이 지루하지나 않을까, 또 충분한 흥미를 유발하여 그것을 끝까지 유지시킬 수 있을까에 온통 쏠려 있었다. 그런데 한 가지 사실로 나는 안심했는데, 그 사실 하나가 내가 이 작품에서 받을 수 있었던 모든 찬사들보다도 나를 더욱 우쭐하게 만들었다.

책은 사육제가 시작할 때 나왔다. 오페라 극장에 무도회가 있던 어느 날 책을 파는 방물장사가 탈몽 공작부인에게 그 책을 전해주었다. 저녁식사 후에 그녀는 무도회에 가려고 옷단장을 하게 시킨 뒤 시간이 되기를 기다리면서 그 새 소설을 읽기 시작했다. 자정에 그녀는 말을 마차에 매어두라고 일러놓고는 계속 책을 읽었다. 사람이 와서 그녀에게 말을 매어두었다고 말했지만, 그녀는 아무런 대답도 하지 않았다. 하인들은 그녀가 정신없이 몰두해 있는 것을 보고는 와서 2시라고 알렸다. 그녀는 여전히 책을 읽으면서 아직 서두를 것이 없다고 말했다. 얼마 후에 자기 시계가 서 있어서 벨을 눌러 몇 시냐고 물어보았다. 4시가 되었다는 말을 듣고 그녀는 그렇다면 무도회에 가기엔 너무 늦었으니 말을 다시 풀어놓으라고 말했다. 그녀는 옷을 벗기게 시킨 뒤 날이 샐 때까지 책을 읽었다.

이러한 말을 전해들은 이후 나는 늘 탈몽 공작부인을 만나보고 싶어 했다. 단지 그 이야기가 정말 사실인가를 그녀에게서 알아보기 위해서만이 아니라 이른바 육감六感인 도덕적 감각을 갖고 있지 않다면 《신엘로이즈》에 대해 그렇게 강한 흥미를 가질 수 없다는 생각을 늘 갖고 있었기 때문이다. 그런데 그런 도덕적 감각을 지닌 심성의 소유자들은 거의 없으며, 이것이 없이는 아무도 내 심정을 이해할 수 없을 것이다. (421~425쪽)

루소는 《영구평화안》을 출간한다. 그는 뤽상부르 공작부인이 이전보다 자신을 멀리한다고 느끼고 이에 대한 거북함으로 더욱 바보짓을 한다. 뤽상부르 공작 댁에서 많은 사람들을 만나는데, 거기에는 이후 수상이 될 슈아죌도 있었다. 그는 당시 슈아죌에게 호감을 갖고 있었지만 후에는 가장 악랄한 적들 중 하나로 간주한다. 루소로부터 다섯 아이들을 모두 고아원에 버렸다는 고백을 들은 뤽상부르 공작부인은 사람을 시켜 아이를 찾게 했지만 소용이 없었다. 루소가 원고를 맡긴 공작부인의 중계로 《에밀》의 계약이 체결된다. 루소는 곧 은퇴하기에 충분한 재원을 확보할 것이라는 희망을 갖는다. 게다가 그가 거래하던 서적상 레는 3백 프랑의 종신 연금을 테레즈에 증여해, 루소는 반려자의 미래에 대해 안심하게 된다. 《에밀》의 인쇄는 더디게 진행되었다. 루소는 검열의 책임자인 말제르브가 암묵적으로 인쇄를 허락했다고 생각했기 때문에 아무런 염려를 하지 않았다. 그러나 그는 어느 날 갑자기 인쇄가 중단되었다고 생각한다. "상상이 번개처럼 작동하여", 예수회가 그가 곧 죽을 것이라 예상하고 출판을 막고 있다가 루소의 사후 그의 명성을 훼손하기 위해 자신들이 만든 위조 판을 발행할 것이라는 있지도 않은 음모를 상상해냈다. 그러나 인쇄는 다시 재개되었고, 말제르브의 인정 어린 위로를 받은 루소는 이러한 착란에서 벗어났다.

《사회계약론》과 《에밀》에 대한 인쇄가 끝나자마자 불법 사본들이 유포되기 시작했다. 루소의 불안을 불러일으켜야 마땅했을 여러 가지 징후들이 나타났지만 그는 말제르브와 뤽상부르 공작의 보호를 믿고 안심하고 있었다.

루소 최고의 걸작, 《에밀》

《에밀》은 여러 측면에서 혁명적인 작품인데, 우선 교육의 대상과 목적을 새롭게 규정하고 있다는 점이 주목할 만하다. 인간의 원죄를 강조하는 기독교에서 교육이란 인간의 사악한 본성을 억압하고 그리스도의 모방을 통해 인간을 구원의 길로 인도하는 것이었다. 한편 계몽주의 교육은 인간의 사회적 본성을 제대로 발현시켜 사회적인 의무와 개인의 행복을 일치시키는 것을 목적으로 삼는다. 그러나 루소는 "모든 것은 조물주의 손에서 나올 때는 완전하나 인간의 손에 들어오면 변질되고 만다"고 주장하면서, 당시 사상적 주도권을 다투던 두 개의 이데올로기인 기독교와 계몽주의를 정면으로 반박한다. 인간이 사악한 것은 원래의 본성에 의한 것이 아니라 잘못된 사회의 탓이며, 사회적 차원에서 정치 및 윤리의 근본적인 개혁이 이루어지지 않는 한 아무리 개인의 사회성을 개발한다 하더라도 사회적인 미덕과 개인적인 행복은 일치할 수 없다.

사회적인 악을 치유하기 위해 루소는 두 가지 해결책을 제시한다. 첫 번째는 《사회계약론》에서 제시되는 정치적인 해결책이다. 루소는 여기서 사회의 악덕을 교정할 수 있는 조건으로 "우리들 각자가 자신의 인격과 모든 힘을 일반 의지의 지고한 지도 아래 공동으로 두고 우리 전체로부터 분리될 수 없는 부분으로서 각각의 구성원을 단체로 받아들이는" 새로운 사회계약을 제시한다. 이러한 사회에서 권력은 모든 사람들에게서 나오고 의무는 모든 사람들에게 돌아가기 때문에 각 개인은 평등하고, 타인이 아닌 자신이 스스로에게 부과한 공동체의 법을 따르기 때문에 각 개인은 자유롭다. 또한 경제적인 관점에서 이 사회는 각 개인이 이익을 무제한적으로 추구하는 행위를 보장하는 것이 아니라 모든 사람들에게 보편적인 욕구를 충족시키는 것에 목적을 둔다. 개인의 우월성은 권력이나 물질의 소유로 타인들을 지배하는 것이 아니라, 다른 사람들의 행복에 기여하는 활동을 통해 자아를 확장시키는 능력, 즉 미덕에 근거를 두어야 한다. 이러한 점에서 프랑스 대혁명의 기치인 '자유, 평등, 박애'는 루소의 《사회계약론》에 그 뿌리를 두고 있다고 말할 수 있다. 그러나 루소의 정치적 해결책은 역사적인 조건에서가 아니라 역사적 시간의 외부에 위치한 순수하게 규범적인 차원에서 이루어진다는 한계를 갖는다. 따라서 고대 시민국가처럼 시민이 "자신을 단일한 하나의 개체가 아니라 단일한 전체의 일부분으로 생각하며 전체 속에서만 자신을 느끼는" 공동체가 존재하지 않는 이상, 공동의 이익을 개인의 이익보다 우위에 두는 시민을 양성하는 일은 불가능하다.

그렇다면 교육의 목적은 인간을 자연 상태로 돌아가게 만드는 것인가? 루소는 일단 자연 상태를 벗어나 사회 상태로 들어온 인간은 다시 자연 상태로 돌아갈 수 없다고 생각한다. 또한 자연으로의 복귀는 바람직한 것도 아닌데, 인간은 다른 사람들과의 교류로부터 형성되는 애정이나 우정 혹은 인류애를 통해 자아를 확장할 수 있는 기쁨을 얻을 수 있으며 단순한 자연적 욕구가 아니라 보편적 이성을 통해 스스로 자신에게 부과된 법에 따라 행동하면서 도덕적 자유를 누릴 수 있기 때문이다. 이제 가능한 교육은 현재의 타락한 사회에 살면서도 자연의 선량함을 최대한 간직하고 자율적이고 도덕적인 삶을 사는 인간을 양성하는 것이다. 즉, 교육이란 인간의 잘못된 본성을 교정하는 것이 아니라 자연적 본성을 개발하는 것이며, 기존 사회의 가치관을 주입시키는 것이 아니라 스스로의 가치관을 정립하도록 도와주는 것이다.

예전의 교육자들은 어린이를 미성숙한 어른 정도로 파악했지만, 루소는 어린이를 그 자체의 고유한 활동이 있는 존재로 파악한다. 유년시절을 포함하여 인생의 각 단계는 그 나름대로의 가치를 갖고 있으며, 교육은 각 단계가 갖는 가치를 최대한 실현시키는 것을 목표로 삼아야 한다. 따라서 《에밀》은 단순한 교육론이라기보다는 인간의 정신적 능력의 연속적인 형성 과정을 통해 전개되는 보편적 인간의 성장소설로 받아들이는 것이 더욱 타당할 것이다. 우리는 여기서 한 인간이 자연으로부터 받은 자신의 힘을 발견하고 그것을 발휘하며, 자연적인 충동에서 나오는 감성에 합리적인 통제력을 부과함에 따라 완벽한 인간으로 형성되는 과정을 본다. 인간의 자연적 본성을 도덕적 의지에 통합하는 과정은 끊임없는 규범적 통제 아래서 매우 느리게 이루어질 것이다. 그리고 이 과정을 통해서 에밀은 자신의 한계를 충분히 인식하고 그 안에서 자신의 능력을 충분히 발휘하면서 인간의 조건을 완전하게 그리고 의식적으로 맛보게 될 것이다. 루소는 이러한 인간의 발달 과정에 맞추어 교육 방법을 크게 세 가지로 나눈다.

첫 번째 단계는 자연에 의한 교육으로 자연적으로 주어진 인간의 능력과 기관을 자연의 원래 의도에 따라 발달시키는 것이다. 이는 인위적으로 조절될 수도 없고 또 그래서도 안 된다. 이 단계에서는 오직 자연의 순조로운 발달을 위해 그 발달을 방해하는 것을 막는 '소극적 교육'이 주가 되어야 한다.

두 번째 단계인 사물에 의한 교육은 사람이 외부 세계의 사물과 접촉해 얻는 체험 또는 경험을 통해 이루어지는 지식 획득 과정이다. 여기서 중요한 것은 자연 세계에 대한 지식이 생활의 유용성과 결부되어야 한다는 것이다. 만약 이러한 목적을 위해 필요한 책이 있다면, 그것은 인간 세상에서 고립되어 사물들의 세계에서만 살아가야 하는 인간의 삶을 그린 《로빈슨 크루소》이다. 오직 생존이라는 관점에서 사물과 관계를 맺는 고립된 인간은 그 관계를 사회적 편견이 아니라 오직 유용성을 기준으로 판단할 것이기 때문이다.

마지막 단계인 인간에 의한 교육은 교육자의 재량이 가장 자유롭게 발휘될 수 있는 교육으로서 이때부터 비로소 사회에서 이루어지는 인간관계를 적극적으로 가르치고 도덕적 자질을 함양하는 가장 중요한 교육, 진정한 의미의 교육이 시작된다.

루소는 인간이 자연으로부터 사회로 넘어가면서 가장 활성화되는 능력을 상상력으로 보고 있다. 인간은 상상력을 통해 자신과 타인에게 공통된 인격을 상정하고 그것을 토대로 스스로를 타인과는 다른 개별적 존재로 인식한다. 즉, 상상력을 통한 동일시 현상으로 진정한 의미의 주체(主體)들이 등장하고, 주체들 사이의 교환이 이루어지는 사회가 생겨나는 것이다. 그런데 인간은 상상력을 통해 타인의 내면과 접촉하면서 자아를 확대할 수도 있지만 오히려 자기 자신으로부터 소외될 수도 있다.

타자와 맺는 관계 양상에서 가장 강렬한 형태인 사랑을 예로 들어보자. 자연인은 비교에 근거를 둔 선택이자 정신적 감정으로서의 사랑을 알지 못한다. 성이란 단지 생식에 관계한 본능이기 때문에 대상을 가릴 필요가 없다. 그러나 성은 상상력이 개입함에 따라 개인적 선호에 근거를 둔 정신적 욕망으로 변화한다. 사랑에 빠진 사람은 상상력을 통해 완벽한 아름다움과 미덕의 영상을 사랑의 대상에 투사하고 그 대상과 하나가 되려는 욕망을 품는다. 이 영상은 실재 사랑의 대상과 일치하지 않는다는 점에서 착각의 산물이지만 그 때문에 그 가치가 떨어지는 것은 아니다. 사랑하는 사람은 사랑의 대상을 거쳐 자신을 고양하면서 순수한 가치의 세계로 진입하기 때문이다. 그러나 부정적인 측면에서 볼 때 사랑에 빠진 사람은 사랑의 대상에 자신의 본질을 의존하기 때문에 자신의 주인이 되는 것을 포기하고 사랑의 노예로 전락할 위험이 있다. 이렇게 주체성을 상실한 인간은 사랑이 잘못되면 자신과 남을 파괴할 수도 있다. 그렇기 때문에 사랑의 도취 속에서도 자신에 대한 지배력을 잃지 않아야 하고 사랑의 욕망은 도덕적 의지로 승화되어야 한다.

이를 위해 에밀의 교사는 사랑의 정점에 도달한 에밀과 그의 연인 소피를 잠정적으로 갈라놓으면서 사랑의 정념을 미덕에 복종시켜야 한다고 말한다. 이들은 이별을 통해 사랑의 정념을 극복하는 동시에 사랑의 환상을 연장시키는 법을 배울 것이다. 상상력을 위한 어느 정도의 거리가 있어야 사랑이 일상적인 삶의 산문성에 함몰되지 않기 때문이다. 에밀의 교사는 가족을 재생산하고 연인들을 주변의 사람들과 연결시키는 결혼이라는 제도를 통해 사랑의 욕망을 일상생활의 상호신뢰에서 생겨나는 '감미로운 습관'으로 전환시키면서 사랑의 몽상과 현실세계 사이의 균형을 유지시키고자 한다.

상상력을 통한 교육에서 남녀 간의 사랑 이외에 또 다른 축을 이루는 것은 종교 교육이다. 우주가 보여주는 조화로운 질서는 상상력을 유발시켜 우주를 창조한 신의 존재를 느끼게 한다. 현실에서 미덕이 타인의 이익을 위해 자신의 이익을 포기하는 행위라면 형이상학적인 차원에서 미덕이란 "나의 의지를 신의 의지에 일치시켜 나의 자유를 선량하게 이용함으로써" 신이 만든 질서에 복종하는 것이다.

인간이 미덕을 실천할 때 그는 자신이 감수한 물질적 결핍이나 물리적 고통을 정신적 즐거움으로 승화시키지만, 이러한 정신적 행복이 미덕의 실천이 요구하는 희생과 고통을 완전히 보상할 수 있다고는 말할 수 없다. 이 때문에 루소는 신이 지상에서 희생한 행복을 보상해 줄 사후의 세계를 요청한다. 유덕한 인간에게 전적인 행복은 죽음 이후에 가능한데, 바로 그렇기 때문에 유덕한 인간은 미덕을 실천하기 위해 죽음까지도 감내할 수 있다. 자연적인 선성을 도덕성으로 승화시키는 인간의 교육은 최고도로 고양된 상상력, 즉 신을 통해서만 완성될 수 있다. 종교적인 차원에서 사랑의 행복은 이 사후의 행복에 대한 일종의 맛보기라고 말할 수 있다. 인간은 사랑을 통해 감각적 세계를 넘어 존재하는 가치의 세계에 대해 현실보다 더욱 강렬한 현실감을 경험할 수 있기 때문이다.

또한 종교는 사랑의 환상이 깨어지면서부터 생겨나는 공허감을 신에 대한 믿음으로 채우면서 그 환멸을 위로하는 역할을 한다. 따라서 유덕한 인간에게는 미리 맛본 사랑의 행복과 죽음 이후 맛볼 내세의 행복 사이에서 미덕을 실천하는 일만이 남는다.

자신의 아이들을 키울 자신이 없어 고아원에 버린 한 나약한 영혼의 회한에서 나온 작품 《에밀》이 오늘날에도 여전히 인간 본성과 그 전개과정에 대한 탁월한 통찰을 제공하고 있다는 것은 부인할 수 없는 사실이다.

마침내 《에밀》이 나왔다. 수정하라는 말도 듣지 못했고 어떤 어려움에 대해 말하는 것도 듣지 못했다. 그것이 출간되기 전에 원수는 이 저서와 관계된 말제르브 씨의 편지들을 모두 반환할 것을 요구했다. 나는 이 두 사람 모두를 대단히 신뢰하고 있었고 아주 마음을 턱 놓고 있어서 이러한 요구에 이상한 점이 있으며 심지어 사람을 불안하게 만드는 점이 있다는 것을 생각할 수 없었다. 깜빡 잊고 책갈피에 끼워져 남아 있었던 한두 통의 편지를 제외하고는 그 편지들을 모두 돌려보냈다. 이보다 얼마 전에 말제르브 씨는 내가 예수회에 대해 근심하던 동안 뒤쉔에게 썼던 내 편지들을 자기가 회수하겠다는 의사를 밝힌 적이 있었다. 솔직히 말하면 이 편지들은 내 이성에 그다지 명예가 되는 것은 아니었다. 그러나 나는 어떤 일에서도 실제의 나보다 훌륭하게 보이고 싶지는 않으니 뒤쉔에게 그 편지들을 그에게 내주어도 좋다고 했다. 나는 그가 그것을 어떻게 했는지는 모른다.

이 책은 앞선 내 모든 저술들과는 달리 화려한 박수갈채를 받으며 출간되지는 못했다. 어떤 저서도 이 책처럼 개별적으로는 그토록 엄청난 찬양을 받았으면서도 공적으로는 이토록 별 칭찬을 받지 못한 것은 없었다. 이 책에 관하여 가장 올바른 평가를 할 수 있는 사람들이 이 책에 대해 말이나 서신을 통하여 내게 확신시켜 준 사실은 이것이야말로 내 저술들 중 가장 중요한 동시에 가장 훌륭하다는 것이었다. 그렇지만 이 모든 칭찬은 더없이 조심스럽게 이루어져서, 마치 이 책에 대해 사람들이 생각한 좋은 점은 비밀로 해두는 것이 중요한 것 같았다.

부플레르 부인은 온 인류가 이 책의 저자를 위해 동상을 세우고 숭배해야 마땅하다고 내게 말했지만, 편지 끝에는 이 편지를 되돌려달라고 염치없이 부탁했다. 달랑베르는 이 저서 덕분에 내 뛰어남이 결정적인 것이 되고 내가 모든 문인들의 선두에 서게 될 것이라고 내게 편지를 했으나 그 편지에는 서명을 하지 않았다. 그때까지 내게 보낸 편지들에는 모두 서명을 했으면서도 말이다. 뒤클로는 믿을 만한 친구였고 또 진실한 사람이었으나 조심스러운 성격이어서, 이 책을 높이 평가하기는 했지만 그것을 내게 글로 써서 말하는 것은 피했다. 라콩다민은 〈사부아 보좌신부의 신앙고백〉에 덤벼들어 헛소리만 늘어놓았다. 수학자 클레로는 그가 보낸 편지에서 같은 부분을 다루는 데 만족했다. 그러나 그는 책을 느낀 감동을 거리낌 없이 표현했다. 그는 그 자신의 말을 빌자면 이것을 읽고 그의 늙은 영혼이 고양되었다고 내게 말했다. 내가 책을 보내주었던 모든 사람들 가운데 오직 클레로 한 사람만이 모든 사람들을 향해 그것에 대해 자신이 좋다고 생각한 모든 것을 당당하고 자유롭게 말했던 것이다. (464~466쪽)

그러나 곧 경고 신호가 루소에게 전달되었다. 파리 고등법원이 《에밀》 4권에 들어 있는 〈사부아 보좌신부의 신앙고백〉의 반체제적 성격을 이유로 그에게 체포령을 내릴 것이라는 소문을 들은 것이다. 그리고 그 소문은 사실이었다.

비극적인 출발

루소는 고위 귀족들의 비호 말고도 자신이 안전하다고 생각한 또 다른 이유들이 있었다. 우선 그는 자신이 쓴 책들을 일반 원칙으로 제한하고 프랑스 정치에 연루되는 것을 피했다. 그는 책에서 어떤 특정한 개인을 꼬집어 비난하지 않도록 꼼꼼한 주의를 기울였다. 그리고 루소는 프랑스의 거주자이면서 제네바의 시민이라는 자신의 입장을 표현의 자유를 위해 최대한 활용하려고 시도했다. 그는 프랑스의 국가체제와 종교 제도에 대해서 외국인이기 때문에 프랑스 당국은 그에게 근본적인 동화를 요구해서는 안 된다고 생각했다. 반대로 그는 프랑스에 살고 있기 때문에 아무런 처벌을 받지 않고 제네바에 대해 자유롭게 비판할 수 있다. 루소는 이러한 이중의 거리두기를 책의 출판에서도 유사하게 활용한다. 책의 출판이 외국에서 이루어지면 그는 책의 출판에 대해 프랑스 당국에 책임을 질 이유가 없다. 프랑스는 저자 루소를 추방하는 이외에 다른 권한을 행사할 수 없으며, 그의 인신에 직접적인 권한을 행사할 수 있는 것은 제네바 당국뿐이다. 그러나 루소의 이러한 조심성과 논리는 더 이상 통하지 않게 된다.

《에밀》과 《사회계약론》이 유포되자마자, 당국은 단호히 행동했고 정치 문제보다 종교 문제로 압박하기 시작했다. 루소는 〈사부아 보좌신부의 신앙고백〉이 계몽주의의 회의주의나 무신론에 맞서 종교를 수호한다고 생각했지만, 교회는 루소가 종교를 수호한다고 핑계를 대면서 오히려 교회의 권위에 정면으로 도전하는 것으로 보았다. 파리 고등법원과 함께 대단한 영향력을 행사하던 소르본 대학 신학부의 장세니스트들은 거의 히스테릭한 말투로 고발장을 써내려갔다. 《에밀》에는 소각령이 내려졌고 루소에 대한 구속영장이 발부되었다. 그러나 그의 보호자들에게는 미리 귀띔이 들어갔는데, 당국은 루소를 순교자로 만들고 싶어 하지도 않았고 루소를 보호하는 상층 귀족들과 맞설 의사도 없었기 때문이다.

뤽상부르 가는 루소가 체포를 당한다면 《에밀》의 출간에 그들이 개입했다는 사실이 알려질 것이라고 생각해 프랑스에 머물겠다고 고집하던 그에게 망명할 것을 집요하게 요구했다. 콩티 대공의 정부였던 부플레르 부인도 마찬가지였다. 부플레르 부인은 영국을 열심히 권했는데, 그녀는 데이비드 흄과 친구여서 그를 통해 망명을 준비할 수 있기 때문이었다. 뤽상부르 공작이나 콩티 대공 등 개혁적인 귀족들은 루소에 대해 호의를 갖고 있었고 또 그의 문학적 명성을 정치에 이용하려고 했지만 그를 공개적으로 보호하면서 자신들의 정치적 입지를 위태롭게 할 수 있는 위험까지 무릅쓸 생각은 전혀 없었다. 이러한 상황에서 그들이 할 수 있는 최선은 루소에게 안전한 은신처를 제공하고 후일을 도모하는 것이었고, 루소는 이들의 뜻에 밀려 망명을 결심한다.

내가 젊었을 때 어떻게 해서 불면증에 걸렸는지 이미 이야기한 바 있다. 그 후부터 나는 매일 밤 침대 속에서 졸려서 눈꺼풀이 무거워지는 것을 느낄 때까지 책을 읽는 버릇이 생겼다. 그때서야 촛불을 끄고 한동안 잠을 청하지만 졸음이 오래간 적은 거의 없었다. 밤에 보통 읽는 책은 성서였다. 나는 이렇게 해서 적어도 대여섯 번 계속해서 성서를 다 읽었다. 그날 밤은 여느 때보다도 잠이 오지 않아서 나는 더 오래도록 책을 읽었다. 그리하여 〈에브라임의 레위 사람〉 이야기로 끝나는 한 권을 전부 읽었다. 그 후 성서를 다시 읽지 않았기 때문에 잘 모르겠으나 내가 착각하지 않았다면 그것은 《판관기判官記》였다. 나는 이 이야기에 몹시 감동해 일종의 몽상 상태에 빠져 몰두하고 있었는데 갑자기 인기척이 나고 등불이 비쳐 정신이 들었다.

테레즈가 든 등불이 라로슈를 비쳤다. 그는 자리에서 벌떡 일어나 앉는 나를 보고 말했다. "놀라지 마십시오. 원수부인

댁에서 부인과 콩티 대공이 보낸 편지를 가지고 왔습니다."

과연 뤽상부르 부인의 편지 속에는 대공의 특사가 그녀에게 막 가져온 편지가 들어 있었다. 그가 갖은 노력을 다하였음에도 불구하고 나를 매우 엄중하게 기소한다는 결정이 내려졌다는 소식이었다. 그녀에게 보낸 콩티 대공의 글은 이러했다. "동요가 극심해 아무래도 공격을 막을 수가 없습니다. 궁정에서도 그것을 요구하고, 고등법원도 그것을 바랍니다. 내일 아침 7시에는 그에게 구속영장이 발부될 것이며 그를 체포하러 즉각 사람을 보낼 것입니다. 피신한다면 추격하지는 않겠다는 동의는 얻었지만 체포되고 싶다고 고집을 부리면 체포될 것입니다."

라로슈는 원수부인이 전하는 것이라고 하면서 일어나서 부인과 상의하러 가는 것이 어떠냐고 간청했다. 2시였다. 부인은 막 잠자리에 누웠을 것이다. "부인은 지금 당신을 기다리고 계십니다"라고 그는 말을 덧붙였다. "당신을 보기 전에는 주무시고 싶어 하지 않으십니다." 나는 서둘러 옷을 입고 그녀에게 달려갔다.

그녀는 몹시 불안해 보였다. 그렇게 보이기는 처음이었다. 그녀가 불안한 것을 보고 나는 감동되었다. 이 야밤에 일어난 뜻밖의 사건에 나 자신도 동요하지 않을 수 없었다. 그러나 그녀를 보니 나 자신을 잊고 오직 내가 자진해서 체포되었을 때에 그녀가 맡을 괴로운 역할만이 생각났다. 왜냐하면 진실이 나를 해치고 파멸로 몰아넣을지라도 내게는 오직 진실만을 말할 충분한 용기가 있음을 느꼈지만, 심한 추궁을 당한다면 부인에게 누를 끼치지 않을 만큼 충분한 임기응변과 재치 그리고 어쩌면 꿋꿋함도 없다고 느꼈다. 그래서 나는 그녀의 평안을 위하여 내 명예를 희생하겠다고, 나 자신을 위해서라면 결코 하지 않을 일도 이번 경우에는 그녀를 위해서 하리라 다짐했다. 결심을 굳힌 순간, 내 희생을 그녀에게 팔아넘겨 그 희생의 가치를 떨어뜨리기를 전혀 바라지 않았기 때문에 내 결심한 바를 그녀에게 밝혔다. 이러한 결심의 동기에 대해 그녀가 오해할 수 없었다고 확신하지만, 그녀는 이에 대한 감격을 표시하는 말은 한마디도 하지 않았다. 나는 부인의 무관심에 마음이 상해서 내가 한 말을 취소해버릴까 망설일 정도였다. 그러나 뜻밖에 원수가 오고 잠시 후에 부플레르 부인이 파리에서 도착해서, 그들이 뤽상부르 부인이 해야 했을 일을 대신 해주었다. 나는 그들이 내 비위를 맞추는 것을 잠자코 받아들였고, 내가 한 말을 취소한다는 것이 부끄럽게 여겨졌다. 이제 내가 피신하는 장소와 출발하는 시간만이 문제였다. 뤽상부르 씨는 더 여유 있게 심사숙고하고 조치를 취하기 위해 며칠 동안 자기 집에 숨어 있으라고 권했다. 나는 이러한 제안에도 또 몰래 콩티 대공의 저택인 탕플에 가라는 제안에도 동의

하지 않았다. 나는 그곳이 어디든 숨어 있기보다는 차라리 그날로 떠나겠다고 고집을 부렸다.

프랑스 왕국 안에는 비밀스럽고 강력한 적들이 있다는 것을 알고 있으므로, 프랑스에 애착을 지니고 있었지만 평온함을 확보하기 위해서는 이 왕국을 떠나야 한다고 판단했다. 내 즉각적인 반응은 제네바로 피신하는 것이었으나, 잠깐만 생각해도 그런 바보 같은 짓을 그만두지 않을 수 없었다. 파리에서보다 제네바에서 훨씬 더 강력한 세력을 갖고 있는 프랑스 당국이 나를 괴롭히려는 결심만 한다면, 이 도시들 중 어느 도시에서나 나를 조용히 놓아둘 리 없을 것이라는 사실을 알고 있었다. 나는 《인간 불평등 기원론》이 제네바 시의회에서 나에 대한 증오를 불러일으켰다는 것을 알고 있었는데, 그 증오는 시의회가 감히 표명하지 않았던 만큼 더 위험스러운 것이었다. 끝으로, 내가 쓴 《신엘로이즈》가 출판되었을 때 시의회에서는 의사 트롱쉥의 요청으로 성급히 판매금지를 했었는데, 아무도 심지어 파리에서조차 시의회를 따라하지 않는 것을 보고 자신의 경솔한 짓에 무안해져서 판매금지를 철회했다는 것도 알고 있었다. 여기서 더욱 유리한 기회를 잡은 시의회가 이 기회를 이용하기 위해 열을 올릴 것임을 나는 의심치 않았다. 모든 가식에도 불구하고 모든 제네바 사람들의 심중에는 나에 대한 은밀한 질투심이 지배하고 있어서 그것을 해소할 기회가 오기만을 기다리고 있다는 것도 알고 있었다. 그런데도 조국에 대한 사랑은 나를 조국으로 부르고 있었다. 그러니 내가 그곳에서 평화롭게 살 수 있으리라는 기대를 가질 수 있었다면 나는 주저하지 않았을 것이다. 하지만 내 체면과 이성에 비추어 볼 때 도망자로서 조국으로 피신할 수 없었기 때문에 단지 조국 가까이에 가기로 하고, 제네바에서 나에 대해 어떤 방침을 취하는가를 스위스에서 관망하기로 결심했다. 그러나 이러한 망설임이 오래 가지 않았다는 것을 여러분은 곧 알게 될 것이다.

부플레르 부인은 이러한 결심을 극력 반대하고 나를 설득시켜 영국으로 보내려고 다시 노력했다. 그러나 그녀로 인해 내 마음은 흔들리지 않았다. 나는 영국도 영국인도 결코 좋아하지 않았다. 그래서 부플레르 부인이 아무리 열변을 늘어놓아도 그로 인해 내 반감이 꺾이기는커녕 웬일인지 모르게 더 커지는 것 같았다.

바로 그날 떠날 것을 결심하고 남들에게는 아침부터 떠난 것으로 해두었다.

(…)

나는 식탁에서 점심식사도 하지 않았고 성에 모습을 나타내지 않았으므로 부인들이 내가 그날 하루를 보내고 있던 중이층中二層으로 찾아와서 석별의 정을 나누었다. 원수부인도 몇 번이나 슬픈 모습으로 나를 포옹해주었지만 2, 3년 전 그녀가 내게 아낌없이 쏟아준 포옹의 진한 애정은 거기서 더 이상 느껴지지 않았다. 부플레르 부인도 역시 나를 포옹해주며 매우 듣기 좋은 말을 들려주었다.

하지만 나를 더욱 놀랍게 한 것은 미르푸아 부인의 포옹이었다. 왜냐하면 그녀도 여기에 와주었기 때문이다. 미르푸아 원수부인은 극히 냉정하고 예의가 바르며 신중한 여인으로 내 보기에는 로렌 가문 특유의 교만한 티를 완전히 벗지 못한 것 같았다. 그녀가 내게 대단한 관심을 보인 적은 결코 없었다. 내가 이 뜻밖의 영광에 기분이 좋아져 이 영광의 가치를 내 스스로에게 높이려고 했기 때문인지, 아니면 실제로 그녀가 관대한 심성의 소유자들이 타고난 그 동정심을 이 포옹 속에 얼마쯤 집어넣은 때문인지, 나는 그녀의 몸짓과 시선에서 무언지 모르게 내 가슴을 파고드는 힘찬 무엇을 느꼈다. 그 후 종종 그때를 회상하면서, 내가 어떤 운명을 선고받았는지 모르지 않았던 그녀가 내 운명에 대해 한순간 연민을 금할 수 없었을 것이라고 짐작했다.

원수는 입을 열지 않았다. 그는 죽은 사람처럼 창백했다. 그는 물 마시는 곳에서 대기하고 있는 마차에까지 기어이 나와 동행하고자 했다. 우리는 한마디의 말도 없이 정원을 쭉 가로질러 지나갔다. 내게 정원 열쇠가 하나 있었으므로 나는 문을 연 다음 그 열쇠를 내 주머니에 다시 집어넣는 대신에 아무 말 없이 원수에게 내밀었다. 그는 깜짝 놀랄 정도로 민첩하게 그 열쇠를 받았다. 그 후 나는 종종 그 민첩함을 생각하지 않을 수 없었다. 내 일생에 이 작별의 순간보다 더 비통한 순간은 거의 없었다. 우리는 오랫동안 말없이 포옹을 했다. 우리는 다 같이 이 포옹을 최후의 고별로 느꼈다. (474~480쪽)

루소는 도중에 집행관들로 보이는 사람들과 마주쳤는데, 그들은 그에게 웃으면서 인사를 보냈다. 그는 사흘 동안 마차에서 산문시 〈에브라임의 레위 사람〉이라는 산문시 3편을 집필했다. 그는 스위스 이베르동에 사는 옛 친구 로갱을 만나 그의 집에 머문다.

6장

망명 생활

음모에 대한 망상

작가로서 가장 생산적인 해였던 1761년은 또한 불안의 위기가 증폭되는 시기이기도 했다. 루소는 자기가 죽을 것이라고 생각하고 6월 12일 뤽상부르 백작부인에게 테레즈를 맡아 보호해달라고 부탁했다. 또한 자신이 쓴 원고가 예수회원들의 손에 들어가 출판이 중지되었다고 생각했다. 연말에 그는 자살까지 생각하게 되었지만, 이러한 위기는 말제르브가 보낸 장문의 편지에 의해 진정되었다. 그런데 우리가 주목해야 할 점은 육체의 고통이 정신적 착란으로 넘어가는 단계는 또한 루소의 이론적 작품들이 완성되고 자서전적 글쓰기가 그 뒤를 잇는 단계와 겹친다는 사실이다.

루소는 《신엘로이즈》의 성공으로 유럽 최고의 작가가 되었고 이로 인해 마음만 먹으면 "가장 높은 신분의 여인들까지 포함하여 정복하지 못할 여인들이 거의 없을 정도였다"고 큰소리를 친다. 그러나 그 순간 그는 자기의 감추어진 욕망을 꿰뚫어 보는 타인들의 시선을 느끼며 죄의식을 갖기 시작한다. 그리고 그가 일찍이 짝짝이 젖꼭지 하나를 갖고 그전에는 완벽한 미의 여신이라고 보던 줄리에타를 자연의 괴물로 바꾸어버린 것처럼, 그가 영광의 절정에 선 순간 그를 비난하는 사람들 역시 언제든 작은 흠집으로도 자신을 괴물로 변형시킬 수 있다고 생각한다. 그가 이에 맞서 할 수 있는 일은 자신이 내면으로 자신을 보는 것처럼 다른 사람들도 그렇게 볼 수 있도록 자신의 모습을 그려나가는 것이다.

1757년부터 자신에게 닥쳐온 불행의 전모를 설명해줄 수 있는 실마리를 찾던 루소는 《고백록》의 2부를 집필하던 1768년 11월 모든 음모가 분명히 밝혀졌다고 생각했다. 그는 레르미타주로부터 추방당했을 때 데피네 부인과 함께 손발을 맞추었던 그림, 디드로, 돌바크가 그를 박해하는 은밀한 조직을 만들었고, 1769년 말에는 슈와젤 공작이 여기에 합류했다고 확신했다. 루소는 자신의 글로부터 생겨난 정치적 파장과 그로 인해 자신에게 닥쳐온 정치적 박해를 독자들의 오해 탓으로 돌리고, 그런 오해가 생기기 시작한 것은 자신에 대해 개인적으로 증오를 품고 있는 철학자들, 특히 그림의 음모 때문이라고 생각한다.

음모는 《에밀》과 《사회계약론》의 출간으로 본격적으로 현실화된다. 1761년 파리 고등법원은 《에밀》에 대해 분서령을 내리고 루소에 대해 체포령을 내린 것이다. 《에밀》에 들어 있는 〈사부아 보좌신부의 신앙고백〉이 당시 교회의 교권주의를 심각하게 위협하는 것으로 보였기 때문이다. 실상 루소는 기존의 교회와 계몽주의자들은 진리와 정의를 추구하는 것이 아니라 권력의 헤게모니를 다투고 있다는 점에서 질적으로 다르지 않다고 간주한다. 〈사부아 보좌신부의 신앙고백〉에 등장하는 개인의 양심과 이성에 기초를 둔 신앙, 그리고 《사회계약론》에 등장하는 사회 정의의 확립과 유지를 위한 정치적 장치로서의 시민 종교는 성직자들의 세속적 이익을 위해 계시를 내세워 이성을 억압하고 왕권과 결탁한 교회를 공격하는 동시에, 부르주아 계급의 물질적 욕망에 도덕적인 제동을 걸 수 있는 신앙을 무력화시키는 계몽주의의 유물론에 저항한다. 또한 루소가 내세운 인민 전체의 이익을 반영하는 정치적 의사인 일반의지는 왕권신수설을 주장하는 왕권과 권리의 기초로 부르주아 계급이 내세우는 자연권과 대립한다.

당대 현실에서 주도권을 다투던 이 두 이데올로기와 동시에 대결을 벌인 루소는 사회로부터 추방을 당할 수밖에 없었다. 그러나 루소는 고집스럽게 자신이 사회로부터 추방된 원인을 정치적 현실에서 파생된 문제라기보다는 개인적인 관계들에서 생겨난 문제로 받아들인다. 루소가 가장 중요한 쟁점으로 삼았던 것은 사유의 내용보다는 주체가 사유를 어떤 목적으로 사용하고 있는가라는 문제였다. 철학자들의 사유는 외부 세계에 정의를 내리고 그것을 정리하여 소유의 대상으로 삼는 것을 목표로 하는 철학적 담론 속에서 말하는 주체를 희석시킨다. 반면 루소의 사유는 끊임없이 말하는 주체로 돌아오면서 주체를 문제 삼는다. 보편적인 논리를 지향하는 글 속에서 중성적인 주어인 '사람들'(on) 뒤에 숨는 철학자들과 문장 속의 주어와 글을 쓰는 주체를 항상 하나로 통합시키려는 루소의 대립은 루소의 현실에서 어둠 속에 숨어 있는 익명의 적들과의 싸움으로 전환된다.

루소의 망상은 없는 음모가 존재한다고 생각하는 것보다 오히려 스스로가 주변에 온통 적을 만들어놓았으면서도 소수의 몇몇 사람들이 품고 있는 개인적인 적의 때문에 거대한 음모가 생겨났다고 착각한 데 있다. 그는 병적인 상상력으로 어떤 때는 박해를 과장했고 또 어떤 때는 그 원인을 오해했지만, 프랑스의 국왕부터 시작해서 정계와 종교계와 문단에 걸쳐 적지 않은 인사들이 루소를 손봐주어야 한다고 벼루고 있었던 것은 사실이다. 어쨌든 루소는 소수의 주동자를 제외하고 피해자인 자신이나 그를 박해하는 가해자들은 모두 이들의 음모에 말려들었다는 점에서는 마찬가지라고 생각한다. 그렇기 때문에 이 가해자들이 자신의 진면목을 안다면 자신의 편을 들 것이라고 희망을 놓지 않으면서 그는 《고백록》

이후에도 《루소가 장자크를 심판하다, 대화》를 집필한다.

여기서부터 가공할 음모가 시작된다. 나는 8년 전부터[1] 이 음모 속에 파묻혀 있었는데, 내가 그 어떤 수단을 취할 수 있었다 하더라도 이 무서운 어둠을 꿰뚫고 빠져나가기란 불가능했다. 나는 내가 빠져 있는 불행의 심연에서 내게 가해지는 타격을 느끼고 그 직접적인 도구를 보면서도 그것을 조정하는 손도 또 그 손이 사용하는 방법들도 알 수 없다. 치욕과 불행은 그 원인이 밝혀지지 않은 채 마치 저절로 나를 덮치는 듯하다.

내 찢겨진 가슴에서 신음이 흘러나올 때 나는 이유 없이 한탄하는 사람 같았다. 그리고 나를 파멸로 몰아넣은 장본인들은 대중들을 자기들 음모의 공범자로 만드는 상상할 수도 없는 방안을 찾아냈다. 그런데 대중들 자신은 그것을 짐작하지도 못하고 그 결과도 알지 못하는 상태에 있다. 그러므로 내게 관계되는 사건들, 내가 받았던 대접들, 그리고 내게 일어났던 모든 일들을 이야기하면서도 나는 그것을 주도하는 손까지 거슬러 올라갈 수도 없고, 사실들을 말하면서도 그 원인들을 밝

---

1 이 글은 1769년 말이나 1770년 초에 쓰였다.

힐 수 없다. 본래의 원인들은 앞의 세 권에 모두 기록되어 있다. 그리고 나에 관한 모든 이해관계와 모든 비밀스런 동기들이 거기에 설명되어 있다. 그러나 이러한 여러 원인들이 어떻게 서로 얽혀 내 생애의 그 이상한 사건들을 일으켰는지를 말한다는 것, 이것이야말로 내게는 설명하기 불가능하며 추측조차 할 수 없다. 만약 내 독자들 가운데 이러한 비밀을 깊이 파고들어 그 진상을 밝히고 싶어 할 정도로 인정 많은 분들이 있다면, 세심한 주의를 기울여 앞의 세 권을 다시 읽어보기 바란다. 다음에는 여러분들이 순서대로 읽게 될 각각의 사건에서 이용할 수 있는 정보를 얻어서 이 음모에서 저 음모로, 이 하수인에서 저 하수인으로 거슬러 올라가 모든 것을 최초로 꾸며낸 주모자들을 찾아내도록 하라. 나는 그들의 탐색이 어떤 결말에 이르게 될 것인지를 확실히 알고 있다. 그렇지만 나는 그곳까지 인도할 지하의 어둡고 구불구불한 미로에서 길을 잃고 만다. (487~488쪽)

1762년 6월 19일 제네바에서도 루소에 대한 체포령이 내려지고 《에밀》과 《사회계약론》이 소각되었다. 7월 1일 베른 당국은 베른에서 루소를 추방하라는 명령을 내린다. 이때 루소는 뇌샤텔의 프로이센 백작령인 모티에에 가 있으라는 제안을 받는다. 그는 프리드리히 2세에 대한 반감에도 불구하고 모티에에 가서 테레즈와 합류한다. 그는 스코틀랜드의 원수 경이며 뇌샤텔의 지사인 키스 경과 친분을 맺는다.

키스 경과의 우정

스스로를 예술가이자 사상가로 여긴 프로이센의 프리드리히 2세는 프랑스에서 박해받는 작가를 보호할 기회를 놓치고 싶지 않았다. 루소는 프리드리히 2세를 탐탁하게 생각하지 않았지만 뇌샤텔의 총독인 조지 키스에게서 뤽상부르 공작을 대신할 새로운 보호자이자 친구를 발견했다. 조지 키스는 스코틀랜드의 백작 마리셜 10세였다. 그는 1715년 스튜어트 가의 왕위 계승자를 왕으로 복원시키려다가 참패로 끝났던 제임스 2세파의 반란에 가담해 대역죄로 참수형을 선고받았지만 용케 프랑스로 도망쳤다. 그는 유럽 대륙의 여러 정권들을 위해 계속 용병으로 일하다 드디어 프리드리히 대왕 아래서 육군 원수가 되었고, 1754년 이후에는 뇌샤텔의 총독으로 근무를 했다. 루소는 키스를 진실한 사람으로부터 단지 인간으로 대접받는 것을 소중히 평가하는 인물로 보고 친한 친구가 되었으며 그를 아버지처럼 느꼈다. 키스 역시 루소를 다정하게 '내 야만인 아들'이라고 부르며 자신이 작성한 유언장에 루소의 이름을 기입하기를 원했을 정도로 그를 아꼈고, 루소는 그의 죽음으로부터 이익을 얻고 싶은 마음은 조금도 없다는 것을 분명히 하기 위해 그의 제안을 거절했다. 루소가 그를 안 지 1년도 안 되어서 키스는 모티에를 떠난다.

루소가 1765년 10월 베른 소위원회로부터 생피에르 섬에서 퇴거하라는 명령을 받고 베를린을 생각한 것도 키스를 만나고 싶어서였다. 그러나 루소는 베르들랭 부인과 부플레르 부인의 충고에 따라 생각을 바꿔 데이비드 흄과 함께 영국으로 망명의 길을 떠난다. 흄은 키스의 가장 절친한 친구로 키스는 수년 동안 흄과 루소와 더불어 은퇴하려는 꿈을 품고 있었다. 그런데 영국에서 루소는 흄과 싸움을 벌여 돌이킬 수 없는 관계가 되었으며 키스는 그 사건을 계기로 루소와 인연을 끊었다.

모티에에 도착하자 나는 스코틀랜드의 원수 경이며 뇌샤텔의 총독인 키스 경에게 내가 경의 영지에 망명했음을 통보하고 그의 보호를 요청하기 위해 편지를 썼다. 그는 사람들에게 관대하다고 알려져 있는데, 내가 그에게 기대했던 관대함을 보이며 회답을 주었다. 그는 자기를 방문하도록 나를 초대했다. 나는 경의 대단한 총애를 받고 있는 르발 드 트라베르의 성주 마르티네 씨와 함께 그에게 갔다. 이 저명하며 덕망 있는 스코틀랜드 사람의 존경할 만한 풍채는 내 마음을 몹시 감동시켰다. 그리고 바로 이 순간부터 그와 나 사이에는 그 강렬한 애착이 싹트기 시작했는데, 나로서는 언제나 애착이 변함이 없었다. 그리고 내 인생의 위안을 모두 앗아간 배반자들이 내가 떨어져 있는 것을 틈타 늙은 키스 경을 속여 그에게 나를 잘못 보이게 하지 않았더라면, 그로서도 언제나 우정이 변하지 않았을 것이다.

스코틀랜드의 세습 원수인 조지 키스는 영광스러운 삶을 살다가 전쟁터에서 명예롭게 전사한 저 유명한 키스 장군의 형이다. 그는 젊었을 때 고국을 떠났는데 스튜어트 왕가에 가담했기 때문에 추방당했던 것이다. 그렇지만 원수는 그가 스튜어트 왕가에서 본, 그리고 언제나 그 왕가의 지배적인 성격을 이루고 있었던 부당하고 포학한 기질로 인해 곧 그 왕가에 싫증을 내고 떠났다. 그는 스페인의 풍토가 대단히 마음에 들어서 오랫동안 그곳에 머물렀다. 그리고 마침내는 동생 키스 장군처럼 프로이센 왕의 신하가 되었다. 왕은 인간들에 대해 잘 알고 있어서 그들이 받아야 할 만큼만 그들을 대접했다. 키스 원수가 왕에게 지대한 도움을 줌으로써 왕은 이러한 대접의 덕을 톡톡히 보았다.

그러나 그것보다 더욱더 소중한 것으로는 원수 경의 진실한 우정을 받았다는 점이다. 철두철미 공화주의적이고 자존심이 강한 이 훌륭한 인간의 위대한 영혼은 우정의 멍에가 아니라면 그 어떤 것에도 굴복할 줄 몰랐다. 그러나 그는 아주 다른 원칙을 갖고 있음에도 불구하고 프리드리히 왕을 섬긴 이후부터는 왕밖에는 아무것도 눈에 보이지 않을 정도로 완전히 우정의 멍에에 굴복하고 말았다. 왕은 그에게 중임을 맡겼으며, 파리와 스페인에 파견하기도 했다. 그리고 그가 이미 늙어 휴식을 필요로 하는 것을 보자 은퇴용으로 뇌샤텔 총독직과 이와 더불어 그곳에서 그 적은 수의 주민들을 행복하게 다스리며 여생을 보내는 즐거운 일거리를 마련해 주었다.

뇌샤텔 사람들은 야단스러운 장식에서 드러나는 저질 취향의 겉멋만을 좋아하고 진실한 내면의 가치는 전혀 알지 못하며 장광설을 재치라고 생각했다. 그들은 냉정하고 체면을 차리지 않는 사람을 보고, 그의 소박함을 오만함으로 그의 솔직성을 촌스러움으로 그의 간결한 표현을 우둔함으로 여겼다. 또한 그의 자비로운 보살핌에 반발했는데, 그 이유는 다른 사람들에게 도움이 되기를 원하지만 아양을 떨기는 원치 않아서 그가 자신이 존경하지 않는 사람들의 비위를 전혀 맞출 줄 몰랐기 때문이다. 목사 프티피에르가 자기 동료들이 영원히 지옥으로 떨어지기를 원치 않았기 때문에 그들에 의해 쫓겨난 우스운 사건이 일어났을 때 원수는 목사들의 월권행위에 반대를 했다. 그런데 원수는 자기가 편을 들어주었던 백성들 모두가 자기에 반대하여 들고일어나는 꼴을 당했다. 그리고 내가 그곳에 도착하였을 때는 아직도 이 어리석은 불평이 가라앉지 않았다.

그는 적어도 선입견이 있는 사람으로 알려졌는데, 이것은 어쩌면 그가 받고 있는 갖가지 비난들 중 그래도 가장 덜 부당한 비난일지 모른다. 이 존경할 만한 노인을 보고 내가 최초로 느낀 감정은 세월에 의해 이미 그의 몸이 앙상하게 야윈 것에 대한 측은함이었다. 그렇지만 눈을 들어 생기 있고 솔직하고 위엄 있는 그의 얼굴을 쳐다보았을 때, 나는 신뢰감 — 이것은 다른 모든 감정을 압도했다 — 이 섞인 존경심에 사로잡혔다는 느낌을 받았다. 내가 그에게 가까이 다가가 건넨 극히 간단히 인사말에 그는 내가 마치 일주일 전부터 있었던 것처럼 다른 이야기를 하면서 대답을 했다. 그는 심지어 우리에게 앉으란 말도 하지 않았다. 어색해진 성주는 그냥 서 있었다. 나로서는 사람 속을 꿰뚫는 듯하고 예리한 경의 눈길에서 어딘가 극히 다정스러운 빛을 보았으므로 우선 기분이 편안해져서 허물없이 그가 앉아 있는 소파로 가서 옆에 앉았다. 나는 곧 그가 친숙한 태도를 취하는 것을 보고, 나의 이 무람없는 행동이 그를 즐겁게 했고 또 그가 속으로 "이 녀석은 뇌샤텔 사람이 아니구나"라고 중얼거리는 느낌을 받았다.

성격이 대단히 비슷하면 묘한 결과가 생기기도 한다! 마음이 이미 타고난 열기를 잃었을 나이임에도 불구하고 이 선량한 노인의 마음은 모든 사람들을 놀라게 할 만큼 나를 향해 다시 불타올랐다. 그는 메추라기를 잡는다는 구실로 모티에로 나를 보러 와서 총 한 번 잡아보지 않고 그곳에서 이틀을 보냈다. 우리 두 사람 사이에는 서로 상대방 없이는 살 수 없을 정도의 우정 — 왜냐하면 그것은 우정이라고밖에는 달리 말할 수 없기 때문이다 — 이 생겨났다. 그가 여름이면 머무르는 콜롱비에 성은 모티에에서 60리 떨어진 곳에 있었다. 나는 암만 늦어도 2주에 한 번은 그곳에 가서 꼬박 하루를 지내고, 갈 때와 마찬가지로 걸어서 돌아오면서 마음은 그 사람 생각으로 가득 차 있었다. 내가 예전에 레르미타주에서 오본에 다니면서 느꼈던 감동은 정녕 매우 다른 것이었지만, 내가 콜롱비에에 가까이 다가가면서 느낀 감동보다 더 감미롭지는 않았다. 이 존경할 만한 노인이 보이는 아버지 같은 호의와 친절한 덕행과 온화한 철학을 생각하면서 오가는 길에 종종 얼마나 많은 감격의 눈물을 흘렸던가! 나는 그를 '아버지'라 부르고 그는 나를 '아들'이라 불렀다. 이 정다운 호칭으로 사람들은 우리들을 결합하던 애착이 어떤 것인가를 부분적으로 이해할 수 있지만 우리가 서로에게 느꼈던 필요나 우리가 서로 같이 있으려는 부단한 희망이 어떤 것인지는 아직 이해할 수 없다. 그는 나를 꼭 콜롱비에 별장에 머무르게 하려고, 그곳에서 내가 쓰던 거처에 눌러 살라고 오랫동안 나를 졸랐다. 결국 나는 그에게 내 집에 있는 편이 더 편안하고 그를 만나러 다니며 내 삶을 보내는 것이 더욱 좋다고 대답했다. 그는 내 솔직한 말에 찬성하고 더 이상 그 말을 꺼내지 않았다.

오, 선량한 경이여! 오, 나의 훌륭한 아버지여! 당신을 생각할 때면 내 마음은 지금도 얼마나 감동하는가! 아, 잔인한 인간들이여! 그들이 내게서 당신을 떼어놓으려고 하면서 내게 얼마나 큰 타격을 주었던가! 아니, 아니, 위대한 분이시여, 내가 영원히 변하지 않는 것처럼 당신도 지금이나 앞으로나 언제나 변함이 없을 것입니다. 그들은 당신을 속였지만 당신의 마음을 바꾸지는 못했습니다. (497~501쪽)

루소는 모티에에서 펜을 꺾고 은퇴 생활을 보냈다. 그는 모티에의 목사인 몽몰랭 덕분에 영성체를 받으며 개신교로 복귀했다. 그러나 그는 파리 대주교인 크리스토프 드 보몽이 교서에서 《에밀》에 포함된 "혐오스러운 교리"를 비난하고

《에밀》을 읽는 것을 금지시킨 것에 대해 침묵을 지킬 수 없어서, 1763년 3월 《크리스토프 드 보몽에게 보내는 편지》를 출간했다. 그는 《음악사전》에 다시 손을 대고 회고록을 준비한다.

루소는 제네바에 있는 목사단이나 시민들이 자신을 복권시켜 줄 것이라고 믿었지만 제네바 당국이 《크리스토프 드 보몽에게 보내는 편지》를 금지한 것을 계기로 완전히 실망하여 1763년 5월 제네바 시민권을 공식적으로 포기했다. 루소의 시민권 포기는 무기력한 부르주아 계급에게 각성을 불러일으킨 것처럼 보인다. 시민들은 공화국 법과 시민의 자유에 대한 침해에 반대하면서 수석 시장에게 잇달아 세 번 항의했지만 시의회는 그것을 모두 기각했다. 그런 와중에 검찰총장 트롱쉥이 쓴 《전원으로부터의 편지》가 등장한다.

《산으로부터의 편지》

트롱쉥은 《에밀》과 《사회계약론》을 처벌한 것이 정당하다고 인정했고 소위원회의 활동을 조심스럽게 옹호했다. 이에 대해 루소는 《산으로부터의 편지》를 써서 맞섰다. 그는 처음 다섯 통의 편지에서 종교 문제에 있어서는 장로회의만이 권한을 갖기 때문에 소위원회의 결정은 자의적이라는 사실을 입증하고자 했다. 여섯 번째 편지는 《사회계약론》을 옹호한다. 그리고 마지막 세 통의 편지는 소위원회가 행사하는 거부권은 민중에 속하는 주권을 찬탈하는 것이라고 주장하면서 대표파의 편을 들었다. 신앙의 차원에서 그는 자신의 저술 중 어느 것도 부인하지 않고 자신을 박해하는 목사들을 맹비난한다. 루소는 민주주의라는 제네바의 이상이 과두정치를 지향하는 소위원회에 의해 배반당하고 있다는 논지를 펼치면서 일반원칙을 넘어 현실 정치에 개입한 것이다.

이제는 루소가 기존 정부를 전복하기를 원한다고 주장할 만했다. 더욱이 제네바의 급진적 소수파만이 이러한 주장에 호의적이라는 사실이 곧 밝혀졌다. 온건파들은 제네바에서 정치적 분쟁이 일어나면 이러한 분쟁을 중재할 수 있는 권리를 가진 프랑스가 제네바를 장악할 기회를 잡지 않을까 걱정했다. 그래서 온건파들은 소위원회와 화해를 했고, 루소는 자신이 돕던 시민들에게서 버림을 받았다. 이 작품은 파리와 헤이그에서 소각되었고 베른에서 금서가 되었다. 따라서 뇌샤텔에서 루소의 입지는 매우 어려워졌고 결국 1765년에는 스위스를 떠나야 했다.

이러한 방식은 마침내 시민들의 눈을 뜨게 했다. 나를 보호하지 않고 버려두는 것이 자기 자신들의 이익을 위해서도 잘못이었다는 사실을 깨닫고 나를 보호하려 했다. 그러나 그때는 이미 늦었다. 그들에게는 또 다른 불만들이 있었는데 이러한 불만들을 나에 대한 불만과 결부시켜 극히 타당한 여러 가지 항의들의 소재로 삼았다. 그리고 스스로 프랑스 당국의 지지를 받고 있다고 느끼는 시의회가 강경하고 불쾌하게 그 항의들을 거부하여 시민들이 자신들을 억압하기 위해 세워진 계획을 더욱 절실히 느낌에 따라, 그들은 항의를 확대하고 강화했다.

이런 언쟁들은 여러 가지 소책자들이 되어 나왔으나 이 소책자들은 어느 것 하나 해결하지 못했다. 그런데 마침내 이런 상황에서 돌연 무한한 기교를 부리며 시의회를 편들어 쓴 《전원으로부터의 편지》가 등장했는데, 이 저서 때문에 대표파는 침묵을 지켜야 했고 한동안은 꼼짝도 못했다. 이 작품은 그 저자의 보기 드문 재능에서 나온 불후의 저작으로, 재치와 교양을 갖춘 사람이자 공화국의 법률 및 행정에 정통한 검찰총장 트롱쉥의 저술이었다. 대지는 침묵했노라.

최초의 좌절에서 재기한 대표파는 반격을 시도하여 시간이 흐름에 따라 어지간히 난관을 돌파했다. 그러나 모두가 그러한 적수를 쓰러뜨릴 희망을 품고 나를 그 적수에 대항해서 논쟁할 수 있는 유일한 사람으로 보고 내게 특별한 눈길을 보냈다. 솔직히 말해서 나도 그렇게 생각했다. 내가 그 계기가 되었던 이 곤경 속에서 옛 동포들은 내가 펜을 들어 그들을 돕는 것을 내 의무로 만들었기 때문에 나는 이들에게 등을 떠밀려 《전원으로부터의 편지》에 대한 반박에 착수했다. 그리고 나는 그 제목을 풍자적으로 모방하여 《산으로부터의 편지》라는 제목을 내 편지에 붙였다. 나는 매우 은밀히 이 계획을 세우고 또 실행해서, 내가 그들 일에 대해 말하기 위해 대표파의 지도자들과 토농에서 가진 회합에서 그들은 자기들이 만든 반박문 초안을 내게 보여주었지만 나는 이미 만들어진 내 반박문에 대해 단 한마디도 말하지 않았다. 이러한 소문이 관리들이나 내 개인적인 적들에게 조금이라도 알려진다면, 인쇄에 뜻하지 않은 지장을 가져오지나 않을까 염려해서였다. 그렇지만 나는 이 저작이 출판되기 전에 프랑스에 알려지는 것을 피하려 하지 않았다. 그러나 당국은 내 비밀을 어떻게 해서 알아냈는지를 내게 필요 이상으로 알려주기보다는 차라리 이 저작이 발간되도록 내버려두는 것이 더 낫다고 생각했다. 이에 대해서 내가 알고 있던 것만을 이야기하겠는데, 그것은 그리 중요하지 않은 일에 국한된다. 그러나 내가 추측한 것에 대해서는 말하지 않겠다. (519~521쪽)

루소는 모티에에서 사랑하는 사람들을 떠나보내는 슬픔을 겪는다. 우선 가장 가혹한 손실은 1764년 5월 뤽상부르 공작의 죽음이었다. 그리고 1762년에 7월 바랑 부인의 죽음이 두 번째 손실이었다. 그리고 키스 경이 뇌샤텔을 떠났다.

제네바의 소위원회가 《산으로부터의 편지》에 대해 비난을 퍼붓는 동안 대표파는 이러한 공격에 대해 침묵을 지켜 루소는 심한 실망감을 맛본다. 한편 루소를 가만두면 안 된다는 주변의 압력을 받은 몽몰랭은 장로회의를 소집해 루소를 파문하려고 했지만 그의 시도는 좌절되었다. 그러나 몽몰랭은 이 "적(敵) 그리스도"에 대항하라고 하층민들을 선동하는데, 이들의 눈에 아르메니아식 복장을 입은 루소는 벌써 의심스러운 존재로 비추어졌던 터였다. 루소에 대한 모티에 주민들의 적의가 높아지는 가운데 루소에게 결정타를 가할 익명의 글 〈시민들의 견해〉가 1764년 12월 등장했다.

루소와 볼테르, 끈질긴 악연

볼테르는 루소보다 18세 연상으로 루소가 20대 초반 학문의 세계에 접했을 때 이미 그의 우상이었다. 루소는 그가 쓴 모든 글을 찾아 읽을 정도로 그를 흠모하였고, 그에게서 표현의 명확성과 문체의 우아함을 배웠다. 그러나 루소가 볼테르에게 매혹된 것은 그의 글 때문만은 아니었다. 볼테르는 미래의 프리드리히 2세가 될 프로이센 황태자와 서신왕래를 했는데, 이러한 예가 보여주듯이 문학적 성공을 통한 사회적 상승의 꿈은 루소를 포함한 당시의 재능 있는 젊은이들에게 엄청난 매력을 발휘하였다.

루소는 1742년 문학적 성공이라는 청운의 꿈을 안고 파리에 입성했지만, 자신이 사회적 배경 없는 시골뜨기에 불과하다는 사실을 쓰라리게 재확인하고 귀족들을 모시는 서기 생활에 만족해야만 했다. 그런 그가 문명의 발전이 인간성을 도야하기는커녕 인간의 선량한 본성을 타락시킨다는 논지의 《학문 · 예술론》으로 38살이라는 늦은 나이에 혜성처럼 유럽의 지성계에 출현한 것이다.

여기서 루소는 학문과 예술 그리고 기술의 향상이 물질적 발전과 아울러 도덕성의 진보까지 갖고 올 수 있으리라는 계몽주의 철학의 믿음을 공격하면서 정치 및 윤리를 근본적으로 개혁할 것을 요청하였다. 그러나 볼테르를 비롯한 계몽주의 철학자들은 이를 도발적인 역설 혹은 일종의 농담으로 치부하면서 루소의 주장을 별로 심각하게 받아들이지 않았다.

그러나 루소는 《인간 불평등 기원론》을 통해 자신의 주장을 더욱 극단적으로 밀고 나가, 가상적으로 재구성된 역사를 통해 선량한 본성을 가진 인간이 사회제도의 모순을 통해 사악해졌음을 입증하고자 했다.

볼테르는 이러한 루소의 주장을 도무지 이해할 수 없었다. 인간은 생존을 위해 다른 사람들과 함께 어울려 살 수밖에 없는 사회적 존재로 태어났으며, 사회 안에서 살 때만 자연적인 능력을 마음껏 계발하고 자연이 인간에게 제공한 쾌락을 최대한 향유할 수 있다. 볼테르를 포함하여 대부분의 계몽주의 철학자들은 인간이 이성을 올바르게 사용하여 자신이 사회적 존재이고 사회 안에서만 행복할 수 있다는 사실을 제대로 인식하기만 한다면 사회적 갈등은 자연히 해소된다고 믿었다.

그러나 루소는 인간의 행복을 위한 사회를 건설하기 위해서는 이성을 통한 점진적 계몽보다 미덕을 향한 열망에 기초한 의지적 결단이 더욱 중요하다고 믿었고, 그 첫걸음으로 자신의 글에 스스로의 삶을 일치시키고자 하는 '자기 개혁'을 실천한다. 그러나 볼테르는 그의 개혁을 이류작가가 독자들의 관심을 끌기 위해 벌이는 위선적인 작태에 불과하다고 생각했다.

그런데 이에 그치지 않고 루소는《달랑베르에게 보내는 편지》에서 상설극장을 제네바에 건립하려는 볼테르의 의도에 정면으로 맞선다. 볼테르는 루소를 더 이상 용서할 수 없었다. 그것은 그가 소중한 가치로 여기는 세련된 문명에 대한 정면공격이었을 뿐만 아니라 그의 개인적인 계획들을 무산시킬 수 있었기 때문이다. 게다가 볼테르는 루소가 계몽주의를 내부로부터 전복시키고 있다는 사실을 심각하게 인식하기 시작해 그를 유다라고 비난하기에 이른다.

이에 대해 루소는 볼테르에게 보내는 편지에서 "선생님, 저는 당신을 전혀 좋아하지 않습니다. (…) 내가 내 나라에서 사는 것을 못 견디게 만든 사람은 다름 아닌 당신입니다. 나를 외국에서, 죽음에서 오는 모든 위안을 빼앗긴 채 단지 똥더미에 던져지는 명예만을 안고 죽게 만들 사람도 바로 당신입니다. 간단히 말해 당신이 원해 왔듯이 당신을 증오합니다"라고 말하면서 볼테르가 절대 용서하지 못할 모욕을 퍼부었다.

볼테르는 그 이후 계속 루소에게 경멸적인 혹평을 퍼부으며《신엘로이즈》와《에밀》을 조롱했다. 또한《산으로부터의 편지》가 나왔을 때, 볼테르는 전적으로 제네바의 과두제를 편들었고 트롱솅 파의 한 사람에게 책을 소각하는 것에 그치지 말고 최대한 준엄하게 루소를 처벌하라고 충동질했다. 〈시민들의 견해〉가 나왔을 때, 볼테르는 주변의 모든 사람들에게 그것은 자기 자신의 감정과 상반되는 야비한 비방문이라고 거짓말했다. 그는 몇 년에 걸쳐 겉으로는 자신이 루소를 좋아하고 유사시에는 그를 도우려 한다고 공언하면서도 동시에 뒤에서는 그를 해치기 위해 끈질긴 음모를 꾸미고 있었으며, 이제 극소수를 제외한 나머지 모든 사람들에게는 비밀로 감추어져 있었던 루소의 버려진 아이들 이야기를 가지고 그의 등을 찌른 것이다. 이 두 사람의 싸움을 에이리언 듀랜트와 윌 듀랜트는 《루소와 혁명》에서 다음과 같이 요약한다.

> 볼테르와 루소의 긴 싸움은 계몽주의의 면전에서 벌어진 가장 유감스러운, 치욕적인 사건 중의 하나였다. 볼테르는 장자크와 똑같이 민감하고 화를 잘 내는 사람이었다. 그러나 그는 평소 자신의 재능을 격정에 의해 왜곡시키는 것은 좋지 않다고 보는 사람이었다. 그는 감정과 본능에 호소하는 루소의 이론에서 반항으로 시작해 종교로 끝나는 개인주의적이고 무정부주의적인 비합리주의를 예감했다. 볼테르는 파리와 그 도시의 유쾌함과 사치의 아들이었다. 반면 루소는 제네바의 아들로 자신이 당했던 신분차별과 자신이 누릴 수 없었던 사치에 대한 반감으로 가득 찬 음울하고 청교도적인 시민이었다. 볼테르는 문

명의 죄는 문명이 가져온 안락함과 예술에 의해 상쇄된다고 믿었다. 그러나 루소는 도처에서 불쾌함을 보았고 거의 모든 것을 비판했다. 개혁론자들은 볼테르에게 귀를 기울였고, 혁명가들은 루소에게 귀를 기울였다.

어쨌든 생전에는 서로 으르렁거리던 원수 사이였던 루소와 볼테르가 사후 프랑스를 대혁명으로 이끈 철학자이자 작가로 추앙을 받으며 프랑스를 위해 공헌한 위인들을 기리는 팡테옹에 나란히 안장되었다는 사실은 역사의 아이러니를 보여준다.

얼마 후에 익명의 글이 하나 발표되었는데, 그것은 잉크 대신 불길이 이는 지옥의 강물로 쓰인 것 같았다. 이 편지에서 나는 내 자식들을 거리에 내버렸고, 경비대의 창녀를 달고 다녔으며, 방탕에 빠져 골골하고, 매독으로 썩어들어 가고 있다는 등 이와 비슷한 유의 별의별 악담으로 비난을 받았다. 이 인간을 식별하는 것은 어렵지 않았다. 이 비방문을 읽으면서 떠오른 최초의 생각은 소위 세상의 평판이나 명성이라는 것의 진정한 의미를 보여주겠다는 생각이었다. 왜냐하면 생전 매음굴에 간 적도 없고 가장 큰 결점이라고 해야 언제나 처녀처럼 수줍어하고 부끄러워하는 것밖에 없는 사람을 매음굴에

수시로 들락거리는 탕아로 취급하고, 지금껏 매독 같은 병에는 한 번도 걸려본 적이 없을 뿐 아니라 심지어 의사들이 몸에 그런 병에 대한 면역성이 있다고까지 생각했던 나를 매독으로 썩어들어 가고 있다고 하는 것을 보았기 때문이다. 나는 여러 가지로 생각한 끝에 내가 가장 오래 살았던 도시에서 그것을 인쇄하게 하는 것보다 이 비방문을 더 잘 반박할 수는 없다고 생각했다. 그래서 원문 그대로 인쇄시키려고 그것을 뒤쉔에게 보냈는데, 거기에 베른 씨를 거명한 일러두기와 사실의 해명을 위한 간단한 주석까지 달았다. 이 글을 인쇄시킨 것만으로는 만족할 수가 없어서 나는 그것을 여러 사람에게 보냈다.

(…)

그리고 그때부터 나는 깊은 어둠에 둘러싸여 있어서 그 어둠을 꿰뚫고 어떠한 진상도 간파하기 불가능하게 되었다. (554~555쪽)

모티에에서 벌어진 투석 사건

마침내 1765년 9월 사태는 절정에 이르렀다. 목사 몽몰랭은 9월 1일 "악인들의 제물은 주님께서 역겨워하시고 올곧은 이들의 기도는 주님께서 기꺼워하신다"는 유달리 선동적인 설교를 한다. 주민들은 이 말을 루소가 성찬식에 참석하는 것을 주님께서 역겨워하신다는 것으로 알아들었다. 더 나아가 몽몰랭은 주민들에게 중립적이지 말 것을 권고했다. 베르들랭 부인은 근처 온천에 왔다가 내친 김에 모티에를 방문하는데, 바로 그날 밤 집에 돌이 날아들었다. 특히 육중한 벤치가 문에 기대어 세워져 있어 매우 위험한 상황이 연출되었다. 다음 날과 그 이튿날 밤에도 괴롭힘이 되풀이되자, 9월 3일 새벽 4시에 베르들랭 부인은 갑작스럽게 떠날 수밖에 없었다. 그리고 그날 이후 사람들은 루소가 산책할 때 야유를 보냈고 심지어 루소를 쏘겠다고 총을 찾아오라고 외치기도 했다. 6일 금요일은 모티에에서 한 달에 한 번 장이 서는 날이었는데, 그날 밤 10시 가장 최악의 사태가 발생했다. 돌들이 무수히 날아들었고 그것들 중 하나는 창문을 깨고 들어왔다. 루소는 더 이상 지체할 수 없었고, 이틀 후 뇌샤텔로 떠나게 된다.

상당수의 사람들은 이 모든 사건이 터무니없이 과장되었다고 생각했다. 예를 들면 그림은 술 취한 사람들 몇몇이 그 집에 그냥 돌을 던진 것인데, "격해진 상상력을 발휘하여 작은 조약돌들을 빗발처럼 떨어지는 큰 돌들로 바꾸고 두서너 명의 주정뱅이를 한 무리의 암살자들로 바꾼" 것이라고 생각했다. 어떤 증인들은 테레즈가 루소로 하여금 모티에를 떠나게 만들기 위해 스스로 돌을 들여놓은 것이 틀림없다고 맹세하기도 했다. 반면 키스 경의 부하들 중 한 사람은 마을 사람들이 그 사건을 촉발시켰던 고위직 사람들의 잘못을 덮어주고 있다는 것을 확신한다고 말했다. 어쨌든 루소로서는 떠나는 편이 마음이 놓였다. 그렇지만 그는 더욱 고통스러운 박해와 유배가 막 시작되고 있다는 것을 예견하지 못했다.

베르들랭 부인이 떠나고 나서 소동은 한층 심해져서, 국왕의 반복되는 칙령과 참사원의 빈번한 명령과 성주와 현지 관헌들의 배려에도 불구하고, 진짜 나를 적그리스도로 간주하는 민중들은 자신들의 아우성이 아무 효과가 없는 것을 보고 드디어 실력 행사로 들어가려고 하는 것 같았다. 벌써 길에 나서면 내 뒤에서 돌이 날아와 떨어지기 시작했다. 그러나 그때까지는 약간 너무 멀리서 던졌기 때문에 나를 맞힐 수는 없었다. 드디어 9월 초순, 모티에에 장이 서던 날 밤 나는 집에서 습격을 받아 집 안에 있던 사람들의 생명이 위태로울 정도에 이르렀다.

한밤중 집의 뒤쪽으로 붙어 있는 복도에서 요란한 소리가 들렸다. 이 복도로 면한 창과 문을 향해 우박같이 쏟아지는 돌팔매가 하도 요란한 소리를 내며 복도에 떨어지는 바람에 거기서 자고 있던 개가 처음에는 짖기 시작하다가 겁에 질려 짖지도 못하고 한구석으로 피해서 도망을 가려고 애를 쓰며 마루판자를 이빨로 물어뜯고 발톱으로 긁어대고 있었다. 나는 그 소리에 잠자리에서 일어났다. 부엌으로 가려고 방을 나오려던 참이었다. 그때 억센 팔이 던진 돌 한 개가 부엌 창을 깨고 부엌을 지나 방문으로 들어와 내 침대 발치에 떨어졌다. 그러니 만약 내가 1초만 빨랐더라도 그 돌에 가슴을 맞았을 것이다. 내가 판단하기에 그 소리는 나를 유인하기 위해서 냈고 그 돌은 내가 나올 때 나를 기습하기 위해 던진 것이다.

나는 부엌으로 달아난다. 테레즈도 자리에서 일어나 벌벌 떨면서 내게로 달려오는 것을 본다. 우리는 돌에 맞지 않도록 창의 방향을 벗어난 벽에 나란히 기대서 어떻게 해야만 할지 궁리했다. 왜냐하면 구원을 청하기 위하여 밖으로 나간다는 것은 맞아죽으려는 짓이었기 때문이다. 다행히 우리 아래층에 살고 있는 노인의 하녀가 이 소동에 잠이 깨어 성주님을 부르러 달려갔다. 성주는 바로 옆집에 살고 있었다. 그는 침대에서 뛰쳐나와 허겁지겁 실내복을 주워 입고 그 즉시 야경원과 함께 온다. 야경원은 장 때문에 그날 밤은 순찰을 돌고 있었고 그래서 언제든 부를 수가 있었다. 성주는 피해상황을 보고 창백해질 정도로 놀랐다. 그리고 복도에 가득 찬 돌멩이들을 보고 외쳤다. "맙소사! 채석장이네!"

아래로 내려가 보니 좁은 안뜰의 출입문은 부서져 있어서 그들이 복도를 거쳐 집안으로 침입할 작정이었던 것을 알 수 있었다. 야경원이 왜 난동을 알아차리지 못했고 막지 못했는지를 조사하니, 그날 밤은 다른 마을의 차례였으나 모티에 사람들이 자기들 차례도 아닌데 이번 야경을 서겠다고 고집을 부렸다는 것이 밝혀졌다. 이튿날 성주는 참사원에 보고서를 보냈다. 참사원은 이틀 후 그에게 이 사건에 대해 증거를 조사하고, 범죄자를 밀고하는 사람에게는 보상과 비밀보장을 약속하고, 그동안 국왕의 비용으로 내 집과 내 집 바로 옆에 있는 성주의 집에 경비원들을 붙여주라는 등의 명령을 내렸다.

이튿날 퓌리 대령, 검찰총장 뫼롱, 성주 마르티네, 수세관 기네, 재무관 디베르누아와 그의 부친 등 요컨대 이 고장의 유지들이 모두 나를 보러왔다. 그리고 입을 모아 이러한 소란에 저항하지 말고 더 이상 안심하고 살 수도 없고 명예롭게 살 수

> 도 없는 교구에서 적어도 잠시라도 나가 있으라고 권유했다. 성주는 이 광포한 민중의 분노에 겁을 먹고 그 분노가 자기에게까지 미칠까 염려했다. 나는 그가 더 이상 이곳에서 나를 보호하는 곤란을 피하고 또 자기 자신도 이곳을 떠날 수 있도록 — 내가 떠난 후 그도 이곳을 떠난 것처럼 말이다 — 가급적 빨리 내가 여기서 떠나는 것을 본다면 대단히 기뻐했을 것이라는 점까지 알아차렸다. 그래서 나는 양보했는데 그다지 애석할 것도 없었다. 왜냐하면 민중이 나를 미워하는 광경을 보면 나는 더 이상 참고 견딜 수 없을 정도로 가슴이 찢어질 듯한 고통을 느꼈기 때문이다. (557~559쪽)

베르들랭 부인은 루소에게 영국의 은신처를 소개했고, 키스 경은 자기가 사는 근처인 포츠담에 오라고 제안했다. 그러나 스위스에 대단한 애착을 갖고 있는 루소는 생피에르 섬에 갈 결심을 한다. 그 섬은 이미 그해 여름 루소가 방문해서 매혹되었던 곳이었다. 베른 당국은 루소가 거기에 머무는 것을 공식적으로 허가한다.

생피에르 섬에서 향유하는 '존재의 느낌'

뇌샤텔 호수 바로 동쪽에 그보다 더 작은 비엔 호수가 있다. 그 호수 동쪽 끝에 둘레가 약 2킬로미터 되는 생피에르 섬이 위치하는데, 이 섬은 소작을 주고 수입을 얻는 베른에 있는 구호원 소유였다. 이미 3년 전에 내려진 베른의 금지령이 효력을 발휘하고 있었지만 당국은 루소의 입주를 묵인해 주었다.

섬은 항상 "자기 자신의 경계를 제한하기를 좋아하는" 루소를 매혹하는 대상이었다. 다니엘 디포의 《로빈슨 크루소》가 고독을 추구하는 루소의 애독서임은 당연하다. 루소에게 고독은 곧 다른 사람들로부터 정신적으로나 물질적으로 독립하는 것을 의미한다. 진정 독립적이고 자유로운 인간만이 어떤 특정한 목적의식 없이 자신의 성향에 따라 움직이는 행동, 즉 일종의 무위 속에서 자기 자신을 향유할 수 있다. 루소는 이 섬에서 한가로운 취미로 식물학에 전념했다. 루소에게 식물학은 자연 가운데서 산책하며 자연의 경이로운 질서와 그 다양성을 관찰할 수 있는 흥미로운 연구이다. 그러나 생피에르의 섬에서 느낀 무엇보다도 감동적인 체험은 루소가 묘사하는 존재의 느낌으로, 그것은 마지막 저서인 《고독한 산책자의 몽상》의 중심 부분을 이룬다.

저녁이 가까워지면, 나는 섬 꼭대기에서 내려와 즐거운 마음으로 호숫가 모래톱의 어떤 은밀한 안식처로 가 앉아 있곤 했다. 거기 물결 소리와 수면의 출렁거림이 내 감각들을 고정시키고 내 영혼으로부터 다른 모든 동요를 몰아내고 내 영혼은 감미로운 몽상에 잠겼다. 그 상태에서 나는 밤이 온 줄도 모르고 갑자기 밤을 맞아 깜짝 놀란 일이 종종 있었다. 이 호수의 썰물과 밀물, 지속적이지만 간간이 거세지기도 하면서 끊임없이 나의 귀와 눈을 때리는 호수의 물소리는 몽상으로 소멸된 내 마음의 내적 움직임을 대신하여, 생각하는 수고를 들이지 않더라도 나의 존재를 즐겁게 느낄 수 있기에 충분하였다. 수면을 보면서 이 세상에 존재하는 것들의 무상함에 대한 이미지가 떠올라 그것에 대한 어떤 희미하고도 짧은 생각들이 이따금 생겨나기도 했다. 그러나 곧 이러한 경미한 인상들은 끊임없이 나를 흔들어 달래는 지속적인 움직임의 단조로움 속으로 사라져 버리곤 했다. 그리고 이러한 움직임은 내 영혼의 어떤 적극적인 호응 없이도 나를 사로잡아, 약속된 시간이나 신호에 의해 부름을 받더라도 쉽사리 거기로부터 빠져나올 수 없을 정도였다. (…) 나는 기나긴 인생의 우여곡절을 통해 아무리 감미로운 쾌락과 강렬한 즐거움의 시절이라고 해도 그것이 추억 속에서 가장 나를 사로잡고 감동시키는 시절이 아니라는 것을 알아차렸다. 열망과 정열의 이 짧은 순간들은 그것이 아무리 강렬할 수 있다 할지라도 바로 그 강렬함 때문에 인생이라는 선에서 매우 드문드문 흩어져 있는 점들에 불과할 뿐이다. 그 순간들은 하나의 상태를 이루기에는 너무나 수가 적고 빨리 지나간다. 그런데 내 마음이 그리워하는 행복은 전혀 덧없는 순간들로 이루어진 것이 아니라 단순하고 영속적인 상태로 이루어져 있다. 그리고 그것은 그 자체에는 강렬한 것이 없지만 그 상태가 지속되면 매력이 증가하여 마침내는 거기서 지고의 행복을 찾게 된다.

지상에서 모든 것은 끊임없는 흐름 속에 있다. 여기서는 어떠한 것도 일정하고 고정된 형태를 간직하지 못하며, 외적인 사물들에 결부되어 있는 우리의 감정도 필연적으로 이 사물들과 마찬가지로 흐르며 바뀐다. 우리의 감정은 항상 우리 앞에 있거나 뒤에 있거나 하여, 이미 지나간 과거를 회상하거나 대개의 경우는 오지도 않을 미래를 앞서 간다. 거기에는 마음이 애착을 둘 수 있는 확고한 것이 아무것도 없다. 그래서 이 세상에서 사람들이 가질 수 있는 것이라고는 거의 일시적인 즐거움밖에는 없다. 영속적인 행복에 대해 말하자면 나는 그것이 이 세상에서 발견되리라고는 믿지 않는다. 우리가 가장 강렬한 쾌락을 누리고 있을 때마저도 마음이 진정 우리에게 "이 순간이 언제나 지속되었으면 좋을 텐데"라고 말하는 순간은 거의 없다. 그러니 우리의 마음을 여전히 불안하고 공허하게 내버려두어서 우리로 하여금 그 이전에는 어떤 것을 아쉬워하게 만들거나 그 이후에는 여전히 어떤 것을 바라게 만드는 덧없는 상태를 어떻게 행복이라 부를 수 있겠는가?

그러나 과거를 회상하거나 미래로 건너뛸 필요 없이 영혼이 거기에 완전히 의존하고 자신의 모든 존재를 거기에 집중할 수 있을 정도로 확고한 상태, 영혼에게 시간이 아무런 의미도 갖지 않는 상태, 영원히 현재가 계속되면서도 그것의 지속됨도 그 연속의 흔적도 표가 나지 않고 오로지 우리가 존재한다는 감정 이외에 결핍이니 쾌락이니 즐거움이니 고통이니 욕망이니 두려움 따위의 다른 감정이 없는 상태, 그리고 오로지 이러한 감정이 영혼을 완전히 충족시킬 수 있는 상태가 존재한다면, 이 상태가 지속하는 한 이 상태에 있는 사람은 행복하다고 할 수 있다. 그 사람은 인생의 즐거움 속에서 발견되는 불완전하고 빈약하고 상대적인 행복이 아니라, 충분하고 완벽하고 충만한 그래서 영혼이 채워야 할 필요를 느끼는 어떤 공허함도 영혼에 남겨두지 않는 그런 행복으로 행복하다. 생피에르 섬에서 지낼 때, 물이 흘러가는 대로 떠다니게 내버려 둔 배에 누워서 혹은 물결치는 호숫가에 앉아서 혹은 다른 곳 아름다운 강가나 모래 위를 속삭이며 흐르는 시냇가에서, 고독한 몽상에 잠겨 있으면서 종종 경험한 상태가 바로 그런 것이다.

철학자 발은 여기서 일종의 '실존적 신비주의'를 보는데, 이는 일리가 있다. 식물학이 자연의 질서와 다양성을 미학적으로 인식하는 데 활용된다면, 몽상은 일종의 유사 종교처럼 자아와 자연을 하나로 통합시키는 역할을 맡는다. 새로운 자극만을 찾던 감각이 비엔 호수의 물결 소리와 수면의 출렁거림 등 온통 규칙적인 자연의 운동에 둘러싸여 자신의 활동을 포기하고 그 규칙성에 동화되는 동안, 점차 의식은 시끄러운 생각들과 출렁이는 감정들, 모든 우연적이고 덧없는 것들을 내려놓고 고요해진다. 몽상 속에서 의식은 존재의 기초와 결합하며, 시간의 개념이 사라지고, 오직 '존재의 감정'으로 축소된 가장 희박한 지각 작용으로부터 도취가 생겨난다. 루소의 내면에는 범신론적인 동경, 다시 말하면 신 혹은 자연과의 분리 상태를 돌이켜 다시 일체를 이루고 싶다는 동경이 깊게 배어 있다. 추론적 사유를 침묵시키는 것, 육체적인 활동을 순수한 감각으로 환원시키는 것, 내면과 외부 세계를 분리하는 한계들을 순간적으로 소멸시키는 것이 중요한 것이다. 그러나 우리는 이 최종적인 행복이 순간적이라는 사실에 주목해야 한다. 왜냐하면 그것은 지속적이지 못하고 짧은 순간에 넘쳐흐르다가 다시 사라지기 때문이다. 게다가 그것은 공동체의 축제처럼 집단적인 성격이라고는 전혀 없이 고독한 개인에게만 가능한 고립적인 황홀경이다.

루소는 이러한 고독의 충만함이 자신이 사회로부터 당한 박해에 대한 보상이라는 사실을 강조한다. 사회가 그를 거부한 이상 그가 고독한 체념 속에서 자신의 존재를 향유하는 것 이외에 무슨 일을 할 수 있겠는가? 루소는 죄를 벗은 자신의 모습을 우리에게 보여주면서도 사람들이 자기를 따르고 모방하는 것을 원치 않는다. 오로지 추방당한 사람에게만 한가롭게 황홀한 도취경에 빠지는 것이 정당성을 갖는다. 정상적인 시민이라면 자신의 사회적 의무를 도피하고 고독을 추구해서는 안 되기 때문이다. 그는 투명하고 충만한 그러나 우리에게는 그 접근이 금지되어 있는 고독 속에 빠져든다. 루소가 진정 이 고독 속에서 충만하다면 완벽한 침묵을 지켜야 할 것이다. 그러나 고독 속의 충만한 행복에는 언어가 삐져나올 수 있는 그래서 그 충만함을 언제든 깨트릴 수 있는 아주 가느다란 금이 가 있다. 그는 그 금을 따라 자신의 침묵에 대해 말하기 위해 침묵으로부터 빠져나온다. 그리고 낭만주의 이래로 이러한 역설은 현대 문학의 역설이 될 것이다.

언제나 나는 열렬히 물을 좋아했다. 그래서 물을 보면 흔히 일정한 대상은 없었지만 달콤한 몽상 속에 잠긴다. 날씨가 좋을 때는 잠자리에서 일어나면 반드시 평평한 언덕으로 달려올라가 건강에 좋은 아침의 신선한 공기를 들이마시고 그 아름다운 호수의 수평선을 내려다보았는데, 그 호수를 둘러싼 호수 기슭과 산들이 내 시선을 매혹했다. 나는 신이 만든 피조물을 묵상함으로써 일깨워지는, 그리고 잘 만들어진 기도

문으로도 전혀 표현하지 못하는 이러한 소리 없는 찬탄보다 더욱 훌륭한 신에 대한 찬미는 없다고 생각한다. 담벼락과 거리와 죄악밖에는 보지 못하는 도시의 주민들이 어째서 신앙이 별로 없는지를 나는 이해한다. 하지만 시골사람들이 특히 홀로 사는 고독한 사람들이 어떻게 전혀 신앙을 가질 수 없는지는 이해할 수 없다. 어째서 그들의 혼은 자기들에게 감명을 주는 경이로움의 창조자를 향하여 하루에 백 번씩이라도 황홀함 속에서 고양되지 못하는가?

나로서는 특히 자리에서 일어났을 때, 불면 때문에 지쳐 있지만 오랜 습관으로 이러한 심성의 고양 상태에 이르게 되는데, 이 상태는 생각하는 피곤함을 전혀 강요하지 않는다. 그러나 그렇게 되기 위해서는 내 눈이 자연의 황홀한 광경에 강렬한 인상을 받지 않으면 안 된다. 내 방에서는 기도를 하는 일이 더 드물고 또 기도를 하더라도 더 무미건조하다. 그러나 아름다운 풍경을 바라볼 때면 무어라 말할 수 없는 감동이 밀려온다. 나는 다음과 같은 이야기를 읽은 적이 있는데, 어떤 현명한 주교가 자기의 교구를 돌아보면서 기도라고는 그저 "오!"밖에는 할 줄 모르는 노파를 보았다고 한다. 그 주교는 노파에게 말했다. "훌륭한 어머니시여, 항상 그렇게 기도를 계속하십시오. 당신의 기도가 우리들의 기도보다 더욱 가치가 있습니다." 이 더욱 훌륭한 기도는 또한 내가 올리는 기도

이기도 하다.

아침을 먹고 나서 마지못해 서둘러 유감스러운 편지 몇 통을 쓰곤 했다. 그러면서 다시는 이런 편지를 전혀 쓰지 않을 행복한 시기를 열렬히 갈망했다. 내 책이나 서류를 읽기보다도 끄집어내서 정리하기 위해 그 주변에서 잠시 법석을 떨기도 했다. 그리고 내게는 페넬로페의 일거리처럼 된 이러한 정리가 얼마간 허송세월하는 즐거움을 주었다.

그 후 싫증이 나면 그 일을 집어던지고, 식물학, 특히 린네의 분류법 연구에 오전 중의 나머지 서너 시간을 보내곤 했다. 나는 린네의 분류법에 열광하여 그것이 무의미하다는 것을 느낀 후에도 좀처럼 거기서 벗어날 수가 없었다. 내 생각으로 독일의 식물학자인 루드비히를 빼놓으면 안 된다. 이 위대한 관찰자야말로 박물학자이자 동시에 철학자로서 식물학을 보았던 유일한 사람이다. 그러나 그는 식물학을 식물 표본과 식물원에서만 너무 연구한 나머지 자연 그 자체 안에서는 연구가 충분치 않았다. 이 섬 전체를 식물원으로 간주하는 나로서는 어떤 것을 관찰하고 또 진위를 확인할 필요가 있을 때는 곧 책을 끼고 숲이나 풀밭으로 달려갔다. 거기서 나는 문제의 식물 곁에 자리 잡고 바닥에 누워서 서 있는 그 식물을 내 마음대로 조사했다. 이런 방법은 인간의 손에 의하여 재배되어 변질되기 이전의 자연 상태에 있는 식물을 아는 데 많은 도움이 되었다. 루이 14세의 수석 의사인 파공은 왕실 식물원에 있는 모든 식물의 이름을 줄줄이 대고 완전히 알고 있었으나 들에 나가면 너무나 무지해서 무엇 하나 아는 것이 없었다고 한다. 나는 바로 그 반대였다. 나는 자연이 만든 작품에 대해서는 얼마쯤 알고 있지만 정원사가 만든 작품에 대해서는 전혀 알지 못한다.

점심 후의 시간은 한가하고 나태한 기분에 그리고 아무런 규칙도 없이 그때그때의 충동을 따르는 데 완전히 바쳤다. 종종 바람이 잔잔할 때는 식탁에서 일어나자마자 나가 조그만 배에 혼자 뛰어들곤 했다. 수세관이 내게 노 하나로 배를 젓는 법을 가르쳐 주었던 것이다. 나는 물 한가운데로 나갔다. 내가 물결치는 대로 나가는 순간은 몸이 떨릴 정도의 즐거움을 주었는데, 나로서는 그 원인을 말할 수도 없고 잘 이해할 수도 없다. 그것은 어쩌면 이러한 상태에서 사악한 자들의 공격에서 벗어나 있다는 내밀한 지복이었는지는 모르겠다. 다음에 나는 혼자서 이 호수를 떠돌면서 때로는 호숫가에 접근하기도 했지만 결코 배는 대지 않았다. 종종 배를 바람 부는 대로 물결치는 대로 내버려 둔 채 대상이 없는 몽상에 빠지곤 했는데, 이러한 몽상은 터무니없기는 해도 그래도 역시 감미로웠다.

나는 가끔 감격하여 이렇게 외쳤다. "오, 자연이여! 오, 나의 어머니여! 나는 지금 오직 당신의 보호 아래 있습니다. 여기서는 당신과 나 사이에 약삭빠르고 교활한 인간이 결코 끼어들지 않습니다." 나는 이렇게 뭍에서 2킬로미터까지 멀어졌다. 나는 이 호수가 대양이었으면 하고 바랬다. 그러나 내 가엾은 개가 나처럼 물 위에 그렇게 오래 머물러 있는 것을 좋아하지 않았기 때문에 개의 비위를 맞추기 위해서 보통 때에는 산책의 목적지를 따라갔다. 그것은 그 작은 섬으로 가서 배에서 내려, 거기서 한두 시간 산책을 하거나 혹은 평평한 언덕 꼭대기 풀밭에 눕는 것이었다. 그러면서 호수와 그 근처의 풍경에 감탄하는 즐거움을 실컷 누리고, 손이 미치는 범위 내에 있는 온갖 풀들을 조사하고 해부하기도 하고, 또 로빈슨 크루소나 된 것처럼 이 작은 섬에다 내가 머물 상상의 거처를 세워 보기도 했다.

나는 이 작은 언덕에 강한 애착을 느꼈다. 수세관의 부인과 그 자매들과 함께 테레즈를 이곳으로 산책시키러 데리고 나올 수 있었을 때 그들의 안내자가 되거나 길잡이가 되는 것이 얼마나 자랑스러웠던가. 우리는 이 섬에다 토끼들을 번식시키려 성대하게 토끼 떼를 데리고 왔다. 이것도 장자크를 위한 또 다른 즐거움이었다. 토끼까지 기르게 되어 나는 이 작은 섬에 훨씬 더 흥미를 느꼈다. 그때부터 나는 이 새로 온 주민들이 만드는 진보의 발자취를 탐구하기 위하여 더욱 빈번히 그리고 더욱 즐겁게 그곳에 가곤 했다.

나는 이런 즐거움들에 레샤르메트에서의 감미로운 생활을 회상케 하는 또 하나의 즐거움을 덧붙였는데, 내게 특별히 이러한 즐거움을 가져다 준 것은 계절이었다. 그것은 야채나 과일의 수확을 위한 시골의 사소한 일들이었는데, 테레즈와 나는 즐겁게 수세관 부인 또 그 가족들과 더불어 그 일들을 함께 나누어 하곤 했다. 키르슈베르거라는 베른 사람이 나를 만나러 왔을 때 내가 큰 나무 위에 앉아 허리에 사과를 가득 담은 자루를 차고 더는 움직이지 못하는 모습을 그에게 들킨 일이 기억난다. 나는 이런 경우나 이와 비슷한 몇몇 또 다른 경우에 불쾌하지 않았다. 내가 한가한 시간을 어떻게 이용하는지 지켜보는 베른 사람들이 이제는 이 평온을 깨뜨리려고 생각하지 말고 나를 고독 속에 그냥 내버려두기를 바랐다. 내 의사에 의해서보다도 그들의 의사에 의해 고독 속에 갇힌다면 나는 그것이 훨씬 더 좋았을 것이다. 그렇게 되면 그곳에서의 내 안식이 깨지지 않는다는 것을 더욱 확신했을 것이기 때문이다. (569~573쪽)

그러나 베른 당국은 그가 섬에서 퇴거할 것을 명령한다. 그는 처절한 절망감에 빠져 겨울이 코앞에 닥쳤으니 계속 남아 있도록 허락해 달라는 자존심 상하는 제안을 내놓았다. 그러나 이러한 간청마저 거절되었고, 그는 모티에를 떠났을 때부터 생각하고 있었던 코르시카를 다시 떠올렸다. 1764년 8월 프랑스 군대에 복무하는 마티유 부타포코라는 코르시카 장교가 루소에게 편지를 써서 《코르시카 헌법 초안》을 저술해 달라고 부탁한 바 있었고, 루소는 그 일을 위해 코르시카에 갈 생각도 하고 있었던 것이다. 그러나 코르시카가 지리적으로 너무 멀리 떨어진데다가 그곳 사람들이 그의 도움을 받아들이겠다는 언질도 받지 못한 상태여서 베를린으로 떠날 결심을 하게 된다. 그는 베를린을 향해 길을 떠나지만 결국 망명지로 영국을 선택하게 된다.

자서전의 계약

《고백록》을 완성한 루소는 1770년 12월부터 다음 해 5월 사이 적어도 4차례에 걸쳐 몇몇 모임에서 그것을 낭독했다. 루소는 아직 살아 있는 사람들에게 난처한 이야기를 공개하지 않겠다는 자신의 결심에 충실하기 위해 작품을 출판하려 하지 않았지만 사적인 낭독회를 연 것이다. 그는 5월 4일부터 8일까지 데르몽 백작부인 집에서 《고백록》 2부를 낭독했는데, 대부분의 청중은 너무나 충격을 받고 당황해서 아무런 말도 할 수 없었다. 5월 10일 데피네 부인은 치안 감독관에게 부탁하여 《고백록》의 낭독을 중지시켰다.

루소는 《고백록》을 쓴 주요한 동기들 중 하나로 평생 지울 수 없는 죄책감을 남긴 마리용에 대한 무고를 든다. 그리고 이러한 잘못을 털어놓으면서 "나는 결코 내가 먼저 나서 친구의 가슴속에 이러한 고백을 털어놓아 내 마음의 짐을 덜 수 없었다. 아무리 가까운 사이라도 영 그렇게 되지 않았는데, 바랑 부인에게까지도 그랬다. 내가 할 수 있었던 것이라고는 기껏해야 내가 어떤 잔혹한 행위에 대해 자책하지 않으면 안 된다고 고백한 것이 전부다"라고 말한다. 자신의 잘못을 밝히는 고백의 행위는 상대방에 대한 절대적인 믿음을 전제로 하지 않으면 불가능하다. 차마 엄마와 같던 바랑 부인에게조차 고백할 수 없을 정도로 마리용에 대한 무고로 인해 무거운 죄책감을 느끼던 루소가 그것을 독자에게 털어놓는다면, 독자는 바랑 부인보다 더 루소를 완전히 이해하고 사랑하는 사람의 위치에 서야 한다. 즉, 루소의 고백을 듣는 독자는 오직 독자의 이해만을 바라는 그 가련한 영혼을 차가운 비판적 시선이 아니라 눈물 어린 애정의 시선으로 감싸 안아야 할 것이다. 만약 그렇게 하지 않는 독자가 있다면 그는 죄를 지은 루소보다 더욱 비난받아 마땅할 인간이다. 이러한 독자의 의무에 대한 내적인 논리는 루소가 아이들을 고아원에 버렸다는 고백을 들은 후 이를 다른 사람들에게 누설한 친구들에 대한 비난에서 명확히 드러난다.

> 나의 잘못은 크다. 그러나 그것은 어디까지나 과실이다. 나는 의무를 소홀히 했다. 그러나 남을 해치려는 의도는 내 마음속에 없었다. 그리고 아비로서의 정이 본 적도 없는 자식들을 위해 충분히 강력하게 작용할 수는 없었을 것이다. 그러나 우정의 신뢰를 배반하는 것, 모든 약속들 중 가장 신성한 약속을 깨뜨리는 것, 우리 가슴속에 털어놓은 비밀을 폭로하는 것, 우리에게 배신당했지만 결별할 때도 우리들을 여전히 존경하고 있는 친구를 재미삼아 모욕하는 것, 그런 것들은 과실이 아니라 영혼의 비열함이며 음흉함이다.
> 나는 고백할 것을 약속했지 자기변명을 약속하지는 않았다. 그러므로 이 점에 대해서는 이 정도로 그치겠다. 나는 진실하면 되고 독자들은 공정하면 된다. 나는 독자들에게 그 이상 아무것도 요구하지 않을 것이다.

그는 아이들을 버린 잘못을 범한 자신보다 우정의 계약을 어긴 친구들을 비난한다. 자신의 잘못은 나쁜 의도가 없는 우연한 착오에 불과하다. 그가 이러한 착오로 인해 보지도 못하고 따라서 정도 붙지 않은 아이들을 버렸다면, 루소의 고백을 남들에게 폭로한 친구들은 우정으로 사귀었던 친구를 고의적으로 음해하기 위해 그런 짓을 한 것이다. 그들은 루소가 우정을 믿어 털어놓은 비밀을 팔아먹으면서 모든 인간관계의 기본을 이루는 믿음을 파괴했기 때문에 변명의 여지가 없는 가장 비열하며 죄 많은 인간들이다. 루소는 잘못을 고백하는 사람보다 그 고백하는 사람을 비난하는 사람이 더욱 죄가 무겁다는 논리를 전개한 후 독자들에게 정의로울 것을 요구한다. 이때 루소가 독자들에게 요구하는 정의는 저자에 대한 절대적인 공감과 다르지 않다. 저자에 공감하는 독자는 정의의 편에, 루소를 비난하는 독자는 그를 배신한 친구들처럼 음모의 편에 서게 될 것이다.

이렇게 루소의 《고백록》은 이미 그 안에 자신에게 유리한 가치의 기준을 선점하고 있다. 루소는 《대화》에서 책의 진정한 목적과 저자의 영혼의 상태를 판단하기 위한 독서란 몇몇 문장들로부터 단편적인 의미를 추출하는 것이 아니라 "책을 읽으면서 그리고 책을 다 읽은 후에 내 스스로를 비추어 보면서 이러한 독서가 나를 어떠한 영혼의 상태에 옮겨 놓았는가를 검토"하는 것이라고 말한다. 그런데 이미 정의의 기준이 공감으로 정해져 있기 때문에, 언어의 진정한 의미는 말을 하는 사람의 진정성에서 말을 듣는 사람의 진정성으로 옮겨간다. "부처의 눈에는 부처만 보이고 돼지의 눈에는 돼지만 보이는 법"이기 때문이다. 따라서 루소는 궁극적으로 그의 분산적인 삶을 재구성하여 그의 내면의 영혼에 통일성을 부여하고 그에 대한 가치판단을 내리는 작업을 마음 편안하게 독자에게 위임한다.

> 만약 내가 결과만을 떠맡아 "내 성격은 이렇다"고 말한다면 독자는 내가 독자를 속이지는 않는다고 하더라도 나 자신을 속이고 있다고 생각할 수도 있을 것이다. 그러나 내게 일어난 모든 것, 내가 행한 모든 것, 내가 생각한 모든 것, 내가 느낀 모든 것을 독자에게 솔직히 그리고 상세히 설명한다면 내가 그러기를 원하지 않는 한 독자를 속일 수 없다. 또 설사 내가 그러기를 원한다 하더라도 이런 방법으로는 쉽사리 성공할 수가 없을 것이다. 이러한 요소들을 모아 그 요소들로 구성되는 인간 존재를 결정하는 것은 독자의 몫이고, 그 결과는 독자가 만들어 내는 것이 되지 않으면 안 된다. 이때 독자가 잘못 생각한다면, 그 오류는 모두 독자 탓이다.

기묘하게도 루소의 내면은 점차 그 실체성이 사라진다. 왜냐하면 루소의 글은 작가를 보여주면서 동시에 독자들이 자신의 마음을 바라보는 거울 역할을 하기 때문이다. 글을 쓰는 상태에서 자아는 어떤 확실한 기반 위에 세워진 실체가 아니라 작가가 자아를 제시하는 방식과 독자가 이를 해석하는 방식에 따라 존재하는 일종의 허구로 나타난다. 그것은 문학적인 차원에서 이루어지는 저자와 독자와의 경쟁적인 혹은 협력적인 관계에 종속되어 있는, 그러기 때문에 그 결정적인 의미가 끊임없이 유예된 상태에 있다. 그럼에도 불구하고 그는 독자의 공감적 독서를 유예 상태에 있는 자아에 대한 해석 방식으로 미리 설정한 후, 그 방식을 받아들이지 않은 독자를 사악한 인간으로 단죄한다. 의미의 기원인 루소로 돌아와 그의 진정성에 진정으로 반응하지 않는 모든 해석들과 담론들은 진리와 정의에 어긋나는 것들로 "숨통을 끊어놓아야" 한다.

그 누가 어떠한 말로 반박하더라도 루소는 진리와 정의의 독점적인 자리에서 움직이지 않을 것이다. 그의 글과 인격을 비난하는 사람은 루소 앞에서 죽음을 당하든지 루소의 눈에 보이지 않는 어두운 음모의 세계에 숨어 살아야 한다. 루소를 심판해야 할 독자는 루소에게 심판받는 사람이 된다. 그러나 박해의 헛소리, 진리와 정의의 독점으로부터 나오는 오만한 선언, 자신에 대한 반대자를 처단할 것을 주장하는 혁명의 외침은 독자들의 침묵 앞에서 메아리를 만들지 못하고 고독한 침묵 속에 삼켜져버린다. 고독 속에서 언어는 독백의 동어반복을 통해서만 자기 자신을 확인할 수 있을 것이다.

"나는 진실을 말했습니다. 만약 어떤 사람이 내가 방금 진술한 것과 상반된 것을 알고 있다면, 그것이 아무리 입증되었다 하더라도, 그가 알고 있는 것은 거짓과 중상모략입니다. 그리고 내가 살아 있는 동안 내 앞에 와서 그것을 함께 철저히 규명하고 해명하기를 거부한다면 그는 정의도 진실도 사랑하지 않는 것입니다. 나로서는 소리 높여 그리고 거리낌 없이 다음과 같이 선언하겠습니다. 어느 누구든지 심지어 내 저서를 읽지 않았더라도 자기 자신의 눈으로 내 천성, 내 성격, 내 품행, 내 성향, 내 즐거움, 내 습관을 검토하고 나서 나를 부정직한 사람이라고 생각할 수 있는 자가 있다면 그런 자야말로 숨통을 끊어놓아야 할 인간입니다."

이렇게 해서 나는 낭독을 끝냈고, 모두들 말이 없었다. 내게는 데그몽 부인 한 사람만이 감동한 것처럼 보였다. 그녀는 눈에 보이도록 몸을 떨었지만, 매우 신속히 다시 마음을 가라앉히고 그 자리에 있는 모든 사람들처럼 침묵을 지켰다. 이것이 내가 이 낭독과 내 고백으로부터 얻은 성과였다. (591쪽)

부록

- 연보
- 참고문헌

연 보

1712년 6월 28일 아버지 이자크 루소와 어머니 쉬잔 베르나르 사이의 둘째아들로 제네바에서 태어나다.
7월 7일 어머니가 당시 39세의 나이로 사망하다. 어머니를 잃은 루소는 고모 쉬잔 루소의 손에 자라나다.

1722년 10월 11일 아버지는 퇴역 군인과 싸움을 벌인 것이 원인이 되어 제네바를 떠나 니옹으로 가다. 루소는 외삼촌이자 고모부인 가브리엘 베르나르에게 맡겨지다.
10월 21일 외삼촌은 자기 아들과 함께 루소를 개신교 목사 랑베르시에가 운영하는 보세의 기숙학교에 보내다. 그곳에서 행복한 전원생활을 보내다.

1724년 랑베르시에 양의 빗살을 부러뜨리고도 그 잘못을 고백하지 않는다는 억울한 죄목으로 처벌받는다.
겨울 제네바로 돌아와 시청 법무사 마스롱 밑에서 수습 서기로 일했지만 몇 주 되지 않아 그곳을 나오다.

1725년 5월 조각공 아벨 뒤코맹 집에 견습공으로 들어가다.

1726년 3월 아버지가 니옹에서 재혼하다.

1728년 3월 14일 견습 기간을 마치지 않고 제네바를 떠나다.
3월 21일 안시에서 바랑 부인을 만나 그녀의 주선으로 3일 후 토리노로 떠나다.
4월 12일 토리노 수도원 보호시설에 들어가 4월 21일 가톨릭으로 개종하고 4월 23일 세례를 받다.
여름 토리노를 전전하다가 바질 부인을 만나고 이후 베르첼리스 부인댁에서 3개월 동안 하인 노릇을 하다. 하인이 된 지 얼마 되지 않아 베르첼리스 부인이 죽었을 때 그 집에서 리본을 훔치고는 그것이 발각되자 하녀 마리용이 리본을 자기에게 주었다고 그녀를 무고한 후 그녀와 함께 해고되다.

현명한 신부 갬으로부터 강한 영향을 받다. 곧 구봉 백작의 하인으로 들어가 그의 아들인 구봉 신부의 서기가 되다.

1729년 6월 견습공 시절의 친구 바클과 함께 구봉 백작 집을 떠나 안시로 돌아와 바랑 부인의 집에 들어가 살다.

8월 안시의 신학교에 들어갔다가 9월 그곳에서 퇴짜를 맞고 교회 성가대에서 악장 르메트르의 지도 아래 음악을 배우다.

1730년 4월 르메트르와 함께 리옹으로 출발하다. 리옹에서 돌아온 후 바랑 부인이 그 사이 안시를 떠난 것을 알다.

6월 혹은 7월에 그라펜리드 양 그리고 갈레 양과 함께 툰에서 목가풍의 달콤한 시간을 갖다.

7월 바랑 부인의 하녀를 프리부르로 데려다주면서 리옹에 있는 아버지를 만나다.

7월부터 보소르 드 빌뇌브라는 가명으로 로잔과 뇌샤텔에서 음악을 가르치며 떠돌아다니다.

1731년 4월 그리스정교의 수도원장을 자칭하는 사기꾼을 따라 프리부르와 베른에 가다.

스위스 주재 프랑스 대사의 소개로 5월 스위스 출신 대령의 조카를 돌보기 위하여 파리로 가다.

8월 파리에서 바랑 부인의 소식을 듣고 파리를 떠나다.

9월 말 샹베리에서 부인과 재회하고 그녀의 주선으로 10월 1일부터 사부아 왕국의 토지대장과에서 근무하다.

1732년 6월 토지대장과를 그만두고 음악에 전념하다.

1733년 가을 바랑 부인의 제안에 따라 바랑 부인과 육체적 관계를 맺고 근친상간을 범한 것 같은 느낌을 갖다.

1734년 3월 13일 바랑 부인의 관리인이자 정부인 클로드 아네가 사망하다.

건강이 악화되다. 니옹, 제네바, 리옹을 여행하다.

1736년 레샤르메트에서 행복한 전원생활을 시작하다. 공부에 몰두하다.

1737년 6월 화학 실험 중 폭발로 실명 위기를 맞고, 최초의 유언을 작성하다.

9월 상상에서 생긴 병을 치료하기 위해 명의를 찾아 몽펠리에로 떠나다. 이 여행 도중 만난 라르나주 부인에게서 관능적 쾌락을 맛보다.

1738년 2월 혹은 3월에 레샤르메트로 돌아와서 바랑 부인이 빈첸리드를 새 애인으로 삼은 것을 보다. 이후 대부분의 시간을 레샤르메트에서 머물면서 공부에 전념하다.

1740년 4월 리옹 법원장 마블리의 두 아들을 가르치는 가정교사로 리옹에 가다.
9월 혹은 10월에 〈생트 마리 씨의 교육안〉을 쓰다.

1741년 5월 가정교사를 그만두고 샹베리로 돌아오다.

1742년 7월 새로운 악보 표기법을 출세의 밑천으로 삼아 바랑 부인 집을 나와 리옹을 거쳐 파리로 상경하다.
8월 파리의 과학 아카데미에서 《새로운 악보 기호에 관한 제안》을 발표하였으나 그의 체계는 새롭거나 유용한 것으로 인정받지 못한다.
9월에서 10월 사이에 디드로, 퐁트넬, 마블리 신부 등을 알게 되다.

1743년 1월 《현대 음악론》이 간행되다.
봄부터 뒤팽 부인의 살롱을 출입하다.
5월 뒤팽 부인의 전실 자식인 프랑쾨유와 화학에 몰두하다.
6월 베네치아 주재 프랑스 대사인 몽테귀 백작의 비서가 되어 7월 파리를 떠나 9월 초 베네치아에 도착하다. 이탈리아와 이탈리아 음악에 대한 열정을 키우다. 몽테귀의 무능력 때문에 대사관 일의 많은 부분을 떠안다.

1744년 몽테귀 백작과의 심한 갈등 끝에 사직하고 8월 파리를 향해 떠나 10월 파리에 도착하다.
달랑베르와 콩디야크를 포함한 모임에서 지적인 조언자가 될 디드로와 친분을 쌓아나가다.

1745년 3월 하숙집 세탁부 테레즈(당시 23세)를 만나다.
7월 오페라 〈사랑의 시신(詩神)들〉을 완성하다.

1746년 뒤팽 부인과 프랑쾨유 밑에서 서기로 일하다. 겨울 첫 번째 아이가 태어났으나 곧 고아원으로 보내지다(그 뒤 태어난 네 아이들도 모두 마찬가지로 고아원으로 보내진다).

1747년 5월 9일 아버지 이자크 루소 사망하다.

1748년 2월 전 해에 알게 된 데피네 부인으로부터 후에 두드토 부인이 될 벨가르드 양을 소개받다.

1749년 7월 24일 《맹인에 대한 편지》로 디드로가 체포되어 뱅센 탑에 갇히다.
8월 그림을 알게 되다.
10월 뱅센 성에 수감된 디드로를 면회 가던 중 잡지 〈메르퀴르 드 프랑스〉에 실린 디종 아카데미의 현상 논문 제목 "학문과 예술의 진보는 풍습을 타락시키는 데 기여하였는가, 혹은 순화시키는 데 기여하였는가?"를 읽고 영감을 받아 응모를 결심하다.

1750년 연초 테레즈와 살림을 차리다.
7월 9일 《학문 · 예술론》이 디종 아카데미에서 1등상을 받고 12월 말 간행되다.

1751년 2월부터 3월 사이 '자기 개혁'을 결심하고 프랑쾨유 밑에서 일하는 것을 그만두고 악보를 필사하는 일로 생계를 유지하기 시작하다.

1752년 봄과 여름에 걸쳐 막간극 〈마을의 점쟁이〉를 작곡하다.
10월 18일 〈마을의 점쟁이〉가 루이 15세 앞에서 상연되어 대성공을 거두다.
10월 19일 연금을 하사하려는 왕을 알현하지 않고 퐁텐블로를 떠나다.

1753년 11월 〈메르퀴르 드 프랑스〉에 디종 아카데미의 현상 논문 "인간들 사이의 불평등의 기원은 무엇인가, 그리고 그것은 자연법에 의하여 허용되는가?"가 실리다.
11월 말 부퐁 논쟁 와중에 루소가 프랑스 음악에 대해 부정적인 판단을 내리고 이탈리아 음악에 호의를 보인 《프랑스 음악에 대한 편지》가 출간되어 논쟁의 중심에 서다.

1754년 4월 《인간 불평등 기원론》을 완성하다.
6월 테레즈와 친구 고프쿠르와 함께 제네바로 떠나다. 여행 중 샹베리에서 마지막으로 바랑 부인을 만나다.
8월 제네바에서 다시 개신교로 복귀하고 제네바의 시민권을 얻다.

1755년 《인간 불평등 기원론》이 암스테르담에서 출간되다.
9월 데피네 부인의 소유인 라슈브레트에 가 머물면서 데피네 부인에게 이듬해 봄에 레르미타주에 와서 살 것을 약속하다.

1756년 4월 9일 테레즈와 그녀의 어머니와 함께 레르미타주로 거처를 옮기다.
8월 볼테르의 시 〈리스본 참사에 대하여〉에 대한 반박으로 《섭리에 대해 볼테르에게 보내는 편지》를 쓰다.
여름부터 가을에 걸쳐 《신엘로이즈》의 인물들을 구상하다.

1757년 1월 말 두드토 부인이 레르미타주를 방문하다.
2월과 3월 사이 디드로의 〈사생아〉에서 나오는 "혼자 있는 사람은 악인밖에 없다"라는 구절을 보고 디드로를 비난하다.
봄부터 두드토 부인에게 사랑을 품다.

8월 데피네 부인과 불화가 시작되다.

10월 달랑베르가 쓴 〈제네바〉 항목이 실린 《백과전서》 7권이 간행되다.

11월 초 그림이 루소에게 절교의 편지를 보내다.

12월 15일 데피네 부인과 결별한 후 레르미타주에서 나와 몽모랑시의 몽 루이로 거처를 옮기고, 《백과전서》의 〈제네바〉 항목을 반박할 결심을 하다.

1758년 3월 9일 《달랑베르에게 보내는 편지》를 완성하고, 이로 인해 볼테르의 적의를 사다.

5월 두드토 부인이 루소에게 절교를 알리다.

6월 디드로와 절교하다.

9월 레에게 《신엘로이즈》가 완성되었음을 알리다.

1759년 5월 뤽상부르 원수의 배려로 몽모랑시 성(城) 별관에 잠시 머물다.

1760년 《에밀》과 《사회계약론》을 계속 집필하다.

12월 20일 《신엘로이즈》가 런던에서 발매되다.

1761년 1월 말 《신엘로이즈》가 파리에서 발매되면서 엄청난 성공을 거두다.

6월 자신의 죽음이 머지않았다고 생각하고 테레즈를 뤽상부르 부인에게 맡기다. 뤽상부르 부인은 고아원에 버린 루소의 장남을 찾으려고 했으나 성공하지 못하다.

8월 《사회계약론》이 완성되다.

9월 말 출판총감 말제르브에게 《언어기원론》을 맡기다.

10월 뒤쉔 서점에서 《에밀》이 인쇄되다.

11월 16일 《에밀》의 원고가 예수회원들의 손에 들어갔다고 생각하고 착란상태에 빠지다.

12월 31일 레가 자서전을 쓸 것을 권고하다.

1762년 1월 자신에 대해 기술한 《말제르브에게 보내는 편지》를 쓰다.

4월 초 《사회계약론》이 암스테르담에서 출간되다.

5월 말 《에밀》이 암묵적 허가를 받고 암스테르담, 파리에서 발매되다.

6월 3일 경찰이 《에밀》을 압수하다.

6월 7일 《에밀》이 소르본에 고발되고 6월 9일 고등법원에서 유죄 선고를 받다. 동시에 루소에게 체포령이 내려져 피신하다.

6월 11일 파리에서 《에밀》이 소각되다.

6월 14일 스위스 베른의 이베르동에 도착하다.

6월 19일 제네바에서도 루소에 대한 체포령이 내려지고 《에밀》과 《사회계약론》이 소각되다.

7월 1일 베른 정부에서도 베른에서 루소를 퇴거시키라는 명령이 내려지다.

7월 9일 이베르동을 떠나 10일 뇌샤텔의 프로이센 대공령(大公領)인 모티에에 가다.

7월 20일 테레즈가 모티에에 오다.

7월 29일 바랑 부인이 샹베리에서 사망하다.

8월 16일 키스 원수의 비호 아래 프리드리히 2세로부터 모티에 체류를 허가받다.

8월 28일 파리 대주교 크리스토프 드 보몽이 《에밀》을 단죄하는 교서를 내리다.

10월부터 파리 대주교에 대한 반박으로 《크리스토프 드 보몽에게 보내는 편지》를 쓰기 시작하다.

12월 14일 레가 자서전을 쓸 것을 재차 요구하다.

1763년 3월 《크리스토프 드 보몽에게 보내는 편지》가 출간되다.

4월 16일 뇌샤텔 시민권을 얻다.

5월 12일 제네바의 정치 전개과정에 대한 혐오로 제네바 시민권을 포기하다.

9월에서 10월 사이 제네바의 검찰총장 트롱쉥이 제네바에서 루소에게 유죄판결을 내린 것을 정당화하는 《전원으로부터의 편지》를 출간하다.

1764년 3월 13일 레에게 자신의 전집을 내달라고 부탁하다.

3월 18일 뤽상부르 원수가 사망하다.

7월부터 식물채집에 취미가 생기다.

8월 31일 부타포코로부터 코르시카를 위한 정치 조직의 초안을 써달라는 편지를 받다.

12월 제네바 정치에 대한 신랄한 비평인 《산으로부터의 편지》가 출간되어 유럽의 보수주의자들을 놀라게 하다.

12월 27일 볼테르가 익명의 소책자 《시민들의 견해》를 써 루소가 자식들을 버렸다는 사실을 세상에 알리다. 이것이 결정적인 계기가 되어 《고백록》을 쓸 것을 결심하다.

1765년 1월 초 《고백록》의 서문을 쓰다.

3월 19일 《산으로부터의 편지》가 파리에서 불태워지다.

7월 초 비엔 호수의 생피에르 섬에서 10여 일을 지내다.
9월 6일 밤 목사 몽몰랭의 선동으로 모티에 주민들이 루소의 집에 돌을 던지기 시작하다.
9월 11일 생피에르 섬으로 몸을 피하다.
10월 16일 베른 소위원회로부터 퇴거 명령을 받다.
10월 22일 흄이 루소를 영국으로 초청하는 편지를 보내다.
10월 25일 섬을 떠나 비엔에 잠깐 머물다 29일 베를린을 향해 떠나다.
11월 2일 스트라스부르에서 도착하여 몇 주 머물다가 마음을 바꿔 영국으로 가기로 결심하다.

1766년 1월 4일 흄과 함께 파리를 떠나 13일 런던에 도착하다.
1월 28일 취지크에 머물다.
2월 테레즈가 루소와 합류하다.
3월 우튼으로 떠나다. 거기서 《고백록》의 본격적인 집필을 시작하다.
7월부터 흄과 불화가 생기다.

1767년 자신에 대한 음모가 영국에까지 미쳤다고 생각하고 5월 21일 공황 상태에서 갑자기 영국을 떠나 프랑스로 돌아오다.
6월 콩티 대공의 보호 아래 트리에 정착하다.

1768년 망상에 시달리다 6월 트리를 떠나 리옹, 라 그랑드 샤르트뢰즈, 그르노블, 샹베리를 거쳐 8월 도피네 지방의 부르구앵에 도착하다.
8월 30일 테레즈와 일종의 결혼식(법적으로 유효하지는 않다)을 치르다.

1769년 1월 말 부르구앵 근처 몽캥에 있는 외딴 농가에 정착하여 《고백록》 7권부터 11권을 쓰다.

1770년 1월 가명을 쓰는 것을 그만두고 4월 몽캥을 떠나 리옹으로 가다.
6월 파리로 돌아와 플라트리에르 거리에서 테레즈와 함께 살다. 베르나르댕 드 생 피에르와 평생 지속하는 우정을 맺다. 악보를 필사하는 일과 식물 채집을 다시 시작하다.
10월 폴란드의 개혁안을 써줄 것을 제의받다.
12월 《고백록》을 완성하다.

1771년 2월 스웨덴 왕태자 앞에서 《고백록》을 낭독하다.
5월 4일부터 8일까지 데그몽 백작부인 집에서 《고백록》 2부를 낭독하다.
5월 10일 데피네 부인이 치안감독관에게 부탁하여 낭독을 중지시키다.
7월 베르나르댕 드 생 피에르와 교류를 시작하다.

가을부터 겨울에 걸쳐 《폴란드 정치체제론》을 집필하다.

1772년 4월 《폴란드 정치체제론》의 집필을 마치다.

1773년 악보를 필사하는 일과 식물 채집을 하면서 계속 《대화》를 집필하다.

1776년 2월 《대화》(사후 1782년 출간)의 집필을 마치고 24일 파리 노트르담 성당의 제단에 바치려고 했으나 철책이 닫혀 있어 실패하다.

4월 거리에서 〈아직도 정의와 진리를 사랑하는 모든 프랑스 사람들에게〉라는 전단을 나누어주다.

가을 미완성으로 남을 《고독한 산책자의 몽상》의 집필을 시작하다.

10월 메닐몽탕에서 질주하는 큰 개에게 부딪쳐 의식을 잃고 쓰러져 회복 불능의 손상을 입다.

1777년 8월 악보 필사 일을 그만두다.

1778년 4월 《고독한 산책자의 몽상》의 "10번째 산책"을 집필하다.

건강이 악화되는 가운데 5월 20일 지라르댕 후작의 초청을 받아 파리 교외의 에름농빌로 거처를 옮기다.

7월 2일 오전 11시 뇌출혈로 사망하다.

7월 4일 밤 11시 에름농빌의 인공 호수 안에 있는 퓌플리에 섬에 묻히다.

1782년 《고백록》 1부, 《고독한 산책자의 몽상》, 《대화》 전체가 출간되다.

1789년 《고백록》 2부가 출간되다.

1794년 10월 유해가 팡테옹으로 성대하게 이장되다.

참고문헌

• **루소의 작품집**

Oeuvres compètes de J.-J. Rousseau, Gallimard-Pléiade, 5 volumes, 1959-1995.

I. Oeuvres autobiographiques (1959)

II. La Nouvelle Héloïse, Théâtre, Poésie, Essais littéraires (1964)

III. Oeuvres politiques (1964)

IV. Emile, Education, Morales, Botanique (1969)

V. Ecrits sur la musique, La langue et le Théâtre (1995)

Correspondance Complète, ed. R. A. Leight, 52 vol, Oxford, 1971-1978.

《고백록 1 · 2》, 이용철 옮김, 나남, 2012.
《신엘로이즈 1 · 2》, 서익원 옮김, 한길사, 2008.
《에밀 1 · 2》, 이용철 · 문경자 옮김, 한길사, 2007.
《루소, 장자크를 심판하다: 대화》, 진인혜 옮김, 책세상, 2012.

김용민, 《루소의 정치철학》, 인간사랑, 2004.
담로시, 리오, 《인간 불평등의 발견자》, 이용철 옮김, 교양인, 2011.
데리다, 자크, 《그라마톨리지》, 김성도 옮김, 민음사, 2010.
르죈, 필립, 《자서전의 규약》, 윤진 옮김, 문학과 지성사, 1998.
스타로뱅스키, 장, 《장 자크 루소: 투명성과 장애물》, 아카넷, 2012.
위클러, 로버트, 《루소》, 이종인 옮김, 시공사, 2001.
이용철, "루소의 글쓰기에 나타나는 상상적 자아"(박사학위 논문), 서울대학교 대학원, 1995.
______, 《루소: 분열된 영혼》, 태학사, 2006.
토도로프, 츠베탕, 《덧없는 행복》, 고봉만 옮김, 2006.
홀로스템, 게오르크, 《루소》, 한미희 옮김, 1997.

Burgelin, Pierre, *La philosophie de l'existence de J.-J. Rousseau*, J. Vrin, 1973.
Cassirer, Ernst, *Le problème Jean-Jacques Rousseau*, traduit de l'allemand par Marc B. de Launay, Hachette, 1987.
Clément, Pierre.-Paul., *Jean-Jacques Rousseau: de l'éros coupable à l'éros glorieux*, Baconnière, 1976.
Eigeldinger, Marc, *J.-J. Rousseau et la réalité de l'imaginaire*, Baconnière, 1962.
Groethuysen, Bernard, *J.-J. Rousseau*, Gallimard, 1949.
Lecercle, Jean-Louis, *Modernité d'un classique*, Larousse, 1973.
Mély, Benoît, *Jean-Jacques Rousseau: un intellectuel en rupture*,

Minerve, 1985.
Raymond, Marcel, *J.-J. Rousseau: la quête de soi et la rêverie*, José Corti, 1962.
Starobinski, Jean., *L'Oeil vivant*, Gallimard, 1961.
______, *La relation critique*(*L'Oeil vivant II*), Gallimard, 1970.

• **일반 연구서**

하우저, 아놀드, 《문학과 예술의 사회사: 근세편 下》, 염무웅·반성완 옮김, 창작과 비평사, 1981.

Durant, Will, *The Story of Civilization: Part X Rousseau and Revolution*, Simon and Schuster, 1967.
Wahl, Jean, *Tableau de la philosophie française*, Gallimard, 1962.